STELLA TACK

NIGHT OF CROWNS

SPIEL UM DEIN SCHICKSAL

STELLA TACK

NIGHT OF CROWNS

SPIEL UM DEIN SCHICKSAL

Band 1

Ravensburger

MIX
Papier aus verantwortungsvollen Quellen
FSC® C111262
FSC
www.fsc.org

1 3 5 4 2

Originalausgabe

Postfach 2460, D-88194 Ravensburg

Dieses Buch wurde vermittelt von der
Literaturagentur erzähl:perspektive, München
(www.erzaehlperspektive.de).

Covergestaltung: Marie Graßhoff (www.marie-grasshoff.de)
unter Verwendung von Shutterstock-Fotos von zef art, mashakotcur, Boychenko Alexey, GoMixer, Fc24, K N (Kuvshinova Nadezhda), OLaLa Merkel, Daria_Cherry, Costello77, Burhanuddin und CARACOLLA

Lektorat: Sarah Heidelberger (www.sarah-heidelberger.de)

Printed in Germany

ISBN 978-3-473-58567-0

www.ravensburger.de

FÜR ALLE, DIE SEIT JEHER MEHR IN MIR GESEHEN HABEN

ALS NUR EIN MÄDCHEN MIT VERTRÄUMTEM BLICK,

SELTSAMEM HUMOR UND LEGASTHENIE. DANKE <3

AN ALLE ANDEREN MÄDCHEN DORT DRAUSSEN

MIT VERTRÄUMTEM BLICK, SELTSAMEM HUMOR UND LEGASTHENIE:

GEBT NICHT AUF! NIEMALS!

KAPITEL 1

»Bist du sicher, dass wir hier richtig sind?« Mit gerunzelter Stirn sah ich aus dem Autofenster, hinter dem die dicht stehenden Bäume so nah an uns vorbeischossen, dass immer wieder Zweige gegen die Scheibe schlugen.

»Natürlich bin ich mir sicher. Sei nicht so ein Schisser, Alice«, gab Cordy zurück und schaffte es dabei, jede Wurzel und jedes Schlagloch mitzunehmen, die sich vor uns auftaten. Dass sie dabei nicht vom Gas ging, machte die ganze Sache nicht gerade weniger holprig.

Die altersschwachen Scheinwerfer des Trucks schnitten einen schwachen Lichtkegel durch den dunklen Wald und beleuchteten die zerfurchten Baumstämme, die wie gigantische Riesen mit runzligen Gesichtern an uns vorbeizogen.

Die Wälder in Maine waren irgendwie gruslig. Vor allem um Mitternacht mitten im Nirgendwo. Cordy – eigentlich Cordelia, meine beste Freundin und Cheerleader-Captain der Highschool von Foxcroft – schnalzte genervt mit der Zunge, als ihr Truck ein röhrendes Geräusch von sich gab, während sie ihn wie einen sturen Gaul um die nächste Kurve jagte. Es rumpelte, und für eine Sekunde verlor der gesamte Wageninhalt die Bodenhaftung. Mein Magen inklusive.

»Cordy!«, beschwerte ich mich, während ich mich Hilfe suchend am Armaturenbrett festkrallte. »Jetzt fahr doch mal langsamer! Laut Navi sind wir hier im absoluten Nirgendwo. Wir haben uns verfahren, hier oben feiert doch nie im Leben jemand eine Party.«

Cordy schenkte mir einen Blick, der deutlich machte, was sie von Spaßbremsen auf ihrem Beifahrersitz hielt. »Entspann dich, Alice. Das blöde Ding ist totaler Schrott. Neulich wollte es, dass ich als Abkürzung zur Schule durch ein Maisfeld fahr.« Mit einem sorgfältig manikürten Fingernagel tippte sie gegen den Bildschirm des Navis.

»Wir haben Ende November, da gibt es gar keinen Mais«, erinnerte ich sie.

»Aber Felder«, hielt sie dagegen, während sich das Navi blechern dazwischenschaltete.

»Bei der nächsten Möglichkeit bitte wenden«, sagte die Stimme zum gefühlt hundertsten Mal.

»Da, schau! Schon wieder nur so ein blödes Feld«, murrte Cordy. Als ich auf den Bildschirm lugte, sah ich tatsächlich nur eine schier endlos große grüne Fläche, die sich angeblich vor uns ausbreitete. Als würden wir direkt ins Nichts hineinfahren.

»Wer kauft auch schon ein Navi bei Walmart?«, stichelte ich grinsend.

Cordy warf mir einen pseudogiftigen Blick zu, während wir über die nächste Wurzel rumpelten. Der pinke Plüschwürfel an ihrem Rückspiegel pendelte wild hin und her – genauso wie mein Kopf.

»Wir sind eben nicht alle so reich, dass wir uns eine Villa leisten können«, gab sie zurück und ging im nächsten Moment abrupt vom Gas, als die Augen eines Rehs im Scheinwerferlicht aufleuchteten.

Der Truck hustete, und es knallte laut. Mir stieg ein verschmorter Geruch in die Nase, von dem ich schwer hoffte, dass er nicht aus dem Motor kam. Das Reh schreckte zusammen und floh ins Unterholz.

»Ich bin nicht reich, Cordy, und das weißt du auch genau.«

»Äh, und warum wohnt ihr dann in einer gigantischen alten Villa?«

Ich schnitt ihr eine Grimasse und vergaß dabei zum ersten Mal, seit sie aufs Gaspedal getreten war, Angst um mein Leben zu haben. »Das Haus ist uralt, es tropft durch die Decke, die Heizung existiert praktisch nicht, und ich glaub, wir haben Fledermäuse. Und wenn Granny Emerald keinen Schlaganfall gehabt hätte, würde ich immer noch in der Zweizimmerwohnung in Louisiana leben«, erinnerte ich meine Freundin an die Umstände, die meine Mom und mich vor zwei Jahren nach Foxcroft gebracht hatten und die ihr eigentlich durchaus bekannt waren. Cordy hatte allerdings das unschlagbare Talent, sich die Realität so zurechtzubiegen, wie es ihr gerade passte.

»Villa bleibt Villa«, behauptete sie und trat im nächsten Augenblick wieder so abrupt auf die Bremse, dass ich hart gegen meinen Gurt geschleudert wurde. Der Motor des Trucks stotterte und starb hustend ab.

»Verdammt, Cordy, was soll das?«, krächzte ich, während ich noch versuchte, mich von dem jüngsten Schleudertrauma zu erholen.

»Wie, *was soll das?* Wir sind da!« Cordy grinste mich triumphierend an und warf ihr langes dunkles Haar über die Schulter. Sie trug immer noch die Uniform des Diners, in dem sie nach der Schule jobbte. Sie sah darin aus, als käme sie direkt aus einem Schwarz-Weiß-Film aus den Sechzigern.

»Hier soll die Party sein?«

Skeptisch sah ich aus dem Fenster. Die Bäume draußen standen so dicht, dass ich ernst zu nehmende Zweifel hegte, dass hier überhaupt eine heimliche Party stattfinden konnte. Meine Abneigung dagegen, die warme Fahrerkabine zu verlassen, ließ mich noch unruhiger auf dem plüschigen rosa Sitz hin und her rutschen.

Stirnrunzelnd tippte Cordy gegen das Navi, das anzeigte, dass wir gerade mitten im Nirgendwo von Maine parkten. »Jupp! Keine Ahnung, Lust auf eine kleine Expedition?«, fragte sie mit diesem für sie typischen Funkeln in den Augen.

Ich kniff mir in die Nasenwurzel.

»Könntest du mich bitte noch mal dran erinnern, warum wir eigentlich befreundet sind?«

»Vielleicht, weil ich Thomas Buffort die Nase gebrochen hab, als er dir an deinem ersten Schultag an den Hintern gegrapscht hat?«

»Stimmt …« Ich grinste. »Das war hammer.«

»*Ich* bin hammer«, hielt Cordy lachend dagegen und kramte im Fußraum nach ihrer Handtasche, aus der sie ein Kleid zog, das so kurz war, dass es diesen Namen eigentlich gar nicht verdiente. »Außerdem füttere ich dich mit Pommes und Sandwiches, wenn deine Mom wieder mal eine 36-Stunden-Schicht schiebt. Ohne mich würdest du verhungern, komplett vereinsamen und wahrscheinlich den Feldmäusen in deiner Villa Namen geben.«

»Schon gut, schon gut, hast mich ja überzeugt. Du bist eine tolle Freundin«, sagte ich und tat dabei so, als würde ich ihr einen Orden anstecken.

»Und du bist lustig und hilfst mir in Mathe, darum füttre ich dich gern«, erwiderte Cordy großzügig, ehe sie aus ihrer altbackenen Diner-Uniform schlüpfte, die nach Würstchen und Waffeln roch, und sich das winzige Taschentuchkleid über den Kopf zog. Zumindest war Cordy praktisch genug veranlagt, bei einer heimlichen Party mitten im Wald ihre dicke Strumpfhose und die schwarzen Docs anzulassen. Wobei man in Foxcroft gezwungenermaßen pragmatisch wurde. Vor allem, wenn es nachts schon Frost gab und man sich auf dem unebenen Waldboden nicht die Beine brechen wollte.

Während Cordy ihr Make-up auffrischte, öffnete ich die Autotür und zwang mich, in die Kälte hinauszuspringen.

Der feuchte, kalte Boden roch nach Gras, Erde und Tannennadeln, und die Herbstluft schmeckte bereits nach Schnee und Winter. Trotzdem war ich froh, die schwarze Jeans mit Riss am Knie sowie das uralte, dick gefütterte Karohemd meines Dads angezogen zu haben. Ich ging um das Auto herum zur Fahrerseite.

»Bist du bald fertig?«, erkundigte ich mich bei Cordy, die vor dem Spiegel in der Sonnenblende ein Duckface zog, während sie den Lippenstift zuschraubte.

»Jetzt schon«, sagte sie sichtlich zufrieden, klappte die Sonnenblende wieder hoch und sprang zu mir nach draußen.

Betont skeptisch sah ich mich um und rückte näher an sie heran. »Du weißt schon, dass wir hier gerade mitten in ein Splatterfilmszenario reinstiefeln, oder? Zwei Mädchen, die sich in einem dunklen Wald auf eine Party schleichen. Fehlt eigentlich nur noch, dass jemand unsere Reifen zerschneidet.«

Mit gespieltem Entsetzen starrte ich sie an.

»Keine Sorge …«, Cordy tätschelte mir die Schulter, »… die

Streber sterben als Letztes. Die Mörder vergreifen sich immer zuerst an den Hübschen. Vorläufig bist du also sicher.«

»Ha, ha, ha, danke, Cordy.«

Sie grinste breit. »Was denn? Wer hat heute beim College-Vorbereitungstest neunundneunzig Prozent der SIT-Punkte abgeräumt? Ich jedenfalls nicht.«

»Dafür bist du Ballkönigin geworden«, erinnerte ich sie an den Herbstball vor zwei Monaten.

Ein verzücktes Lächeln erhellte ihr Gesicht. »Ja. Mann, war das schön! Ich werde nie vergessen, wie Angie vor allen Leuten angefangen hat zu heulen.« Sie kicherte, und ich sah sie streng an. Cordy konnte manchmal ein totales Miststück sein, und ab und zu war es echt anstrengend, ihre Freundin zu sein. Doch da Angie ein noch viel größeres Miststück war, konnte ich Cordy den fiesen Spruch in diesem Fall nicht wirklich verübeln.

»Sag mal, wo genau …«, setzte ich an, als Cordy ruckartig stehen blieb.

»Da!«, rief sie aufgeregt, und ich riss meinen Kopf herum.

»Was *da?* Ein Axtmörder? Oder Angie? Wobei das fast aufs Gleiche rauskommt«, zischte ich beunruhigt.

Cordy prustete los. »Nein, hörst du das nicht? Ich glaub, da vorn ist die Party!«

Aufgeregt zog Cordy mich weiter – und tatsächlich: Nach einer Weile hallte dumpf der typische Partylärm zu uns herüber. Schwere Bässe mischten sich mit dem unverkennbaren Geruch von Bier. Lichter, die wahrscheinlich von Autoscheinwerfern stammten, zerschnitten die Dunkelheit.

»Wer genau schmeißt diese Party noch mal?«, erkundigte ich

mich bei Cordy, die gerade vor lauter Aufregung über eine Wurzel stolperte. Schnell reichte ich ihr die Hand, bevor sie sich auf die Nase legen konnte.

»Scheißding, wachs gefälligst woanders! Sorry, was hast du gesagt, Alice?«

»Wer auf die geniale Idee gekommen ist, hier eine Party zu schmeißen, für die ich mitten in der Nacht aus dem Fenster klettern musste.«

»Ach, diese reichen Kids aus der Privatschule.«

»Aus welcher von beiden?«, hakte ich nach. »Chesterfield oder St. Burrington? Die sind ja beide hier auf dem Gelände.«

Cordy zuckte mit den Schultern. »Ist das wichtig? Hauptsache, es gibt Freibier.«

Skeptisch zog ich die Augenbrauen zusammen. »Wurde die letzte Party von Chesterfield nicht von der Polizei gesprengt?« Das Thema hatte in Foxcroft wochenlang für Gesprächsstoff gesorgt. »Du weißt ja, wenn mich meine Mom hier erwischt, bin ich so gut wie tot.«

»Papperlapapp, deine Mom ist Sheriff, da kommst du mit allem durch«, winkte Cordy ab. Im Halbdunkel konnte ich gerade so erkennen, dass ihre Augen vor Begeisterung aufblitzten. »Die letzte Party war angeblich legendär. Und du hast mich an dem Tag zu einem lausigen Kinoabend überredet. Der Abend heute sorgt also nur für längst überfällige Gerechtigkeit.«

Ich verdrehte schnaubend die Augen und bekam dafür prompt einen Schubs, der mich fast in den nächsten Busch beförderte. »Hey!«, fuhr ich sie empört an.

Sie lachte auf und stapfte weiter. »Komm schon. Heut feiern wir mit den reichen Kids. Oh, da sind ja Peter und Matthew! Hey, Peeeeter! Wir sind hier!«

Aufgeregt winkte sie quer über die Lichtung, die sich direkt vor uns auftat. Ein wenig geblendet von der plötzlichen Helligkeit blieb ich stehen und ließ die Szene ein paar Augenblicke auf mich wirken.

Die Lichtung vor mir war erstaunlich groß und wirkte fast schon wie ein Parkplatz. Zumindest war das Gras platt gefahren, und tiefe Fahrrillen gruben sich in den feuchten Boden. Ein halbes Dutzend teurer Autos stand in einem lockeren Halbkreis. Wie bereits vermutet, stammte das Licht von den Scheinwerfern. Aus einem schnittigen Lamborghini dröhnte so laute Musik, dass der dumpfe, hypnotische Beat den Boden unter meinen Füßen vibrieren ließ. Auf der Ladefläche eines schwarzen Monstertrucks wurde Bier aus großen silbernen Fässern gezapft. Zwei Jungs teilten fleißig rote Pappbecher aus, während in der Luft der Geruch von Zigaretten und dem ein oder anderen Joint hing. Geschätzt halb Foxcroft war hier hochgekommen, um bei einer der legendären Partys unserer beiden Privatschulen dabei zu sein.

»Alice, da bist du ja! Versteckst du dich vor uns?« Ein großer starker Arm schlang sich um meine Schulter, bevor sich eine warme Brust an meinen Rücken drückte. Der Geruch von Seife und süßem Energydrink stieg mir in die Nase.

»Hey, Peter.« Lächelnd sah ich zum Quarterback der Foxcroft High hoch, der mich grinsend an sich drückte.

»Du siehst toll aus«, raunte er mir ins Ohr, bevor er mir einen flüchtigen Kuss auf die Wange gab.

»Danke, du auch.« Verlegen blickte ich weg.

Peter lachte und manövrierte mich dann mit seinen breiten Schultern wie einen Football durch die Partymenge. Dabei behielt er die ganze Zeit den Arm um meine Schulter. Wie immer, wenn er mir so nah war, bekam ich Herzklopfen. Peter war toll, und ich hatte mir fest vorgenommen, ihm das heute auch genau so zu sagen. Vielleicht nach ein oder zwei Bier.

Wir lächelten uns an, als hätten wir gerade einen ähnlichen Gedanken geteilt. Peters blaue Augen blitzten auf, und mein Herz jagte los.

»Trägst du das Shirt noch, um ein Statement zu setzen?«, zog ich ihn auf, während ich wieder an seinem Trikot herumzupfte, das vom heutigen Training noch ein paar Grasflecken hatte.

»Pfft. Burrington soll ruhig wissen, wer sie diese Saison fertigmacht«, behauptete Peter ein wenig zu laut, was ihm sofort einige feindselige Blicke einbrachte.

»Wenn du eine Schlägerei anzettelst, bild dir bloß nicht ein, dass Alice oder ich danach deine Wehwehchen pflegen!«, rief uns Cordy über den Lärm hinweg zu.

Sie und Peters bester Freund Matthew lehnten neben uns an dem schwarzen Monstertruck und ließen sich gerade von einem Typ mit türkis gefärbten Haaren zwei Bier zapfen. Der weiße Schaum lief träge über den Becherrand und tropfte auf den harten Boden, als Cordy breit grinsend die Becher entgegennahm. »Danke, was bekommst du dafür?« Mit einem filmreifen Augenaufschlag sah sie zu ihm hoch.

»Geht für schöne Frauen aufs Haus«, erwiderte Türkishaar mit einem tiefen Lachen. Seine Schultern waren so breit, dass selbst Peter dagegen schmal wirkte. Der checkte sein Gegenüber aus, als versuchte er herauszufinden, wie er ihn beim nächsten Footballspiel am besten tackeln konnte.

»Coole Party«, flirtete Cordy weiter. »Ihr seid von Burrington, oder?«

»Jupp, willkommen auf der schwarzen Seite der Macht!« Der Typ lachte erneut und stieß dem Kerl neben sich den Ellbogen in die Rippen. »Ey, Hawkins, hast du den gehört? Schwarze Seite der Macht, nicht dunkle! Klassiker!« Er hob seine Hand zu einem High-Five.

Der Junge am Zapfhahn drehte sich mit einem genervten Gesichtsausdruck weg und ließ die Hand des Typs einfach in der Luft hängen. »Du bist nicht witzig, Bastion. Warst du nie und wirst du nie sein.« Während er redete, füllte er den nächsten Becher ab, den er mir hinhielt, ohne dass ich darum gebeten hatte.

Das Scheinwerferlicht eines Autos beleuchtete ihn von hinten, sodass es beinahe aussah, als wäre er von einer Korona umgeben. Unter der schwarzen Beanie auf seinem Kopf lugten ein paar ebenso schwarze Ponyfransen hervor, die ihm in das fein geschnittene Gesicht mit asiatisch geschwungenen Augen fielen.

»Du hast doch noch nichts zu trinken, oder?«, fragte er mich freundlich.

»Ich? Nein, danke, das ist sehr nett«, antwortete ich überrascht und nahm ihm den Becher aus der Hand. »Gibt es einen Grund für die Party? Hat jemand Geburtstag?«, fragte ich neugierig, während Peter sich ebenfalls ein Bier geben ließ.

Türkishaar alias Bastion grinste und verschränkte die muskulösen Arme vor der Brust. »Kein Grund. Wir feiern nur unser beschissen kurzes Leben.«

»Bastion, es reicht«, knurrte Hawkins, dann sah er uns fragend an. »Wollt ihr sonst noch was?«

»Nein, danke, wir stören euch dann mal nicht weiter«, versicherte Cordy, warf Bastion dabei aber eindeutig zweideutige Blicke zu.

Der grinste breit und zwinkerte. »Du kannst mich gern nach der Party stören, wenn du willst.«

»Will sie nicht. Danke für das Bier«, hielt ich dagegen, bevor Cordy begeistert zustimmen konnte, schnappte mir ihre Hand und schleifte sie hinter mir her durch die Partymassen.

»Alice! Was soll das? Ich hätte fast einen von Burrington abgeschleppt. Das macht zwanzig Punkte!«

»Ernsthaft, Cordy?« Ungläubig schnaubend ließ ich sie los. »Du willst wirklich dieses dämliche Punktespiel spielen?«

Cordy machte ein schockiertes Gesicht und presste sich eine Hand gegen die Brust. »Dämlich? Das ist Tradition in Foxcroft!« Sie straffte die Schultern und begann herunterzurattern:

»Fünf Punkte für einen Kuss mit einem Internatsschüler.

Zehn Punkte für Knutschen.

Fünfzehn Punkte für Rummachen.

Und zwanzig für …«

»Ich will es nicht hören. Lalala«, trällerte ich und hielt mir schnell die Ohren zu.

»Was will sie nicht hören?«, erkundigte sich Peter, der zu uns aufschloss, während er in großen Schlucken sein Bier trank.

»Dass sie prüde ist. Dagegen solltest du dringend mal was unternehmen, Peter«, sagte Cordy.

»Hey! Ich bin nicht prüde. Ich bin nur nicht scharf drauf, Internatsschüler für dämliche Punkte …«

»… flachzulegen?«, half Cordy liebenswürdig nach.

»Wer legt hier wen flach?«, mischte sich nun auch Matthew ein.

Peter verzog das Gesicht. »Ach, es geht um die Punkte, falls man einen von den Snobs abschleppt.«

Matthew zog ebenfalls eine Grimasse, als hätte er einen schlechten Geruch in der Nase. »Das gibt es immer noch? Meine Schwester hat das auch schon gespielt. Was habt ihr Mädels nur mit den Typen von den Internaten? Die sind doch alle verrückt.«

»Geheimnisvoll, reich und heiß, meinst du wohl«, hielt Cordy dagegen und sah verzückt in Richtung Bastion mit seinen türkis Haaren. »Schade, dass die kaum in die Stadt dürfen und immer unter sich bleiben. Wirkt beinahe, als würden sie im Knast sitzen, statt auf eine scheißteure Privatschule zu gehen.« Sie seufzte sehnsüchtig.

»War einer von euch eigentlich schon mal in Burrington oder Chesterfield?«, fragte ich. Der allgemeine Internatsgossip hatte mich bisher eigentlich nie so wirklich interessiert. Aber ich hatte ja auch noch nie etwas mit Schülern von dort zu tun gehabt. Bis jetzt zumindest.

Alle schüttelten den Kopf, und Matthew sagte: »Wenn du das Schulgeld nicht aufbringen kannst, darfst du ja nicht mal auf das Gelände.«

»Alter, ich will da gar nicht rein und jeden Tag eine Krawatte tragen«, warf Peter lachend ein.

Die beiden prosteten sich zu und tranken ihre Becher in einem Zug leer. Ich verdrehte die Augen und nippte an meinem Bier. Als sich der bittere Geschmack in meinem Mund ausbreitete, versuchte ich eine Grimasse zu unterdrücken.

»Magst du Bier immer noch nicht, Alice?«, flüsterte mir Peter amüsiert ins Ohr.

»Schmeckt ekelhaft. Wenn keiner hinsieht, musst du für mich trinken, ja?«

Peter grinste und zwinkerte mir zu. Aus dem Augenwinkel sah ich, wie mir Cordy ein begeistertes Daumen-hoch-Zeichen gab. Ihre Flirttipps hatten in letzter Zeit bizarre Ausmaße angenommen. Als sie eine auffordernde Bewegung machte, atmete ich tief durch und sah zu Peter hoch.

»Hast du vielleicht Lust zu tanzen?« Ich deutete in die Mitte der Lichtung, wo sich bereits einige Leute im Rhythmus der dröhnenden Beats bewegten.

»Solange ich nur von einem Bein aufs andere wippen muss, gern«, sagte Peter, nahm mir meinen Becher ab und trank ihn in einem Zug aus, bevor er ihn auf der Motorhaube eines Wagens abstellte.

»Wippen reicht völlig aus«, erwiderte ich und lächelte zu Peter hoch, als er mich in seine Arme zog und zu tanzen begann.

»Und? War diese Party wirklich so eine fürchterliche Idee?«, erkundigte sich Cordy, die sich mit Matthew zu uns gesellt hatte, fröhlich bei mir.

»Nein, es ist toll hier, du hattest recht«, musste ich zugeben, auch mir selbst gegenüber.

»Ich habe immer recht, und das Bier ist hammer! Wir holen uns noch eins.«

»Ist Bier jetzt das neue Codewort für türkishaarige Internatsschüler?«, zog ich sie auf.

Cordy wackelte mit den Augenbrauen und verschwand mit

Matthew im Schlepptau im Getümmel, während Peter seine Arme fester um mich schlang. Lächelnd schmiegte ich mich an ihn, während er mir einen Kuss in den Nacken drückte. Ich holte tief Luft, und es fühlte sich an, als würde ich diesen Augenblick in all seinen kleinsten Details in mich aufzusaugen. Ich spürte den sanften Wind an meinen blonden Haaren ziehen, roch Bier, Rauch und den Wald, während die Musik wie ein dumpfer Herzschlag in meiner Brust vibrierte.

Badum. Badum. Badum.

Lächelnd öffnete ich die Augen – und begegnete dem Blick eines Typs, der am Rand des Partygewimmels stand und mich anstarrte.

Badum.

Irritiert starrte ich genauso unverwandt zurück.

Er trug ein weißes Hemd, das er bis zu den Ellbogen hochgekrempelt hatte, und um seinen Hals hing eine gelockerte, blutrote Krawatte. Auf der linken Brusttasche war ein Schulwappen abgebildet.

Er lehnte an einem Motorrad und zog an einer glühenden Zigarette. Fasziniert sah ich dem Rauch hinterher, der sich zwischen seinen Lippen hervorschlängelte und in seinem dunklen Haar verfing, das ihm in dichten Wellen ums Gesicht fiel. Vielleicht lag es nur an dem grellen Licht, aber seine Augen wirkten pechschwarz.

Badum.

Mein Herzschlag setzte aus, oder vielleicht kam mir die Zeit zwischen den Schlägen auch einfach nur länger vor als sonst. Wir starrten uns an, und die Zeit schien sich auszudehnen. Die Geräusche waren nur noch verzerrt und dumpf zu hören, die Menschen um uns herum bewegten sich wie in Zeitlupe, genauso wie der Rauch, der aus seinem Mund stieg.

Dann, ganz plötzlich, huschte ein verwirrter, beinahe erschrockener Ausdruck über seine Züge.

Kannte er mich? Zögerlich hob ich die Hand und winkte. Der Typ schnippte die Zigarette zu Boden und stieß sich von der Maschine ab. Er machte einen Schritt auf mich zu, dann noch einen. Ich hielt die Luft an und …

»Alice?«, murmelte mir Peter plötzlich ins Ohr.

Sein warmer Atem pustete mir eine Haarsträhne ins Gesicht und riss mich so schlagartig in die Realität zurück, dass mein Herz erschrocken losstolperte. Als wäre um mich herum eine schützende Seifenblase geplatzt, stürmte das Partygeschehen wieder auf mich ein. Die Musik schmerzte beinahe in meinen Ohren, die Gerüche stachen mir aufdringlich in die Nase, und die Farben wirkten so grell, dass ich irritiert blinzelte.

Der Typ blieb stehen. Sein Blick huschte zu Peter, bevor er den Kopf schüttelte, sich ruckartig umdrehte und im Partygewimmel verschwand.

»Möchtest du vielleicht …«, setzte Peter an und strich mir mit einem Finger die Wirbelsäule entlang, was einen heftigen Schauder auslöste, »… noch was zu trinken?« Kaum merklich versteiften sich meine Nackenmuskeln.

»Gern.« Ich zwang mich, das seltsame Gefühl abzuschütteln, das der kurze Blickaustausch mit dem anderen Typ in mir ausgelöst hatte, und folgte Peter zurück zu dem Truck, an dem Cordy und Matthew bereits ihr nächstes Bier kippten.

»Wenn ihr noch verliebter tanzt, rutscht am Ende jemand auf eurer Schmalzspur aus«, flüsterte mir Cordy grinsend zu.

»Du bist ja nur neidisch«, zog ich sie auf, bevor ich mich an

Peter wandte. »Ich frag mal nach, ob sie auch was anderes als Bier haben, okay?«

Er zwinkerte. »Klar. Viel Erfolg dabei«, erwiderte er und schnappte sich Matthews Becher.

Ich trat näher an den Monstertruck und klopfte an die schwarz lackierte Karosserie, um Bastions Aufmerksamkeit auf mich zu lenken.

»Noch ein Bier, Süße?«

»Kann ich vielleicht auch einfach nur eine Cola haben?«, murmelte ich verlegen.

»'ne Coke? So ganz ohne?« Als ich nickte, wanderte seine gepiercte Augenbraue nach oben. »Ich seh schon, du bist 'ne ganz Wilde, was?« Er lachte, richtete sich jedoch auf und tippte seinem Kumpel auf die Schulter.

»Hey, Hawk. Haben wir noch Cola da?«

Hawk schüttelte den Kopf. »Hier nicht, aber vielleicht ist noch eine Kiste in der Schule. Ich müsste mal nachsehen.«

»Oh nein, bloß keine Umstände. Dann trink ich einfach gar nichts«, ruderte ich hastig zurück.

Hawk musterte mich, dann stieß er sich vom Truck ab. »Schon gut, ich muss sowieso Bier nachholen. Bin gleich zurück, Bastion.«

Der nickte und teilte weiter Bier aus.

Ich gesellte mich zwar wieder zu den anderen, sah aber voller Schuldgefühle Hawk nach, der gerade hinter den Autos verschwand, bis schließlich meine guten Manieren siegten. Ich zupfte Peter am Ärmel. »Ich bin gleich wieder da, ja? Ich helf nur eben dem Typ dahinten mit den Getränken.«

Peter runzelte die Stirn. »Soll ich mitkommen?«

»Nein, schon gut. Ich bin ein großes Mädchen, das bekomm ich allein hin«, wiegelte ich lächelnd ab und beeilte mich, Hawk zu folgen, ehe er aus meinem Sichtfeld verschwunden war.

»Hey, du! Warte!«, rief ich ihm hinterher und erwischte ihn gerade noch, als er auf einen dunklen Trampelpfad zwischen den dicht stehenden Bäumen abbog. »Lass mich zumindest beim Tragen helfen.«

Hawk blieb stehen und drehte sich zu mir um. »Schon gut, das musst du nicht.«

»Ich würde aber gern, sonst hab ich ein schlechtes Gewissen.«

Hawks rechter Mundwinkel wanderte nach oben. »Machst du das wegen dieser Sache mit den Punkten?«, erkundigte er sich belustigt.

Entsetzt starrte ich ihn an. »Was? Nein!«

»Sicher? Wenn doch, muss ich dir gleich sagen, dass ich eine Freundin hab.«

»Himmel! Nein, so war das nicht … sorry, ich will wirklich nur helfen«, rechtfertigte ich mich und spürte, wie ich knallrot anlief.

Jetzt wanderte auch sein linker Mundwinkel nach oben. »Schon gut, komm ruhig mit. Es ist gleich hier drüben.«

Er bedeutete mir, ihm zu folgen, und mit einem letzten Blick auf die Lichtung lief ich hinter ihm in den Wald hinein. Sofort wurde es um einige Grad kälter, sodass die Atemluft vor meinem Gesicht kondensierte.

»Wie heißt du?«, erkundigte sich Hawkins freundlich bei mir, während er einen tief hängenden Zweig aus dem Weg hielt.

Dankbar duckte ich mich darunter hindurch und beeilte mich, mit seinen langen Beinen Schritt zu halten.

»Alice. Alice Salt«, stellte ich mich vor.

Hawk legte interessiert den Kopf schief und musterte mich. »Salt? Bist du mit dem Sheriff verwandt?«

Seufzend verzog ich das Gesicht. »Ja, das ist meine Mom.«

Er prustete los. »Und dann bist du auf so einer Party? Weiß sie davon?«

Ich warf ihm einen bedeutungsschwangeren Blick zu und strich mir eine Haarsträhne hinters Ohr. »Nein. Und falls sie hier heute noch auftauchen sollte, werde ich behaupten, von euch gekidnappt worden zu sein.«

Wieder lachte Hawk. Seine Stimme klang weich und warm, und ich musste überrascht feststellen, dass ich ihn nett fand. Er wirkte so erstaunlich … normal. »Wir sind da. Warte hier kurz auf mich, ich bin gleich zurück«, sagte er.

Staunend legte ich den Kopf in den Nacken und starrte das schmiedeeiserne Tor an, das mitten im Wald vor uns aufgetaucht war. Eine beinahe ebenso hohe Ziegelsteinmauer, die von wildem Efeu überwuchert war, breitete sich links und rechts vom Tor aus und schnitt das Internatsgelände von der Außenwelt ab. Prompt schoss mir Cordys Vergleich mit einem Knast durch den Kopf, der mir bei dem Anblick ziemlich treffend schien.

»Ist gut«, sagte ich nur und beobachtete, wie Hawk durch das Tor verschwand.

Wahrscheinlich bildete ich es mir nur ein, aber ich hatte beinahe das Gefühl, als wäre die Luft, die durch die einen Spaltbreit offen stehenden Flügeltüren drang, um ein paar Grad kühler als die im Wald.

Fröstelnd sah ich Hawk hinterher, der leise wie eine Katze in der Dunkelheit verschwand. Im Grunde fehlte nur noch Nebel, und dieser Ort wäre das perfekte Setting für einen Horrorfilm gewesen. Nervös sah ich mich um, biss mir auf die Unterlippe und trat von einem Bein aufs andere, während ich wartete, dass Hawk zurückkam. Um etwas zu tun zu haben, ging ich näher an das Tor heran und betrachtete das elegant verschnörkelte schwarze Eisen. Auf einem silbernen Schild links an der Backsteinmauer waren schwach die Worte *St. Burrington* zu entziffern. Neugierig trat ich noch näher, bis ich knapp vor dem Tor stand. Daneben war das Schulwappen angebracht, das eine zierliche Hand zeigte, die eine Rose hielt. Ich berührte das Wappen, fuhr die Rillen entlang, und die Kälte wurde so beißend, dass ich mit den Zähnen zu klappern begann. Ich bekam eine Gänsehaut und schlang bibbernd das karierte Hemd enger um mich.

So witzig sich die Party auch entwickelt hatte, abseits des Trubels ließ das Adrenalin nach, und ich bemerkte, wie müde ich inzwischen war. Hungrig war ich auch, mein Magen knurrte. Ich seufzte, als ein Knacken im Unterholz mich zusammenzucken ließ. Mein Kopf schoss herum, doch ich sah nur dicht stehende Bäume, deren Wurzeln sich wie Schlangen aus dem Boden wanden. Scheiße, war das gruselig! Ich hoffte nur, dass Hawk bald zurückkam, ehe mir Jigsaw einen Besuch abstattete. Erwartungsvoll hob ich den Kopf, als das Gestrüpp vor mir in Bewegung geriet und …

»Aahhh!« Mein Herzschlag setzte kurz aus, während mir die Panik die Puste aus der Lunge trieb. Ich stolperte rückwärts. Im Unterholz knackte es wieder, und heraus kam – eine Katze!

»Um Gottes willen, hast du mich erschreckt! Willst du mich umbringen?«, krächzte ich und hatte immer noch das Gefühl, vor Schreck gleich meine Lunge ausspucken zu müssen.

Die schneeweiße Katze blieb vor mir stehen und wirkte beinahe verdutzt. Erleichtert atmete ich auf, während mein Herzschlag sich wieder beruhigte.

»Na, was machst du denn hier?« Fröstelnd ging ich in die Hocke und streckte lockend die Hand aus. Die Katze – oder der Kater? – zuckte beinahe schon amüsiert mit den Ohren, während sie näher schlich.

»Hey, ich bin Alice. Und wer bist du?«, fragte ich, als könnte mir eine Katze eine Antwort geben.

Sie legte den Kopf schief, hob die Tatze, wie um mir die Hand zu reichen, und antwortete mit samtweicher und erstaunlich tiefer Stimme: »Hallo, Alice. Ich bin Curse.«

Mein Schrei war so gellend, dass es in meinen eigenen Ohren schmerzte. Ich zuckte zurück und knallte mit dem Rücken hart gegen das Eisentor. Das *Klong* des Aufpralls hallte gefühlt im gesamten Wald wider.

Der Kater machte vor Schreck einen Buckel und fauchte mich an, während ich ihn mit weit aufgerissenen Augen anstarrte. Mein Herz pochte so schnell, dass ich es bis auf die Zunge spüren konnte, während ich wild den Kopf schüttelte.

»Hast du gerade wirklich gesprochen?«, stieß ich fassungslos hervor.

»Hast du mich gerade wirklich gehört?«, kam die überraschte Gegenfrage. Klar und deutlich. Von dem Kater. Dem Kater, der mir gerade mitgeteilt hatte, dass er Curse hieß.

Ich kreischte wieder.

»Verfluchte Scheiße!«, stieß der Kater hervor.

»Alice? Was ist los?«, fragte eine erschrockene Stimme, die diesmal zum Glück nicht von dem Kater kam.

Ich fuhr herum und sah voller Erleichterung Hawkins mit einer Kiste Softgetränke in den Händen vor dem Eisentor stehen.

»Die … die … ich … ich hab irgendwas gehört, und dann war da … der Kater!«, stammelte ich, während ich auf Curse zeigte.

Hawkins stutzte. »Hä?«, fragte er.

»Miau«, sagte Curse unschuldig. Ich fuhr auf den Fersen herum, sah aber nur noch, wie das Mistvieh mit erhobenem Schwanz das Weite suchte und blitzschnell im Gebüsch verschwand.

»Der Kater da … der hat …«, stotterte ich völlig verwirrt, während Hawkins die Kiste abstellte und das quietschende Tor öffnete.

»Geht's dir nicht gut? Hast du zu viel getrunken?«, fragte er sichtlich besorgt und umfasste meine Schulter. Seine Finger berührten mich nur sanft, beinahe flüchtig, doch auf meiner Haut breitete sich ohne jede Vorwarnung erneut eine dicke Gänsehaut aus. Selbst meine Nackenhaare stellten sich auf. Ich zuckte zurück. Doch das grauenhafte Gefühl blieb, wurde sogar noch stärker. Wie wenn einem Kälte durch die Schläfen kroch, bis sie sich in den Windungen des Gehirns festsetzte. Hirnfrost. Der Schmerz war scharf und stechend. Ich merkte, wie mir die Knie zitterten.

»Alice?«

Ich spürte, wie Hawk seine Arme um mich schlang. Ich öffnete den Mund, doch heraus kam nur eiskalter Nebel, während sich dunkle Flecken in meinem Gesichtsfeld ausbreiteten. Mir stockte das Blut in den Adern, und ich hörte eine Stimme wie einen Glockenschlag durch meinen Schädel dröhnen:

Verdammt sind wir, wie Figuren zu leben,
sechzehn von uns wird es ewiglich geben.
Weder Schwarz noch Weiß bleiben verschont,
im endlosen Kampf um Leben und Tod.

Blut für Blut, so muss es sein,
jeder steht am Ende allein.
Doch niemals gibt mein Herz mir Ruh,
denn verflucht bin ich und verflucht bist du.

»Alice! Hey!« Hände schüttelten mich und rissen mich so abrupt in die Realität zurück, dass ich wie eine Ertrinkende nach Luft rang. Ich blinzelte und sah Hawk über mir knien. War ich hingefallen? Wann war das passiert? *Was* war passiert?

»Was … was war das gerade? Was war das für eine Stimme?«

Ich kniff die Augen zu. Hinter meinen Schläfen pochte es, und als ich meine Lider wieder aufzwang, sah Hawk erschrocken auf mich herab.

»Du hast was gehört? Scheiße! Was genau hast du gehört?«, fragte er, und sein Blick wirkte gehetzt.

»Natürlich hab ich was gehört. Diese Stimme und dieser … dieser Kater … Was war das?«, brachte ich krächzend hervor, versuchte mich aufzusetzen und stöhnte. »Fuck!«

Mir tat alles weh. Die stechenden Schmerzen hatten sich bis in meinen Rücken gebohrt, und ich sog zischend die Luft ein, während Hawk mich mit einem äußerst seltsamen Ausdruck anstarrte.

Dann sagte er langsam: »Wenn du was gehört hast … siehst du

dann auch das da?« Sein Finger deutete auf etwas neben mir, und meine Nackenmuskeln versteiften sich schlagartig.

»Wa…«, setzte ich an, während ich mir schaudernd über die Arme fuhr und dabei etwas Seltsames berührte. Verdutzt sah ich nach unten und sah ein paar lange, zitternde Spinnenbeine, die sich an mir festklammerten.

»Scheiße!«, schrie ich angewidert auf und wischte mir hektisch über den Oberarm. »Was war das? War das eine Spinne? Ist sie noch da?«

Hawk verzog fluchend das Gesicht. »Oh Mann, du siehst sie also wirklich?«

Ich öffnete den Mund und spürte im nächsten Augenblick, wie mich etwas an den Haaren kitzelte. Als ich hochsah, wurden meine Augen groß. Über den gezackten Spitzen des Tors wimmelte es nur so von Spinnen. Große, kleine, die mit ihren langen, dünnen, zitternden Beinen überall umherkrochen.

»Ach du Scheiße!« Ich strampelte mich hoch, knickte aber sofort wieder ein. Hawk half mir langsam auf. Sein Blick blieb an mir hängen wie … wie … wie in einen Albtraum. Ganz genau, das hier konnte doch nur ein Albtraum sein! »Was ist das hier für eine kranke Scheiße?«

Hawk verzog das Gesicht und sagte nur: »Es tut mir leid.«

»*Was* tut dir leid?«, fauchte ich und kniff mir hektisch in die Wangen. Ich musste aufwachen. Schnell! Doch ich tat es nicht. Ich tat es einfach nicht.

Im selben Augenblick kroch Hawk eine besonders dicke Spinne genau übers Gesicht. Er zuckte zurück und klatschte sich die Hand gegen die Wange. Doch gleich darauf ließen sich Dutzende weitere auf ihn fallen, wuselten und krabbelten über ihn hinweg und kamen allesamt … direkt auf mich zu.

»Hau ab, Alice!«, rief Hawk. Unsere Blicke trafen sich, während er sich ein paar Spinnen von der Schulter fegte. Ich stolperte zurück. Einen Schritt. Zwei. »Hau ab, solange du noch kannst!«, fuhr Hawkins mich an.

Etwas krabbelte meinen Rücken hinauf, und ich beherzigte Hawkins Rat. Winselnd drehte ich mich um und rannte davon, als wäre der Teufel hinter mir her. Tränen rannen mir die Wangen hinab, doch ich spürte sie kaum, ebenso wenig wie die Äste, die mir ins Gesicht peitschten.

Das hier musste ein Albtraum sein.

Nur ein Albtraum.

Ein schrecklicher Albtraum.

Kapitel 2

6 Monate später

Ein Albtraum!

Keuchend fuhr ich kerzengerade im Bett hoch. Kalter Schweiß rann mir den Rücken herab, und das Piepen meines Handyweckers hallte mir schrill in den Ohren nach. Mit zittrigen Fingern drückte ich die Snooze-Taste. Das Kissen war zerknautscht und fühlte sich ähnlich verschwitzt an wie mein Rücken. Eine weitere Nacht, in der ich mich herumgewälzt hatte. Eine weitere Nacht voller Albträume, wie sie in den vergangenen sechs Monate für mich zur Gewohnheit geworden waren.

Sechs Monate.

Ich ließ mich wieder nach hinten fallen und schloss die Augen.

Es gibt keine sprechenden Katzen.

Es wimmelt nicht überall von schwarzen Spinnen.

Ich bin nicht verrückt.

Das alles ist nur ein Albtraum.

Das Mantra beruhigte meinen flatternden Puls, und ich schlug die Augen wieder auf – nur um *es* zu sehen.

Es war in diesem Fall groß wie ein Golfball und hatte lange schwarze Beine und einen zitternden Körper, der aussah, als hätte jemand Rauch zum Leben erweckt. Und *es* krabbelte gerade über mein Bett.

»Verdammte Scheiße!« Erneut setzte ich mich ruckartig auf. Die Spinne flitzte die Bettdecke entlang, und auf dem Boden entdeckte ich Dutzende weitere. So wie jeden Tag.

Sie verfolgten mich wie ein lebendiger Albtraum, und langsam gingen mir die Erklärungen aus, die nicht darauf hinausliefen, dass ich verrückt geworden war.

Ich hatte in den letzten Monaten Antworten zu finden versucht. Hatte die möglichsten und unmöglichsten Dinge gegoogelt. Halluzinogene Pilze zum Beispiel.

Danach hatte ich versucht, an die Handynummer von diesem Hawk zu kommen. Doch niemand hatte Kontakt zu Chesterfield oder St. Burrington. Alle sahen die Internatsschüler nur zu den Partys, die sie heimlich schmissen, oder in der Stadt, wo sie hin und wieder mit ihren teuren Autos herumfuhren. In meiner Verzweiflung hatte ich schließlich sogar auf St. Burrington angerufen und ein paarmal vor dem Tor herumgelungert. Aber ein ums andere Mal hatte man mich einfach abgewimmelt, wenn ich überhaupt jemanden zu Gesicht bekam.

»Ich *bin* nicht verrückt«, ließ ich die Spinnen finster wissen. Sie wuselten davon, als ich meine Beine aus dem Bett schwang und ruckartig die Vorhänge aufzog. Helles Sonnenlicht schien durch mein Zimmer und erhellte den alten Holzboden.

»Neuer Tag, neues Glück«, redete ich mir selbst gut zu, und das Spiegelbild im Fenster schnitt mir eine wenig überzeugte Grimasse. »Neuer Tag, neuer Scheiß«, hätte wohl besser gepasst. Aber ich wollte nicht schon um halb acht Uhr morgens pessimistisch sein.

Ich beeilte mich mit dem Umziehen, schnappte mir meine Schultasche und lief den Flur der alten Villa entlang. Die Villa Salt war so alt, dass sie bereits ein Eigenleben zu entwickeln begann. Die dunklen Dielen knarrten, die verzierten Balken ächzten, und die Türen öffneten und schlossen sich meiner Meinung nach selbstständig. Von den vielen Generationen der Salts, die hier bereits gelebt hatten, zeugten die alten Gemälde auf der braun-orange gemusterten Paisley-Tapete im Treppenhaus ebenso wie die durchgewetzten Stellen im einstmals roten Teppichboden.

Ich rannte die Treppe hinab und folgte dem Geruch nach Frühstück, der aus der Küche drang, die zu großen Teilen aus abgegriffenem Holz bestand. Vom Gebälk hingen dicke Büschel aus Lavendel und Salbei, die Granny aus dem verwilderten Garten geerntet und zum Trocknen aufgehängt hatte. Es war der einzige Raum im Erdgeschoss, vor dem keine alten Bäume standen, sodass das Sonnenlicht ungehindert hereinscheinen konnte. Die Fenster standen offen, und Vogelgezwitscher drang herein und vermischte sich mit dem köchelnden Geräusch, das aus einem Topf drang.

»Guten Morgen!« Ich versuchte, so sorglos zu klingen, wie sich ein siebzehnjähriges Highschool-Mädchen fühlen sollte. Normal, höchstens mit Jungs und Hausaufgaben beschäftigt. Ein Mädchen, wie ich es einst war, weshalb mein Tonfall auch beinahe überzeugend klang.

»Guten Morgen, mein Schatz.«

Meine Mom sah lächelnd auf. Sie trug bereits ihre Uniform: braune Hosen, braune Jacke und den Stern, der sie als Sheriff der Stadt auswies.

Grandma Emerald saß in ihrer üblichen Ecke im Lehnstuhl und

strickte. Das tat sie oft seit ihrem Schlaganfall, und das rhythmische *Klick, Klick, Klick* der Nadeln war inzwischen so etwas wie der Herzschlag des alten Hauses.

»Hallo, Granny«, sagte ich und küsste sie auf die warme, faltige Wange, die immer nach Zitronenbonbons roch. Dabei wischte ich ihr unauffällig eine schwarze Spinne von der Schulter. Granny lächelte verwirrt.

»Wie war dein Besuch bei den St. Burringtons, Liebes? Hast du dich beim Tee gut amüsiert?«, fragte sie und tätschelte mir die Wange.

»Ja, danke, es war toll«, erwiderte ich sanft.

»Gut, gut. Du solltest ihn heiraten. Er ist ein wirklich netter Junge.«

Ich nickte nur, und Mom lachte leise.

Eine weiße Locke rutschte Granny aus der Hochsteckfrisur. Sie sah aus wie die nette Oma von nebenan, und solange die Demenz sie im Griff hatte, war sie das auch. In den wenigen Momenten, in denen ihr Kopf klar war, glich sie aber leider eher einer alten Furie, die ihre Stricknadeln vor allem dafür verwendete, einem damit ins Bein zu piken. Granny Emerald war die Mutter meines Vaters, doch gesprochen hatte er nur selten über sie. Wir hatten sie vor seinem Autounfall auch nie besucht, und sobald die echte Gran herauskam, wusste ich auch immer, warum. Sie konnte nämlich echt gemein sein! Dass mein Dad meine Mom damals so früh geheiratet hatte und weggezogen war, konnte ihm niemand zum Vorwurf machen. Na ja, Granny schon. Was sie auch tat. Lautstark. Obwohl er längst tot war.

Bei dem Gedanken bildete sich ein Kloß in meinem Hals, aber

das war immer noch besser als das hemmungslose Weinen, das in den ersten Wochen nach seinem Tod mein ständiger Begleiter gewesen war.

»Du hast verschlafen!«, sagte Mom vorwurfsvoll und trank einen Schluck Kaffee, den es bei uns rund um die Uhr gab. Ich konnte mich an kaum einen Augenblick erinnern, in dem die Kaffeemaschine in unserem Haushalt nicht in Betrieb gewesen wäre. Auch vor unserem Umzug nach Foxcroft war Kaffee schon ein fester Bestandteil unseres Lebens gewesen.

Vieles war gegangen, der Kaffee war geblieben. Der Geruch war tröstlich.

Ich versuchte, nicht zusammenzuzucken, als eine schwarze Spinne mit langen Beinen über den Rand von Moms Becher krabbelte. Ich sagte auch nichts, als Mom den Becher ansetzte und trank, während ihr die Spinne über die Hand lief. Es hätte nichts gebracht, lauthals loszuschreien. Weil Mom die Spinne trotzdem nicht gesehen hätte. Niemand tat das. Und das war wahrscheinlich das Beängstigendste an der ganzen Sache: dass ich allein mit diesem Albtraum war.

»Ich weiß. Bin auch schon weg«, nuschelte ich, riss meinen Blick von der Spinne los und schnappte mir einen Toast von der Anrichte.

»Fahr nicht zu schnell!«, warnte mich Mom noch, als ich aus der Küche stürmte und im Vorbeigehen Grandma Emerald auf die faltige Wange küsste. Sie sah weder auf, noch unterbrach sie ihr Stricken.

»Mach ich!«, rief ich zurück, während ich die alte, mintgrün lackierte Tür aufdrückte. Das Knarren der Scharniere klang wie ein Seufzen.

Mein Fahrrad lag dort, wo ich es gestern hatte fallen lassen, nämlich in den Rhododendronbüschen neben der weißen Veranda.

Unsere alte Familienvilla befand sich etwa zwanzig Fahrradminuten von der Schule entfernt im Süden von Foxcroft. Die Autumn Street lag abgelegen, nur selten kam ein Auto vorbei. Wer in Foxcroft nicht ohnehin schon längst das Gefühl hatte, am Arsch der Welt zu leben, dem kam der Gedanke spätestens hier draußen bei uns.

Die ehemals blaue Fassade der Villa wirkte durch die jahrzehntelange Witterung grau und bleich wie abgenagte Knochen, und die Hollywoodschaukel quietschte. Die Bäume im Garten waren so alt und groß, dass ihr Geäst sich über das gesamte Hausdach erstreckte und alles in Halbschatten tauchte.

Ich schnappte mir mein Fahrrad, klemmte mir den Toast zwischen die Zähne und trat in die Pedale. Die Sommerferien standen kurz bevor, und es war schon heiß, obwohl die Sonne noch nicht sehr hoch stand. Das Zirpen der Zikaden begleitete mich, als ich die Straße entlangfuhr und mir der Wind durch die Haare wehte. Ich atmete tief ein und spürte, wie sich mein Puls endlich etwas beruhigte. Bewegung hatte mir schon immer geholfen, seit ich denken konnte, wurde ich hibbelig und unruhig, sobald ich zu lange still sitzen musste. Ein Grund vielleicht, warum ich schon vor Foxcroft mit dem Cheerleading angefangen hatte.

Doch in letzter Zeit half selbst das nicht mehr. Nach dem Training war ich meistens noch genauso fahrig und unkonzentriert wie davor. Meine Nerven lagen blank. Mittlerweile erschreckte mich jeder Schatten, ich schlief schlecht, und immer wenn ich eine weiße Katze sah, war ich kurz vorm Nervenzusammenbruch.

Und ich konnte niemandem davon erzählen, denn noch schlimmer als die Halluzinationen war die Angst, dass jemand herausfand, dass ich Halluzinationen hatte.

Quietschend blieb ich an einer roten Ampel stehen und starrte in die Ferne zu der Baumgrenze, die Foxcroft wie ein dunkler Ring einschloss. Es zog mich in den Wald, hinauf zu den Internaten. Was damals passiert war …

Ich zwang mich, wegzusehen und das Stück Toast aufzuessen. Während ich darauf wartete, dass die Ampel wieder grün wurde, ließen mich laute Musik und das Aufheulen eines Motors neugierig aufsehen. Ein teuer aussehendes, silbernes Cabrio kam neben mir zum Stehen. Mein Blick wanderte über die vier Jugendlichen darin, die nicht wirkten, als würden sie nach Foxcroft gehören. Mein Blick fiel zuerst auf das Mädchen, das auf dem Beifahrersitz saß. Sie hatte auffallend helles Haar und trug eine Sonnenbrille, die vermutlich so viel gekostet hatte wie der Inhalt meines ganzen Kleiderschranks. Hinter ihr saßen zwei Jungs, die wohl Zwillinge sein mussten, denn sie glichen einander so sehr, dass ich das Gefühl hatte, zweimal dieselbe Person zu sehen. Sie hatten fein geschnittene Gesichter mit mandelförmigen dunklen Augen und goldbraunem Haar, das zu einem akkuraten Bubikopf geschnitten war.

Wer meinen Blick jedoch fesselte, war der Typ am Steuer. Vielleicht war das Mädchen neben ihm seine Schwester, denn sein Haar, das ihm in weichen Locken ums Gesicht fiel, wies eine ähnlich helle Farbe auf. Seine linke Hand ruhte lässig auf dem Lenkrad, während er mit der anderen den Gang einlegte und erneut den Motor aufheulen ließ. Ein amüsiertes Grinsen breitete sich auf seinen geschwungenen Lippen aus, und dann, ganz plötzlich, sah er mich aus hellblauen Augen an und erwischte mich beim Starren. Ich blinzelte und zuckte zusammen, und in meinem Kopf begann es leise zu summen, wie bei einem Tinnitus. Das musste die Verlegenheit sein, die außerdem dafür sorgte, dass mir die Hitze in die Wangen stieg.

Sein Grinsen wurde breiter, und ich konnte seine Grübchen aufblitzen sehen.

»Was ist los, Vincent? Es ist grün, fahr endlich los«, hörte ich das Mädchen genervt gegen die Musik anbrüllen.

»Schon gut«, rief er zurück, »ich hab nur gerade was ausgesprochen Faszinierendes entdeckt!« Sein warmes Lachen jagte mir einen Schauder über den Rücken.

Der Kopf des Mädchens schnellte herum, doch im selben Augenblick ging der blonde Typ aufs Gas und brauste davon. Fasziniert starrte ich dem Auto hinterher, und als ich endlich ins Hier und Jetzt zurückfand, schaltete die Ampel bereits wieder auf Rot um. Der Tinnitus verschwand.

»Was war denn das gerade?«, murmelte ich kopfschüttelnd und trat trotzdem noch schnell in die Pedale, um über die Kreuzung zu rasen. Wenn ich mich nicht beeilte, würde ich auch noch zu spät zum Unterricht kommen, und das war wirklich das Letzte, was ich so kurz vor der Zeugnisvergabe gebrauchen konnte.

Denn was meine Noten betraf, sah mein Leben derzeit ebenfalls alles andere als rosig aus.

Kapitel 3

»Ich bin enttäuscht von dir, Alice.«

Mit Bauchschmerzen starrte ich auf den Zettel, der vor mir aufs Pult flatterte. Das rot angestrichene F leuchtete wie eine hässliche Wunde auf dem weißen Blatt Papier. Krampfhaft umklammerte ich den Kugelschreiber in meiner Hand und biss mir auf die Zunge, um nicht laut zu fluchen.

Mrs Greyson seufzte. Sie war erst vor einigen Monaten als Ersatzlehrerin an die Foxcroft High gekommen, hatte es mit ihrer unnachgiebigen Art aber geschafft, sämtliche Schüler innerhalb kürzer Zeit in Angst zu Schrecken zu versetzen. »Ich möchte nach der Stunde mit dir sprechen«, fügte sie hinzu, dann ging sie mit klackernden Absätzen weiter, um die restlichen Englisch-Abschlussarbeiten auszuteilen.

Was wohl bedeutete, dass ich durchgefallen war. Völlig fertig schloss ich die Augen und schluckte das Engegefühl im Hals herunter. Als ich sie wieder aufschlug, krabbelte eine Spinne fröhlich über den Tisch. Meine Finger krampften sich so fest um den Stift, dass die Knöchel weiß hervortraten.

Zähneknirschend befahl ich mir, ruhig zu bleiben. Niemand sonst konnte das Vieh sehen, und wenn ich jetzt ausflippte, landete ich nur wieder beim Schulpsychologen. Mein erster und letzter Ausraster hatte genau dort geendet. Das war direkt nach der Party gewesen, als ich feststellen musste, dass ich die Spinnen immer noch sehen konnte. Der Psychologe hatte mir eine Meditations-CD gegen Stress in die Hand gedrückt und mich ermahnt, viel zu trinken. Besten Dank auch.

Aber zumindest war ich nicht in der Klapse gelandet. Und ich hatte vor, dafür zu sorgen, dass das auch so blieb.

Zittrig atmete ich durch und ignorierte die Spinne, die gemächlich wieder vom Tisch krabbelte.

Mrs Greyson ging inzwischen an die Tafel zurück und ließ ihren strengen Blick hinter der randlosen Brille über die Bankreihen ihrer Schüler schweifen. »Ich gratuliere allen, die es in diesem Jahr über sechzig Prozent geschafft haben. Mir ist bewusst, dass die meisten von euch sich gedanklich bereits in den Sommerferien befinden. Dennoch halte ich nichts davon, sich während der letzten verbleibenden Schultage auf den Lorbeeren auszuruhen. Und deshalb dürft ihr mir alle einen Aufsatz zum Thema Zukunftswünsche schreiben. Gestaltet ihn individuell und gebt ihn mir morgen ab. Zwei DIN-A4-Seiten sollten genügen. Ihr könnt jetzt schon anfangen.«

Einheitliches Stöhnen hallte durch das Klassenzimmer, und ich warf einen schnellen Blick neben mich. Peter sah im selben Augenblick herüber und verdrehte die Augen. Ich lächelte verhalten und kramte einen Notizblock aus meinem Rucksack. Als ich ihn hervorzog, fielen auch zwei dicke schwarze Spinnen heraus, die hektisch davonkrabbelten. Wie immer reagierte niemand, keiner kreischte oder sprang auf. Es gab Tage, da wünschte ich mir, Cordy würde aufhören, gelangweilt auf ihrem Bleistift herumzukauen, und stattdessen bemerken, dass auf ihrer linken Schulter eine Spinne saß.

Oder dass Peter endlich eine Reaktion zeigte, wenn ihm eins von den Viechern direkt in den Kragen seines Shirts krabbelte. Doch nichts passierte. Das tat es nie. Kein Mensch reagierte. Wieder war nur ich es, die schaudernd die Zähne zusammenbiss, so tat, als würde sie das Kitzeln am Bein nicht spüren, und versuchte, ruhig zu atmen.

Unkonzentriert schlug ich eine leere Seite auf und starrte auf das weiße Blatt Papier vor mir. *Komm schon, Alice! Du kannst das. Du bist gut in Englisch.*

Mit klammen Fingern setzte ich den Stift an und begann zu schreiben.

Mein Name ist Alice Salt, und für die Zukunft
wünsche ich mir, nicht mehr verrückt zu sein.

Verdammt. Seufzend ließ ich den Kopf hängen. Ganz, ganz toll. Ein Stupsen in meinen Rücken schreckte mich auf, und ich drehte mich um.

Cordy saß hinter mir, senkte den Stift, mit dem sie mich gepikt hatte, und zog eine Augenbraue hoch. Dann landete ein Zettelchen auf meinem Pult.

Flüchtig sah ich auf, um sicherzugehen, dass Mrs Greyson an der Tafel beschäftigt war, bevor ich das abgerissene Papier entfaltete und Cordys Schrift zu entziffern versuchte.

Und? Hast Du es geschafft? Hast Du bestanden?

Ohne sie anzusehen, schüttelte ich den Kopf. Cordy stieß ein Seufzen aus. Das Reißen von Papier war zu hören, gefolgt von schnellem Gekritzel, bevor der nächste Zettel vor mir landete.

Neeeeein! OMG. Alice! Das tut mir so leid!!!

Ich drehte mich um, warf ihr einen bedauernden Blick zu und befahl mir selbst, nicht loszuheulen. Cordy verzog mitleidig das Gesicht, ehe sie zögernd weiterschrieb.

Glaubst Du, Du darfst trotzdem mit ins Cheer Camp fahren?

Ich atmete tief durch, schrieb unter ihre Nachricht:

Nein, wahrscheinlich nicht

und reichte ihr den Zettel nach hinten. Sekunden später kam ihre krakelige Antwort.

Hug? #sosorry. wir reden nachher. okay?

Ich nickte nur und wartete nervös, dass es endlich zum Ende der Stunde läutete.

Meine Mitschüler begannen, aus dem Klassenraum zu strömen, noch bevor Mrs Greyson die Chance hatte, ihre Brille zurechtzurücken.

»Hey Alice, alles okay bei dir?«

Mit einem Kloß im Hals sah ich zu Peter auf, der unbeholfen neben mir stand und sich nervös durchs Haar fuhr. Die ganze Sache wäre so viel einfacher gewesen, wenn er einfach ein Arsch gewesen wäre, der mich in der Sekunde fallen gelassen hätte, als ich vor sechs Monaten schreiend wie eine Irre aus dem Wald gestürzt war. Aber nein, er wollte danach immer noch mein Freund werden.

Am Ende war *ich* es gewesen, die abgelehnt hatte. Es kam mir nicht fair vor, mit Peter zusammenzukommen, obwohl ich ständig kurz vor dem Nervenzusammenbruch stand. Leider war Peter aber ein so guter Kerl, dass er weiterhin nett zu mir war, egal wie seltsam ich mich aufführte. Bei dem Gedanken stiegen mir schon wieder die Tränen in die Augen. Ich drängte sie zurück.

»Alles gut. Wir sehen uns dann beim Training«, nuschelte ich und warf ihm ein gezwungenes Lächeln zu.

»Okay«, murmelte er, zögerte jedoch immer noch weiterzugehen.

»Komm schon, Großer. Alice hat ein Gespräch mit Mrs Greyson. Wir warten draußen auf sie, ja?« Cordy schnappte ihn am Kragen seines Shirts und schleppte ihn nach draußen.

»Bis dann!« Er winkte mir im Gehen zu.

Ich erwiderte die Geste, doch meine Hand gefror in der Luft, als ich beobachtete, wie ihm eine handtellergroße Spinne über die Brust krabbelte.

»Du siehst blass aus, Alice.«

Mrs Greysons Stimme ließ mich erschrocken zusammenzucken. Meine Hand fiel auf den Tisch zurück, und ich beeilte mich, den Notizblock zuzuklappen.

»Tu ich das?«, fragte ich nervös und strich mir eine Haarsträhne hinters Ohr. »Ja, vermutlich«, beantwortete ich mir die Frage selbst, bevor es Mrs Greyson tun konnte. »Ich werde das Jahr nicht schaffen, oder?«

Mrs Greyson seufzte und stützte sich mit ihrer Hüfte an meinem Tisch ab. Sie rückte ihre Brille zurecht und musterte mich besorgt.

»Ich befürchte nein, Alice. Wobei ich mir deinen rapiden Notenabsturz nicht erklären kann. Laut deiner Akte hast du Anfang des Jahres noch zu den Jahrgangsbesten gehört, doch inzwischen sind deine Noten nicht mehr zu retten. Es tut mir aufrichtig leid für dich.«

Kurz war es still zwischen uns. Ich konzentrierte mich auf meine Atmung.

Ein und aus. Ein und aus. Ein und aus.

»Was mache ich jetzt? Muss ich das Jahr wiederholen?«, stieß ich schließlich krächzend hervor.

Mrs Greyson presste die Lippen zusammen, schüttelte jedoch den Kopf. »Wir werden versuchen, diesen Extremfall zu vermeiden. Weißt du, Alice … in deinen hellen Momenten zeigst du echtes Talent, und das imponiert mir. Ich weiß nicht, was mit dir los ist, und mir ist durchaus bewusst, dass mir nicht gerade der Ruf der Briefkastentante vorauseilt. Aber ich möchte, dass du weißt, dass du dich im Fall eines Problems – egal ob schulischer oder persönlicher Natur – immer an mich wenden kannst.«

»Das ist sehr freundlich von Ihnen, Mrs Greyson, aber ich brauche keine Hilfe«, sagte ich leise. Im selben Augenblick huschte eine Spinne über meine Hand.

Mrs Greysons Stirn furchte sich. »Hilfe ist manchmal keine Frage des Brauchens, sondern des Zulassens, Alice. Aber solange du dafür nicht offen bist, werde ich dich nicht weiter bedrängen. Mein Angebot steht.«

»Was muss ich tun, um ins Abschlussjahr zu kommen?«, stellte ich die einzige Frage, bei der sie mir wirklich helfen konnte.

Mrs Greyson legte mir eine glänzende Broschüre auf den Tisch. »Ich habe mit Direktor Jenkins über deinen Fall gesprochen, und wir sind uns beide einig, dass du Unterstützung verdient hast. Ich nehme an, die Schule Chesterfield ist dir zumindest vom Hörensagen ein Begriff?«

Ich nahm die Broschüre hoch und starrte auf das Wappen, das darauf prangte. Es zeigte einen schwarz-weißen Raben, der stolz auf einer Krone saß. Der Hintergrund war weiß gehalten. Ein Schauder lief mir den Rücken hinab, und diesmal hatte er nichts mit den Spinnen zu tun.

»Ja. Chesterfield ist eine der Privatschulen hier«, sagte ich und blickte auf. »Inwiefern soll mir das weiterhelfen?«

Mrs Greyson faltete die Hände zusammen. »Direktor Chesterfield ist ein alter Bekannter von mir. Ich habe mit ihm gesprochen, und er ist bereit, dich alle Fächer, in denen du durchgefallen bist, in den Sommerkursen des Internats nachholen zu lassen.«

Leise ließ ich die angehaltene Luft aus meiner Lunge entweichen. »Das ist ein sehr großzügiges Angebot, Mrs Greyson, aber ich glaube nicht, dass wir uns die Schulgebühren leisten können«, wandte ich zögerlich ein. Ich traute mich nicht einmal, die Broschüre aufzuklappen und nachzusehen, wie hoch der Betrag sein mochte.

Mrs Greyson neigte den Kopf, entfaltete die Hände und trommelte mit gepflegten Fingernägeln auf meinem Pult herum. »Chesterfield ist bereit, die üblichen Gebühren für dich zu senken. Als eine Art … Stipendium. Den Restbetrag für Unterkunft und Verpflegung habe ich in der Broschüre notiert. Ansonsten hat die Schule nur eine einzige weitere Bedingung gestellt, nämlich dass du über die Ferien im Internat wohnst wie alle anderen Sommerschüler auch. Gib deiner Mutter die Broschüre und sprich die Möglichkeit in Ruhe mit ihr durch. Ich werde sie ebenfalls noch anrufen. Ich bin allerdings überzeugt, dass Chesterfield dir die besten Chancen bieten kann, deinen Rückstand so gut wie möglich wieder aufzuholen. Der Unterricht ist auf einem hohen Niveau, die Lehrmethoden sind individuell an jeden Schüler und dessen Bedürfnisse angepasst. Ich bin mir sicher, dass du dich dort wohlfühlen wirst.«

Wieder war es still zwischen uns. Eine Spinne auf Mrs Greysons Bein ließ sich fallen und kam mit einem dumpfen Geräusch am Boden auf. Mit kalten Fingern faltete ich die Broschüre zusammen und steckte sie in meine hintere Jeanstasche.

»Danke. Ich werde mit meiner Mutter darüber reden und Ihnen Bescheid geben.«

»Tu das«, sagte Mrs Greyson und lächelte mich ungewohnt freundlich an. »Ich wünsche dir noch einen schönen Tag, Alice.«

Ich murmelte eine vage Erwiderung, schwang mir den Rucksack über die Schulter und schlüpfte aus dem stickigen Klassenzimmer. Mit einem leisen Klicken fiel die Tür hinter mir ins Schloss.

»Na endlich! Ich dachte schon, die Greyson hört nie mehr auf, dir ein Ohr abzukauen.« Cordy stieß sich von der Wand ab und zog mich in eine feste Umarmung, in die ich mich müde hineinfallen ließ. »Wie geht's dir?«, flüsterte sie.

»Vom Leben gefickt«, murmelte ich ehrlich und sog ihren vertrauten, süßlichen Parfümgeruch ein.

»Ich mag es, wenn du vulgär wirst«, meinte Cordy grinsend, ehe sie mich wieder losließ.

Peter stand neben uns und blinzelte mich an. »Wie ist es gelaufen?«, fragte er besorgt.

»Ja, was hat die Greyson gesagt?«, bohrte Cordy nach, während wir die Schule verließen und über den Innenhof zum Sportplatz trotteten.

Seufzend richtete ich mir die Rucksackträger bequemer und kickte einen Stein über das heiße Pflaster. »Ich soll meine Kurse in Chesterfield nachholen«, fasste ich das Gespräch zusammen.

Cordy und Peter klappte synchron der Mund auf. »Chesterfield? *Das* Chesterfield?«, fragte Cordy mit vor Aufregung hoher Stimme.

Peters Stirnrunzeln zerfurchte sein halbes Gesicht. »Haben die dort Sommerkurse?«

»Was haben die dort oben nicht?«, warf Cordy ein, bevor ich auch nur die Chance bekam, etwas zu sagen. In ihren braunen Augen lag ein Leuchten, das mir Magenschmerzen bereitete.

»Beruhig dich, Cordy. Erstens steht noch nicht fest, ob ich wirklich hingehen werde, und zweitens sind Sommerferien. Die meisten Schüler werden zu Hause sein.«

»Völlig egal«, winkte sie begeistert ab und strahlte mich an. »Ich kenne niemanden, der eine der Privatschulen von innen gesehen hat. Die Hausregeln sollen strenger sein als im Buckingham Palace!«

Seufzend verdrehte ich die Augen. »Ja genau, mach's mir nur schmackhaft.«

»Wenn du dorthin gehst, kannst du also doch noch ins nächste Schuljahr versetzt werden?«, hakte Peter nach.

»Ich würde alles tun, um nicht durchzufallen«, flüsterte ich und spürte, wie sich mein ganzer Körper vor Entschlossenheit anspannte. Noch während ich es aussprach, merkte ich, wie ernst es mir damit war. Ich wollte unbedingt versetzt werden, selbst wenn ich dafür einen ganzen Sommer lang in einem Klassenraum voller reicher Snobs sitzen musste. Und vielleicht ... nur vielleicht ... schaffte ich es durch den Sommerkurs ja sogar herauszufinden, was mit mir los war. Da sich die Internate das Gelände teilten, würde ich in Chesterfield vielleicht auch an diesem Hawk herankommen. Er hatte die Spinnen ebenfalls gesehen und war deshalb der einzige Anhaltspunkt, den ich hatte. Auch wenn es nur ein kleiner war.

Wir kamen am Sportplatz an, und Peter verschwand in der Jungsumkleide, während Cordy und ich nebenan in unsere Cheerleader-Uniformen schlüpften. Doch in Gedanken war ich nur bei Chesterfield – ebenso wie Cordy, die mir grinsend zuflüsterte: »Wenn du in Chesterfield bist, wirst du mich reinschmuggeln, oder? So kann ich mir vielleicht noch ein paar Punkte holen.«

Seufzend zog ich meinen Zopf fest und drehte mich zu ihr. »Cordy, du wirst im Trainingslager sein. Glaub mir, ich würde jederzeit mit dir tauschen, wenn ich könnte. Immerhin werde ich nächstes Schuljahr im Training alles aufholen müssen, was ich diesen Sommer im Camp verpasse!«

Cordys Gesichtsausdruck veränderte sich. Es war ein kaum merkliches Herabsinken ihrer Mundwinkel, als würde sie sich auf die Innenseite ihrer Wange beißen, während sie mit dem Saum ihres hellblauen Röckchens spielte. »Ja, was das angeht, wollte ich sowieso noch mit dir reden, Alice.« Aufmerksam sah ich sie an. »Es ist so: Seit dieser Party damals habe ich das Gefühl, dass es dir nicht wirklich gut geht«, begann Cordy zögerlich, während ihr Blick nervös über mein Gesicht huschte.

Prompt glaubte ich, aus dem Augenwinkel etwas über den Boden huschen zu sehen. Erschrocken zuckte ich zusammen, bis ich bemerkte, dass es nur der Schatten eines Pompons war.

»Siehst du, genau das meine ich.« Cordy zuckte hilflos mit den Achseln. »Es ist, als ob du dich vor deinem eigenen Schatten erschrecken würdest. Du wirkst in letzter Zeit so …«

Paranoid? Verzweifelt? Angsterfüllt?

»… unkonzentriert«, schloss sie und musterte mich fast schon mitleidig.

»Es ist nichts«, sagte ich leise. Was an diesem Tag passiert war, hatte ich niemandem erzählt. Nur leider ließen sich die Gerüchte nicht ersticken, die kursierten, seit ich schreiend und um mich schlagend aus dem Wald gestürzt war. Cordy hatte schon so oft versucht, mit mir zu reden, aber was sollte ich ihr sagen, ohne vollkommen durchgeknallt zu klingen?

Wir gingen auf den Sportplatz, wo die Jungs sich bereits Bälle zuwarfen. Ich ließ Cordy los und machte mich an die ersten Dehnübungen.

»Ich hab damals zu viel getrunken. Das ist alles«, sagte ich und vermied es, den skeptischen Blick meiner Freundin zu erwidern. Stumm wechselte ich das Bein und spürte das angenehme Ziehen in meinen Muskeln. So gelassen wie möglich ließ ich Cordys Musterung über mich ergehen, bis sie geräuschvoll die Luft ausstieß. Sie klang genervt.

»Wie du meinst. Ich glaub zwar immer noch, dass da mehr passiert ist, als du zugeben willst, aber wenn du nicht darüber reden möchtest, okay. Deine Sache.«

»Danke«, stieß ich hervor und ging aus dem Stand nach hinten in die Brücke. Meine Wirbelsäule knackte, ich hatte wirklich schon zu lange nicht mehr trainiert. Prompt stand meine Welt auf dem Kopf, und ich genoss, wie mir das Blut in den Ohren rauschte und mein Körper an seine Grenzen ging.

»Ähm, Alice, um ehrlich zu sein, gibt es da noch etwas, was ich mit dir besprechen muss«, sagte Cordy, die nun kopfüber vor mir auftauchte.

»Was ist denn los?« Schwungvoll stieß ich mich mit den Armen ab und kam wieder auf die Füße.

Cordy biss sich auf die Unterlippe. »Hör zu, ich freu mich wirklich, dass du nach Chesterfield gehen kannst, um deine Kurse nachzuholen, aber wenn du nicht mit ins Camp fährst, kannst du nächstes Jahr auch nicht bei den Championships dabei sein.« Das Letzte murmelte sie so leise, dass ich hoffte, mich verhört zu haben.

Ungläubig starrte ich sie an. Ich fühlte mich, als hätte sich ein Loch unter mir aufgetan und ich würde fallen. Immer tiefer, mitten ins Nichts. »D… du schickst mich auf die Ersatzbank?«, echote ich ungläubig. In meiner Brust stach es.

Cordy sah mich schuldbewusst an. »Es war nicht meine Entscheidung«, schob sie schnell hinterher. »Dem Coach ist ebenfalls aufgefallen, dass du in letzter Zeit nicht in Topform bist und einige Formationen verpatzt hast.«

Ich öffnete den Mund, schloss ihn wieder und nickte. »Tut mir leid. Ich will ja auch nicht, dass sich jemand wegen mir verletzt«, flüsterte ich. »Ich versuch, mich besser zu konzentrieren.«

Cordy vermied es, mir in die Augen zu sehen. »Das weiß ich, aber zu deiner und unserer Sicherheit ist es vielleicht wirklich besser, wenn du nächstes Jahr erst mal kürzertrittst.«

»Aber …«, setzte ich an, doch sie schnitt mir mit einer ruckartigen Handbewegung das Wort im Mund ab.

»Es ist schon entschieden, Alice. Angie wird dich ersetzen. Konzentrier dich erst mal auf dich selbst. Es tut mir leid, aber wir können kein solches Risiko eingehen. Vor allem nicht, wenn wir die Meisterschaft gewinnen wollen.«

Die Worte hingen wie ein kalter Luftzug zwischen uns. Ich blinzelte meine beste Freundin an und spürte, wie meine Augen zu brennen begannen. Oh nein, nicht hier, nicht jetzt. Hektisch blinzelnd sah ich weg und schluckte den dicken Kloß in meinem Hals herunter. »Okay«, quetschte ich heraus.

Cordy kniff sich in den Nasenrücken und atmete stockend durch. »Es tut mir wirklich leid, Alice, ich will nicht …«

»Schon gut«, schnitt diesmal ich ihr das Wort ab und wandte mich ab, damit sie das Glitzern in meinen Augen nicht sehen konnte. »Ich versteh dich ja«, murmelte ich nur und ging in die Mitte der Rasenfläche, wo das Training bereits begonnen hatte.

Ich stellte mich neben Angie, die mir einen wissenden Blick zuwarf. Ich ignorierte sie. Cordy gab Anweisungen, und wir begannen, die Formationen durchzugehen, Stück für Stück, bis wir sie zu einer großen Kür zusammensetzen würden. Wir hatten bereits ein halbes Jahr intensiv trainiert, und jede Bewegung, jeder Sprung saß perfekt – zumindest bei den anderen. Es waren keine Sportmatten mehr vonnöten, um eventuelle Fehlsprünge abzufedern. Jeder wusste, was er zu tun hatte, und die aufsteigende Entschlossenheit, allen zu beweisen, dass ich es ebenfalls wusste, wuchs mit jedem Rad, das ich schlug. Meine Muskeln spannten sich an, als die Musik einsetzte. Die Mädchen bewegten sich, mein Blick fixierte sich auf einen Punkt, während ich Anlauf nahm und ein weiteres Rad schlug. Die Welt kippte, kam wieder zurück. Mein Atem rauschte durch meine Lunge, während ich fließend in einen Flickflack überging und mich am Ende mit einem Überschlag abrollte und wieder in den Stand kam.

»Gut, Alice!«, rief mir Cordy zu und zeigte mir einen Daumen hoch.

Ich atmete tief durch und konzentrierte mich auf den nächsten Bewegungsablauf. Angie und Claudia standen vor mir, hakten die Hände ineinander und gaben mir ein Zeichen. Ich nahm Anlauf, sprang, landete mit den Beinen auf ihren Handflächen und spürte, wie sie mich nach oben warfen. Der Schwung war perfekt, und während ich die Bauchmuskeln anspannte, machte ich einen Salto rückwärts. Beim Aufkommen strauchelte ich leicht, fing mich aber gerade noch rechtzeitig und kam schwer atmend hoch. Das konnte ich besser. Ich sah zu Cordy hinüber, doch die stand mit dem Rücken zu uns und koordinierte eine Dreiergruppe. Seufzend ging ich im Handstand ein paar Schritte nach vorn, bevor ich mich kippen ließ, abrollte und wieder auf den Beinen stand.

»Bei dir sieht das alles so leicht aus.«

Ich sah auf.

Peter stand mit einem Football und seinem Helm unter dem Arm neben mir und grinste. Ein Grasfleck prangte auf seiner Hose.

»Danke, es macht ja auch Spaß«, sagte ich und lächelte zu ihm hoch. Was hätte ich nur ohne Peter getan?

Er kratzte sich verlegen am Kopf und sah aus, als wollte er etwas sagen. »Hör mal ... hat ... hat Cordy schon mit dir geredet?«, murmelte er schließlich leise.

Ruckartig spannte ich die Schultern an. »Was genau meinst du?«

»Na, das mit ihr und ...«

»Peter!« Die bellende Stimme des Football-Coaches hallte quer über den Rasen. »Wenn du Gymnastik machen willst, musst du dir eine Strumpfhose und ein Röckchen anziehen. Beweg deinen Arsch hierher!«

Peter winkte, dass er verstanden hatte, und schenkte mir einen weiteren verlegenen Blick. »Ähm, wir reden später weiter, ja?«, sagte er.

Ich nickte und beobachtete mit einem unguten Gefühl, wie er davonjoggte.

»Hey, Alice, wollen wir kurz den Schulterstand mit dem Salto durchgehen?«, erkundigte sich Angie bei mir.

»Ja, klar«, sagte ich abgelenkt, stellte mich in Position und wartete, bis die Mädchen mir das Okay gaben loszulegen.

Ich nahm kurz Anlauf und schwang mich auf Angies Schultern. Schnell suchte ich nach Balance und wartete, bis Angie aufgestanden war, bevor ich mich aufrichtete und die Arme in die Höhe reckte. Als Nächstes kam der Sprung. Tief holte ich Luft, als ich etwas an meinem Bein spürte. Als ich an mir hinablinste, sah ich lange dünne Spinnenbeine, die an mir hochkletterten und unter meinen Rock verschwanden. Ich fluchte, zuckte zusammen und verlagerte das Gewicht falsch. Angie kreischte auf, als sie umkippte. Ein anderes Mädchen in unserer Nähe streckte schnell die Hand aus und schaffte es zumindest, Angie aufzufangen, während ich herabstürzte.

Für eine Sekunde stand die Welt still, dann knallte ich hart auf den Rücken. Ein stechender Schmerz schoss mir durch den Brustkorb, und sämtliche Luft entwich meiner Lunge. Ein schrilles Pfeifen hallte mir in den Ohren, das ich erst eine Sekunde später als das des Coaches erkannte.

»Alice!« Cordys besorgtes Gesicht ragte über mir auf. Hektisch blinzelte ich die schwarzen Flecken fort.

»Alice, wie geht es dir, alles okay?«, erkundigte sich auch Angie atemlos.

»Au!«, brachte ich nur erstickt hervor und wackelte mit dem Kopf. Es ziepte leicht, doch es schien nichts Schlimmes passiert zu sein. Auch meine Arme und Beine funktionierten noch, als ich mich ächzend aufsetzte.

»Das hat heftig ausgesehen«, murmelte Cordy und musterte mich prüfend. »Vielleicht solltest du dich kurz ausruhen.«

Ich sah auf und bemerkte, dass die Mädchen im Halbkreis um mich standen und mich betroffen musterten. Ich wusste, was sie dachten. Es war der dritte Unfall innerhalb weniger Wochen, und ihr Misstrauen wog inzwischen mehr als die Sorge, ob ich mich verletzt hatte. Als ich Cordys resignierten Gesichtsausdruck sah, begriff ich endgültig, dass sie vorhin keinen Scherz gemacht hatte. Sie würde mich auf die Ersatzbank schicken. Ich sollte mich nicht nur kurz ausruhen. Das Training war für mich beendet. Offiziell.

»Okay. Sorry, Angie«, sagte ich, ignorierte Cordys helfende Hand und stand mit wackeligen Knien auf.

Ich ging quer über den Rasen, ignorierte das Gemurmel und suchte mir ein Versteck im Schatten der Zuschauertribüne. Die Unterseite war mit hässlichen Graffiti besprüht, und es roch ein bisschen nach Marihuana. Trotzdem lehnte ich mich gegen das knarzende Holz und schloss die Augen.

Warum?

Frustriert knallte ich meinen Hinterkopf gegen die Tribüne. Was hatte ich getan, um das zu verdienen?

»Alles klar bei dir?«

Erschrocken zuckte ich zusammen und riss die Augen auf. Im Schatten der Tribüne hockte ein Typ, der mit schief gelegtem Kopf zu mir aufsah. In seiner Hand brannte eine Zigarette, deren Ende rot aufleuchtete, als er einen Zug nahm.

Es war aber nicht der schwere Geruch, der mich vor ihm zurückweichen ließ, sondern der Anblick der Spinnen. Sie wimmelten am Boden wie Kakerlaken. Und inmitten des Tumults saß dieser Kerl vollkommen ungerührt und rauchte.

Eigentlich wollte ich auf dem Absatz kehrtmachen und verschwinden, doch etwas hielt mich zurück. Ein Gedanke, ein Gefühl … »Ich kenn dich«, sagte ich schließlich leise. »Du bist doch der Typ von der Party im Wald. Der mit dem Motorrad.«

Er sah auf, und die Sonne beschien seine dunklen Augen und die scharf geschnittenen Wangenknochen. Unsere Blicke verhakten sich ineinander. In diesem Augenblick spürte ich nichts mehr außer meinem hektisch schlagenden Herzen. Selbst die Spinnen traten in den Hintergrund.

»Und du bist das Mädchen von der Party«, erwiderte er und stieß Rauch aus, sodass ich den Ausdruck in seinen Augen nicht erkennen konnte. »Weinst du? Sieht fast so aus«, fuhr er mit mildem Interesse fort.

»Nein, tu ich nicht«, sagte ich schnell und unterdrückte den Drang, mir über die feuchten Augen zu wischen. »Und selbst wenn, würde es dich nichts angehen, oder?«

»Nein, wahrscheinlich nicht.« Seine Stimme klang dunkel und rau und jagte mir einen Schauder über den Rücken. Er hatte einen leicht französischen Akzent, der sich mit der schweren Melodie der Weststaaten mischte. Er erinnerte mich an Cajun, wie ich ihn in Louisiana oft gehört hatte.

»Was tust du dann hier?«, fragte ich irritiert und auch ein wenig misstrauisch.

»Bisher? Rauchen. Und jetzt gerade unterhalte ich mich mit einem weinenden Cheerleader.«

Irgendwie wurde ich das Gefühl nicht los, dass er mich verarschte. Ein Schnauben entfuhr mir, und ich verschränkte die Arme vor der Brust. »Machst du das öfter?«

»Ich hab heute Geburtstag«, erklärte er. »Und an meinem Geburtstag darf ich tun und lassen, was ich will, oder?«

»Ja, klar … Herzlichen Glückwunsch«, erwiderte ich irritiert von … ihm und dieser Situation im Allgemeinen.

Er verzog das Gesicht. »Danke.«

»Aber wenn du Geburtstag hast, was machst du dann hier unter einer Highschool-Tribüne?«, bohrte ich nach. Hinter mir hörte ich Cordy nach mir rufen, doch ich ignorierte sie.

»Es ist so schön friedlich hier. So … normal. Und an meinem letzten Tag in Freiheit wollte ich gern etwas Normales sehen und so tun, als ob ich ein Teil davon wäre.« Der Typ nahm einen letzten

Zug von seiner Zigarette, bevor er den Stummel auf der Erde ausdrückte. Die Spinnen wichen vor seiner Hand zurück, als hätten sie Angst vor ihm. *Was zum Teufel?*

»Du bist ziemlich … seltsam«, sagte ich irritiert.

Der Kerl lächelte und stand geschmeidig auf. Ein paar Spinnen krabbelten schnell zur Seite und machten ihm Platz, aber er reagierte nicht darauf. Natürlich nicht.

Instinktiv wich ich zurück. Die Spinnen begleiteten ihn wie gut dressierte Hunde und machten dabei ein klickendes und zirpendes Geräusch, das mir vorkam wie der Soundtrack zu all meinen Albträumen. Albträumen, in denen dieser Typ hier offenbar die neue Hauptrolle spielte.

Knapp vor mir blieb er stehen und hielt den Blick auf meine Schulter gerichtet. Eine schwarze Haarsträhne fiel ihm aus der Kapuze. »Ich bin nicht das einzige Seltsame hier«, sagte er ganz leise, so als würde uns zwei ein Geheimnis verbinden. Während er sprach, nahm er ganz kurz meine Hand und strich mir mit dem Daumen über die Innenfläche. Fast fühlte es sich an, als würde etwas über meine Haut krabbeln. Dann schnippte er mir mit einer lässigen Bewegung eine Spinne von der Schulter.

»Pass auf dich auf, Kleine.«

Er war bereits an mir vorbei auf den Sportplatz gelaufen, als ich schockiert registrierte, was er da gerade getan hatte.

Wie paralysiert starrte ich auf meine Schulter, danach auf die Spinne, die blitzschnell im Gras davonkrabbelte. Er hatte die Spinne berührt! Das hieß … das hieß, er musste sie gesehen haben!

»Warte! Warte!«, schrie ich ihm nach und rannte los, unter der Tribüne hervor und auf den Sportplatz.

Hektisch drehte ich mich um, doch der Typ war … weg. Aber er konnte doch nicht einfach so verschwunden sein!

»Hey, wo bist du?«, brüllte ich, doch in dem Moment packte mich jemand hart am Handgelenk und hielt mich zurück. »Alice!«, hörte ich Peters eindringliche Stimme.

»Peter, was soll das? Lass mich bitte los. Ich muss dem Typ da hinterher!«

»Alice! Kannst du bitte aufhören, mit der Luft zu reden? Die anderen glotzen schon«, stieß Peter zwischen den Zähnen hervor.

»Was? Wovon redest du?« Ich sah ihn verwirrt an, dann wanderte mein Blick über den Sportplatz. Bestürzt hielt ich inne. Sämtliche Leute starrten mich an. »Hast du ihn denn nicht gesehen?« Ich hörte selbst, wie verzweifelt ich klang. *Wie verrückt.* »Den Typ mit dem Kapuzenpullover! Er ist doch gerade eben hier rausgekommen!«

Wieder versuchte ich, mich loszumachen, doch Peters Finger gruben sich beinahe schon schmerzhaft in mein Handgelenk. »Da ist nichts, Alice. Hör auf! Bitte!«

Die Leute hatten zu tuscheln begonnen. Einige der Mädchen kicherten, während Cordy peinlich berührt den Kopf abwandte.

»Ich … du … aber du musst ihn gesehen haben, er stand genau vor mir«, beharrte ich. Doch Peter schüttelte langsam den Kopf. Ein Zittern ging durch meinen ganzen Körper.

»Geh zur Krankenschwester, Alice, du hast dir bei dem Sturz bestimmt den Kopf angeschlagen.« Die hektisch pochende Ader an seinem Hals strafte den ruhigen Tonfall Lügen.

Ich blinzelte, versuchte, aus diesem neuen Albtraum aufzuwachen. Doch je länger ich so dastand, desto realer wurde die Situation. Die Blicke der anderen jagten mir die Schamesröte ins Gesicht, brannten so unangenehm, dass ich das Gefühl hatte, mich in meiner eigenen, zu engen Haut zu winden. Mehr noch brannte aber meine Hand, dort, wo der fremde Typ mich berührt hatte.

»Ich …«, setzte ich an, doch ein Blick in Peters Gesicht reichte aus, um mich verstummen zu lassen. Sein Kiefer war angespannt, und er hatte denselben Ausdruck in den Augen wie zuvor Cordy, auch wenn er es besser zu verstecken versuchte. »Du hast recht. Ich sollte gehen«, murmelte ich.

Erleichtert sanken Peters Schultern hinab, während er mich langsam losließ. »Das ist gut. Soll ich dich begleiten?« Nervosität schwang in seiner Stimme mit.

»Nein. Nein, das ist nicht nötig. Ich … ähm … geh dann mal«, murmelte ich und flüchtete vom Rasen, mit dem grauenhaften Gefühl, ein Déjà-vu zu erleben. Nur dass ich diesmal vor Menschen und nicht vor Einbildungen davonlief.

Kapitel 4

Mit quietschenden Sohlen rannte ich den Schulflur entlang. Meine normalen Klamotten hatte ich in der Umkleide liegen lassen, und so trug ich immer noch das kurze hellblaue Cheerleader-Röckchen, was mir ein paar anzügliche Pfiffe einbrachte. Normalerweise wäre mir das unangenehm gewesen, aber im Augenblick war mir alles egal.

Das künstliche Deckenlicht warf meinen verzerrten Schatten gegen die Reihen geschlossener Spindtüren. Mein blonder Pferdeschwanz schwang von einer Seite auf die andere, während ich die Tür zur nächsten Mädchentoilette aufriss und in die hinterste Kabine stürzte. Mit einem leisen Klacken schloss sich die Tür hinter mir.

Beruhig dich, Alice, alles wird gut. Das ist alles nur ein Missverständnis. Du bist nicht verrückt!

Angestrengt zwang ich Sauerstoff in meine Lunge, setzte mich auf den heruntergeklappten Toilettensitz und vergrub das Gesicht in den Händen.

Es gibt keine sprechenden Katzen.

Es wimmelt nicht überall von schwarzen Spinnen.

Es gibt keine unsichtbaren Jungen.

Ich bin nicht verrückt.

Das alles ist nur ein langer, langer Albtraum.

Mit jedem Atemzug wiederholte ich mein Mantra, bis der Druck in meinem Inneren abklang. Es roch ziemlich unangenehm nach beißendem Zitronenreiniger und billiger Seife, trotzdem zwang ich mich, weiter tief Luft zu holen, bis sich auch mein Herzschlag wieder beruhigt hatte. Kalter Schweiß stand mir auf der Stirn, als ich die Hände sinken ließ und auf die vollgekritzelte Kabinentür starrte. Einer der Sprüche stammte von Cordy. Ich erinnerte mich noch genau, wie sie vor einem Jahr verheult, stinkwütend und mit einem Textmarker bewaffnet hier reingestürmt war. Seitdem stand über dem Türgriff in Hellrot: *Max ist ein Betrüger und ein Arschloch.* Es hatte beinahe etwas Tröstliches an sich, die Sprüche durchzulesen. Sie waren so ... banal, stinknormale Probleme gewöhnlicher Menschen.

Mein Blick wanderte nach links und blieb an einer Kritzelei hängen, die schon ein wenig älter aussah. Jemand hatte einen breit grinsenden Mund gemalt, darunter stand in krakeliger, lilafarbener Schrift: *We are all mad here in Foxcroft.* Meine Hände krampften sich um den Saum meines kurzen Rocks, während ich einen zittrigen Seufzer ausstieß.

We are all mad here in Foxcroft.

War es das? War ich wirklich dabei, verrückt zu werden, oder gab es für all das letztendlich doch noch eine logische Erklärung? Himmel, wie sehr ich darauf hoffte. Es musste doch möglich sein, Antworten auf meine Fragen zu finden. Vielleicht war es doch an der Zeit, mich jemandem anzuvertrauen. Das Bild von Peters besorgtem und gleichzeitig beschämtem Gesichtsausdruck blitzte vor meinem inneren Auge auf und ließ mich sofort wieder verzweifelt das Gesicht in den Händen vergraben.

Was musste er jetzt nur von mir halten? Was mussten sie *alle* von mir halten? Und wieso hatten sie den Jungen nicht gesehen? Er hatte doch direkt vor mir gestanden, und es gab nur einen Weg, der von der Tribüne wegführte: über den Sportplatz. Ich hatte ihn mir nicht eingebildet, so detailreich konnte meine Fantasie gar nicht sein!

Das Quietschen der Tür zur Mädchentoilette ließ mich erschrocken zusammenfahren. Unwillkürlich hielt ich die Luft an.

»Oh Mann, war das heftig.« Das war Angies Stimme. Unter dem breiten Kabinenschlitz sah ich ihre Turnschuhe, sie blieb vor den Waschbecken stehen.

»Ja, ich weiß auch nicht mehr, was ich mit ihr machen soll.« Cordys Parfüm stieg mir in die Nase, und ihre weißen Turnschuhe stellten sich neben Angies. Es war zu spät, um mich zu erkennen zu geben, ohne dass es peinlich wurde. Also zog ich leise die Füße hoch und kauerte mich auf den Klodeckel.

»Es sah wirklich so aus, als würde sie einem Geist hinterherlaufen«, sagte Angie.

»Ich mach mir Sorgen um sie. Alice ist …« Cordy verstummte.

»Was?«

»Ich glaub, sie hat psychische Probleme«, sagte Cordy und seufzte.

Angies nervöses Lachen hallte von den gefliesten Wänden wider. »Als sie an mir vorbeigerannt ist, dachte ich schon, sie hätte das mit Peter und mir herausgefunden«, murmelte Cordy.

Meine Augen weiteten sich, während sich ein seltsames Gefühl in meinem Bauch breitmachte. Es ähnelte dem Augenblick, in dem man ausrutscht und zu fallen beginnt. Dieser kurze Augenblick, in dem einem bewusst wird, dass man den unausweichlichen Sturz und den damit einhergehenden Schmerz nicht mehr verhindern kann.

»Weiß sie es immer noch nicht?«, flüsterte Angie.

Cordy stieß einen unzufriedenen Ton aus. »Was soll ich denn machen? Zu meiner psychisch labilen Freundin gehen und sagen: *Hey, übrigens sind Peter und ich zusammen, seit du ihn abgeschossen und ihm das Herz gebrochen hast. Danke dafür, und jetzt raste bitte nicht aus!*«

Meine Hände krampften sich um meine angezogenen Knie, während ich auf die Kritzeleien starrte.

»Ihr solltet es ihr trotzdem sagen«, wandte Angie ein. Sie scharrte unruhig mit den Schuhen. »Ihr seid doch Freundinnen, oder nicht?«

»Scheiße, lass es, Angie. Wenn Peter ihr nichts sagen will, weil er sich solche Sorgen um sie macht, dann tu ich ihm den Gefallen. Die nächsten Monate ist Alice sowieso in Chesterfield. Wenn es ihr danach besser geht, erzählen wir es ihr.«

Angie gab einen beunruhigten Ton von sich, sagte aber nichts mehr, und im nächsten Moment hörte ich die beiden gehen und die Tür zum Gang hinter ihnen zufallen.

Ich schluckte. Es klang trocken und viel zu laut in meinen Ohren. Langsam stand ich auf, streckte die Hand aus und stieß endlich die Tür auf, die leise knarrend aufschwang. Ich starrte in den leeren Waschraum. Auf die Fliesen, die durch das künstliche Deckenlicht gelbstichig aussahen. Den Wasserhahn direkt vor mir. Ein schimmernder Tropfen löste sich träge von dem silbernen Hahn und fiel hinab.

Tropf.

Tropf.

Tropf.

Meine Bewegungen fühlten sich hölzern an, als ich die Kabine verließ und den Hahn ganz zudrehte. Das Tropfen verstummte und ließ mich in bedrückender Stille zurück. Da wurde mir klar, dass es schlimmere Dinge im Leben gab, als Halluzinationen zu haben. Das echte Leben zu Beispiel.

Das war nämlich keine Einbildung.

KAPITEL 5

Die Umkleide war leer, als ich es endlich schaffte, zurückzugehen und mich umzuziehen. Ich checkte mein Handy und stellte fest, dass ich in Abwesenheit drei verpasste Anrufe und vier SMS bekommen hatte, allesamt von Mom. Ich machte mir gar nicht erst die Mühe, meinen Anrufbeantworter abzuhören, denn die letzte eingetroffene SMS fasste die Nachrichten auf meiner Mailbox vermutlich sowieso in wenigen Worten zusammen:

Wir haben eine Menge zu besprechen,
junge Dame. Komm aufs Revier!
Mom

Hätte ich nicht einen solchen Widerwillen verspürt, irgendwem aus der Schule über den Weg zu laufen, der meinen Auftritt auf dem Sportplatz mitbekommen hatte, hätte ich noch einige Zeit getrödelt, um das Gespräch mit Mom hinauszuzögern.

Das schmerzende Gefühl in meinem Brustkorb nahm stetig zu, als ich die Umkleide verließ. Meine Schritte hallten laut von den Wänden wider. Einige wenige Schüler lehnten noch gegen ihren Spind und unterhielten sich tuschelnd, flüsternd, lachend. Während ich an ihnen vorbeiging, breitete sich in mir ein kaltes, beengtes

Gefühl aus. Ein Gefühl, das einen schalen Geschmack auf meiner Zunge hinterließ. Es war Einsamkeit.

Ich war einsam. Wann hatte ich zuletzt mit Cordy oder Peter nach dem Unterricht herumgelungert und normale Dinge getan, wie einen Kinoabend zu planen? Meine Schritte wurden langsamer, bis ich endgültig stehen blieb.

Neben mir befand sich eine offene Klassenzimmertür. Auf die Tafel war mit Kreide eine Zellmembran gezeichnet. Das Licht über mir flackerte kaum merklich – wie ein hektisches Blinzeln, das meinen Schatten verzerrt über den Boden warf. Die Ränder meines Schattens kräuselten sich, und daraus hervor krabbelte eine gigantische Spinne, größer als jedes andere Exemplar, das ich bisher gesehen hatte. Der Körper war beinahe so groß wie meine geballte Faust und von tanzenden Schatten umgeben, die beinahe wie Fell aussahen. Die Spinne zirpte und starrte mich mit riesigen runden Augen an. Erschrocken zuckte ich zurück, während die Spinne blitzschnell auf mich zukam, sich mit ihren langen Beinen an mir festklammerte und hochkrabbelte.

Ein spitzer Schrei löste sich aus meiner Brust, der Fluchtinstinkt setzte ein, und ich stolperte über meine eigenen Füße. Hart schlug ich am Boden auf und fühlte dabei die tastenden, langen Beine bereits auf meinem Gesicht. Nackte Angst packte mich. Panisch fuhr ich herum und erstarrte mitten in der Bewegung.

Die Spinne saß auf meiner linken Schulter. Sie war mir so nah, dass ich mein Spiegelbild in ihren Augen erkennen konnte, und so groß, dass ich eigentlich ein Gewicht hätte fühlen müssen, doch sie war leicht wie Luft, schien aus nicht mehr als wispernden Schatten zu bestehen. Ich starrte mir aus den Spinnenaugen selbst entgegen, während mein Herz so heftig schlug, dass ich den Puls auf der Zunge fühlen konnte.

Ich wartete darauf, dass mein schlimmster Albtraum endlich wahr wurde und die Spinnen mich überrannten, mich unter sich begruben.

Doch nichts davon passierte. Das Ding auf meiner Schulter guckte mich nur an, als wäre ich das Faszinierendste, was es jemals in seinem Leben gesehen hatte. Sein Blick wirkte beinahe … sehnsüchtig.

»Was … was wollt ihr von mir?«, flüsterte ich.

Aber die Spinne hielt still, und ich merkte, wie in mir etwas passierte: Die Angst ebbte ab, und was sie zurückließ, war … Wut.

»Was wollt ihr von mir?« Diesmal brüllte ich fast. Das Tier zirpte und zuckte beinahe erschrocken zurück. »Ich hab es so satt, mich ständig zu fürchten«, fuhr ich das Vieh an. »Ich hab zugelassen, dass ihr mich terrorisiert. Ich hab alles verloren, mein Leben, meine Freunde, mich selbst. Und wofür? Ich werde herausfinden, warum ich euch sehen kann. Ich werde mir mein Leben zurückholen, und wenn es das Letzte ist, was ich tue!« Ich hob die Hand, und die Spinne zuckte zurück, doch da schlug ich sie bereits von der Schulter.

Ich rappelte mich hoch, und als ich mich auf die Füße stellte, tat mir alles weh, aber gleichzeitig fühlte ich mich auch erleichtert. Als wäre etwas geplatzt, was sich seit dem Tod meines Vaters in mir angestaut hatte.

»Ich hab es satt, mich zu fürchten«, wiederholte ich leise, und die Spinne zog sich blitzschnell in meinen Schatten zurück. »Ich weiß nicht, warum ihr mich verfolgt oder ob euch jemand zu mir schickt, aber sag deinen Krabbelfreunden, dass sie mich in Ruhe lassen sollen, sonst zertrample ich jeden Einzelnen von euch.«

Schwer atmend richtete ich mir den Pferdeschwanz und hob den Rucksack auf, den ich bei dem Sturz verloren hatte. Dann zwang ich mich zum Weitergehen. Schritt für Schritt. Mehr konnte ich ohnehin nicht tun.

Ich verließ die Schule, und während ich mein Fahrrad aufschloss, schwor ich mir, dass ich in diesem Sommer mein Leben ändern, es mir wieder zurückholen würde. Egal was ich dafür tun musste. Ich schwang mich auf mein Rad und fuhr los.

Der Rucksack schlug mir gegen den Rücken, während ich am Mills Inn Diner vorbeikam, in dem Cordy arbeitete. Meine Finger krampften sich um die Lenkstange, und ich beschleunigte den Tritt, jagte an der Pizzeria vorbei und fuhr über die Brücke des Piscataquis River, der Foxcroft in Nord und Süd entzweischnitt. An der nächsten Ampel bog ich in eine Seitengasse ein, in der sich neben der Feuerwache auch das Revier befand.

Noch im Fahren schwang ich ein Bein über den Sattel und sprang ab. Der rote Backsteinbau war in ganz Foxcroft wohl das einzige Gebäude mit Gittern vor den Fenstern. Und selbst die waren überflüssig, da die Kriminalitätsrate in unseren Städtchen gleich null war.

Als ich mein Fahrrad abstellte, konnte ich hinter einem der vergitterten Fenster Kay erkennen – Moms Irgendwas und nebenbei auch ihr Kollege. Er war fast zehn Jahre jünger als meine Mom, doch die Dynamik zwischen den beiden war schon immer irgendwie speziell gewesen. Ich hatte keine Ahnung, ob sie beste Freunde, nur Kollegen oder … nun ja, mehr waren. Meine Mom sprach nie darüber, und ich hatte beschlossen, es nicht seltsam zu finden, dass Kay morgens manchmal in unserer Küche stand und genau wusste, wo der Orangensaft zu finden war.

Kay kippelte gelangweilt mit dem Stuhl nach hinten, während er in einer Zeitung blätterte und einen Donut aß. Er sah in dem Moment auf, als ich mein Fahrrad an die Wand lehnte, und winkte mir mit dem Donut in der Hand zu. Schief lächelte ich zurück und betrat die Sheriffstation.

Bereits an der Türschwelle schlug mir der Geruch nach Filterkaffee entgegen. Als wir noch in Louisiana gelebt hatten, hatte meine Mom für eine Untersektion des Louisiana Police Department gearbeitet und hauptsächlich Nachforschungen für die Forensik betrieben. Als wir umgezogen waren, hatte sie sich zum Sheriff umschulen lassen. Seitdem teilte sie sich mit Kay den Job, in Foxcroft für Ruhe und Ordnung zu sorgen. Kay hatte mir einmal anvertraut, dass sie es sich trotzdem nicht verkneifen konnte, selbst bei Bagatellen wie geklauten Radkappen Fingerabdrücke abzunehmen oder nach Blutspuren zu suchen. Meine Mom war eben eine spezielle Frau.

Ich ging den engen Flur entlang und lugte in das offen stehende Büro hinein. Kay sah von seiner Zeitung auf und grinste mich an. »Hey, Alice. Wie war es heute im Wunderland?«, begrüßte er mich mit demselben Spruch wie immer. Der Spruch wurde nicht besser, meine Laune schon.

»Hey, Kay.« Ich betrat das Büro und ließ mich in den Stuhl ihm gegenüber fallen.

»Donut?«, bot er mir an und hielt mir eine halb leere Schachtel unter die Nase. Dankbar nahm ich mir einen bunt glasierten Kringel und biss hinein. »Harten Tag gehabt?«, erkundigte er sich, als er beobachtete, wie ich meinen Donut innerhalb von Sekunden vertilgte und mir den nächsten schnappte.

»Hm …«, brummte ich nur, weil ich nicht wusste, wie ich den Tag besser zusammenfassen sollte. Außer vielleicht mit »beschissenster, seltsamster Tag aller Zeiten«.

Kay legte die Zeitung und den Donut ab, während er mich aus seinen dunklen Augen aufmerksam musterte. »Wenn du ein Problem hast, brauchst du nur zu mir zu kommen, das weißt du, oder?« Noch ehe ich den Mund aufmachen konnte, hob er abwehrend die Hände und schenkte mir ein schiefes Lächeln. »Falls dir irgendein Junge Probleme macht, sagst du Bescheid, verstanden?«

Meine Mundwinkel zuckten, während ich mir den letzten Bissen des zweiten Donuts in den Mund steckte. »Hat dich zufällig meine Mom auf mich angesetzt, um herauszufinden, was mit mir nicht stimmt?«, erkundigte ich mich.

Kay blickte ein wenig zu unschuldig aus der Wäsche und zuckte lässig mit den breiten Schultern. »Vielleicht. Mach ihr keinen Vorwurf draus. Sie ist nur besorgt um dich. Es ist kaum zu übersehen, dass es dir im Augenblick nicht sonderlich gut geht.«

»Ich weiß. Ich bin dabei, das zu ändern«, sagte ich ernst.

Kay entspannte sich und nickte. »Alles klar, ich vertrau dir. Du bist ein schlaues Mädchen, Alice. Du wirst das alles auf die Reihe bekommen, da bin ich mir sicher. Ein paar reiche Internatssnobs wirst du auch noch überleben.« Er zwinkerte mir übertrieben zu.

Seufzend verzog ich das Gesicht und stützte das Kinn in der Hand ab. »Mom hat dir von Chesterfield erzählt? Dann weiß sie also schon Bescheid«, stellte ich grimmig fest.

Kay hüstelte in seinen Kaffee. »Seit vorhin der Anruf von deiner Schule kam, hat sie nur noch geflucht wie ein Hufschmied.«

»Oh Gott.« Stöhnend vergrub ich das Gesicht in den Händen. »Ich bin tot!«

»Ach nein, allerhöchstens einen Kopf kürzer«, versicherte mir Kay grinsend.

Ich hörte die Tür aufgehen, und als ich aufsah, stand meine Mom im Türrahmen und musterte uns streng. Ihr modischer Kurzhaarschnitt leuchtete golden in der Sonne, während ihre blauen Augen Kay fixierten. In der Hand hielt sie zwei Pizzakartons, aus denen es nach Salami und Tomaten duftete. Sie räusperte sich. »Wolltest du dich nicht um unsere Bestände kümmern?«

Kay hob unschuldig die Hände. »Schon gut, schon gut. Ich schnapp mir meine Pizza und … äh … zähl die Handschellen«, sagte er gut gelaunt, bevor er Mom einen der Kartons abnahm und pfeifend aus dem Büro verschwand.

Meine Mom schloss die Tür hinter sich, und das Klicken klang wie eine Falle, die zuschnappte. Ich zuckte zusammen, während sie sich auf Kays leer gewordenen Stuhl fallen ließ. Den Pizzakarton stellte sie zwischen uns auf wie eine Trennlinie, während sie mich mit einem Ausdruck irgendwo zwischen Sorge, Ärger und Enttäuschung musterte.

»Wie du dir sicher denken kannst, hat das Direktorat vor einigen Stunden bei mir angerufen, Alice«, sagte sie.

Meine Nackenmuskeln versteiften sich, und ich wollte unweigerlich den Blick senken, den Kopf hängen lassen und den Ärger still über mich ergehen lassen, als ich aus dem Augenwinkel eine Spinne am Boden vorbeihuschen sah. Und noch eine … und noch eine.

Ich schluckte die Angst hinunter, straffte die Schultern und sah meiner Mom direkt in die Augen. »Tut mir leid«, sagte ich mit fester Stimme.

Mom blinzelte. »Ich weiß, dass deine Noten dieses Jahr nicht die besten waren, das kommt vor. Ich war auch mal ein Teenager, aber ich habe dir auch vertraut, als du mir versprochen hast, dass du die Kurve noch kriegst. Also … wo bist du falsch abgebogen? Und warum?«

Ich sah sie an, ohne zu blinzeln. »Ich weiß es nicht«, erwiderte ich schlicht.

Sie seufzte. »Ich habe mich nie groß in deine Schulangelegenheiten eingemischt, Alice. Du bist eine gute Schülerin und fleißig. Wie konnte es so weit kommen, dass du Sommerkurse besuchen musst?«

»Viele müssen Sommerkurse besuchen, Mom.«

Schweigen breitete sich im Raum aus. Das einzige Geräusch kam von dem Ventilator über uns.

»Warum hast du nichts gesagt?«, bohrte meine Mom schließlich nach.

Weil ich Halluzinationen habe. Weil ich Dinge sehe, die sonst niemand sehen kann. Weil ich Unterhaltungen mit Menschen führe, die nicht da sind. Weil … weil … weil …

Mein Mund öffnete sich. Ich sah in Moms Gesicht und entschied mich für die Abkürzung. »Weil ich mich geschämt habe«, sagte ich leise. Meine Mutter seufzte. »Soll ich wirklich nach Chesterfield gehen?«, fragte ich leise nach.

»Natürlich«, sagte meine Mom und klang dabei so müde, wie ich mich fühlte. »Ich habe bereits mit der Schulleitung gesprochen.

Ende dieser Woche bringe ich dich hin. Sie sind uns mit den Kosten ausgesprochen großzügig entgegengekommen«, murmelte sie, aber aus ihrem Blick konnte ich ablesen, dass selbst der entgegenkommende Tarif immer noch unser Budget sprengte.

»Falls wir es uns nicht leisten können …«, warf ich ein, wurde aber sofort von einer harschen Handbewegung unterbrochen.

»Unser Erspartes wird dafür ausreichen. Deine Zukunft ist wichtiger als ein neues Auto«, sagte sie trocken und sah nach draußen, wo unser alter Toyota stand, der so ramponiert aussah, wie ich mich seit Monaten fühlte.

»Ich werde mein Bestes geben«, versprach ich ihr entschlossen. Und in Gedanken schwor ich mir selbst, dass ich mich ändern würde.

Mom lächelte. Der angespannte Ausdruck wich den üblichen Lachfältchen um ihre Augen. »Das weiß ich, Liebling. Tu mir nur einen Gefallen.«

»Hm?«

Sie öffnete den Karton vor sich und schnappte sich eine Käsefäden ziehende Pizzaecke.

»Hände weg von den reichen Jungs. Die machen nichts als Ärger.«

KAPITEL 6

»Bei der nächsten Gelegenheit bitte wenden.«

»Ja, ja, schon kapiert«, murmelte Mom und schaltete genervt das Navi aus, das wie damals in der Partynacht mit Cordy seit circa zehn Minuten behauptete, dass wir in einem Maisfeld herumführen.

Das Polizeiauto rumpelte über hervorstehende Wurzeln, während der Regen gegen die Windschutzscheibe klatschte. Die Scheibenwischer hatten ihre quietschende Mühe, die Wassermassen zur Seite zu schieben. Die Bäume wurden dichter und neigten sich im Wind.

Meine Mom bog nach rechts ab, und nun war der Weg zwar schmal, aber eindeutig etwas besser ausgefahren, und als ich meinen Blick aus dem Fenster schweifen ließ, sah ich die hohe rote Ziegelsteinmauer zwischen den Bäumen hervorblitzen, vor der ich damals auf Hawk gewartet hatte.

Mom folgte kurz meinem Blick und sagte: »Chesterfield und St. Burrington sind komplett von dieser Mauer umschlossen. Zusammen umfassen sie etwa fünfhundert Hektar Wald und befinden sich seit einer Ewigkeit in Privatbesitz.«

»Wow, das ist viel Wald«, murmelte ich und versuchte, mir vorzustellen, wie viel Geld man wohl benötigte, um sich so etwas Großes zu kaufen und es dann so lange zu erhalten. Wäre allerdings toll gewesen, wenn sie auch die Straßen etwas besser gepflegt hätten.

»Das Gebiet ist sehr weitläufig und praktisch von der Außenwelt abgeschottet. Also verlauf dich ja nicht, die Wahrscheinlichkeit, dass ich dich dort wiederfinde, ist gering.« Mom lachte und bog ab, dann warf sie mir einen Blick zu und grinste. »Nervös, Mäuschen?«

»Nein«, log ich und krallte die Finger in den Gurt.

Meine Mom zog eine Augenbraue hoch. »Sicher?«

»Oh Gott, ja, ich sterbe! Lass mich raus, ich laufe zurück«, jammerte ich und kniff die Augen zusammen, als wir über eine weitere Wurzel holperten.

Mom lachte und löste kurz ihre linke Hand vom Lenkrad, um mein Knie zu tätscheln. »Das wird schon«, versicherte sie mir.

»Ja. Eine Katastrophe.«

»Ein Abenteuer«, korrigierte sie mich lächelnd. »Hast du dich von Cordy und Peter verabschiedet? Ich werdet euch jetzt länger nicht mehr sehen.«

Ich presste die Lippen zusammen und brummte etwas, was sie als Ja oder als Nein interpretieren konnte. Mein Blick blieb an der prall gepackten Tasche unter meinen Füßen hängen. Am Reißverschluss schaukelte ein altes, gelbes Tamagotchi nach links und rechts.

Die letzten Schultage über war ich Cordy und Peter aus dem Weg gegangen. Vielleicht war es feige, dass ich die Geschichte, die ich auf der Toilette erfahren hatte, nicht angesprochen hatte – nein, es war *definitiv* feige. Aber am Ende war es wahrscheinlich besser so. Cordy hatte die ganze Zeit meinen Blick gemieden, und als sie mir heute doch kurz in die Augen gesehen hatte, war sie ganz blass geworden. Ich war mir beinahe sicher, dass sie wusste, dass ich es wusste. Ob wir noch Freundinnen waren, würde wohl ungeklärt bleiben, bis ich meine Gedanken geordnet hatte und den Mumm aufbrachte, mich bei Cordy zu melden.

Die Straße wurde breiter, und wenig später konnte ich hinter den Baumkronen Turmzinnen ausmachen, die sich wie bei einem alten Schloss in die Höhe stemmten.

»Das ist Chesterfield?«, fragte ich fasziniert, aber auch ein wenig entsetzt.

»Ja. Was hast du denn von einem jahrhundertealten Eliteinternat erwartet?«

»Na ja, zumindest keine Schießscharten! Muss man hier im Verlies nachsitzen?«

Meine Mom lachte, als hätte ich es nicht bitterernst gemeint, und bog auf einen breiten Parkplatz ab, auf dem einige teure Autos parkten. Aber wir fuhren weiter über den knirschenden Kies bis zu einem riesigen weißen Eisentor, vor dem Mom anhielt und das Fenster herabließ.

»Chesterfield ist eben sehr … europäisch. Um so etwas zu sehen, müsstest du normalerweise Urlaub in England oder so machen«, versuchte sie, währenddessen meinen ersten Eindruck vom Internat geradezurücken.

Links und rechts des Tors zog sich die hohe rote Ziegelsteinmauer entlang. Meine Mom drückte auf einen Klingelknopf, dann warteten wir voller Anspannung, dass sich jemand meldete. Mein Drang, aus dem Auto zu springen und einfach zurückzulaufen, wurde mit jeder Sekunde größer. Ein Summen ertönte, bevor eine weibliche Stimme aus dem Lautsprecher unter dem Klingelknopf ertönte.

»Willkommen in Chesterfield. Wie kann ich Ihnen behilflich sein?«

»Guten Tag, hier ist Sheriff Salt. Ich bringe meine Tochter Alice für Ihre Sommerkurse.«

»Einen Moment bitte«, kam die Antwort.

Verwundert wechselten wir einen Blick. Das Tor blieb zu, sodass ich das Wappen mit dem Raben auf der Krone betrachten konnte. Keine Ahnung, warum, aber ich bekam eine Gänsehaut.

Im nächsten Augenblick knackte es im Lautsprecher, und dieselbe Frauenstimme meldete sich erneut: »Fahren Sie bitte vor.« Ein Summen begleitete ihre Stimme, und die Torflügel vor uns öffneten sich. Ein adrett angelegter Weg mit weißem Kies tat sich vor uns auf.

»Na, dann mal los«, sagte meine Mom und trat aufs Gas. Sie klang genauso nervös, wie ich mich fühlte.

Als wir das Tor passierten, sah ich zwei lebensgroße Statuen, die es flankierten. Beide bestanden aus weißem Marmor. Die linke stellte eine junge Frau dar, in deren ausgestreckter Hand ein Schwert lag. Das Haar war so fein gemeißelt, dass es wirkte, als würde der Wind hindurchfahren. Auf der anderen Seite stand ein junger Mann mit ernstem Gesichtsausdruck. Sein fein geschnittenes Gesicht war ebenso detailliert gearbeitet wie das der Frau. Sie wirkten beinahe lebensecht.

»Nett«, kommentierte meine Mom die Statuen trocken.

»Ja, wahrscheinlich waren ihnen Gartenzwerge zu langweilig«, murmelte ich, während wir die Auffahrt entlangfuhren.

Der Weg war von weiteren weißen Statuen gesäumt. Jede war lebensgroß und so detailreich ausgearbeitet, dass es wirkte, als würden dort echte Menschen stehen. Manche waren gekrümmt und hatten schmerzverzerrte Gesichter. Andere wirkten beinahe schon majestätisch, das Kinn stolz gereckt, während ihnen der Regen wie Tränen übers Gesicht floss. Der Weg war schnurgerade, was die Gesamtwirkung umso eindrucksvoller machte. Ich sah die Statue eines Mädchens, das nicht älter als dreizehn sein konnte. Ein Lächeln lag um ihre Lippen, ihre Augen waren geschlossen, und sie wirkte, als würde sie auf etwas lauschen, was nur sie hören konnte.

»Die Chesterfields sind schon seit Generationen berühmte Bildhauer«, klärte meine Mom mich auf, als sie bemerkte, wie ich mir fast schon den Hals verrenkte, um einer Statue hinterherzusehen, der sich ein Speer durch die Brust bohrte.

»Ich weiß nicht, ob mir die Dinger gefallen oder nicht«, gab ich zu.

»Ich auch nicht. Aber eindrucksvoll sind sie allemal. Ah, sieh an, wir sind da.«

Der Kiesweg breitete sich vor uns zu einem kreisrunden Platz aus, in dessen Mitte ein Springbrunnen Wasser in die Höhe spuckte. Daneben ragte Chesterfield auf. Die Fassade bestand aus massivem grauem Stein und erinnerte mich mehr an eine Kirche als an ein Schloss. Dieser Eindruck kam vielleicht aber auch durch das große, runde Buntglasfenster zustande, das in der Fassade prangte.

Meine Mom parkte, stellte den Motor ab und warf mir einen aufmunternden Blick zu. »Das wird schon, lass dich nicht einschüchtern. Das dort drinnen sind auch nur Menschen«, sagte sie sanft und drückte meine Hand.

»Berühmte letzte Worte«, murmelte ich und zwang mich, Mom loszulassen und auszusteigen.

Kalter Regen prasselte mir auf den Kopf, und ich beeilte mich, das Gepäck aus dem Kofferraum zu holen. Während ich mir den Henkel des Handgepäcks über die Schulter warf, schnappte Mom sich meinen Rollkoffer und trug ihn über den Kies zum Eingang. Drei Stufen, und wir waren oben. Die Türen waren aus modernem Milchglas gefertigt und glitten automatisch auf, als wir uns ihnen näherten.

Burgunderroter Teppich dämpfte unsere Schritte, als wir die eindrucksvolle Eingangshalle von Chesterfield betraten. Im ersten Augenblick glaubte ich, in einem Museum anstatt einer Schule gelandet zu sein. Links und rechts hingen riesige Ölgemälde an den hohen Wänden, und die Decke schloss sich zu einer imposanten gläsernen Kuppel. Direkt vor uns führte eine große geschwungene Treppe nach oben. Links und rechts der Halle zweigten breite Gänge ab, und überall waren Büsten oder andere Kunstgegenstände aufgestellt.

Abgesehen von der unaufdringlichen klassischen Musik, die aus versteckten Boxen drang, war es unheimlich still hier. Besonders wenn man bedachte, dass wir uns in einer Schule befanden. Ich versuchte, mir vorzustellen, wir hier normalerweise Schüler herumliefen, lachten, Bücher durch den Flur warfen, und scheiterte kläglich.

»Mom …«, setzte ich an, als wir das Klackern von hohen Absätzen hörten.

Dann sahen wir eine hübsche, schlanke Frau, die die Treppe zu uns hinabstöckelte. Ein freundliches Lächeln lag auf ihrem Gesicht.

Sie trug eine schlichte weiße Bluse, kombiniert mit einem hellgrauen Bleistiftrock. Unter ihrem Arm klemmte eine graue Mappe.

»Hallo, ich bin Miss Cross, die Sekretärin von Direktor Chesterfield. Willkommen auf unserer Schule. Sie müssen Sheriff Salt sein«, sagte sie und streckte meiner Mom ihre zarte Hand entgegen. Mom lächelte und erwiderte den Händedruck, und irgendwie war ich stolz darauf, wie wenig sie sich von der eleganten Miss Cross und dem ganzen Upperclass-Ambiente beeindrucken ließ.

»Ja, die bin ich. Und das hier ist meine Tochter Alice.« Sie deutete auf mich, und auf einmal war ich es, die diese perfekte Hand schüttelte. Sie war kühl und trocken, und ich hatte Angst, zu fest oder auch zu sanft zuzudrücken. Um Gottes willen, schwitzte ich? Wenn ja, war Miss Cross höflich genug, sich nicht die Hand an ihrem faltenfreien Rock abzuwischen. Sie lächelte nur freundlich.

»Hallo, Alice. Es freut mich, dass du hier bist.«

Ich nickte wortlos, und Miss Cross wandte sich wieder an meine Mutter. »Sie können unbesorgt sein, Sheriff Salt. Ihre Tochter wird bei uns in guten Händen sein.« Und wieder zu mir gewandt: »Ich bin mir sicher, dass du dich bei uns schon sehr bald wie zu Hause fühlen wirst.«

Als ich mich umsah, blieb mein Blick an den großen Kronleuchtern hängen.

»Als wären wir in unserem Wohnzimmer«, bemerkte Mom trocken. Ich lachte, versuchte es jedoch mit einem Husten zu kaschieren.

Miss Cross zog eine Augenbraue hoch. »Ist das dein gesamtes Gepäck, oder wird der Rest noch gebracht?«, erkundigte sie sich höflich und deutete auf meinen Koffer, der hinter Mom stand. Er war pink mit Blumen darauf und stach in diesem edlen Ambiente billig und grell hervor.

»Nein, äh … das ist alles?«, sagte ich und wusste selbst nicht genau, warum es wie eine Frage klang.

»Wunderbar! Ich werde dich heute in Chesterfield herumführen und dir dein Zimmer zeigen, bevor ich dich zum Abendessen bringe. Ich hoffe, du wirst dich hier schnell wohlfühlen.«

»Das hoffe ich auch«, sagte ich ehrlich.

Miss Cross zwinkerte mir zu. »Das wird schon«, versicherte sie mir überraschend herzlich, bevor sie sich an meine Mom wandte. »Danke, dass sie Alice hergebracht haben, Sheriff Salt. Ich übernehme jetzt die Verantwortung für Ihre Tochter.«

Mom sah aus, als wollte sie sich nicht so einfach wegschicken lassen, doch das Lächeln von Miss Cross machte eindeutig klar, dass sie keine Familienführung durch Chesterfield machen würde.

»Wenn Sie noch hier unterschreiben würden«, bat Miss Cross und hielt Mom die geöffnete Mappe hin. »Die Einzelheiten haben Sie ja bereits telefonisch mit Direktor Chesterfield geklärt.«

»Ich … nun … in Ordnung.« Meine Mom atmete tief durch und setzte ihre Unterschrift unter die Papiere. Dann drehte sie sich um und drückte mich fest an sich. »Pass auf dich auf, okay, mein Mäuschen?«, flüsterte sie mir ins Ohr.

»Okay.«

»Ich hab dich lieb.«

»Ich hab dich auch lieb, Mom. Vergiss mich nicht, während ich weg bin«, flüsterte ich.

Sie lachte leise. »Niemals. Ich zähle die Tage, bis du wieder zu Hause bist.«

Wir lösten uns voneinander, und Mom ließ ein letztes Mal ihren Blick durch die Halle schweifen. Es war deutlich, dass sie sich hier ebenso als Fremdkörper fühlte wie ich. Nur dass sie wieder gehen durfte und ich bleiben musste.

Sie schenkte Miss Cross noch ein professionelles Lächeln, nahm einen Umschlag mit Unterlagen entgegen und verschwand dann mit dumpfen Schritten wieder zur Tür hinaus. Ein kalter Windstoß war alles, was von ihr übrig blieb.

Eine zarte Berührung an der Schulter ließ mich aufsehen. Miss Cross lächelte mich an. »Keine Sorge, Alice. Dir wird es in Chesterfield gut gehen. Alle sind schon ganz neugierig darauf, dich kennenzulernen. Am Ende des Sommers wirst du gar nicht mehr zurückwollen.«

»Ja, besti…«, setzte ich höflich an, als mich ein Kitzeln am Fußknöchel zusammenfahren ließ. »Waaah!« Erschrocken sah ich nach unten und starrte in ein Augenpaar, das mich fast schon amüsiert musterte. Augen, die zu einer weißen Katze gehörten. Oh Gott.

»Du!« Ich zuckte so heftig zusammen, dass ich mit dem Rücken gegen eine Ziervase stieß. Hektisch fuhr ich herum und klammerte mich an der Vase fest, auch, um im Notfall damit werfen zu können.

Miss Cross zog eine Augenbraue nach oben und verkniff sich ein Lächeln. »Hast du Angst vor Katzen, Alice?«

»Miau«, machte das Mistvieh.

»Ich, ja … nein … er … ich glaube, ich habe ihn schon mal gesehen«, stieß ich hervor.

»Ach ja? Bist du wieder herumgestreunt, Curse?«, sagte Miss Cross tadelnd, während der Kater schnurrend um ihre Beine strich.

»Er heißt Curse?«, platzte es aus mir heraus, während mir abwechselnd heiß und kalt wurde und ich versuchte mir meine Panik nicht anmerken zu lassen. Curse – so hatte sich die sprechende Katze in der Partynacht doch auch vorgestellt!

Miss Cross zog eine Augenbraue hoch, während der Kater mit dem Schwanz ausschlug. »Ja. Das ist unser Curse. Er ist schon länger auf Chesterfield als ich.« Sie lachte. »Keine Sorge, er ist ein alter Knabe und völlig harmlos«, klärte sie mich auf, und ich hätte schwören können, dass der Kater schnaubte und Miss Cross einen überheblichen Blick zuwarf.

Ich starrte ihn an und wartete, dass er den Mund aufmachte und etwas sagte. Doch nichts passierte. Stattdessen nahm Miss Cross mir sanft, aber entschlossen die Vase aus der Hand und stellte sie auf den Sockel zurück.

»Wenn du nichts dagegen hast, wäre ich dir dankbar, wenn du die Ming-Vasen nicht zerbrichst.«

»Natürlich«, murmelte ich und lief rot an, während ich mit hektisch pochendem Puls auf die Katze hinabstarrte, die dazu übergangen war, sich hingebungsvoll schnurrend eine Intimpflege zu verpassen.

»Ich bringe dich jetzt auf dein Zimmer. Dort kannst du dich frisch machen und auch die Uniform anziehen, die bei uns aus verschiedenen Gründen Pflicht ist«, fuhr Miss Cross fort und setzte sich in Bewegung.

Ich folgte ihr zögerlich. Die Rollen meines billigen Koffers quietschten. Curse ignorierte mich, und ich beschloss, ihm dieselbe Behandlung zuteilwerden zu lassen, obwohl meine Hände immer noch feucht vor Angstschweiß waren. Vielleicht irrte ich mich einfach. Vielleicht war es eine andere Katze. Es gab verdammt viele weiße Katzen dort draußen, und diese hier machte keinerlei Anstalten, sich unkätzisch zu benehmen. Und das mit dem Namen war sicher nur … ein Zufall. Zufälle kamen doch ständig vor!

Mit Gewalt zwang ich mich, Miss Cross zuzuhören, und ging schneller, um zu ihr aufzuschließen.

»Auch wenn Sommerferien sind«, fuhr sie gerade fort, »wirst du nachmittags Unterricht haben. Genauso wie samstags und sonntags. Dein Stundenplan und alles, was du dir auf die Schnelle nicht merken kannst, sind in dieser Mappe nachzulesen.« Sie reichte mir den grauen Ordner, den ich schnell in meine Umhängetasche stopfte.

Wir gingen die Treppe nach oben, dann bogen wir in einen Gang ein, und dunkler Stein schloss sich um uns, sodass ich mich spontan klaustrophobisch fühlte.

»Der Speisesaal und ein Teil der Klassenzimmer befinden sich im Erdgeschoss, die Schwimmhalle und die Sporthalle sowie einige Fachräume in den angrenzenden Nebengebäuden. Die übrigen Schulräumlichkeiten, die Lehrerwohnungen und eure Zimmer sind auf die oberen Stockwerke verteilt. Die Sommerkurse finden aber ausschließlich in den Klassenzimmern im Erdgeschoss statt«, klärte Miss Cross mich weiter auf, während sie mich den Gang entlanglotste. Unsere Schritte hallten dumpf von den Wänden wider. »Hier befinden sich hauptsächlich Abstellräume, weiter hinten findest du den Gemeinschaftsraum und die Zimmer der Mädchen deiner Jahrgangsstufe. Jetzt im Sommer ist allerdings nicht viel los. Fast alle sind nach Hause gefahren.«

»Wie viele Schüler sind denn noch hier?«, fragte ich.

»Sechzehn.«

»Müssen die alle wiederholen?«

Miss Cross lächelte, doch ihre Augen blieben ernst. »Nein«, gab sie zurück. »Die meisten sind hier, weil sie über die Ferien nicht nach Hause fahren können oder wollen.« Mehr sagte sie dazu nicht, und es war klar, dass ich keine Antwort bekommen würde, auch wenn ich nachbohrte.

Der Gang vor uns zweigte abrupt ab, und wir standen vor schweren Türen, die offen standen und den Blick auf ein großes Wohnzimmer freigaben, in dem der alte Steinboden mit dickem, beigem Teppich ausgelegt war. Gemütliche Sofalandschaften standen im Raum drapiert herum, der von zwei alten Kaminen beherrscht wurde. Obwohl Sommer war, brannte in beiden ein gemütliches Feuer und die Holzscheite knackten leise.

Graues Nachmittagslicht schien durch hohe Fenster herein. Auf einem der breiten, mit Kissen übersäten Steinsimse saß ein Mädchen, das gelangweilt auf ihrem Handy herumtippte. Als sie uns hörte, zuckte sie zusammen und sah leicht panisch auf, während sie ihr Handy hinter dem Rücken zu verstecken versuchte. Ihr brauner Lockenkopf flog dabei in alle Richtungen.

Miss Cross blieb ruckartig stehen und verengte die grünen Augen zu Schlitzen. Hinter uns huschte Curse in den Raum. »Lark«, sagte Miss Cross eisig. »Warum bist du nicht im Unterricht?«

»Oh, Miss Criss … äh, Cross«, flötete das Mädchen und warf uns ein strahlendes Lächeln zu. »Der Unterricht. Natürlich! Ich komme gerade von einer unglaublich erhellenden Stunde Kriegsstrategie des 18. Jahrhunderts und wollte nur schnell etwas holen.« Lark sah sich hektisch um. »Etwas, was ich offensichtlich schon wieder vergessen habe, weshalb ich wahrscheinlich sofort und postwendend in den Unterricht zurückgehen sollte, Sir, äh, Ma'am.«

Sie rutschte von der Fensterbank, klopfte sich imaginären Staub vom Rock und wollte sich an uns vorbeidrücken.

»Lark«, sprach Miss Cross sie scharf an und hielt ihr die offene Hand unter die Nase.

»Jaaa?«

Miss Cross atmete tief durch. »Ich will gar nicht wissen, wann du schon wieder das Handy aus meinem Büro gestohlen hast. Du kennst die Regeln. Handys nur am Wochenende. Gib es her, junge Dame.«

Lark verzog das Gesicht. »Das ist so mittelalterlich«, murrte sie, bevor sie ihr iPhone in Miss Cross' Hand fallen ließ.

»Besten Dank«, sagte die Sekretärin kühl, bevor sie in meine Richtung nickte. »Das ist übrigens Alice Salt. Sie wird die Sommerkurse mit euch besuchen.«

Larks musternder Blick landete prompt auf mir, als hätte sie nur darauf gewartet, mich offen anstarren zu dürfen. Ihr Blick huschte einmal an mir hoch und wieder runter. Ich schien die Musterung zu bestehen, denn sie sagte: »Klar. Hey, ich bin Lark. Eigentlich Larkeyla, aber wenn du mich so nennst, muss ich dich leider mit einem Kissen ersticken. Nimm mittags die Pasta, geh Curse aus dem Weg, und wenn du nicht weißt, wie man eine Krawatte bindet, mach einfach einen Knoten rein, den Unterschied merkt eh niemand …« Sie warf Miss Cross einen flüchtigen Blick zu und schob hinterher: »Also, fast niemand.«

»Danke. Ich bin Alice. Was ist mit dem Kater?«, fragte ich beunruhigt.

»Er ist ein Mistvieh.«

Ich verkniff mir die Frage, ob ihr zufällig aufgefallen sei, dass Curse sprechen kann.

»Wie aufregend, dass du hier bist«, fuhr Lark fort. »Sag mal, bist du wirklich *dabei-dabei* oder nur *Schule-dabei?«,* fragte sie und malte dabei Gänsefüßchen in die Luft.

»Ähh …«, stammelte ich, weil ich keine Ahnung hatte, worauf sie hinauswollte.

»Alice ist selbstverständlich nur bei den Unterrichtsstunden anwesend, Lark«, sagte Miss Cross scharf.

Lark presste die Lippen zusammen und warf ihre Lockenmähne über die Schulter. »Okay, alles klar. Ich denke, wir sehen uns dann später, Ally.« Damit tänzelte sie aus dem Aufenthaltsraum.

Miss Cross sah ihr hinterher und seufzte.

»Lark scheint sehr … nett zu sein«, versuchte ich das Mädchen politisch korrekt zu beschreiben.

Miss Cross' Mundwinkel zuckten. »Ja. Lark ist ein nettes Mädchen, aber vielleicht nicht die vorteilhafteste Bekanntschaft, die du hier schließen kannst. Ich lege dir Regina nahe. Sie ist Vizeschulsprecherin und wird dir ab dem Mittagessen auch mit allem Weiteren helfen«, sagte sie und lotste mich aus dem Gemeinschaftsraum einen weiteren Gang entlang.

»Das hier ist der Westflügel, in dem die älteren unserer zweihundertfünfzig Schüler wohnen«, setzte Miss Cross ihre Führung fort, von der ich mir bisher so ziemlich gar nichts gemerkt hatte. »Gegenüber im Ostflügel liegen die Räumlichkeiten der jüngeren Mädchen, die sich zu zweit ein Zimmer teilen müssen. Dein Zimmer ist eigentlich nur für Besucher gedacht, darum fällt es ein wenig kleiner aus, aber du hast es für dich allein, und ich bin sicher, dass du dich wohlfühlen wirst. Die anderen Schüler räumen ihre Zimmer auch während der Ferien nicht, deswegen mussten wir dich hier unterbringen.« Sie holte einen Schlüssel heraus und steuerte auf eine Tür neben einem hohen Fenster und einem alten Schrank aus dunklem Holz zu.

Die Nummer 33 prangte mir in glänzendem Messing entgegen. Keine Ahnung, warum, aber irgendwie erwartete ich, dass die Tür knarren würde, wenn sie sich öffnete. Doch sie schwang so geschmeidig und geräuschlos auf, dass ich zusammenzuckte, als dafür der Holzboden unter meinen Schritten knackte.

Mein Zimmer für die nächsten zwei Monate stellte sich als Eckzimmer mit Holzboden und etwas heruntergekommenen, aber antiken Möbeln heraus. Das Bett war ein Himmelbett und aus altem dunklem Holz gefertigt. Die Beine waren aufwendig verziert. Eine Ecke des Zimmers war vollständig verglast, und wie im Gemeinschaftsraum war auch hier der steinerne Sims breit ausgebaut, sodass ich darauf sitzen konnte. Es gab einen steinernen Kamin, in dem frisches Holz gestapelt war, davor stand ein gemütlicher, abgewetzter Brokatsessel. Ein Schrank und ein Nachtkästchen vervollständigten die Innenausstattung.

Auf dem frisch bezogenen Bett lag ein Klamottenstapel, bei dem es sich wohl meine Schuluniform handelte.

»Die restlichen Garnituren und alles, was du sonst noch brauchst, befinden sich bereits im Schrank. Du hast ein eigenes Badezimmer …« Sie deutete auf eine schmale Tür rechts von uns. »Das hier ist dein Zimmerschlüssel. Offizielle Schlafenszeit ist um zweiundzwanzig Uhr. Handys dürfen wie gesagt nur am Wochenende benutzt werden. Alles Weitere kannst du der Mappe entnehmen.«

»Das war also wirklich ernst gemeint? Wir dürfen hier keine Handys haben?«, fragte ich leicht panisch.

Miss Cross schmunzelte. »Leider nein. Ich sammle sie am Montagmorgen ein, und am Freitag könnt ihr sie wieder bei mir abholen.«

»Das ist …« *Scheiße!* »Und wie soll ich dann meine Mom anrufen?«, fragte ich stattdessen.

»Wir haben Münztelefone, die ihr verwenden könnt. Es tut mir leid. Ich weiß, das ist zu Anfang unangenehm, aber du wirst dich mit der Zeit daran gewöhnen.«

Das bezweifelte ich jetzt wirklich, wirklich stark. Ich legte ihr praktisch in Zeitlupe mein Handy in die Hand, die bereits Larks hielt. Als Miss Cross die Hand schloss, fühlte es sich beinahe an, als würde auch noch meine letzte Verbindung zur Außenwelt abbrechen. Um mich von dem beengten Gefühl in meiner Brust abzulenken, sah ich mich im Zimmer um.

»Danke, es ist … gemütlich hier.«

Miss Cross lächelte mich an. »Genügen dir zwei Stunden zum Auspacken und um dich fertig zu machen?«

»Ja, das reicht«, sagte ich und linste zu meinem Koffer. Fünfzehn Minuten hätten im Grunde auch gereicht.

»Sehr gut. Ich hole dich dann im Gemeinschaftsraum ab. Schön, dass du bei uns bist, Alice. Wir sind alle … sehr erfreut, ein neues Gesicht hier zu sehen«, sagte sie, drehte sich um und verschwand aus dem Zimmer. Sie hinterließ den zarten Duft von Maiglöckchen, als die Tür geräuschlos hinter ihr zufiel.

Cool. Die erste Stunde in Chesterfield hatte ich schon mal überlebt, fehlten nur noch … viele.

Seufzend stellte ich mein Gepäck neben dem Bett ab und sah aus der Eckfensterfront. Das Glas war eindeutig schon älter, es wirkte ungewöhnlich dick und leicht verzogen. Regentropfen klatschten gegen die Scheibe und rannen in silbernen Schlieren hinab. Trotzdem konnte ich die schöne Parkanlage erkennen, die sich dahinter erstreckte. Ein Stück weiter hinten machte ich die Waldgrenze aus. Die Bäume wirkten durch das schlechte Wetter düster und dunkel. Ich öffnete das Fenster einen Spaltbreit, und ein Windzug streifte meine Wange und brachte den Geruch nach Regen und feuchter Erde hinein. Seufzend setzte ich mich aufs Bett und wollte aus Gewohnheit mein Handy hervorholen, als mir einfiel, dass ich keines mehr hatte. Fuck!

Mom würde auf eine Nachricht von mir warten, also musste ich die Münztelefone suchen. Ich steckte den Kopf aus der Tür, aber auf dem Gang war keines. Ich würde mich später drum kümmern müssen.

Statt des Handys nahm ich schließlich die graue Mappe von Miss Cross und blätterte die Informationen durch, bis ich meinen Stundenplan in der Hand hielt. Ich warf einen flüchtigen Blick darauf und verzog das Gesicht. Miss Cross hatte nicht übertrieben. Ich hatte jeden Tag bis siebzehn Uhr Unterricht. Selbst Samstag und Sonntag waren mit Freiarbeit markiert worden, und ich hatte morgens um sechs Uhr … Sport? Ungläubig hielt ich mir den Zettel näher ans Gesicht und … ja! Was für Barbaren!

Frustriert klappte ich die Mappe zu.

Ein unangenehmes Gefühl von Hilflosigkeit stieg in mir hoch, und ich musste ein paarmal tief durchatmen, ehe ich mich dazu aufraffen konnte, die Uniform vom Bett zu nehmen.

Lark schien nicht das gesamte Outfit getragen zu haben, denn zu dem weißen Rock und der steifen weißen Bluse gehörten auch eine rote Krawatte sowie ein langer weißer Blazer, der ziemlich schwer und aus hochwertigem Material war. Schwarze Applikationsnähte hoben sich von dem reinweißen Stoff ab, und das Schulwappen prangte auf der linken Brusttasche wie ein Orden. Die Ärmel hatten sogar Aufschläge mit silbernen Knöpfen, die im diesigen Licht leicht schimmerten. Dazu gab es glänzende Lackschuhe und Kniestrümpfe. Röckchen und Kniestrümpfe! Was kam als Nächstes … Scones und Teatime? Murrend schlüpfte ich aus meinem Hoodie und begann die neue Uniform anzuziehen.

Gerade als ich dabei war, in den zweiten Schuh zu schlüpfen, hörte ich ein seltsames Rappeln am Fenster.

Verwirrt sah ich auf und entdeckte Curse, der sich durch den Spalt schlängelte und auf der Fensterbank Platz nahm. Der Schwanz schlug aus, was irgendwie … amüsiert wirkte.

Ich erstarrte und hielt praktisch die Luft an, während Curse mit den Ohren wackelte. »Du schon wieder!« Ich kniff die Augen zusammen und machte eine scheuchende Bewegung. »Husch, hau ab!«

Der Kater zeigte sich wenig beeindruckt und schlug nur mit dem buschigen Schwanz aus. »So sieht man sich wieder, Alice.« Er machte verdammt noch mal den Mund auf und sprach! Klar und deutlich!

Ich fluchte, packte das Nächstbeste, was mir in die Finger kam – nämlich die Mappe –, und warf sie nach dem Kater. Das Ding klatschte knapp an ihm vorbei, und die Zettel flatterten in alle Himmelsrichtungen.

Curse zuckte mit den Ohren. »Daneben«, kommentierte er trocken.

»Oh mein Gott, hör auf zu reden! Katzen *können* nicht reden«, fuhr ich ihn an und sah mich nach dem nächsten Wurfgeschoss um.

»Und du kannst offensichtlich nicht werfen. Also tun wir wohl beide Dinge, die wir besser sein lassen sollten.«

Ich stieß ein Quietschen aus. »Oh Gott, hör einfach auf! Wieso redest du überhaupt? Bin ich verrückt?«

Der Kater schnaubte und verdrehte die Augen. »Keine Ahnung, seh ich aus wie ein Neurologe?« Er sprang von der Fensterbank und kam auf mich zu.

Hektisch wich ich zurück und stieß dabei gegen den Kleiderschrank.

»Buh!«, sagte Curse, und ich zuckte wieder zusammen. Der Kater lachte, während ich ihn finster anfunkelte.

»Sag mal, verarscht du mich?«, zischte ich ihn an.

»Wenn du mir so eine gute Vorlage lieferst, Mensch, bist du selbst schuld.« Aus seinen Katzenaugen starrte er nonchalant zu mir hoch.

Mit wild pochendem Herzen starrte ich zurück.

»Eigentlich wollte ich dich nur auf Chesterfield willkommen heißen.«

»Wieso?«, stieß ich hervor. »Wieso sprichst du mit mir?«

Curse seufzte und trippelte in Richtung Tür davon, die ich auf der Suche nach dem Telefon ein Stückchen offen gelassen hatte.

»Die Frage ist nicht, warum ich sprechen kann, sondern warum du mich verstehst, Alice Salt«, sinnierte der Kater, während er zur Tür hinausschlüpfte.

»Was … warte! Komm zurück! Das war keine Antwort!« Hektisch stieß ich die Tür auf und rannte dem weißen Fellball hinterher, der den Gang entlangflitzte. »Bleib stehen!«, rief ich, jagte um die Ecke in den – Gott sei Dank leeren – Gemeinschaftsraum und sah ihn in den nächsten Gang verschwinden. Gemeinsam schlitterten wir um eine Ecke. Ich streckte die Hand aus und schaffte es mit einem Hechtsprung, den Kater zu erwischen, rutschte dabei jedoch auf meinen Lackschuhen aus. Schwer atmend kam ich wieder auf die Füße und hielt Curse triumphierend in die Höhe.

»Hab ich dich!«, sagte ich und hielt ihn mir vors Gesicht. »Wir zwei waren noch nicht fertig. Du spuckst jetzt aus, was zum Teufel hier los ist«, knurrte ich ihn an.

Curse fauchte nur, während im selben Augenblick jemand lachte.

Erschrocken fuhr ich herum und riss die Augen auf, als ich *ihn* sah. Er stand auf der vorletzten Stufe zur großen Halle in einer ähnlichen Uniform wie meiner und grinste so breit, dass sich Grübchen in seinen Wangen abzeichneten. Blaue Augen blitzten amüsiert auf, während ihm sein helles, lockiges Haar ums Gesicht fiel.

»Ich bin mir gerade nicht sicher«, sagte er. »Prügelst du dich mit Curse oder Curse sich mit dir?« Der Kater fauchte nur, und ich funkelte ihn an. Ach, auf einmal konnte er die Klappe halten!

»Ich … wir haben nur Spaß«, stammelte ich und ließ Curse los. Der warf mir einen hämischen Blick zu und flitzte davon. Der Typ lachte wieder und zog eine helle Augenbraue hoch. Ich blinzelte und musterte ihn ganz langsam von seinen glänzenden Schuhen bis hin zu den weichen Gesichtszügen. Er kam mir so bekannt vor … Dann ging mir ein Licht auf. »Wir sind uns neulich doch an der Kreuzung begegnet! Du hast ein Cabrio gefahren.«

Nun musterte er mich eingehend von oben bis unten und biss sich auf die Lippe. »Und du ein Fahrrad.«

Unter seinem Blick stellten sich mir sämtliche Nackenhärchen auf und mein Herzschlag hämmerte los. Ich schluckte. Mein Gaumen fühlte sich viel zu trocken an.

»Hast du auch einen Namen, oder soll ich dich nur Fahrradmädchen nennen?«, fragte er und kam die letzten Meter zu mir hinauf. Er bewegte sich geschmeidig wie eine Raubkatze, seine Muskeln griffen fließend ineinander. Als er so knapp vor mir stand, dass unsere Fußspitzen aneinanderstießen, zwang ich etwas Luft in meine Lunge, damit ich überhaupt sprechen konnte.

»Ich bin Alice Salt.«

»Schön, dich kennenzulernen, Alice Salt«, sagte er mit weicher Stimme und hielt mir seine Hand entgegen. »Ich bin Vincent Chesterfield.«

Vincent. Ein Schauder lief mir über den Rücken, und als sich unsere Finger berührten, breitete sich in meinem Kopf ein leicht wattiges Gefühl aus, begleitet von einem leisen Summen in den Ohren. Ich fühlte mich beinah ein wenig high. Ich blinzelte irritiert und versuchte, meinen Blick wieder zu fokussieren.

»Ich bin Schulsprecher von Chesterfield. Falls du also etwas brauchst, komm jederzeit zu mir, ja?«

»Danke, das ist sehr nett von dir«, sagte ich und versuchte dabei unauffällig, einen Druckausgleich in den Ohren zu machen. Seine Hand rutschte aus meiner, und endlich knackte es leise und das Summen verschwand.

»Vincent? Wo bist du denn?«, schallte im selben Augenblick eine glockenhelle Stimme zu uns hinab.

Vincent verzog kurz das Gesicht, bevor er den Kopf umwandte und die Treppe hinaufrief: »Wir sind hier, Regina!«

»Wir?«

Das Mädchen aus dem Cabrio erschien am Treppenabsatz. Alles an ihr schien zu funkeln und zu glitzern, angefangen bei dem Haarreif, der ihre Mähne bändigte, bis hin zu den Ohrringen und den Armreifen um die schmalen Handgelenke. Flankiert wurde sie von den Zwillingen, die ich ebenfalls im Cabrio gesehen hatte. Aus der Nähe erkannte ich, dass ihre Augen leicht schräg geformt waren.

»Alice, das sind die Hitachi-Brüder, und das ist meine Cousine Regina«, stellte Vincent uns vor. »Der Linke ist Ebony, der Rechte Ivory.«

Lächelnd hob ich die Hand und wackelte mit den Fingern. »Hallo, ich bin …«

»Alice«, unterbrach mich der eine Zwilling.

»Salt«, ergänzte der andere.

Überrascht blinzelte ich sie an.

Ivory fing meinen Blick auf und grinste mich an. »Verrat uns ein bisschen was über dich, Alice«, bat er.

»Wir sind alle neugierig und wissen nur deinen Namen und dass du durchgefallen und die Tochter des Sheriffs bist«, ergänzte der andere Zwilling.

»Aber … woher wisst ihr das alles?«, fragte ich irritiert.

»Wir sind verdammt gut im Raten«, sagte Ebony.

Der andere grinste. »Sind wir nicht. Es steht in deiner Akte.«

»Ihr habt … Was für eine Akte?«, fragte ich scharf.

Vincent verzog wütend das Gesicht und fuhr zu den Zwillingen herum. »Ivory! Ihr sollt aufhören, ins Büro einzubrechen!«

Die Zwillinge wechselten einen Blick und zuckten mit den Schultern. »Wir dachten, es würde etwas Interessantes drinstehen«, sagte Ivory.

»Tat es aber nicht«, fügte Ebony sichtlich enttäuscht hinzu.

»Wir freuen uns jedenfalls, dass du hier bist«, versicherte mir Regina und hängte sich beinahe schon freundschaftlich bei mir ein. Ihre Berührung war weich und sanft, und ihre Ohrringe klimperten dabei leise. »Ich bin für alle neuen Schüler verantwortlich. Falls du also Fragen oder Probleme hast, kannst du dich immer an mich wenden.«

»Ich … danke«, sagte ich nur und hob den Blick. Vincent schob seine Hände in die Jackentasche der Uniform und lächelte schief.

»Der Unterricht geht gleich weiter. Wenn du möchtest, zeigen wir dir das Klassenzimmer«, sagte Regina und setzte sich in Bewegung. Da sie immer noch bei mir eingehängt war, hatte ich keine Wahl, als ihr zu folgen.

»Ich sollte eigentlich auf Miss Cross warten«, sagte ich und sah mich hektisch um. Irgendwie fühlte ich mich wie eine Fliege, die einer hübschen Venusfalle auf den Leim gegangen war.

Vincent ging hinter uns und zwinkerte mir zu, was auch nicht wirklich half, meinen Puls zu beruhigen. »Keine Sorge. Miss Cross ist verhindert und hat mich gebeten, dich hochzubringen.«

»Ähm … okay?«

Zögerlich ließ ich mich mitziehen.

Wir stiegen die breite Treppe hinab und bogen von der Halle aus in einen Gang ab. Direkt vor uns befand sich eine große Flügeltür, hinter der es nach Essen roch. An den Wänden, die so hoch waren, dass unsere Schritte nachhallten, standen ganz gewöhnliche Spinde.

Der Anblick irritierte mich, vermutlich, weil sich Chesterfield ansonsten so überhaupt nicht wie eine Schule anfühlte.

Ich linste zu Vincent hinüber. Er zog meinen Blick an wie das Licht die Motte. Ob ich mich wohl verbrennen würde, wenn ich ihm zu nahekam?

Vor lauter Starren wäre ich beinahe ich einen der Zwillinge hineingerannt, als Regina vor der Tür 16 A stehen blieb und sie schwungvoll aufriss. Und sofort richteten sich zwölf Augenpaare auf uns.

Kapitel 7

Schlagartig wurde es still im Klassenzimmer.

Die Schüler von Chesterfield standen im Kreis um zwei Typen herum, die jeweils eine Hand flach auf die Tischfläche gedrückt hatten und in der anderen ein Messer hielten. Die scharfen Spitzen trafen in unglaublicher Geschwindigkeit und mit lautem Knallen auf das Holz zwischen den Fingern.

Bum. Bum. Bum. Bum.

Bum. Bum. Bum. Bum.

»Ähm, Nixon!« Ein Mädchen mit roten Haaren versuchte, den einen der beiden auf unsere Anwesenheit aufmerksam zu machen, doch der ließ weiter hochkonzentriert das Messer niedersausen.

Er war so groß und muskulös, dass die Schultern beinahe die Uniform sprengten. Seine Wangenknochen waren scharf geschnitten, und das helle Haar trug er streng nach hinten gegelt. »Stör mich nicht, Paisley. Ich mach den Kerl fertig«, blaffte er, ohne aufzusehen.

»Das hättest du wohl gern.« Der andere Typ lachte. Seine Haare waren grau gefärbt, die Fingernägel tiefschwarz lackiert.

»Grave«, fuhr ihn die Rothaarige an, doch Vincent schob sich bereits an uns vorbei.

»Was soll das?«, fragte er scharf.

Die beiden Typen zuckten erschrocken zusammen. Das Messer des Grauhaarigen verrutschte etwas, und ich konnte mir einen erschrockenen Aufschrei nicht verkneifen, als er inbrünstig fluchte und hektisch seine Hand schüttelte.

»Aaah! Verdammte Scheiße!« Sein Blick zuckte zuerst zu Vincent, dann zu mir, ehe er die Hand blitzschnell hinter dem Rücken versteckte. »Ich meine ... puuuh, gerade noch mal Glück gehabt, knapp daneben«, stammelte er.

»Seine Hand ... seine Finger ... Er braucht einen Arzt!«, rief ich entsetzt und fuhr zu Regina herum.

Die lächelte jedoch nur. »Kein Grund zur Aufregung. Grave geht es gut.«

Grave ging es *was?* Wollte sie mich verarschen? Ich fuhr zu den Zwillingen herum, doch die lachten nur und setzten sich in die erste Bankreihe.

»Du schuldest mir zehn Mäuse«, sagte der Zwilling, den ich für Ivory hielt.

»Nur, wenn der Finger ab gewesen wäre«, erwiderte Ebony gelangweilt.

»Er braucht einen Arzt! Er hat sich in die Hand gestochen!«, sagte ich lauter und zog den Knoten meiner Krawatte auf. »Wir können den Arm damit abbinden und ...«

»Alice. Es ist alles in Ordnung. Wirklich, es geht ihm gut«, unterbrach mich Vincent sanft und warf Grave einen strafenden Blick zu. »Zeig's ihr«, sagte er.

»Ich ... ja, klar«, sagte Grave, holte seine Hand hinter dem Rücken hervor und wackelte fröhlich mit den Fingern herum.

Blinzelnd starrte ich sie an. Ich war mir nicht sicher, was ich erwartet hatte. Auf alle Fälle viel Blut, offenes Fleisch und Knochen. Doch ich sah … rein gar nichts. Sein Ringfinger, den er eindeutig getroffen hatte, war vollkommen unverwundet.

»Wie ist das möglich? Ich habe doch gesehen …«, setzte ich an, als das Knallen der Tür uns alle aufsehen ließ.

»Was ist denn hier los?« Ein Mann stand im Raum. Er war groß und schlank, und sein Haar war schlohweiß, obwohl er höchstens dreißig Jahre alt sein konnte. Auf seiner schlanken Nase saß eine runde, randlose Brille, durch die er uns alle streng musterte.

Ich öffnete bereits den Mund, als Vincent blitzschnell meine Hand anfasste. Die Berührung war nur sanft, doch sie reichte, um das Rauschen in meinem Kopf ansteigen zu lassen. Schlagartig fiel alle Unruhe von mir ab.

Vincent zog mit dem Daumen beruhigende Kreise auf meinem Handrücken. »Nichts, Dr. de la Roi. Ich stelle Alice gerade der Klasse vor«, sagte er mit weicher Stimme und drückte meine Hand. Warnend? Bittend?

Als ich aufblickte, konnte ich die Antwort klar und deutlich in seinen Augen erkennen. Ich sollte den Mund halten. Obwohl sich alles in mir sträubte, fühlte ich mich nicken.

Dr. de la Roi runzelte die Stirn, kam jedoch mit großen Schritten auf uns zu. »Hallo, Alice. Ich bin Dr. de la Roi, euer Lehrer für die Sommerkurse.« Er streckte mir seine Hand hin.

Vincent ließ mich los und setzte sich zu den Zwillingen.

»Hallo, ich … ähm … bin Alice«, stammelte ich und schüttelte die Hand des Lehrers.

Dr. de la Roi lächelte, wodurch sich Fältchen um seine Augen bildeten. »Ich freue mich, dass du bei uns bist. Neben Lark ist noch

Platz. Wenn du Fragen hast, sei nicht zu schüchtern, sie zu stellen.« Er nickte in die letzte Reihe.

Lark, das Mädchen aus dem Gemeinschaftsraum, saß breit grinsend da und winkte mir zu. Ich lächelte schwach zurück und setzte mich mit einem zustimmenden Murmeln in Bewegung. Die gesamte Klasse schien mich dabei anzustarren. Zum Glück verzichtete Dr. de la Roi wenigstens darauf, dass ich mich allen vorstellen musste.

»Sehr schön«, sagte er schließlich, als ich mich gesetzt hatte, und ging aufs Pult zu. »Wir haben viel zu tun.« Schwungvoll drehte er sich um und warf Nixon und Grave einen strengen Blick zu. »Viel Arbeit, die ihr zwei gern in eurer Freizeit nachholen dürft. Ab zu Miss Cross. Ich bin sicher, sie freut sich über vier tatkräftige Hände, die die Toiletten schrubben.«

»Was?«, fragten beide synchron. »Warum?«, ergänzte Nixon.

Dr. de la Roi zog eine weiße Augenbraue hoch. »Für wie blöd haltet ihr mich denn? Gebt die Messer her.«

Die beiden murrten, standen jedoch auf und legten Dr. de la Roi die silbernen Messer in die Hand. Ich erkannte jetzt, dass es sich um ganz normales Essbesteck handelte, das sie wahrscheinlich aus der Cafeteria mitgenommen hatten.

»Ihr solltet mit diesen Spielchen aufhören«, sagte Dr. de la Roi streng, dann warf er Vincent einen Blick zu. »Du begleitest die beiden. Es ehrt dich, dass du sie nicht verpfeifen wolltest, aber ihre Dummheit sollte nicht unterstützt werden.«

Vincent wurde ein wenig blass. Er nickte jedoch und stand ebenfalls auf. Mit gestrafften Schultern folgte er Nixon und Grave aus dem Klassenzimmer. Ich sah ihm hinterher, und erst, als die Tür hinter ihnen zuschlug, hörte das Pfeifen in meinen Ohren auf. Blinzelnd starrte ich auf die Tafel.

»Hey, geht's dir gut?«, flüsterte mir Lark besorgt zu.

Ich massierte mir die Schläfen. Bekam ich Migräne? »Ja. Nein. Keine Ahnung. Was ist da gerade passiert?«, fragte ich genauso leise.

Larks volle Lippen verzogen sich zu einem Lächeln. »Chesterfield ist passiert«, sagte sie nur und lehnte sich wieder zurück.

Dr. de la Roi kam mit einem Packen Zettel auf mich zu und legte sie auf mein Pult. »Ich möchte gern deinen aktuellen Wissensstand prüfen, Alice. Falls du Fragen haben solltest, kannst du dich jederzeit an mich wenden. Sollte Stoff vorkommen, den du noch nicht durchgenommen hast, notier das bitte als kleine Notiz am Rand.«

»Alles klar, vielen Dank«, erwiderte ich und wartete, bis er mich allein ließ, ehe ich mich auf die Aufgaben konzentrierte.

Stille senkte sich über das Klassenzimmer, und die Schüler begannen zu arbeiten. Jeder schien genau zu wissen, was er zu tun hatte. An der Foxcroft High hätte niemals so schnell eine solche Konzentration geherrscht. Aber die Atmosphäre hier war vollkommen anders. Niemand redete, keiner warf mit Papierbällchen oder spielte gelangweilt unter der Bank mit dem Handy.

Mitten im Schreiben hielt ich inne und sah mich um. Es waren keine Spinnen hier! Ich ließ den Blick über Bänke und Schüler wandern, doch ich sah kein einziges der schwarzen Viecher, die mich die letzten Monate praktisch auf Schritt und Tritt begleitet hatten. Was zum Teufel ging hier vor sich? Ein Schauder lief mir den Rücken herab, und ich zuckte zusammen, als mich Dr. de la Rois Stimme aus den Gedanken riss.

»Ist alles in Ordnung, Alice? Verstehst du etwas nicht?«

»Nein, ich … alles in Ordnung«, presste ich hervor. Keine Panik! All das hier würde bestimmt bald einen Sinn ergeben. Es *musste*.

Mit kalten Fingern versuchte ich, mich auf die Tests zu konzentrieren. Doch obwohl ich sowohl in Naturkunde als auch in Französisch gut war, kam ich nur langsam voran. Immer wieder ließ ich den Blick schweifen, suchte nach … ja, wonach eigentlich? So lange Zeit hatte ich mich vor den schwarzen Spinnen gefürchtet und dabei oft genug das Gefühl gehabt, den Verstand zu verlieren. Doch jetzt machte mir ihre Abwesenheit beinahe noch mehr Angst.

Schaudernd blätterte ich, den Kugelschreiber im Anschlag, auf die letzte Seite – und erstarrte. Hier wurden zwar ebenfalls Fragen gestellt, aber es ging nicht darum, mein Wissen zu testen. Es war ein Fragebogen über mich. Den Anfang bildeten banale Standardfragen: Name, Alter, ob Allergien vorlägen. Ab der Hälfte jedoch wurden die Fragen immer seltsamer.

Konnten Sie in letzter Zeit eines oder mehrere der folgenden Symptome bei sich feststellen?

- ☐ Konzentrationsprobleme
- ☐ Starke innere Unruhe
- ☐ Angst
- ☐ Hyperaktivität
- ☐ Aggressionen
- ☐ Stimmungsschwankungen
- ☐ Schlafstörungen

Fürchten Sie sich manchmal ohne jeden Grund?

- ☐ Nie oder selten
- ☐ Manchmal
- ☐ Oft
- ☐ Meistens oder immer

Leiden Sie an Kopf-, Rücken- oder Nackenschmerzen?
Haben Sie Albträume?
Haben Sie Halluzinationen?
Wenn ja, was sehen Sie?

Mit pochendem Herzen sah ich auf den Zettel, ehe ich Dr. de la Roi einen flüchtigen Blick zuwarf. Er bemerkte es und lächelte mich beruhigend an. »Hast du eine Frage, Alice?«

Oh ja, das hatte ich. Eine Menge sogar, allen voran, warum ich einen Fragebogen zur Bestimmung von Persönlichkeitsstörungen ausfüllen sollte. »D…diesen Fragebogen …«, fragte ich leise, »… muss den jeder Schüler hier ausfüllen?«

Dr. de la Roi rückte seine Brille zurecht. »So ist es. Du musst dir keine Sorgen machen, Alice. Es gibt keine falschen Antworten.«

Ich nickte und zwang mich weiterzuschreiben, während sich kalter Schweiß auf meinem Rücken bildete. Oh Gott! War Chesterfield am Ende eine Schule für durchgeknallte Jugendliche? War ich tatsächlich verrückt? Mit zittrigen Fingern kreuzte ich überall nein an und unterdrückte dabei das schlechte Gewissen, das mir bei jedem Häkchen sagte, dass Lügen falsch sei. Als ich fertig war, schnappte ich mir meinen Rucksack, trat nach vorn und legte die Zettel ab.

Dr. de la Roi warf nur einen flüchtigen Blick darauf, ehe er zu mir hochlächelte. »Danke. Du kannst gehen. Wir sehen uns morgen.«

Ich nickte. Meine Nackenmuskulatur war so steif, dass die Bewegung beinahe schmerzte. Ich verließ das Klassenzimmer, ohne einen Blick zurückzuwerfen, und blieb mit wild pochendem Herzen im Gang stehen. Was war das gerade gewesen? War Chesterfield eine Anstalt für Verrückte? War das Anwesen deshalb so stark abgeriegelt?

Schwer atmend lehnte ich mich gegen die Wand und atmete tief durch. Ruhig, Alice!

Ja, ich musste unbedingt ruhig bleiben. Auszuflippen würde rein gar nichts bringen. Ich musste herausfinden, was hier los war, und dafür musste ich bei klarem Verstand bleiben. Entschlossen sah ich auf – und zuckte zusammen. »Vincent!«

»Entschuldige. Hab ich dich erschreckt?«, fragte er sanft, doch als ich in seine Augen blickte, beruhigte sich mein Herzschlag nicht, sondern galoppierte noch schneller los. Meine Finger wurden feucht und ich schluckte. Vincents Augen leuchteten beinahe kristallblau, und er legte den Kopf schief. »Ist alles in Ordnung?«, fragte er und kam auf mich zu.

»Ich, ja …« Ich zuckte zurück und knallte mit dem Hinterkopf gegen die Wand.

Vincent blieb stehen. »Hast du Angst vor mir?«, fragte er überrascht, beinahe gekränkt.

»Ja … nein … ich … ich bin verwirrt.«

»Gut verwirrt oder schlecht verwirrt?«, erkundigte er sich, und sein Lachen entspannte mich ein wenig.

Das Summen in meinen Ohren setzte wieder ein, und ich lächelte zurück. »Darf ich dich etwas fragen, Vincent?«

Auffordernd legte er den Kopf schief.

»Dieser Test …« Ich sah mich verunsichert um, doch außer uns war niemand mehr im Gang.

»Was ist damit?«, erkundigte sich Vincent. Seine Augen funkelten belustigt.

»Ich … muss den hier jeder machen?«, druckste ich herum. Was sollte ich auch sagen? *Hey Vincent, bist du zufällig bekloppt?*

Vincent sog die Unterlippe ein. »Ja«, sagte er schließlich und grinste, während ihm eine Haarsträhne ins Gesicht fiel. »Wobei ich ja in Chesterfield aufgewachsen bin. Mir hat man also schon als Kleinkind bunte Karten mit Mord-und-Totschlagmotiven darauf unter die Nase gehalten und darauf geachtet, ob ich begeistert in meine Speckhändchen klatsche.«

Kurz entgleisten mir die Gesichtszüge. »Ich … Machst du dich über mich lustig?«

»Nur ein bisschen.«

»Oh, das ist nicht lustig! Ich schieb hier echt Panik!«, schimpfte ich. Am liebsten hätte ich ihm in den Oberarm geboxt, aber so gut kannten wir uns dann doch nicht.

»Musst du nicht, Alice.« Vincent lachte, sodass ich seine Zähne sehen konnte, nahm vorsichtig wieder meine Hand in seine und drückte sie. »Das sind Standardfragen. Vergiss sie einfach.«

In meinem Kopf rauschte es, und die Anspannung fiel schlagartig von mir ab.

»Okay. Sorry. Ich bin nur …«

»… hungrig?«, erkundigte er sich, ohne meine Hand loszulassen. »Hast du Lust, mit mir etwas zu essen, bevor ich weiter Klos schrubben darf?«

»Ihhh … und klar, warum nicht.«

Wie selbstverständlich verschränkten sich unsere Finger, und kleine Schauder jagten mir den Rücken herab. Mein Kopf fühlte sich ganz leicht an.

Zusammen gingen wir zum Speisesaal, aus dem uns schwere Essensdüfte entgegenschlugen. Der Raum war riesig, und wie überall in Chesterfield waren die Wände aus grauem Stein. Die hohen Rundbogenfenster ließen das Nachmittagslicht auf die langen, dunklen Holztische fallen.

Am Ende des Speisesaals war ein Büfett aufgebaut worden. Lark und der Kerl mit den grauen Haaren – Grave? – standen bereits davor und steckten die Köpfe zusammen. Als wir uns ihnen näherten, blickten sie auf.

»Hallo«, sagte ich und lächelte sie an.

»Hey«, erwiderten beide gleichzeitig. Als ihre Blicke auf Vincents und meine verschränkten Hände fielen, huschte ein seltsamer Ausdruck über ihre Gesichter.

Das Punktesystem der Mädchen aus Foxcroft fiel mir wieder ein, und ich spürte, wie ich rot anlief. Schnell zog ich meine Hand zurück. Oh Gott, was mussten sie von mir halten? Ich war noch keinen Tag hier, und schon schlenderte ich Händchen haltend mit dem Schulsprecher herum. Warum eigentlich?

Vincent runzelte die Stirn und sah irgendwie unzufrieden aus, ehe er Lark und Grave einen scharfen Blick zuwarf. »Was macht ihr hier? Habt ihr nicht Dienst?«

»Erst in einer Stunde«, sagte Lark.

»Welchen Dienst?«, fragte ich, und wieder blickten die beiden leicht panisch zu Vincent.

Der lächelte mich an. »In Chesterfield kümmern sich die Schüler um die Parkanlage. Lark und Grave drücken sich gern davor, das Unkraut zu jäten.« Er sah die beiden streng an, und Grave sah aus, als würde er gleich salutieren.

Lark öffnete den Mund, als im selben Augenblick einer der Hitachi-Zwillinge auftauchte.

»Hey, Vincent!« Er trug seine Schuluniform, allerdings hatte er sich die Krawatte wie ein Bandana um die Stirn gebunden und wirbelte etwas in den Fingern, was auf den ersten Blick wie eine kleine Pistole aussah.

Ich zuckte zusammen, doch er grinste, öffnete den Mund und schoss sich eine Ladung Wasser hinein.

»Was ist los, Ivory? Und steck das Ding weg, wie alt bist du eigentlich?«, knurrte Vincent.

»Siebzehn, danke der Nachfrage. Regina schickt mich. Wir brauchen dich … ähm«, er warf mir ein Blick zu, »draußen.«

Vincent seufzte tief. »Okay. Entschuldige, Alice, wir holen das Essen morgen nach, ja?«

»Kein Problem.« Ich runzelte die Stirn und sah zwischen Ivory und Vincent hin und her. »Ist etwas passiert? Kann ich helfen?«

»Es ist bestimmt nur etwas mit dem Schülerrat. Tut mir leid, sie brauchen mich.« Er beugte sich zu mir hinab und strich mir eine Haarsträhne hinters Ohr. Die Berührung brachte jeden Zentimeter meiner Haut zum Kribbeln. »Iss etwas mit Lark und Grave und leg dich dann hin, du siehst müde aus«, sagte er besorgt, und sofort merkte ich, dass meine Augenlider tatsächlich schwer waren. Der Tag war ganz schön aufwühlend gewesen.

»So müde bin ich gar ni…«, setzte ich an, unterbrach mich aber selbst mit einem Gähnen. Irritiert blinzelte ich. Seit wann war ich so müde?

»Bis morgen«, sagte Vincent. Unsere Blicke trafen sich ein letztes Mal, ehe er die Schultern straffte und Ivory folgte, der sich einen weiteren Schuss Wasser in den Mund verpasste und mir zuzwinkerte.

»Sooo … Vincent, der Schulsprecher. Wie viele Punkte bringt das?«, erkundigte sich Lark bei mir.

Gequält verzog ich das Gesicht. »So ist es nicht«, wiegelte ich ab.

»Ich glaube, dreißig«, mischte sich Grave ein, und die beiden lachten los, klangen dabei aber eher belustigt als gemein. Oder mir entgingen die Feinheiten, weil ich schon wieder damit beschäftigt war, zu gähnen. Verdammt, war ich müde!

»Wirklich, ich mache bei dem Spiel nicht mit«, schob ich nach.

»Wissen wir, lass dich nicht ärgern. Vincent ist einfach … Vincent«, sagte Lark, drückte mir ein Tablett mit einem Teller Nudeln und Salat in die Hand und schob mich zu einem der Tische.

Während des Essens plauderten Lark und Grave mit mir, und ich hätte den beiden gern noch viel mehr Fragen über Chesterfield gestellt, doch ich war so müde, dass mir beim letzten Bissen praktisch die Augen zufielen.

»Muss er es denn so übertreiben?«, glaubte ich Grave murmeln zu hören.

»Ist vielleicht besser so«, gab Lark zurück. »Vor allem für sie.«

»Hey … hey Alice.« Eine Berührung am Oberarm ließ mich aufschrecken, und ich blinzelte zu Lark hoch, die mich sanft anlächelte. »Müde?«, erkundigte sie sich.

Ich nickte und sah mich verwirrt um. »Sehr. Ich … sorry, bin ich einfach eingenickt?« Ein ungutes Gefühl machte sich in mir breit.

»Es war ein anstrengender Tag. Komm, ich begleite dich in dein Zimmer«, bot Lark an.

Ich war so fertig, dass ich einfach nur dankbar nickte.

»Bis morgen, Alice«, sagte Grave. Ich winkte und folgte Lark aus dem Speisesaal.

»Wenn du willst, können wir morgen zusammen frühstücken. Und dann gehen wir gemeinsam zum Unterricht«, bot Lark an.

Ich nickte und murmelte etwas Zustimmendes, dann stolperte ich ins Zimmer und ließ mich aufs Bett fallen.

»Gute Nacht, Alice«, hörte ich Lark noch flüstern, doch ich brachte keine Antwort mehr zustande.

KAPITEL 8

Es fühlte sich an, als hätte ich erst vor wenigen Sekunden die Augen geschlossen, als mich ein seltsamer Geruch weckte. Meine Lider waren so schwer, dass ich sie kaum aufbekam. Doch der Geruch war so irritierend, dass ich mich zwang, die Augen gegen allen inneren Widerstand zu öffnen. Das Zimmer nahm nur sehr langsam und sehr verschwommen Konturen an. Ich blinzelte. War es hell? Ich fokussierte das zitternde Lichtlein neben mir und erkannte, dass es sich um eine Kerze handelte, von der auch der seltsame Geruch ausging – ranzig wie abgestandenes Fett. Ich rümpfte die Nase.

Wann zum Teufel hatte ich eine Kerze angezündet? Ich bewegte mich und erstarrte, denn als Nächstes bemerkte ich, dass ich nicht in meinem Bett lag, sondern auf einem burgunderroten Teppich.

»Was zum …?« Hektisch setze ich mich auf und sah mich um. Wo war ich? Das war nicht mein Zimmer!

Hohe, von schweren Vorhängen umrandete Fenster säumten den fremden Raum. In einem großen, offenen Kamin brannte ein Feuer, um das altmodische Sofas sowie kleine zierliche Tischchen drapiert waren. Über dem Kamin hing ein lebensgroßes Gemälde, das eine junge Frau mit dunklen Haaren und dunklen Augen zeigte. Verwirrt quälte ich mich auf die Füße und drehte mich um die eigene Achse.

Dabei stieß ich gegen eines der zierlichen Tischchen, doch die Kante … glitt einfach durch mich hindurch!

Erschrocken schrie ich auf und starrte auf das blank polierte Holz, das mich gerade glatt entzweischnitt. Um Gottes willen! Panisch stolperte ich zurück und schnappte nach Luft, als der Tisch wie Rauch wieder aus mir herausglitt. Ängstlich wackelte ich mit den Zehen, doch zu meiner Erleichterung taten sie, was ich befahl.

»Was zum Teufel ist hier los?«, fragte ich laut. Während ich noch Astralreisen ausschloss und auf die nahe liegende Antwort kam, dass ich sehr realistisch träumte, hörte ich ein Klicken. Es klang wie Grannys Stricknadeln und kam vom Sessel direkt neben mir. Ich fuhr herum und stieß den nächsten erschrockenen Schrei aus. Da saß jemand. Gerade eben war der Sessel doch noch leer gewesen, da war ich mir sicher!

Die Frau im Stuhl sah auf und zog eine Augenbraue hoch. »Alice Salt«, sagte sie leise, aber bestimmt. »Du bist spät dran. Ich dachte schon, du würdest niemals kommen.«

»Ich … was?« Ich starrte die Frau an, die aussah wie … die Frau auf dem Gemälde! Mein Kopf schoss herum und wieder zurück. Tatsächlich: dieselbe Frau. Langes dunkles Haar und Augen, so schwarz wie die Nacht. In ihren Händen das Strickzeug meiner Grandma.

Seufzend legte sie es weg und winkte mich näher. »Wir müssen reden, Alice.«

»Was?«

»Bitte, ich muss es dir sagen, bevor ich es wieder vergesse«, flüsterte sie und ihr Blick huschte beinah hilflos über den Boden, als würde sie etwas suchen. Dann blieb er an mir haften, und ihre Augen wurden noch eine Spur größer, als sie ohnehin schon waren. Sie glänzten feucht. »Bitte hör mir zu!« Ihr Atem traf mein Gesicht. Er roch irgendwie seltsam, beinahe metallisch. Sie streckte die Hand aus, und als sich unsere Fingerspitzen berührten, war sie so kalt wie Eis.

Instinktiv zuckte ich zurück, doch ihre Hand schnellte nach vorn und packte zu. »Ich weiß, ich mache dir Angst, aber du musst mir gut zuhören, denn dein Leben hängt davon ab«, sagte sie, und in ihren dunklen Augen spiegelte sich der Schein der flackernden Kerzen.

»Bitte lassen Sie mich los. Ich habe keine Ahnung, wovon Sie reden«, brachte ich hervor, doch ihre Hände krampften sich noch fester um meine.

»Natürlich weißt du es nicht. Ich habe damals schließlich alles dafür getan, zu verhindern, dass jemals ein Nachkomme deiner Ahnenlinie erfährt, was in dieser Stadt vor sich geht. Aus gutem Grund. Also hör mir zu: Wenn der Fluch dich findet, dann tu so, als würdest du nichts hören und nichts sehen. Lass dich auf kein Spiel ein und wähle niemals … hörst du mich, *niemals* eine Seite.« Sie schüttelte mich und starrte mich so eindringlich an, dass mich die nackte Angst packte.

»Ich verstehe nicht, was das alles bedeuten soll«, wiederholte ich.

Die Frau wirkte immer verzweifelter. »Du bist das Wunder, das es nicht geben dürfte, Alice. Aber der Fluch holt sich alle Spieler. Bitte lass dich nicht blenden. In diesem Spiel geht es nicht um Gut und Böse, sondern um den Tod. Und er ist es auch, der am Ende gewinnen wird. Zieh keine Aufmerksamkeit auf dich, vielleicht werden sie dann nicht bemerken, wer du bist. Versprich es mir, Alice.«

Sie keuchte, das Sprechen schien sie auf einmal große Kraft zu kosten.

»Ich weiß nicht, was …«, setzte ich an.

»Versprich es mir!«, rief sie verzweifelt.

»Okay, okay, ich verspreche es.« Beschwichtigend hob ich die Hände.

»Gut«, flüsterte die Frau erschöpft. »Und egal was du tust – halte dich vom König fern.«

Sie begann zu flackern, dann …

»Nein!«

Keuchend fuhr ich im Bett hoch. Mein Atem ging schwer, und das Herz klopfte mir schmerzhaft gegen die Rippen, während ich mich verwirrt im Raum umsah. Mein Blick fiel zuerst auf meinen alten Wecker, dem zufolge es sieben Uhr morgens war. In meinem Mund lag ein schaler Geschmack, und mein ganzer Körper klebte vor Schweiß. Gerade wollte ich mich wieder ins Kissen zurückfallen lassen, als mich eine flinke Bewegung im Augenwinkel zusammenzucken ließ.

»Was zum Teufel …« Neben meinem Koffer saß eine gigantische Spinne, die mir ziemlich bekannt vorkam. Es war das riesige Vieh aus dem Schulflur.

»Du schon wieder!« Meine nackten Sohlen klatschten auf den kühlen Dielenboden. »Verfolgst du mich? Ich dachte, wir hätten das geklärt!«, fauchte ich und warf das Nächste, was mir in die Finger kam, nämlich einen Schuh, nach der Spinne, die sich unters Bett flüchtete. »Wenn du weißt, was gut für dich ist, bist du verschwunden, wenn ich aus dem Bad zurückkomme.«

Unter dem Bett blieb es ruhig.

»Fuck!« Seufzend rieb ich mir die Augen und sah nach draußen, wo sich die Sonne auch heute wieder hinter dicken, schweren Wolken verbarg. Leises Donnergrollen ließ das alte Haus kaum merklich zittern.

Ich blieb stehen, bis ich mich beruhigt hatte und meine Zehen eiskalt waren. Dann raffte ich mich auf und tapste ins Bad. Unter der Dusche bemühte ich mich, den Albtraum von mir abzuwaschen, so gut es ging. Die Frau war grauenvoll gewesen, und dann und dann … ich runzelte die Stirn. Was hatte mich so aufgewühlt?

»Siehst du? Du hast den Traum schon wieder vergessen, jetzt krieg dich wieder ein«, flüsterte ich mir selbst zu, föhnte mir die Haare und band sie wie üblich zu einem hohen Pferdeschwanz zusammen. »Auch ein sehr gruseliger Albtraum ist nur ein Traum. Alles wird gut. Einen Schritt nach dem anderen.«

Ich legte Make-up auf, um die dunklen Ringe unter meinen Augen zu kaschieren, schlüpfte in die Schuluniform und verließ das Zimmer. Hinter meinen Schläfen pochten leichte, aber hartnäckige Kopfschmerzen. Wie hatte ich gestern nur mitten am Nachmittag einschlafen können? Und war da nicht noch irgendwas passiert, was mich beunruhigt hatte?

Als ich den Gemeinschaftssaal betrat, wo laut meiner Mappe das Frühstück angerichtet wurde, fuhr mir ein scharfer Schmerz in den Kopf und ich schnappte nach Luft.

»Hey, Alice, ich wollte dich gerade holen.« Lark saß mit übereinandergeschlagenen Beinen auf einem der gemütlichen Sofas, vor ihr standen eine Kanne Kaffee und eine Schüssel mit Müsli.

Ich sah sie verständnislos an.

»Wir waren doch verabredet! Schon vergessen?«

Sie tippte auf ihrem iPhone herum. Hatte sie das gestern nicht abgeben müssen?

»Offensichtlich. Ich bin wohl ein bisschen neben der Spur«, erwiderte ich verdattert.

»Mach dir nichts draus. Chesterfield ist ein harter Brocken, den man erst mal verdauen muss.«

Ich nahm mir Kaffee und Toast von einer kleinen Anrichte und setzte mich zu Lark.

Sie sah mich mit schief gelegtem Kopf an. »Gut geschlafen?«, fragte sie.

»Du offensichtlich besser. Wie kannst du schon so fit sein?«, fragte ich und biss in meinen weichen Toast.

Sie grinste. »Wir sind schon seit halb sechs auf. Morgensport.«

»Fuck. Den habe ich vergessen.« Entsetzt starrte ich sie an.

»Halb so wild. Du hast noch Welpenschutz. Am Anfang verschlafen alle. Nächste Woche fangen sie dann an, dich aus dem Bett zu zerren, also genieß deine Freiheit noch.«

»Meine Freiheit …« Ich schluckte und trank etwas Kaffee, während es erneut hinter meinen Schläfen pochte. Eine Erinnerung drängte sich in mir hoch, doch sie wurde verdrängt vom Gedanken an Vincents Finger in meinen. Ein Lächeln stahl sich auf meine Lippen, während ich beobachtete, wie Lark auf ihrem Handy herumtippte.

»Ich dachte, in Chesterfield sind Handys unter der Woche verboten?«

»Total verboten.« Ungerührt tippte sie weiter.

»Aber Miss Cross hat dir das Ding doch gestern abgenommen!«

»Ja, sie versteckt die Handys in einer Kiste über dem Kaminsims in ihrem Büro.« Lark blickte amüsiert auf. »Aber das hält mich nicht auf. Wenn ich schon hier festsitze, dann zumindest mit Internet.«

Ich setzte mich ein wenig gerader auf und sah sehnsüchtig auf das Handy. »Kann ich … kann ich es mir vielleicht mal kurz ausleihen? Ich würde gern meine Mom anrufen.«

»Deine Mom?!« Lark starrte mich an, als hätte ich von einem Alien gesprochen.

»Du musst nicht«, ruderte ich schnell zurück. »Ich habe nur noch keins von den Münztelefonen gefunden.«

»Die sind sowieso Schrott«, schnaubte Lark und reichte mir ihr iPhone. »Nur zu. Ruf an. Am Fenster ist die beste Verbindung.«

»Danke, das ist wirklich lieb.«

»Ach was …«, murmelte Lark verschämt und sah weg.

Ich grinste und tippte unsere Festnetznummer bereits ein, während ich zum Fenster ging. Die Wolken hingen immer noch tief, schwer und grau über den Wipfeln. Das Gras war perfekt gestutzt, dahinter tat sich der dunkle Schlund des Waldes auf. Ich starrte auf die alten Kiefern, während ich meine Mom anrief.

Es tutete und tutete und tutete.

»Hallo, hier ist der Anrufbeantworter der Familie Salt«, sagte die fröhliche Stimme meiner Mutter.

Ich hinterließ ihr eine Nachricht auf dem AB und versuchte es danach auf der Wache und auf ihrem Handy, doch sie war nicht zu erreichen.

Enttäuscht gab ich Lark das Handy zurück. »Hier. Danke noch mal.«

»Kein Glück gehabt?«

Ich schüttelte den Kopf, und Lark legte mir tröstend eine Hand auf die Schultern. »Meine Eltern melden sich auch nie. Hier oben kann man leicht in Vergessenheit geraten.« Sie lachte, doch es klang irgendwie gequält.

»Wo wohnen denn deine Eltern?«, fragte ich, um mich vom Grübeln abzulenken, während wir uns auf den Weg zum Unterricht machten.

»Oh, wir haben einige Häuser. Laut ihren Instagram-Posts sind sie gerade auf den Seychellen.«

»Und warum bist du nicht mit ihnen dort? Es sind doch Sommerferien.«

»Aus demselben Grund wie du«, sagte sie trocken, und ich spürte, wie ich rot wurde.

»Sorry. Vermisst du sie denn?«

Als Lark mich verwundert ansah, zuckte ich verlegen mit den Schultern. »Ich glaube, ich würde meine Mom schrecklich vermissen, wenn ich das ganze Jahr über in einem Internat leben müsste.«

Sie musterte mich und seufzte schließlich. »Ich vermisse meine Schwester«, gab sie zu. »Aber ansonsten ... ich glaube, man gewöhnt sich dran. Ich kenne quasi nichts anderes als Chesterfield.«

»Wie das?«, fragte ich verblüfft.

Wir durchquerten gerade die Eingangshalle, und Lark deutete auf das Gemälde einer Frau, die von der Wand auf uns hinabstarrte. »Siehst du die?« Die Frau hatte dunkle Haut, eine Wasserwellenfrisur und trug eine alte Uniform mit Matrosenkragen. »Das ist meine Großmutter, und dort hinten hängt ein Bild von meiner Urgroßtante. Viele Familien, darunter auch meine, sind seit Generationen in Chesterfield. Das ist Tradition.« Sie zuckte ergeben mit den Schultern.

»Und das stinkt dir nicht? Willst du nicht lieber was Eigenes machen?«, fragte ich überrascht.

Wieder dieses gequälte Lächeln, als wir in den Gang zu den Klassenzimmern abbogen. »Doch, aber mich hat nie jemand gefragt, was ich möchte«, sagte sie leise. Schatten glitten durch ihren Blick.

»Das tut mir leid.« Aufmunternd berührte ich ihren Handrücken, und sie sah mich unter dichten Wimpern hervor an.

»Schon gut. Jetzt bist schließlich du da. Das macht den Sommer wieder spannend.« Sie schmunzelte und die Schatten in ihren Augen lösten sich auf, während wir das Klassenzimmer betraten.

Überrascht sah ich mich um, weil nur etwa die Hälfte der Schüler im Klassenzimmer saß, darunter Grave, der den Kopf auf die Arme gestützt hatte und zu dösen schien.

»Hey, aufwachen, Schnarchnase«, sagte Lark fröhlich und ließ sich neben Grave fallen.

»Verpiss dich, Lark. Ich hatte Nachtschicht und musste …« Er öffnete die Augen und zuckte zusammen, als er mich sah. »Oh … hey, Alice.«

»Hey, Grave. Was musstest du?«

»Ähm … Klos putzen«, murmelte er und richtete sich langsam auf. Seine Haare standen wirr vom Kopf ab.

»Ehrlich?« Ich verengte die Augen.

»Stimmt, sich mit Nixon am Boden zu wälzen, kann man natürlich auch als Putzen bezeichnen«, stichelte Lark.

»Was?« Verwirrt sah ich zwischen den beiden hin und her.

»Weißt du, Grave ist schwul und hoffnungslos in unseren Nixon verknallt«, vertraute sie mir laut flüsternd an.

»Halt die Klappe, Lark«, knurrte Grave und warf ihr einen giftigen Blick zu.

»Morgen, ihr Bauernopfer«, sagte im selben Augenblick Nixon, der ins Klassenzimmer geschlendert kam.

»Hey, du großer, böser Wolf«, flötete Lark zurück.

»Hey«, murmelte Grave und wurde feuerrot. Oh ja, den hatte es ganz schlimm erwischt.

Nixon ließ seine zweihundert Pfund Muskelmasse in den nächsten Stuhl fallen und drehte sich mit einem Grinsen zu uns. »Na Grave, Nachtschicht geschoben? Bist ganz schön schnell gerannt. Hab nur noch deinen kleinen Arsch vorbeiflitzen sehen.«

Grave wurde noch eine Nuance röter und zeigte ihm den Mittelfinger. Lark tätschelte ihm den Arm, musste dabei jedoch kichern.

»Ich glaub, ich steh auf dem Schlauch«, ließ ich sie wissen. »Um welche Nachtschicht geht es hier?«

»Gar keine, wir … schleichen uns nachts nur manchmal raus«, erklärte Grave und sah sich hektisch um. »Bitte verrat es keinem.«

Ich tat so, als würde ich meine Lippen zusperren und den Schlüssel wegwerfen. Alle drei sahen erleichtert aus.

Ich ließ den Blick erneut durchs Klassenzimmer schweifen. »Sagt mal, wo sind eigentlich Vincent, Regina und die Zwillinge?«

Nixon grunzte und verschränkte die Arme vor der breiten Brust. »Die haben was mit dem Schülerrat zu tun. Regina hat was von Krisensitzung gefaselt«, sagte er, und alle verdrehten die Augen.

»Irgendeine Krise gibt es immer«, brummte Grave.

»Ach so.« Ich versuchte, mir meine Enttäuschung über Vincents Abwesenheit nicht anmerken zu lassen.

In dem Moment kam Dr. de la Roi ins Klassenzimmer und räusperte sich. »Guten Morgen.«

Die Schüler erwiderten den Gruß wenig motiviert, und auf einmal war da wieder der spitze Schmerz in meinen Schläfen. »Ah ...« Ich kniff die Augen zusammen, und plötzlich machte es *Klick* in meinem Kopf. Der Raum schien zu kippen, und ich klammerte mich an der Tischkante fest.

»Alice? Ist alles in Ordnung?« Larks besorgte Miene schob sich in mein Gesichtsfeld, und ich rang mir ein Lächeln ab.

»Ja, ich ... ja«, stammelte ich.

Lark sah zwar wenig überzeugt aus, doch ich starrte einfach geradeaus zu Dr. de la Roi, der gerade dabei war, Übungsblätter auszuteilen. Ich erinnerte mich wieder. An gestern, an den Test, an meine Vermutung, was Chesterfield betraf.

Und mit jeder Erinnerung, die auf mich einstürmte, wuchs mein Entsetzen.

Wie hatte ich das alles nur vergessen können? Was zum Teufel stimmte hier nicht?

Kapitel 9

Der Unterricht verging wie im Flug, und am Ende des Tages wusste ich zumindest zwei Dinge: zum einen, dass Dr. de la Roi der beste Lehrer war, den ich jemals gehabt hatte, und zum anderen, dass ich wahrscheinlich dabei war, den Verstand zu verlieren.

Immer wieder hatte ich mich dabei ertappt, wie ich Lark, Grave und Nixon musterte, während sich das unbestimmte Gefühl, dass hier irgendetwas ganz und gar nicht stimmte, wie ein ekliger Wurm von meinem Bauch aus in mein Hirn fraß.

Irgendwas war faul in Chesterfield. Ich konnte nur nicht so genau sagen, was.

Wenn die anderen sprachen und lachten, wirkten sie völlig normal. Aber hin und wieder, wenn sie sich unbeobachtet fühlten, hatte ich das Gefühl, etwas Seltsames in ihren Augen aufblitzen zu sehen. Etwas Wildes, Dunkles.

Abends ließ ich das Essen ausfallen, flüchtete zurück in mein Zimmer und knallte mich völlig erschöpft aufs Bett, knautschte das Kissen zusammen und drückte das Gesicht hinein. Wenn Chesterfield tatsächlich eine Schule für Verrückte war, musste ich das wissen. Ich hatte das *Recht,* es zu erfahren.

Ich hatte niemandem von den Spinnen erzählt, und auch nicht, dass ich mich mit einem Kater unterhalten konnte. Keiner hier wusste, was mir vor sechs Monaten am Tor von St. Burrington passiert war. Also warum war ich hier?

»Schmeißt du dir gerade selbst eine Mitleidsparty, Menschlein?«

»Fuck!« Erschrocken riss ich den Kopf hoch und verzog dann frustriert das Gesicht. »Kannst du mir mal verraten, was ich tun muss, damit du aufhörst zu reden?«

Curse saß auf dem Fenstersims und sprang elegant zu mir aufs Bett. »Keine Ahnung. Mir eine Dose Thunfisch aus der Küche stehlen?«

»Ehrlich?« Hoffnungsvoll sah ich auf.

Curse saß wie Seine Majestät von und zu Fellball vor mir und warf mir einen abschätzigen Blick zu.

»Nein, aber dann wäre ich zumindest satt.«

»Du ...« Ich hob den Finger und fuchtelte damit herum. »Du bist ...«

»Erhaben? Allwissend? Dreihundert Jahre alt und die Lösung all deiner Probleme? Der Held deiner erotischen Fantasien?«

»Was? Nein! Und dreihundert erotische was?« Entsetzt starrte ich Curse an, während er selbstgefällig mit den Ohren zuckte.

»Am Anfang leugnen sie es immer«, schnurrte er.

Ich konnte nicht anders, als die Augen zu verdrehen. »Du bist dreihundert Jahre alt? Verarschst du mich gerade?«

Curse zuckte mit dem Schwanz. »Da du seit dreihundert Jahren die Erste bist, die ich theoretisch verarschen könnte, bin ich ausnahmsweise mal ehrlich.« Er klang stolz auf sich selbst.

Ich blinzelte ihn an. So, das wars, ich gab auf. Ich schlang die Arme um das Kissen, um in all dem Chaos zumindest ein wenig Halt zu haben.

»Bekommst du gerade einen Nervenzusammenbruch?«, fragte Curse eher interessiert als besorgt.

»Nur einen kleinen.« Müde legte ich das Kinn auf den Knien ab. Sogar mein Kopf war zu schwer. Zu schwer von all dem Denken und Fühlen und dem ganzen Rest.

»Hyperventilierst du? Soll ich dir eine Papiertüte suchen? Ich warne dich nur vor, könnte sein, dass ich ihr spontan nachjage oder reinkrieche … Instinkte und so.«

»Oh, halt die Klappe, Curse«, fuhr ich ihn an. »Ich brauch keine Tüte! Ich brauch … *Antworten!* Ich will wissen, was hier los ist. Warum stellt man mir Fragen zu einer dissoziativen Verhaltensstörung? Werde ich für verrückt gehalten? Sind alle Schüler hier verrückt? Es wirkt nämlich fast so.«

Curse sah mich amüsiert an. »Was denkst du denn, Menschlein?«

Ich schnaubte. »Ich denke, dass die Welt verrückt geworden ist und ich die einzig Normale bin!«

Curse starrte mich an, und es kam mir so vor, als würden seine Augen im Licht der einsetzenden Dämmerung wie flüssiges Gold aufleuchten. Sein Fell schimmerte wie frisch gefallener Schnee.

»Bist du sicher, dass du die Antworten auf deine Fragen wissen willst, Alice Salt?«, fragte er schnurrend, lauernd. Wie eine Katze, die mit einer viel zu großen Maus spielte. »Alles hat seinen Preis. Und der Preis des Wissens ist die Unwissenheit.«

»Wie meinst du das?« Ich war kurz davor, vor Frust in mein Kissen zu beißen.

»Nun«, schnurrte Curse. »Es könnte sein, dass es sich in der Befürchtung, wahnsinnig zu sein, besser lebt als in dem Wissen, dass du *nicht* wahnsinnig bist. Überleg dir also gut, ob du stark genug bist für die Wahrheit. Ich für meinen Teil finde deine unwissende Naivität ja irgendwie erfrischend. Bringt neuen Schwung in die Sache.«

Seine Schwanzspitze zuckte aufgeregt. Er *wollte,* dass ich ihn fragte. Er war *hier,* damit ich ihn fragte.

Ich setzte mich auf. »Sag es mir«, verlangte ich bestimmt. »Alles.«

KAPITEL 10

»Dann folge mir.«

Mit glänzenden Augen stellte Curse den Schwanz auf und trippelte an mir vorbei zur Tür. »Mach auf!«, verlangte er.

»Wohin gehen wir?«, fragte ich, während ich öffnete.

»Erst machen wir einen Abstecher in die Küche, wir brauchen Thunfisch. Danach finden wir verrückte Antworten auf deine wirren Fragen.«

Ich folgte Curse durch die verlassenen Gänge. Niemand kam uns entgegen, auch der Gemeinschaftssaal war gespenstisch leer. Ich bekam eine Gänsehaut. In einer normalen Highschool wäre es niemals so leise gewesen wie hier. Chesterfield war wirklich seltsam.

Mit einem flauen Gefühl im Magen beeilte ich mich, Curse nachzujagen, der gerade mit hoch erhobenem Schwanz die Treppe herunterlief. Unten blieb er ruckartig stehen. Seine Ohren zuckten.

»Was … was ist los?«

»Versteck dich! Regina sollte dich besser nicht sehen«, zischte Curse und flitzte ins nächste offen stehende Klassenzimmer.

»Was? Wieso?«, setzte ich an, als ich die näher kommenden Stimmen ebenfalls hörte.

Erschrocken folgte ich ihm und zog die Tür so weit zu, dass sie nur einen Spaltbreit offen stand und ich gerade noch Reginas langes weißblondes Haar und Larks Lockenkopf sehen konnte.

»Weiß Vincent davon?«, fragte Lark. Sie klang alles andere als begeistert.

Regina schnaubte und blieb ruckartig stehen. Ich konnte aus meiner Position nur ihre Hände sehen, in denen sie eine Glasphiole mit einer klaren Flüssigkeit hielt.

»Vincent hat genug zu tun. Ich will nicht, dass er sich auch noch verpflichtet fühlt, einen Normalo zu beschützen.«

»Ja, aber wenn sie normal ist, warum soll ich sie dann aus dem Weg schaffen?«, flüsterte Lark. »Sie ist kein Teil des Spiels, oder? Lassen wir sie einfach in Ruhe.«

»Ich will sie nicht hierhaben!«, unterbrach Regina sie scharf, und ich spürte, wie mein Puls nach oben jagte. Die Frage, wer mit *sie* gemeint war, erübrigte sich wohl.

Ich warf einen Blick neben mich und sah, dass Curse dem Gespräch ebenfalls mit interessierter Miene lauschte.

»Du musst sie ja nicht umbringen. Mobb sie raus, wenn es sein muss. Am Ende tun wir ihr einen Gefallen, wenn wir sie hier wegschaffen. Das Spiel hat letzte Woche begonnen. Alle warten nur noch drauf, dass St. Burrington den ersten Zug macht, und auf einmal kommt sie hierher.

Ich lass uns das Spiel nicht von einem blonden Cheerleader aus Foxcroft kaputt machen. Du wirst dafür sorgen, dass sie bis nächste Woche von hier verschwunden ist, Lark. Danach denk ich darüber nach, dich aus dem aktiven Spiel herauszuhalten.«

Lark sog scharf die Luft ein. »Das gefällt mir nicht, Regina«, murmelte sie.

»Gut. Dann willst du also spielen?«, fragte Regina kalt.

Lark schwieg, ehe sie resigniert die Schultern straffte. »Nein.«

»Na also. Und damit du motiviert bist, darfst du heute die erste Schicht übernehmen. Nixon wartet draußen auf dich.«

»Scheiße«, murmelte Lark, dann setzten sich die beiden wieder in Bewegung. Ihre Schritte wurden leiser, und erst, als ich sie gar nicht mehr hörte, traute ich mich, tief nach Luft zu schnappen.

»Worüber haben die beiden da gerade gesprochen?«, flüsterte ich. »Was ist das für ein Spiel?«

Ich drehte mich um, doch Curse war nirgendwo zu sehen.

»Curse?« Ich drehte mich einmal um mich selbst, suchte in den Schatten unter Stühlen und Tischen. Doch der Kater war wie vom Erdboden verschluckt.

»Curse!«, zischte ich und öffnete die Tür, doch es blieb leise, still und verlassen. Auf meinem Rücken bildete sich eine Gänsehaut, und ich huschte aus dem Klassenzimmer hinaus.

Draußen hallten meine Schritte laut von den Wänden wider, und zum ersten Mal sah ich mir die zahlreichen alten Gemälde, die dort hingen, genauer an. Stille, zum Teil sehr blasse Gesichter blickten auf mich herab. Frauen und Männer, manchmal zusammen, manchmal einzeln, posierten in der Mode verschiedener Jahrhunderte. Das Einzige, was sie alle gemeinsam hatten, war eine Kleinigkeit, ein Detail, das mir wohl entgangen wäre, wenn ich nicht gerade wie eine Verrückte dem Duplikat nachgejagt wäre: Ausnahmslos auf jedem Bild war eine weiße Katze zu sehen, die Curse zum Verwechseln ähnlich sah.

»Ich seh verdammt gut aus, nicht wahr?«, schnurrte es da in mein Ohr. Ich zuckte zusammen.

»Himmelherrgott noch mal, Curse! Erschreck mich nicht immer so! Wo zum Teufel warst du?

Der Kater saß neben mir, als wäre er schon immer dort gewesen, und leckte sich die Tatze. »Na, wo wohl? Ich habe mir Thunfisch aus der Küche besorgt.«

»Ich ... du hast was? Hast du das Gespräch nicht mitbekommen?«, fragte ich ungläubig.

»Habe ich, und es war langweilig. Regina ist so vorhersehbar.« Er gähnte und begann wieder, seine Tatze zu putzen.

»Vorhersehbar? Sie hat darüber gesprochen, mich aus Chesterfield zu mobben. Wegen ... wegen eines Spiels! Was für ein Spiel? Und warum bist du auf jedem dieser Bilder zu sehen?« Meine Stimme klang schärfer, als ich eigentlich gewollt hatte, aber ich fühlte mich, als würden meine Nerven vor Anspannung gleich zerreißen.

Curse sah mich seufzend an. »Die Antworten auf deine beiden Fragen hängen eng zusammen«, sagte er gedehnt und begann, durch die Halle zu schleichen.

»Hör auf, in Rätseln zu sprechen, Curse!« Ich schnitt dem Kater den Weg ab und verschränkte die Arme vor der Brust. Die Gemälde starrten wie stumme Geister auf uns herab, Dutzende dunkle Augen voller Geheimnisse.

Curse setzte sich und sah zu mir hoch. »Dieses Anwesen«, murmelte er, »der Boden, auf dem du stehst, die Luft, die du atmest, ich, die Menschen, denen du hier begegnest ... all das ist verflucht. Du bist nicht verrückt, Alice Salt.« Seine Augen fixierten mich, und wieder leuchteten sie wie pures Gold. »Du bist verflucht.«

Verflucht.

Das Wort hing in der Luft wie ein Gewitter kurz vor dem ersten Donnerschlag. Es fühlte sich falsch an, wie ein bitterer Geschmack auf der Zunge. Ich verzog den Mund und trat einen Schritt von Curse zurück.

»Verflucht? Du willst mir allen Ernstes weismachen, Chesterfield sei verflucht?«, fragte ich ungläubig und schluckte gegen den Kloß in meinem Hals an. »Ist dir keine bessere Geschichte eingefallen?« Mein hartes Lachen klang genauso falsch wie zuvor das Wort *verflucht*.

Curse legte beleidigt die Ohren an. »Ich habe keinen Grund, dich anzulügen, Mensch. Du bist Teil des Fluches, sonst wärst du nicht hier. Die Fluchweber finden nur diejenigen, die auch hergehören.«

Verwirrt runzelte ich die Stirn. »Die Fluchweber?«,

»Ich nehme an, du wirst sie gesehen haben. Lästige kleine Spinnenbiester.«

»Die Spinnen?« Meine Augen wurden groß, aber nur, weil dieses eine Puzzleteil passte, würde ich mich von Curse' völlig durchgeschnappter Geschichte nicht einwickeln lassen. »Nein, einfach nur nein!«, fuhr ich ihn an. »Wieso sollte ich verflucht sein? Ich kenne hier niemanden! Ich habe doch überhaupt nichts mit Chesterfield zu tun, und ganz nebenbei gibt es so etwas wie Flüche gar nicht!«

Curse verengte die Augen zu Schlitzen. »Ich habe dir gesagt, dass dir die Wahrheit nicht unbedingt besser gefallen wird. Alle hier sind verflucht. Jede einzelne Person, der du hier begegnest. Ich beobachte seit Jahrhunderten, wie Generation um Generation dem Fluch zum Opfer fällt. Wie sie spielen, wie sie scheitern, wie sie sterben. Sie alle sind nicht mehr als lebende Schachfiguren.«

»Schachfiguren?«, echote ich, und auf einmal musste ich wirklich lachen, schrill diesmal. »Schachfiguren wie im Schachspiel? Das mit dem Brett?«

»Wie ich sehe, bist du doch nicht so dumm, wie du aussiehst«, stellte Curse erfreut fest, doch als er meine finstere Miene sah, zuckte er zusammen.

»Willst du mir wirklich weismachen …«, ich schnaubte durch die Nase, »… dass das alles hier ein großes Schachspiel ist? Wie kommst du nur auf so einen …«

Curse unterbrach mich, indem er aufstand und mich giftig anfunkelte.

»Verdammt sind wir, wie Figuren zu leben,
sechzehn von uns wird es ewiglich geben.
Weder Schwarz noch Weiß bleiben verschont
im endlosen Kampf um Leben und Tod.

Blut für Blut, so muss es sein,
jeder steht am Ende allein.
Doch niemals gibt mein Herz mir Ruh,
denn verflucht bin ich und verflucht bist du.«

»Kommt dir das vielleicht bekannt vor, Alice?« Curse starrte mich an, und mir blieb die Luft weg.

Scheiße, ja. Ich hatte das schon einmal gehört.

Vor sechs Monaten.

»Nein, bitte … nicht«, flüsterte ich schwach.

»Ich habe mich geirrt. Du bist doch so dumm, wie du aussiehst.«

Und damit drehte Curse sich um und trippelte davon, auf die Eingangstür zu, die geräuschlos aufglitt und kühle Abendluft hereinbrachte.

Ich starrte dem Kater nach und versuchte zu atmen. *Ein und aus.* Ich sah zu den Gemälden auf. *Ein und aus.* Die Gemälde sahen zu mir hinab. *Ein und aus.* Ich erwartete, dass die Welt kippte und verschwand, die Realität sich auflöste und ich aus diesem Albtraum erwachte. *Ein und aus.* Die Welt war immer noch da. Nur dass ich hechelte wie eine Bekloppte. Und das bedeutete …

»Fuck! Curse! Warte!« Ich rannte ihm nach, durch die automatische Tür und die kiesbestreute Einfahrt entlang, hinein in die Dunkelheit. Immer wieder sah ich das weiße Fell des Katers im hohen Gras aufblitzen.

»Curse, warte! Bitte …«

Als ich Curse endlich einholte, saß er in einer Ecke neben blühenden Rosenbüschen. Der Geruch war schwer und süß und verursachte mir Übelkeit.

»Curse, was …«

»Pst, schau«, zischte er und starrte hinüber zum Waldrand.

Mein Blick zuckte hoch, und ich sah einen Vogelschwarm krächzend aus den Baumkronen fliegen. Die filigranen Körper zeichneten sich am dunklen Himmel wie Pfeilspitzen ab.

Erschrocken wich ich einen Schritt zurück, während ich im selben Augenblick eine Bewegung zwischen den Bäumen ausmachte. Ich konnte die groß gewachsene Gestalt als Nixon identifizieren, der aus dem Wald geschlendert kam. Obwohl ich eigentlich viel zu weit weg war, schnellte Nixons Kopf ruckartig zu mir herum. Stumm starrten wir uns an, mein Herz hämmerte viel zu schnell in meiner

Brust. Vielleicht kam es mir nur so vor, aber es machte den Eindruck, als würden Nixons Augen golden aufleuchten. Er blinzelte, und das Leuchten verging, während er in Richtung Hauptgebäude verschwand.

Ich sah ihm hinterher und rührte mich erst wieder, als Curse mir um die Beine strich. Gänsehaut hatte sich auf meinem gesamten Körper ausgebreitet.

»Das beweist gar nichts«, sagte ich leise. »Nur dass Nixon sich heimlich nachts rausschleicht. Und davon haben sie mir bereits erzählt.«

»So, haben sie das? Und was glaubst du, *warum* sie hier durch die Gegend schleichen?« Curse blickte zu mir hoch. »Du hast immer noch die Wahl, Mensch. Noch kannst du so tun, als wärst du verrückt, und einfach wieder zurück in dein Zimmer gehen. Die Entscheidung würde dir das Leben sicher deutlich leichter machen. Du kannst aber auch in diesen Wald gehen und dich selbst von der Wahrheit überzeugen.« Damit trippelte er los und verschwand zwischen den dicht stehenden Baumstämmen.

Ein Windzug zerrte an meinem Haar. Ich starrte Curse nach und schüttelte dabei den Kopf. »Es gibt keine Flüche«, flüsterte ich immer und immer wieder. Die sprechende Katze log, und wenn ich mir das nur beweisen konnte, indem ich in diesen verfluchten Wald ging, dann musste es so sein.

Dennoch fiel mir der erste Schritt so schwer wie ein Sprung vom Zehnmeterbrett. Mein Magen ballte sich zusammen. »Es gibt keine Flüche. Es gibt keine Flüche, das ist nur ein Wald. Nur ein Wald.«

Ich setzte einen Schritt vor den anderen, bis ich mit pochendem Herzen direkt vor der Waldgrenze stehen blieb. Ein Trampelpfad lag genau vor mir. Die Baumreihen standen stramm wie aufgereihte Zinnsoldaten. Nur ein paar Äste wippten sanft im Wind. Irgendwo schrie ein Käuzchen auf, ansonsten blieb alles still und dunkel. Wie spät war es inzwischen? Definitiv später als die Ausgangssperre.

»Fuck!«, fluchte ich leise vor mich hin. »Komm schon, Alice. Hör auf, so ein Feigling zu sein!« Meine Knie zitterten, hielten jedoch tapfer stand, während ich dem Trampelpfad folgte und vom leise wispernden Wald verschluckt wurde.

Erleichtert stellte ich fest, dass der Wald nur von außen so gruselig gewirkt hatte. Sobald sich die ersten Baumreihen hinter mir schlossen, sickerte genügend Mondlicht durch die Baumkronen, dass ich den Trampelpfad auch weiterhin sehen konnte.

Ich ging tiefer in den Wald hinein, zehn, vielleicht fünfzehn Minuten immer dem Schimmer des Katzenfells nach.

Schließlich erwartete Curse mich auf einem umgestürzten Baumstamm.

»Hey.« Erleichtert trat ich auf ihn zu, doch noch ehe ich ihn streicheln konnte, legte er seine Ohren an und stieß ein so aggressives Fauchen aus, dass ich erschrocken zurückzuckte.

»Was zum …«, setzte ich an, als der Kater auch schon so schnell davonsauste, dass ich ihm nur kopfschüttelnd hinterherstarren konnte. »Was ist denn in dich gefah… Lark?«

Aus dem Augenwinkel hatte ich Larks Silhouette wahrgenommen, die halb verdeckt im Dickicht stand.

»Lark?«, fragte ich wieder, beinahe flüsternd. Doch sie rührte sich nicht, als ich langsam auf sie zuging. Der Farn war so hoch, dass er mir gegen die Hüften schlug.

»Lark? Ist alles in Ordnung mit dir?«

Ich bekam keine Antwort, und erst, als ein silbriger Mondstrahl auf ihren Kopf fiel, bemerkte ich, dass etwas nicht stimmte. Vielleicht lag es am Mondlicht, aber Larks brauner Lockenkopf wirkte schneeweiß und irgendwie … starr. Gänsehaut kroch mir den Rücken hinauf, während ich zögerlich näher trat und Lark ins Gesicht sah. Oder zumindest in das, was ich für Larks Gesicht gehalten hatte.

»Eine Statue?« Meine eigene ungläubige Frage hallte im Wald nach, während die Statue stumm ins Leere blickte. Ich wusste nicht, womit ich gerechnet hatte, aber sicher nicht damit. Sie war Lark so exakt nachempfunden, dass ich die Verwirrung immer noch nicht abschütteln konnte. Die Statue hatte die Augen weit, beinahe überrascht aufgerissen und starrte auf das Fleckchen Gras unter sich. Dort schimmerte etwas hell auf. Als ich mich bückte und es langsam aufhob, erkannte ich, dass es ein marmorner Zeigefinger war.

»Was zum …«, setzte ich an, als im selben Augenblick mein Handgelenk so stark zu jucken und zu kribbeln begann, als hätte ich in Giftefeu gefasst. Der Schmerz war so abrupt und intensiv, dass ich einen Aufschrei nicht unterdrücken konnte.

Der Finger fiel mir aus der Hand, die ich mit der anderen umklammerte, während ich mich schreiend zusammenkrümmte. Das Jucken wurde zu einem Brennen, das meinen gesamten Arm taub werden ließ. Ich schluchzte auf. Der Nachhall gellte unangenehm laut durch die Nacht. Meine Hand pochte und pulsierte, und das Brennen breitete sich bis zum Brustkorb aus. Mein Herz zog sich schlagartig zusammen, sodass mir kurz die Luft wegblieb. Ich rang nach Sauerstoff. Schwindel erfasste mich und ließ mich ächzend zur Seite kippen.

Atemlos japsend umklammerte ich meinen Brustkorb, wand mich am Boden und starrte dabei in die stillen Augen der Statue hoch. Ein Windhauch kam auf, wirbelte mir altes Laub um die Beine und fuhr durch mein Haar. Dann hörte ich eine Stimme direkt in mein Ohr wispern:

Verdammt sind wir, wie Figuren zu leben,
sechzehn von uns wird es ewiglich geben.
Weder Schwarz noch Weiß bleiben verschont
im endlosen Kampf um Leben und Tod.

Blut für Blut, so muss es sein,
der Bauer steht am Ende allein.
Doch niemals gibt mein Herz mir Ruh,
denn verflucht bin ich und verflucht bist du.

Die Stimme verklang. Keuchend sog ich wieder Luft in meine Lunge. Meine Augen brannten, und meine Hand krampfte. Als ich es endlich schaffte, einen Blick darauf zu werfen, musste ich den nächsten Schrei unterdrücken.

Die Haut war feuerrot und geschwollen. Blaue Venen waren hervorgetreten und liefen pulsierend zu einem Zeichen zusammen, das sich wie eine Narbe oder ein Brandmal von meiner Haut abzeichnete.

Das Zeichen einer Schachfigur.

»W…was ist das?«, stieß ich hervor.

»Wie es aussieht, bist du jetzt offiziell Teil des Spiels«, antwortete mir jemand.

Schreiend fuhr ich auf und kämpfte gegen den Schwindel an, der mich wieder auf den Boden zwingen wollte. Ich rang nach Luft, ein-, zwei-, dreimal, ehe ich es schaffte, mich aufzusetzen.

Mit schmerzenden Gliedern starrte ich das Mädchen an, das sich lässig gegen einen Baum lehnte und mich mit dunklen Augen musterte. Ihre Haare waren knallorange gefärbt und leuchteten so grell, dass ich die Farbe sogar im Mondlicht erkennen konnte. Und sie war so zierlich und klein, dass sie beinahe wie ein Kind ausgesehen hätte, wenn nicht dieser stechende Ausdruck in ihrem Blick gewesen wäre.

»Hawkins hatte also recht. Es gibt wirklich eine siebzehnte Spielfigur. Es wird Jackson ganz und gar nicht gefallen, dass du in Chesterfield gelandet bist.«

»Wer bist du?«, stieß ich hektisch atmend hervor. »Was ist mit Lark passiert?«

Das Mädchen lachte hell auf. »Ich bin Page«, stellte sie sich vor. »Und unsere Lark hier habe ich salopp gesagt aus dem Spiel genommen. Eine weiße Figur weniger für Chesterfield.« Sie zuckte mit der Schulter und holte etwas hinter dem Rücken hervor. Ich spürte, wie mir das Blut aus dem Gesicht wich. In Pages Hand blitzte eine lange, schlanke Schusswaffe auf.

»Bitte.« Ich robbte zurück. »Ich habe nichts mit alldem hier zu tun. Ich gehöre nicht hierher. Ich habe keine Ahnung, was hier vor sich geht.«

»Wenn du nicht hierhergehören würdest, wärst du auch nicht hier«, korrigierte Page mich in liebenswürdigem Ton. »Der Fluch macht keine Fehler. Außerdem kauf ich dir deine Unschuldsmasche nicht ab. Du bist auf der Seite von Chesterfield, also werde ich dich wie Lark aus dem Spiel nehmen.«

»Bitte …«, flüsterte ich. Die Angst trieb mir die Tränen in die Augen. Was zum Teufel passierte hier gerade?

Page lächelte und legte den Kopf schief. »Okay, weil du so nett Bitte gesagt hast, geb ich dir einen Crashkurs, wie dieses Spiel funktioniert.« Sie grinste, sodass ihre Zähne weiß aufblitzten. »Wenn du einen schwarzen Spieler siehst, lauf, so schnell du kannst, oder du wirst zu Stein.« Sie legte die Waffe an und den Finger auf den Abzug.

Lauf um dein Leben, Alice! Ich rappelte mich auf, befolgte ihren Rat und rannte, so schnell ich konnte. Meine Füße flogen über den Waldboden. Die Bäume schienen mich mit unsichtbaren Augen anzustarren. Jedes Knacken im Unterholz ließ mich vor Panik Haken schlagen.

Ich rannte, bis ich Seitenstechen bekam und der Geschmack von Blut auf meiner Zunge lag, während ich mich mit hektischen Atemzügen und weit aufgerissenen Augen umsah. Meine Knie zitterten vor Anstrengung. Der weiche Waldboden gab unter den Schuhen nach, Tannennadeln rieselten hinein. Ich ignorierte das Piken genauso wie das Brennen im Hals und zwang mich weiter.

Was als leichte Steigung begann, wurde zu einem Steilhang. Immer wieder verlor ich das Gleichgewicht und krallte die Finger in die feuchte Erde, um mich hochzuziehen. Dabei riss ich kleine Wurzeln und andere Dinge, die ich nicht genauer erkennen konnte, aus dem Boden, wieder und wieder rutschte ich nach unten. Die Frustration und die Angst ließen mir wieder heiße Tränen in die Augen steigen. Heftig atmend blinzelte ich sie weg und kletterte weiter.

Niemals würde ich bei diesem Wahnsinn mitmachen. Bei keinem Fluch dieser Welt! Ich war Alice Salt, keine Spielfigur. Allein das Wort zu denken, fühlte sich schon falsch an.

Ich unterdrückte ein Schluchzen, während ich es endlich schaffte, mich den letzten steilen Meter hochzuziehen. Auf allen vieren kniete ich oben auf dem Waldboden und schnappte nach Luft, würgte von dem abklingenden Adrenalinschub und wahrscheinlich auch von dem Schock.

Weiter! Ich musste weitergehen, auch wenn meine Muskeln vor Erschöpfung zitterten! Wenn ich jetzt zusammenbrach, würde ich nicht mehr aufstehen können. Ich musste weiterlaufen. Ich musste …

Ein Kichern ließ mich ruckartig den Kopf hochreißen.

Dann Lachen.

Page.

Gänsehaut kroch mir den Rücken hinauf. Hektisch sah ich mich um, versuchte die Dunkelheit mit reiner Willenskraft zurückweichen zu lassen, und zwang mich dabei auf die müden Füße, um weiterzulaufen.

Die Angst legte etwas in mir frei, was nicht mehr Alice war. Wie eine Schale, die von mir abgepellt wurde und einen Kern zum Vorschein brachte, der schwarz und hässlich war und alles dafür tun würde, zu überleben.

Mein Herzschlag polterte erneut los, als ich ein Knacken in einer Baumkrone links von mir hörte. Meine Muskeln reagierten, bevor es mein Hirn konnte. Ich sprang zur Seite, und ein gedämpfter Knall war zu hören, gefolgt vom Aufspritzen kalter, harter Erdbrocken. Mein Blick richtete sich auf eine Astgabel, und ich erkannte einen menschlichen Schemen. Ein silbern reflektierendes Augenpaar starrte mich an, dann hörte ich ein Geräusch, das ich nur aus Blockbustern kannte: Page lud über mir eine Waffe.

Diese Erkenntnis, begleitet vom bitteren Geschmack der Angst, traf mich hart. Wieder drang das leise Kichern an mein Ohr.

Ich schlug einen blitzschnellen Haken und rannte in die andere Richtung davon. Die nächste Kugel schlug haarscharf neben mir im Erdboden ein.

Ich rannte und hörte hinter mir ein Rascheln, als Page sich daransetzte, mir zu folgen. Sie bewegte sich blitzschnell, dem Klang nach, indem sie von Baum zu Baum sprang. Kein einziges Mal hörte ich ihre Füße am Erdboden aufkommen.

Eine Kugel schlug direkt in den Baum neben meinem Gesicht ein, und diesmal war es keine Farbpatrone. Rindenfetzen flogen mir ins Gesicht. Ich stolperte, ein sengender Schmerz schoss durch meinen Knöchel, und ich verlor endgültig das Gleichgewicht. Der harte Aufprall quetschte mir die Luft aus der Lunge. Meine Rippen, die bei dem Sturz das meiste abbekommen hatten, ächzten, während ich hektisch rückwärtskrabbelte.

Wieder hörte ich das Kichern, diesmal gefolgt vom Geräusch zweier Füße, die auf dem weichen Boden aufkamen. Ein Schritt, und sie stand direkt vor mir.

»Bitte!«, flehte ich wieder und krabbelte noch weiter nach hinten. »Lass mich in Ruhe! Ich hab nichts mit diesem Spiel zu tun, ich will nur weg von hier!« Zum Zeichen meiner Kapitulation hob ich die Hände.

»Geschlagen«, sagte Page, und ein Zischen wie von kleinen Geschossen war zu hören.

Etwas streifte meine Wange, gefolgt von einem kaum wahrnehmbaren Brennen. War es das? Hatte sie mich getroffen? Doch der Schmerz blieb aus. Stattdessen stieß Page einen erschrockenen Schrei aus, gefolgt von einem dumpfen Laut, als etwas Schweres am Boden landete. Ich zuckte zusammen und riss die Augen auf.

»Hände weg von ihr, Springer«, hörte ich eine leise Stimme, bei deren Klang sich mir sämtliche Nackenhaare aufstellten. In meinem Kopf herrschte völliges Chaos, als sich eine schlanke Gestalt mit hellen Haaren aus der Dunkelheit schälte.

»Vincent!«, stieß ich erstickt hervor.

Er war das Ebenbild kalter Eleganz. Gänsehaut überzog mich. In Vincents linker Hand glänzte ein Bündel langer, schmaler Wurfdolche, von denen sich drei bereits in Pages Ärmel gebohrt und ihr zierliches Handgelenk an den Baum hinter ihr genagelt hatten. Die Schusswaffe lag auf dem Boden.

»Alice«, sagte Vincent sanft. »Geht es dir gut?«

»Ehrlich gesagt, nein«, krächzte ich.

Page schnalzte abfällig mit der Zunge und riss sich los. Ein Großteil ihres Ärmels flatterte von den Dolchen festgepinnt am Baumstamm. »Sieh einer an, der weiße König gibt sich höchstpersönlich die Ehre, sein Spiel zu spielen«, höhnte sie. »Solltest du nicht in deinem Palast sitzen und die Drecksarbeit deinen Leuten überlassen, wie es alle weißen Könige zu tun pflegen?«

»Wenn du mit Drecksarbeit dich selbst meinst, habe ich tatsächlich Besseres zu tun. Die Nacht war lang und ich bin genervt. Du hast also drei Sekunden Zeit, deinen Arsch in Sicherheit zu bringen, oder ich schicke Jackson deine Einzelteile in einer hübschen Geschenkbox.«

Das Mädchen schnaubte. »Noch sind wir am Spielzug, Chesterfield. Du kannst mir so viel drohen, wie du willst. Das Mädchen wird das Morgengrauen nicht überleben. Und wenn wir alle Glück haben, du auch nicht.«

Vincent zog nur eine Augenbraue hoch. »Fünf Minuten«, sagte er ruhig.

»Hä?« Page legte den Kopf schief.

»Fünf Minuten, bis Mitternacht ist und eure vierundzwanzig Stunden um sind. Danach hält mich nichts mehr, dich zu zerschmettern. Also lauf, kleiner Springer.«

»Fünf Minuten?«, höhnte das Mädchen. Ihr Körper spannte sich an. »Die Wette gilt!«

Sie hatte noch nicht ausgesprochen, da hatte sie sich auch schon blitzschnell die zu Boden gefallene Waffe geschnappt. Ein Schuss knallte durch die Nacht, der mich mit ziemlicher Sicherheit getroffen hätte, wenn Vincent mich nicht zur Seite gerissen hätte. Sein Arm schnellte nach vorn, und einige Dolche sirrten durch die Luft. Einer streifte Pages Schulter.

»Lauf!«, brüllte Vincent mir zu und stieß mich nach vorn.

Gott war mein Zeuge, ich konnte nicht mehr. Ich taumelte trotzdem weiter und spürte Vincents Hand, die sich um meine schloss und mich mit Gewalt zwang, schneller zu rennen.

»Lauft nur!«, brüllte Page uns hinterher. »Gleich hab ich euch!«

Farn, so hoch wie meine Hüfte, verschluckte uns. Ein weiterer Schuss zerriss die Nacht und schlug nur Millimeter neben mir ein. Fluchend drehte sich Vincent um und schleuderte den nächsten Dolch in Pages Richtung. Ein unterdrückter Schmerzensschrei war zu hören. Vincent musste getroffen haben, aber unsere Gegnerin schien taffer zu sein, als sie aussah. Über uns öffnete sich das dichte Blätterdach der Bäume, sodass ich im hellen Mondschein genau sehen konnte, wie sich Page geschickt von Baum zu Baum hangelte. Ihre Füße trippelten auf den Ästen, die sich unter ihrem zarten Gewicht kaum durchbogen, und sprangen darüber hinweg, während sie rasch aufholte. Die Erdanziehungskraft schien auf Page keinerlei Wirkung zu haben. Ich wäre beeindruckt gewesen, hätte ich nicht so schreckliche Angst vor ihr gehabt.

»Hier lang, wir verstecken uns«, zischte Vincent und bog scharf ab, fort von der Lichtung mit den Farnen und tiefer in den Wald hinein.

Ich stolperte und rang nach Luft, bis Vincent mich an der Hüfte packte und unter einen Felsvorsprung zog. Er presste mich eng an sich und wir verschmolzen mit dem Stein. Ich spürte einen eigentümlichen Druck auf den Ohren und bemerkte, wie Vincent etwas tat, was sich anfühlte, als würde er die Luft um uns herum aufheizen.

»Was zum …?«, stieß ich hervor, wurde aber von einem scharfen »Psst!« unterbrochen.

Ich hielt inne und sah, wie unsere Haut zuerst blass, dann durchscheinend wurde. Falls ich noch an der Existenz des Fluches gezweifelt hatte, verabschiedete sich meine Skepsis spätestens in diesem Augenblick. Was Vincent hier tat, konnte mit nichts anderem als Magie erklärt werden.

Ich riss die Augen auf – plötzlich waren wir beide … unsichtbar. Vincent tarnte uns wie zwei Chamäleons, die mit ihrer Umgebung verschmolzen.

Aus dem Augenwinkel sah ich, wie Page von einem Baum sprang und sich misstrauisch umsah. Sie setzte sich in Bewegung, und ihre Füße erzeugten praktisch kein Geräusch, als sie in unsere Richtung pirschte.

Zitternd presste ich mich fester an Vincent, spürte seinen ebenfalls viel zu schnellen Herzschlag und sog seinen angenehmen Geruch nach Seife und frischer Luft ein. Sein Atem streifte meinen Nacken.

Page blieb nur knappe zehn Schritte von uns entfernt stehen. Ihr Blick streifte uns flüchtig, und ich spürte, wie sich Vincents Arme fester um mich schlossen. Ich biss mir auf die Unterlippe, während Page den Kopf neigte, umschwenkte und aus unserem Blickfeld verschwand. Für ein paar hektische Atemzüge, die viel zu laut in meinen Ohren klangen, war es mucksmäuschenstill. War sie weg? Ich bewegte mich leicht, doch Vincent brachte mich mit einem warnenden Drücken dazu, wieder stillzuhalten. Plötzlich rieselte Erde von dem Vorsprung über uns herab.

Page musste direkt über uns stehen. Diesmal hielt ich die Luft an. Es fühlte sich wie eine Ewigkeit an, die wir aneinandergeklammert dastanden und darauf warteten, entdeckt zu werden. Wieder rieselte Erde hinab. Leise Schritte waren zu hören, die sich … entfernten? Ich lauschte so angestrengt wie noch nie in meinem Leben, doch von Page war nichts mehr zu hören. Hatten wir es geschafft? War die Zeit abgelaufen? Ich spürte Vincents Anspannung, doch langsam ließ er mich los, und die Tarnung fiel so schlagartig von uns ab, als hätte er sie mit einer Handbewegung weggewischt.

»Ist sie …«, flüsterte ich und wurde von einem Kichern unterbrochen.

»Hab euch!«, frohlockte Page.

»Scheiße!«, stieß Vincent hervor und schubste mich hart zur Seite.

Eine Kugelsalve schoss an uns vorbei und riss scharfe Splitter aus dem Stein. Page saß auf dem Baum direkt vor uns, hoch oben in der Krone, und visierte uns an.

Vincent rappelte sich ebenfalls hoch und rannte auf Page zu. Sie schoss. Jede Kugel zog so haarscharf an Vincent vorbei, dass mir die Luft wegblieb. Was hatte er vor? Warum rannte er auf sie zu? Warum …?

Vincent rammte mit der Schulter den Baum. Sein schmerzerfülltes Ächzen hallte durch den gesamten Wald. Keine Ahnung, was für übermenschliche Kräfte Vincent hatte, jedenfalls knirschte der Baum und begann zu fallen. Page fluchte und sprang von ihrem Ast. Im Sturz riss der Baum eine Schneise, und die Szenerie vor mir wurde in Mondlicht getaucht. Im selben Augenblick sah ich einen von Vincents schmalen Dolchen auf dem Boden vor mir aufleuchten. Ich wusste nicht, welcher Instinkt mich dazu trieb, mit meiner letzten verbliebenen Kraft nach vorn zu stürzen und den Griff zu packen, doch ich holte aus und warf den Dolch auf Page – *zack!*

Der Dolch traf ihren zierlichen Körper. Sie schrie auf und fiel praktisch in Zeitlupe. Ihre Glieder wurden schlagartig steif. Pages Schrei brach abrupt ab, und als sie auftraf, war ihr Körper nicht mehr menschlich, sondern schwarzer Stein, der unter der Wucht des Aufpralls in mehrere Teile zerbrach.

»Alice!« Vincent fuhr zu mir herum, während ich fassungslos auf den Stein starrte, der zuvor noch ein Mensch gewesen war. Ich blinzelte, doch das Bild vor mir blieb dasselbe.

Der Fluch! Das hier war ein Fluch, und ich war mittendrin. Es gab keine andere Erklärung dafür.

Ich war Curse in den Wald gefolgt und hatte die Wahrheit herausgefunden. Und er hatte recht: Sie gefiel mir nicht.

Meine Knie knickten ein, und ich hörte Vincent erschrocken meinen Namen rufen. Warme Arme fingen mich auf, ehe ich aufschlagen konnte. Freundliche Augen musterten mich besorgt, so blau und wunderschön.

»Ist es wahr?«, krächzte ich. »Ist das hier ein Fluch?«

Vincent versteifte sich. »Woher weißt du davon?«, fragte er mich beinahe schon scharf.

In meinen Ohren begann es leise zu summen.

»Ja oder nein? Sag es mir!«, forderte ich mit letzter Kraft.

Er mied meinen Blick. »Ja«, antwortete er leise.

Dann wurde das Summen in meinen Ohren lauter, Schwärze trieb in trüben Schwaden auf mich zu, und ich fiel in Ohnmacht.

Kapitel 11

Ein rhythmisches Schnurren direkt am Ohr weckte mich. Es brauchte ein paar Minuten, ehe ich die Augen öffnen konnte und Curse neben mir liegen sah.

»Du sabberst, wenn du ohnmächtig bist«, ließ mich der Kater prompt wissen.

Ich stöhnte und schloss wieder die Augen. Himmelherrgott, es war kein Albtraum gewesen. Der Geruch von Desinfektionsmittel stieg mir in die Nase. »Wo bin ich?«, flüsterte ich mit rauer Stimme.

»Auf der Krankenstation«, murmelte Curse. »Sie wissen jetzt, dass du es weißt. Du wirst ihnen erklären müssen, warum du in den Wald gegangen bist. Wenn du meinen Rat haben möchtest, lass dir diesbezüglich eine Lüge einfallen.«

»Was? Wieso?«

Curse sah mich belustigt an. »Wenn ich mit einer Katze sprechen könnte, die alle Geheimnisse dieses Spiels – und, noch viel besser, die Geheimnisse der Spieler – kennt, würde ich das nicht sofort jedem auf die Nase binden. Vor allem nicht einem weißen König, der alles dafür tun wird, dieses Spiel zu gewinnen. Unterschätz Vincent nicht, er ist sehr gut darin, andere das fühlen, denken, hören und sehen zu lassen, was er möchte. Verstehst du, was ich dir damit sagen will, Menschlein?«

»Nein«, gab ich ehrlich zu, doch Curse' Erklärung wurde von näher kommenden Stimmen unterbrochen.

»Seit Beginn des Spiels gab es nie einen Slave, und die wenigen Informationen, die wir gefunden haben, sind nicht eindeutig. Wie kannst du dir sicher sein, dass sie dazugehört?« Die Stimme klang scharf wie eine Klinge und gleichzeitig hell wie ein Glockenspiel. Regina.

»Wie kannst du immer noch daran zweifeln, Regina? Lark ist ein Steinklumpen, und Alice trägt ihr Zeichen. Ich *weiß* einfach, dass sie dazugehört, und du wirst dich endlich zusammenreißen, sonst ...«

»Sonst was, Vince?«, schnappte Regina. »Wenn sie wirklich der Slave sein sollte, müssen wir sie sofort aus dem Spiel nehmen. Ich stimme Jackson nicht oft zu, aber in diesem Fall hat er recht. Wir haben keinerlei Erfahrung mit einem Slave. Sie könnte bereits für St. Burrington spielen, ohne dass wir davon wissen, oder sie könnte ...«

»Sie ist unser Ass im Ärmel«, unterbrach Vincent sie scharf. »Mir ihr gewinnen wir dieses verdammte Spiel, und deswegen wirst du dabei helfen, dass sie nicht draufgeht.«

Regina sog scharf die Luft ein. »Das kannst du doch nicht ernst meinen! Was, wenn sie uns in den Rücken fällt? Wir kennen sie nicht! Weder du noch ich können sie zu hundert Prozent kontrollieren.«

»Lass das meine Sorge sein, Regina«, sagte Vincent nach einer kurzen Pause. Er klang sanfter, beinah nachdenklich. »Ich werde ...«

Was er würde, erfuhr ich nicht mehr, denn im selben Augenblick stieß er die Tür zum Krankenzimmer auf und blieb überrascht stehen.

»Du bist wach!«, stellte er erleichtert fest, ehe sein Blick zu Curse zuckte. »Curse, wie kommst du denn hier rein?« Er hob den Kater hoch und kraulte ihm das Köpfchen. Curse verdrehte die Augen, und Vincent setzte ihn wieder ab. »Husch, du hast hier nichts zu suchen.«

Curse flitzte hinaus, zwischen die Beine von Dr. de la Roi, der in einem weißen Kittel hereinkam und mich anlächelte. Regina folgte ihm mit unbewegter Miene.

»Ah, du bist wach. Willkommen zurück! Tut dir etwas weh?«

»Alles«, ächzte ich.

Der Doktor lachte, als hätte ich einen Witz gerissen. »Na, dann kann es so schlimm ja nicht sein.«

»Wie geht es ihr?«, unterbrach Vincent uns beinahe schon ungeduldig. »Haben wir eine Erklärung dafür, was mit ihr passiert ist?«

Dr. de la Roi rückte seine Brille zurecht. »Ich nehme an, ihr Blutzuckerspiegel war einfach zu niedrig.«

Ich sah hoch zu Vincent, der mich erleichtert anlächelte. »Ich bin froh, dass du wieder wach bist, Alice. Du hast mir einen ganz schönen Schrecken eingejagt, als du einfach so umgekippt bist.«

»*Einfach so* würde ich das nicht nennen«, brachte ich hervor und hörte ein abfälliges Schnauben.

Mein Blick blieb an Regina hängen, die an der Wand lehnte und uns kalt musterte. Als sie bemerkte, dass ich sie anstarrte, stieß sie sich schwungvoll von der Wand ab und kam auf meine Liege zu. Sie warf einen Blick auf mein Handgelenk, dann schürzte sie die Lippen.

»Gratuliere, Alice Salt, du bist also doch kein Normalo. Ich hoffe, du weißt es zu schätzen, auf der weißen Seite spielen zu dürfen.« Sie warf Vincent einen giftigen Blick zu, der genauso finster zurückstarrte.

Gequält schloss ich die Augen und seufzte. »Weiße Seite …«, murmelte ich. »Dann stimmt es wirklich? Mit dem Fluch und diesem … diesem Schachspiel?«

Ich schlug gerade noch rechtzeitig die Augen auf, um zu sehen, wie die drei einen besorgten Blick wechselten. Dr. de la Roi verzog mitleidig das Gesicht. »Alice, einmal vom Offensichtlichen abgesehen, nämlich dass du gerade von einer Spielfigur angegriffen wurdest, würden wir gern wissen, was du überhaupt im Wald zu suchen hattest. Vincent meinte, du hättest bereits von dem Fluch gewusst, als er dich gefunden hat.«

»Ich … nein, wirklich gewusst habe ich es nicht. Ich habe nur … Lark gefunden und dann habe ich diese Stimme in meinem Kopf gehört …« Ich verstummte und biss mir auf die Unterlippe.

»Wie viel weißt du, Alice?«, fragte mich Vincent sanft.

»Nicht viel bis gar nichts«, murmelte ich und stützte mich auf die Unterarme, um mich vorsichtig aufzusetzen. Viel zu langsam rann mir das Blut zurück in die Glieder.

»Ruhig, Alice«, murmelte Vincent und stützte mich.

»Hier.« Dr. de la Roi hielt mir einen Lolli die Nase. »Für den Blutzucker.«

»Danke«, murmelte ich und steckte mir den Lolli in den Mund. Sobald meine Zunge mit dem Zucker in Berührung kam, beruhigte sich mein Puls etwas. Ich bemerkte erst, dass ich ein Summen in den Ohren gehabt hatte, als es verstummte.

Alle starrten mich an, als warteten sie auf etwas, nur wusste ich leider nicht, auf was. Ich begann mich unwohl zu fühlen, als Dr. de la Roi sich vernehmlich räusperte und zurücktrat. Dabei konnte ich Curse' buschigen, aufgestellten Schwanz aus dem Behandlungszimmer verschwinden sehen. Hatte er gelauscht?

»Nun, Alice, solange du dich nicht überanstrengst, darfst du aufstehen. Vincent und Regina werden dir erklären, was es mit dem Spiel auf sich hat. Angesichts der besonderen Umstände möchte ich jedoch, dass du morgen wieder bei mir vorbeischaust.«

»Meinen Sie mit *besonderen Umständen*, dass ich verflucht bin?« Wie surreal sich das Wort in meinen eigenen Ohren anhörte!

»Verflucht sind hier fast alle«, erwiderte der Arzt sanft. »Mit *besonders* meine ich eher den Platz, den du in diesem Spiel einnimmst.«

Ich konnte mir ein frustriertes Schnauben nicht verkneifen, während ich auf das Zeichen auf meinem Handgelenk starrte. Es ähnelte einem Tattoo, war reinweiß und zeigte die Spielfigur eines Schachbauern.

»Dieses Zeichen, was ist das?«

»Wir haben alle eins. Es ist wie eine Markierung. Die Farbe zeigt, zu welcher Spielseite wir gehören, und das Motiv, welche Figur wir verkörpern«, erwiderte Vincent sanft und zeigte mir sein eigenes Handgelenk, auf dem die Spielfigur des weißen Königs prangte. »Regina, zeig ihr deins.«

Regina sah nicht glücklich aus, nahm aber ihren silbernen Armreif ab und hielt mir das Zeichen unter die Nase. Eine weiße Königin.

Das alles hier war so seltsam, dass ich es tatsächlich zu glauben begann, denn … ich fühlte es.

»Und Sie? Was sind Sie für eine Spielfigur, Dr. de la Roi?«, fragte ich. Wenn meine Welt schon einstürzte, dann würde ich zumindest alles in meiner Macht Stehende tun, um zu verstehen, warum. Und das hieß, ich brauchte Informationen.

Der Doktor lächelte und schob erneut seine Brille zurecht. »Ich bin kein aktiver Spieler.« Er zeigte seine blanken Handgelenke. »Der Fluch erlaubt in der Zeit des Spiels nur wenigen Außenstehenden längerfristig auf dem Spielfeld zu bleiben. Wir helfen, wo wir können. Ich bin hier für medizinische Notfälle zuständig und betreue die Spieler von Chesterfield. Miss Cross sorgt für alles Administratorische, das Essen, frische Wäsche, solche Dinge.«

Ich nickte, obwohl mir der Kopf schwirrte. Mühsam versuchte ich, all die Informationen zu einem großen Ganzen zusammenzusetzen.

»Es wird alles wieder gut. Ich versprech's dir«, flüsterte Vincent mir ins Ohr und streichelte mir rhythmisch den Rücken. Doch das Summen in meinem Kopf nahm nicht ab, sondern zu, und wurde schließlich so laut, dass mir beinahe schwindelig wurde.

»Und für dich? Wird für dich auch alles gut?«, fragte ich leise.

Vincent erstarrte, bevor er lächelte und die Hand wegnahm. Das Summen flachte ein wenig ab. Ich runzelte die Stirn. Seltsam.

»Mit *dir* wird alles gut werden. Ich erzähle dir alles, was du wissen möchtest. Sollen wir eine Kleinigkeit essen? Das schulde ich dir ja sowieso noch.« Er lächelte schief und streckte mir die Hand hin, als wollte er mir ein Angebot machen.

Ich musste die Hand nur ergreifen. Aber wollte ich das denn? Ich dachte daran, wie entschlossen und kalt er im Wald gegen Page gekämpft hatte. Ich zögerte, und auf einmal wirkte Vincent verunsichert.

»Du musst nicht«, sagte er schnell und verzog den Mund. »Nur bitte, hab keine Angst vor mir.«

Einen Moment lang sah er so verletzlich aus, dass mein Herz einen Satz machte. Ich hob die Finger und berührte die Tätowierung an seinem Handgelenk.

»Ich habe keine Angst«, flüsterte ich leise, aber fest.

»Gott sei Dank«, stieß Vincent hervor und beugte sich so nah zu mir, dass ich seinen Geruch einatmen konnte. Frisch und kühl. Wie nach einem Regentag.

In meinem Kopf kribbelte es, und ich griff endlich zu. Es fühlte sich wundervoll an, diese langen schlanken Finger zu berühren. Mein ganzer Arm prickelte, als ich mit Vincents Hilfe von der Liege glitt. Er lächelte, und mein Herz zog sich zusammen.

»Vielleicht sollte Alice doch noch hierbleiben«, gab Dr. de la Roi zu bedenken.

»Nein. Wir haben keine Zeit zu verlieren.« Vincents abrupt scharfer Ton ließ mich erschrocken die Luft anhalten.

»Vincent …«, begann Dr. de la Roi mit warnendem Unterton. »Ich denke wirklich, dass …«

»Deine Aufgabe ist es aber nicht zu denken, sondern uns zusammenzuflicken, *Onkel*«, sagte Vincent kalt. »Du bist keine Spielfigur, also halt dich raus.«

Dr. de la Roi funkelte Vincent, der offensichtlich sein Neffe war, an, presste die Lippen zusammen und nickte schließlich knapp.

Regina seufzte und wandte sich um. »Na gut, nehmt euch die Zeit. Ich erklär den anderen die Situation und passe den Trainingsplan an. Soll ich sonst noch etwas tun?« Sie zog eine Augenbraue hoch und wartete eindeutig auf Anweisungen.

Vincent starrte jedoch auf mein Handgelenk und murmelte nur: »Nein, nein, du machst das schon.«

Im Gegensatz zu mir sah er nicht, wie Regina die Lippen zusammenpresste und ein frustrierter, beinah schon müder Ausdruck in ihren Augen aufflackerte.

»Wie ich immer alles allein mache«, zischte sie, fuhr herum und stürmte aus dem Zimmer.

»Vincent … ich glaube, sie ist verärgert«, sagte ich leise.

Seufzend strich er sich eine Haarsträhne aus dem Gesicht. »Regina ist immer verärgert. Entschuldige, Onkel, ich wollte dich nicht anfahren.« Er lächelte schief, und Dr. de la Roi nickte.

»Alles in Ordnung. Geht ruhig. Wir sehen uns morgen zum Unterricht.« Er nickte mir zu, und Vincent und ich verließen zusammen die kleine Krankenstation.

»Wohin gehen wir?«, fragte ich.

»Nachdem du heute so etwas Grauenvolles erlebt hast, zeig ich dir jetzt etwas Schönes«, sagte Vincent mit einem Funkeln in den Augen.

Ich überließ ihm die Führung, und er ging so dicht neben mir, dass sich unsere Uniformjacken streiften.

»Vincent? In diesem Test ging es gar nicht darum herauszufinden, ob ich verrückt bin, oder?«, fragte ich schließlich.

Ein müder Ausdruck huschte über seine Züge. »Wir wollten auf diesem Weg nur herausfinden, ob du eine Spielfigur bist«, beruhigte er mich sanft.

»Hm«, sagte ich wenig überzeugt und musterte ihn schief. »An meinem ersten Tag hier ging es mir nicht gut. Ich hatte Kopfschmerzen und bin sofort eingeschlafen. Danach hatte ich Probleme, mich daran zu erinnern, was überhaupt passiert ist. Hast du etwas damit zu tun?«

Vincent blieb ruckartig stehen. »Wie kommst du darauf?«

»Weil ich mich in deiner Gegenwart oft ... seltsam fühle«, sagte ich leise.

Als Vincent auf mich zukam, zuckte ich fast unmerklich zurück. Er bewegte sich wie eine Raubkatze. »Seltsam schlecht oder seltsam gut?«, fragte er, und sein Atem traf dabei meine Lippen.

Ich schauderte, und das Bedürfnis, die wenigen Zentimeter zwischen uns zu überbrücken und ihn zu küssen, war so intensiv, dass ich ruckartig einen Schritt zurücktrat, Abstand schuf.

»Du machst etwas mit mir, oder? Ich will wissen, was!«

Vincents blaue Augen verdunkelten sich, und er ballte die Hände zu Fäusten. »Es tut mir leid, ich tue das nicht absichtlich«, erklärte er leise. »Ich bin der König. Es ... es sind meine Kräfte. Wenn ich starke Gefühle habe, entgleiten sie mir, und ... na ja, ich schätze, ich möchte ... anziehend auf dich wirken, weil ... weil ich ständig in deiner Nähe sein will. Es tut mir leid. Ich versuche mich zurückzuhalten.« Gequält schloss er die Augen.

»Anziehend«, wiederholte ich langsam und musterte ihn. »Meinst du, wie eine hübsche Venusfliegenfalle?«

Es war scherzhaft gemeint, doch als Vincent mich ansah, traf mich der Ausdruck in seinen Augen mit voller Wucht. Verzweiflung und Sehnsucht rangen darin, Dunkel und Hell.

»Das trifft es ganz gut«, flüsterte er. »Aber ich mache das wirklich nicht mit Absicht. Es ist ... in deiner Gegenwart fällt es mir schwer, meine Gefühle abzuschalten, wie ich es sonst tue. Es tut mir leid. Wenn du möchtest, halte ich mich von dir fern.«

Er trat einen Schritt zurück, doch ich tat instinktiv einen vor. Langsam nahm ich seine Hand in meine, und wieder merkte ich, wie ihm der Atem stockte. Diesmal blieb das Summen aus, doch ich sah, wie sich Vincents Kiefer anspannte, als würde er sich konzentrieren. Sein Blick wirkte dabei ein wenig verloren.

»Ich mag es nicht, wenn jemand mit meinen Gefühlen spielt«, sagte ich leise.

»Ich spiele nicht«, presste er hervor und senkte den Blick.

»Versprichst du mir das?«

»Ja«, flüsterte er kaum hörbar.

Erleichtert ließ ich die Schultern fallen und nickte. »Dann gibt es keinen Grund, warum du dich von mir fernhalten solltest.«

Wir sahen uns an, und in diesem Augenblick war es kein Summen, das meinen Verstand vernebelte, sondern schlicht und einfach sein wunderschönes Lächeln.

»Danke«, murmelte er, und langsam setzten wir uns wieder in Bewegung. Er ging voran, und diesmal schloss ich zu ihm auf. Wieder lächelte er glücklich.

Wir durchquerten die Halle und gingen die Treppe nach oben. Bisher war ich nicht weiter als bis in das Stockwerk gekommen, in dem mein Zimmer lag, doch Vincent lotste mich weiter die Treppe hinauf. Unsere Schritte waren praktisch lautlos auf dem roten Teppich, der auf den Stufen ausgelegt war.

Die Treppe schraubte sich in einer eleganten, weit ausholenden Spirale immer höher. In jedem Stockwerk zweigten Gänge mit Zimmern ab, die mich daran erinnerten, dass in Chesterfield normalerweise mehr als nur sechzehn Schüler herumliefen.

»Was tut ihr, um das Spiel vor den anderen Schülern geheim zu halten?«, unterbrach ich die Stille zwischen uns. »Oder wissen hier alle davon?«

»Nein, nur die Spieler, deren Familien beteiligt sind, und einige wenige Eingeweihte wie Miss Cross wissen von dem Fluch. Die Fluchweber können nur wir Spieler sehen. Ansonsten mischt sich der Fluch nicht viel in das Leben anderer Menschen ein. Erst wenn die Könige beider Farben achtzehn Jahre alt werden, zeigt er seine Wirkung und das Spiel beginnt. In den letzten Jahrhunderten wurden verschiedene Lösungen dafür gefunden, die Menschen in der Zeit des aktiven Spiels aus dem Spielfeld herauszuhalten. Manchmal begann es wie jetzt gerade in den Sommerferien. Vor dreißig Jahren wurde die Schule hingegen unter einem Vorwand für einige Monate evakuiert.«

»Unter welchem Vorwand?«, bohrte ich nach.

Seine Lippen zuckten. »Nagetierbefall.«

Ich sah mich um. Das alte Schloss, die alten Möbel. Ja, so unrealistisch war das gar nicht.

Obwohl mir noch so viele Fragen auf der Zunge brannten, konzentrierte ich mich auf den Weg vor uns. Die Treppe schien kein Ende nehmen zu wollen, und die Bilder an den Wänden wurden immer älter, die Frauenkleider bauschiger, die Perücken höher, bis wir endlich ganz oben im sechsten Stock ankamen.

Ich trat vor und ließ den Blick schweifen. Die gläserne Kuppel über uns war so nah, dass ich sie beinahe mit den Fingern berühren konnte. Als ich über das Geländer blickte, sah ich tief unter mir die große Halle.

Neben der einzigen Tür hier oben hing ein Gemälde, das so groß war, dass es die gesamte Wand einnahm. Es zeigte eine Frau, die in vornehmer Haltung auf einem Stuhl zwischen zwei Männern saß. Sie lächelte. Die Hand eines der Männer ruhte auf ihrer Schulter. Beide Männer hatten erstaunlich helles Haar, während das der Frau rabenschwarz war. Seltsamerweise kam sie mir unglaublich bekannt vor. Stirnrunzelnd musterte ich sie genauer, dann riss ich die Augen auf. Natürlich kannte ich sie: Es war die Frau aus meinem Traum!

»Vincent? Wer sind die Menschen auf diesem Bild?«, fragte ich.

Vincent studierte das Bild ebenfalls. »Madelyn St. Burrington und Augustus und Charles Chesterfield. Mit ihnen hat der Fluch damals angefangen. Seitdem haben alle nachfolgenden Generationen dieses grausame Spiel gespielt. Alle dreißig Jahre wiederholt es sich. Wieder und wieder und wieder, bis am Ende nur verbrannte Erde und versteinerte Körper übrig bleiben.«

»Aber … wie konnte das passieren? Wie konnte dieser Fluch entstehen?«, fragte ich schaudernd.

»Die Entstehung des Fluchs ist eine lange Geschichte. Ich erzähl sie dir, wenn wir da sind, in Ordnung?«

Trotz meiner nagenden Ungeduld nickte ich, und Vincent steuerte auf die schmale Tür neben dem Bild zu.

Mit einem letzten Blick auf das Gemälde folgte ich ihm. Als die Tür quietschend nachgab, stolperte ich vor Überraschung prompt über die Schwelle.

Kühle Nachtluft schlug uns entgegen, und eine Windbö fuhr mir durchs Haar. Wir waren auf dem Dach gelandet.

Vincent stand zufrieden vor mir und breitete die Arme aus. »Willkommen in meinem geheimen Reich«, sagte er, und seine Augen funkelten.

»Es ist wunderschön hier«, flüsterte ich, als ich die Tür hinter mir schloss und mich umsah. Das Dach war flach und von Zinnen umgeben, durch die ich über das ganze Schulgelände blicken konnte.

Was mich fesselte, war allerdings nicht die Aussicht, sondern das gläserne Gewächshaus, das mitten auf dem Dach stand. Es bestand aus glänzenden Fünfecken, die zu einer riesigen Halbkugel zusammengesetzt waren, die das halbe Dach einnahm.

»Wow!«, stieß ich bewundernd hervor.

»Komm!« Vincent grinste stolz und ging weiter.

Mit vor Aufregung pochendem Herzen schloss ich zu ihm auf, und als er die glänzende Türklinke nach unten drückte und wir das Gewächshaus betraten, fühlte es sich an, als würden wir eine verzauberte Welt betreten. Die Luft war schwül und schmeckte ein wenig wie in einem Tropenhaus. Überall wuchsen Pflanzen. Selbst von der Decke hing dichtes Grün, was dem ganzen Ort etwas Dschungelartiges verlieh. Von innen war es noch größer, als es von außen ausgesehen hatte. Es gab sogar eine schmale Treppe, die sich nach oben drehte und auf ein Plateau führte, von dem lange Schlingpflanzen hingen.

Entlang der Glaswand waren hölzerne Tische aufgebaut, auf denen Pflanzen und Blumen in Kübeln wuchsen. Die meisten davon hatte ich noch nie gesehen. Direkt vor mir stand ein Gewächs mit schweren Blüten, die beinah wie Sterne aussahen und verschiedene Farben von kräftigem Pink bis hin zu hellem Gelb hatten. Einige hatten sogar Tigerstreifen. Sie waren fast so groß wie meine Handfläche, und ihr süßlicher, überreifer Duft hing schwer in der Luft. Fasziniert trat ich näher heran und betrachtete eine Blume, deren

Blüten scharlachrot leuchteten. Mit einem Finger fuhr ich an den dicken Blütenrändern entlang und beugte mich hinab, um daran zu schnuppern.

»Das würde ich lieber lassen«, flüsterte Vincent mir ins Ohr. Er war mir so nah, dass sein Atem meine Wange streifte.

»Was ist das?«, fragte ich und zog schnell die Hand zurück.

Er lachte. »Sorry, ich wollte nur verhindern, dass du an der Giftpflanze schnüffelst.«

»Giftpflanze?« Mit einem misstrauischen Blick wich ich einen Schritt von den Blüten zurück.

Vincent grinste und zuckte mit den Schultern. »Die schönen Dinge im Leben sind immer giftig«, warnte er mich gut gelaunt und legte dabei den Kopf schief. »Das hier ist eine Amaryllis. Sie verursacht Übelkeit, Erbrechen, Schweißausbrüche und kann dich in konzentrierter Form sogar lähmen.«

»Was?« Ich ging noch etwas weiter auf Sicherheitsabstand und kollidierte dabei prompt mit einer Palme im Rücken. »Warum zum Teufel wächst das hier wie ein unschuldiges Gänseblümchen?«, fragte ich entsetzt.

Vincent zog eine Augenbraue hoch. »Schulprojekt«, sagte er nur knapp.

»Schulprojekt?«, echote ich ungläubig. »Schulprojekt à la *Wie züchte ich mein hauseigenes Abführmittel*? Kommt das gleich nach dem Unterricht, in dem ihr Messerwerfen lernt?«

Vincent biss sich auf die Unterlippe, während in seinen Augen der Schalk funkelte. »Nein, nach dem Unterricht, in dem wir lernen, wie man unauffällig Leichen beseitigt.«

»Oh, na dann bin ich ja beruhigt«, gab ich zurück.

»Hab ich vergessen zu erwähnen, dass du hier auf einer Schule für Auftragskiller gelandet bist?«

Schnaubend verschränkte ich die Arme vor der Brust. Hauptsächlich, um mich davon abzuhalten, über Vincents Grübchen zu streichen. »Ich geh auf eine staatliche Highschool. Tödlicher als unsere Kantine kann es nicht mehr werden.«

»Oh, also bist du abgehärtet!« Vincent maß mich mit Blicken. »Pass auf, sonst rekrutiere ich dich noch für meine Liga der Chesterfielder Meuchelmörder.«

»Wenn du lieb fragst, kann ich es mir ja überlegen«, sagte ich. Meine Stimme klang plötzlich rauer als üblich.

Vincent lehnte sich zu mir vor. »Interessant. Was würdest du denn für deine wertvollen Dienste verlangen, Alice Salt?«, flüsterte er.

Nervös schluckend starrte auf seine Lippen, die sich wahrscheinlich genauso weich anfühlten, wie sie aussahen. »Ich würde sagen, das kommt auf das Angebot an? Was bist du denn bereit, mir zu geben, Chesterfield?«

Wir starrten uns an. Vincents blaue Augen nahmen einen rauchigeren Ton an, so als würde klares Wasser von hohen Wellen aufgewirbelt werden.

»Für dich? Alles, was du willst«, murmelte er sanft.

»Sicher? Was, wenn ich dich bis aufs letzte Hemd ausziehe?«, flüsterte ich zurück und merkte erst, als er zu lachen anfing, wie zweideutig das geklungen hatte.

»Ich glaub, das Risiko geh ich ein.«

»So hab ich das nicht gemeint«, ruderte ich schnell zurück.

»Wie schade«, murmelte Vincent und kam mir so nah, dass ich seinen Atem an meine Lippen fühlen konnte.

Mein Herz geriet ins Stocken. In meinem Kopf drehte sich alles, während Vincents frischer Duft sich mit dem der schweren Gewächshausblüten mischte. Ich hatte keine Ahnung, was wir hier gerade taten, aber wenn es nach mir gegangen wäre, hätte es nie wieder aufhören müssen.

Vincent sah mich an, ich sah Vincent an, und es fühlte sich so vertraut an, als würden wir uns bereits sehr viel länger kennen als seit … Wie viele Tage war ich schon hier? Unwillkürlich wich ich einen Schritt zurück und versuchte, den Nebel in meinem Kopf wegzublinzeln.

»Darf ich mich ein wenig umsehen? Das Plateau sieht interessant aus«, fragte ich mit dünner Stimme.

Vincent schürzte die Lippen und musterte mich eindringlich, ehe er die Schultern straffte. »Klar, komm!«, sagte er, nahm, als wäre es das Selbstverständlichste der Welt, meine Hand in seine und zog mich hinter sich her durch das Dschungelgestrüpp. Das Summen blieb diesmal aus, aber mein Magen machte trotzdem einen Salto, und mein Kopf fühlte sich herrlich leicht an. Ich grinste.

Unsere Schritte hallten leise auf der metallenen Treppe wider, und als wir oben ankamen, knarrte der Boden unter unseren Füßen.

»Et voilá! Willkommen in meinem Geheimversteck«, sagte Vincent und deutete auf das Plateau, das sich vor uns erstreckte. Es war nicht groß, hatte jedoch genug Platz für eine Werkbank, auf der sich leere Glasphiolen in unterschiedlichen Größen und Formen sowie ein Bunsenbrenner drängten. Daneben befanden sich ein niedriger Tisch und zwei prall gefüllte Leinensäcke, die wohl als Sitzgelegenheiten dienten. Überall standen Red-Bull-Dosen herum, und mitten auf dem Tisch war ein Schachbrett aufgebaut.

Vincent drückte meine Hand, dann ließ er mich los, setzte sich auf einen der Säcke und deutete mit einer einladenden Handbewegung auf den Platz gegenüber. »Setz dich, du kannst mich für meinen nächsten Schachzug beraten.«

»Eher nicht. Ich kann kein Schach«, erwiderte ich und ließ mich auf den Sitzsack plumpsen.

»Gar nicht?«, fragte Vincent.

»Nope«, gab ich zu und runzelte die Stirn. »Ich kannte bisher auch niemanden, der Schach spielt. Bei uns dreht sich alles um Football.«

Vincent rollte die Augen und stützte das Kinn auf einer Hand ab. »Ich hab vergessen, was für Proleten ihr auf der Foxcroft High seid«, sagte er.

»Hey!«, beschwerte ich mich, obwohl ich ihm insgeheim recht geben musste. Im selben Augenblick begann mein Bauch zu rumoren.

»Hunger?«, erkundigte sich Vincent.

»Ein bisschen.«

Er nickte und holte unter dem Tisch eine raschelnde Tüte hervor, aus der er zwei Red Bull und zwei Sandwiches herausholte. Dazu gab es eine Tüte Cheetos.

»Ich hab vorgesorgt«, verkündete er sichtlich stolz auf sich selbst. »Thunfisch oder Hühnchen?«

»Beides.« Ich klang wahrscheinlich ein wenig zu hungrig und begeistert.

Aber Vincent lachte nur und schob mir beides über den Tisch. Er selbst öffnete sich eine Dose Red Bull, und der süße Geruch vermengte sich mit dem der Tropenpflanzen, während ich meine Zähne hungrig in das erste Sandwich vergrub.

Vincent spielte gedankenverloren mit den Schachfiguren herum. Es sah aus, als hätte er ein Spiel begonnen, jedoch mittendrin abgebrochen.

»Weißt du schon immer von diesem Fluch? Wusstest du seit deiner Kindheit, dass du eine Spielfigur bist?«, hörte ich mich plötzlich fragen.

»Wir alle wissen es.« Vincent stützte das Kinn träge auf einer Handfläche ab. Das Dämmerlicht schien zu uns hinein und beleuchtete sein helles Haar. »Von Geburt an. Der Fluch trifft die Nachfahren aller zweiunddreißig Personen, die sich damals vor Jahrhunderten auf den Anwesen von Chesterfield und St. Burrington befanden.«

»St. Burrington«, murmelte ich und musste wieder an die Party vor einem halben Jahr denken. Das Anwesen, in dem Hawkins verschwunden war. Der Abend, an dem alles begonnen hatte. Ich schauderte. »Wenn Chesterfield die weiße Seite ist, dann ist St. Burrington die schwarze?«, fragte ich.

»Genau«, sagte Vincent und sah mich an. Er wirkte fast schon wütend. »Jackson Burrington ist der schwarze König. Wir hatten letzte Woche beide unseren achtzehnten Geburtstag. So war es schon immer. Alle dreißig Jahre werden den Familien Chesterfield und St. Burrington am selben Tag zwei Jungen geboren. Zwei Könige. Und alle Familien wissen, dass ein neues Spiel beginnen wird.«

»Kann auch eine Frau König werden?«, fragte ich neugierig nach, weil … na ja, es kam mir ein bisschen sexistisch vor, dass nur Männer die Könige sein sollten.

Vincents Mundwinkel zuckte. »Nein. Es sind immer Männer.«

»Und die Königinnen sind immer Frauen?«

»Exakt. Der Fluch folgt immer demselben Muster. So sind die beiden weißen Springer immer Zwillinge.« Er hob zwei weiße Spielfiguren an, die wie Pferde aussahen.

»Zwillinge. Also sind die Hitachi-Brüder Springer?«

»Richtig. Und Lark war ein Bauer.«

Er hob eine weiße Figur mit rundem Kopf hoch. Ich nahm sie entgegen, und unsere Finger berührten sich dabei leicht. Ich verglich die Figur in meiner Hand mit der an meinem Handgelenk. Sie waren identisch.

»Was genau können die Figuren? Was unterscheidet sie voneinander?«, bohrte ich weiter. Schnell biss ich wieder in das Sandwich und sah zu ihm hoch.

Vincent seufzte und fuhr sich durchs Haar. »Jede Figur kann etwas anderes. Aber die Fähigkeiten werden bis zu einem gewissen Grad weitervererbt. Die Fähigkeiten der Bauern sind eher schwächer ausgeprägt, sie können beispielsweise levitieren, also schweben, sind stärker oder schneller oder können sich Gliedmaßen nachwachsen lassen. Das hast du bei Grave ja schon miterlebt. Und Lark konnte unsichtbar werden.«

»Unsichtbar?«, fragte ich und sah ihn mit großen Augen an. »Das ist also wirklich möglich?«

»Der Fluch *macht* es möglich«, sagte Vincent, als wäre damit alles geklärt, und nahm einen Schluck von seinem Red Bull.

»Aber …« Ich runzelte die Stirn. »Wenn Lark unsichtbar werden konnte, war sie doch quasi unmöglich zu finden und zu … na ja, zu schlagen. Wie konnte sie da so schnell sterben?«

Vincent sah mich an und zögerte nur einen Wimpernschlag lang, doch etwas an seiner Reaktion ließ ein ungutes Gefühl in mir zurück. »Ich weiß es nicht«, sagte er schlicht und wandte den Blick ab. Er schluckte.

»Okay, wenn Lark unsichtbar werden konnte, kann ich es dann auch?«, fragte ich weiter, während mir das Herz bei dem Gedanken bis zum Hals schlug.

Der deprimierte Ausdruck verschwand aus Vincents Gesichtszügen und er lehnte sich grinsend vor. »Offensichtlich, du hast es nämlich bereits getan.«

»Ich? Was? Wann?«

»Als wir uns vor Page versteckt haben«, erinnerte mich Vincent. »Die Fähigkeiten der Spieler werden mit ihren Emotionen verstärkt. Deine Angst hat uns unsichtbar werden lassen.« Er redete darüber, als ob das alles total normal sei.

»Ich dachte, das warst *du!*«

»Ich? Nein. Ich bin der König. Ich kann … andere Dinge.«

»Du meinst die Sache mit der lebenden Venusfliegenfalle? Du stehst rum, siehst gut aus und schnappst zu, wenn niemand hinsieht?«

Er lachte. »So in etwa. Meine Fähigkeiten sind ziemlich komplex. Dafür müsste ich dir die Spielregeln erklären.« Irgendwie hatte ich das Gefühl, dass er meiner Frage auswich. Schon wieder.

»Dann erklär mir die Regeln«, sagte ich ernst und legte den Rest des zweiten Sandwiches zur Seite. Mir war der Appetit vergangen. Ich wollte Antworten und hatte das Gefühl, sie nur in Häppchen serviert zu bekommen.

Vincent nahm einen Schluck Red Bull und musterte mich über den schimmernden Rand hinweg. Er legte den Kopf schief.

»Ich fasse die Regeln nur grob zusammen, in Ordnung? Den Rest wirst du noch lernen, wenn wir trainieren.« Er wartete, bis ich nickte, und fuhr dann fort: »Eigentlich sind die Regeln simpel. Wir spielen Schach. Zwei Seiten. Schwarz und weiß. Chesterfield gegen St. Burrington.« Er deutete auf die weißen und die schwarzen Schachfiguren vor uns. »Das Spielbrett ist in unserem Fall der Wald, der die beiden Anwesen voneinander trennt. Oder auch verbindet, je nachdem, wie du es sehen möchtest. Streng genommen gehören auch die beiden Anwesen zur Spielfläche, aber dort ereignet sich eigentlich nie etwas, weil sie so gut gesichert sind. Beide Seiten haben sechzehn Spieler. Acht Bauern, zwei Springer, zwei Läufer, zwei Türme, eine Königin und einen König. Wie im echten Spiel haben auch wir abwechselnd einen Spielzug zur Verfügung. Dieser Spielzug dauert exakt vierundzwanzig Stunden. In diesen vierundzwanzig Stunden können wir versuchen, eine oder mehrere der gegnerischen Spielfiguren auszuschalten. Um Punkt Mitternacht ändert sich dann die Spielzugreihe.«

»Wie schaltet man eine Spielfigur aus?«, fragte ich leise.

»Du musst den Gegner zum Bluten bringen. Verletzt du den Spieler, sodass sein Blut verfluchten Boden tränkt …«

»… versteinert er?«, fragte ich und sah dabei Lark vor mir. Ihren abgetrennten, steinernem Finger.

Vincent nickte.

»Mir ist das Ausmaß nicht klar. Wie viel Blut? Und wenn ich mich selbst verletze? Versteinere ich dann auch?«

Er schüttelte den Kopf. »Jemand aus dem gegnerischen Spielfeld muss dich verletzen. Hier geht es um einen uralten und bösen Fluch. Wir reden von einer Blutschuld, wie Abels Bruder Kain sie auf sich geladen hat. Dein Blut muss wissentlich von jemand anders vergossen werden, und es muss den Boden berühren.«

»Das ist barbarisch«, murmelte ich.

»Es ist ein Fluch«, sagte Vincent schulterzuckend, als würde das alles erklären.

»Man muss also bluten«, nahm ich den Faden wieder auf. »Wenn mir Page die Nase eingeschlagen und ich Nasenbluten bekommen hätte, wäre ich dann zu Stein erstarrt?«

Vincents Mundwinkel zuckten. »Wenn das Nasenbluten sehr, sehr stark gewesen wäre, dann ja«, erklärte er amüsiert.

»Und was, wenn mich jemand verletzt, während ich selbst am Spielzug bin?«

»Dann tut es weh und du solltest zu Dr. de la Roi gehen. Aber der Schlag zählt nur, wenn man ihn in seiner eigenen Spielzeit ausführt. Erst bist du vierundzwanzig Stunden der Jäger, dann vierundzwanzig Stunden der Gejagte. Es wechselt sich immer ab.«

Frustriert fuhr ich mir durch die Haare. »Also noch mal zusammengefasst: Ich muss andere Spieler verletzen, während meine Farbe am Zug ist. Wenn die Gegner stark bluten, werden sie zu Stein.«

»Ja.« In seinen Augen leuchtete es auf. »Du hast es verstanden.«

»Noch nicht ganz«, räumte ich ein und hob einen Finger. »Wann hört das Spiel auf?«

Das Leuchten in Vincents Augen erlosch und er nahm wieder einen Schluck von seinem Red Bull. Einen langen. Ich beobachtete, wie sein Adamsapfel zuckte, als er schluckte.

»Das Spiel endet, wenn einer der beiden Könige stirbt«, sagte er schließlich leise. »Das nennt man schachmatt.«

Jetzt war ich es, die schluckte und ihn mit großen Augen anstarrte. »Du musst sterben?«

»Entweder ich oder Jackson«, antwortete Vincent gequält.

»Das ist ... Warum zum Teufel tut ihr das? Geht doch einfach weg von hier!«, stieß ich hervor.

Vincent vergrub seufzend das Gesicht in den Händen. Seine Locken lugten dabei zwischen den Fingern hervor. »Glaubst du, das würden wir nicht, wenn wir könnten? Aber sobald das Spiel beginnt, kann kein Spieler mehr das Spielfeld verlassen. Es geht einfach nicht. Wer es versucht, dem passieren grauenvolle Dinge. Der Fluch lässt uns keinen Ausweg ...« Er linste unter den Fingern hervor zu mir hinüber. »Und falls deine nächste Frage lauten sollte, warum wir uns nicht einfach weigern zu spielen ...« Er schauderte. »Es gab einmal einen König, der sich geweigert hat. Er wurde wahnsinnig und tötete dabei seine eigenen Spieler. Wir *müssen* spielen. Der Fluch findet immer einen Weg, uns zu zwingen.«

Scheiße ... Das musste ich erst einmal sacken lassen. »Das ist alles so ... so grauenvoll«, flüsterte ich.

Unsere Blicke trafen sich, und zum ersten Mal bemerkte ich, wie verzweifelt Vincent war. Wie schmal, beinahe hager. Ich sah die Trauer in seinen Augen, die Angst. Eine Angst, die ihn schon so lang begleiten musste. Ich wollte gar nicht wissen, wie sehr ihn das verändert hatte.

»Es gibt da eine Sache, die ich nicht verstehe«, sagte ich langsam.

»Nur eine?«

»Viele. Aber die hier ist für mich die Dringendste.« Ich sah zu ihm auf. »Was habe ich mit alldem hier zu tun? Wenn ich richtig verstanden habe, geht der Fluch immer wieder auf dieselben Familien über. Aber meine Familie hat nichts damit zu tun! Warum bin ich also eine Spielfigur?«

»Tja, das ist die große Frage, Alice Salt. Warum bist du hier? Und allem voran: Welche Spielfigur bist du?«, sagte Vincent und musterte mich von oben bis unten. Prompt begann ich mich unwohl zu fühlen.

»Es gibt da dieses Gerücht«, fuhr Vincent fort. »Das Gerücht über einen siebzehnten Spieler, der besondere Kräfte besitzen soll. Wir nennen ihn Slave.« Sein Blick wanderte zu meinem Handgelenk.

»Warum sind es nur Gerüchte?«

»Weil bisher noch niemand einen echten Slave gesehen hat. Es heißt jedoch, dass sich der Slave bereits die ganze Zeit auf dem Spielfeld befindet. Ungesehen, ungehört. Und dass er erst dann zum Einsatz kommen wird, wenn der Fluch gebrochen wird.«

»Also kann der Slave den Fluch brechen?«, fragte ich und spürte, wie sich mein gesamter Körper vor Aufregung anspannte.

Vincent zögerte und leckte sich über die Lippe. »Das sind alles nur Gerüchte«, sagte er schließlich, und seine Augen verdunkelten sich.

»Aber …« Mein Brustkorb fühlte sich an wie zugeschnürt. »… was kann ich dann?«

»Wir können darüber nur Vermutungen anstellen.« Vincent musterte mich so intensiv, dass ich seinen Blick praktisch wie eine Berührung auf der Haut spürte. »Da du zuvor kein Zeichen hattest, aber jetzt Larks besitzt, gehe ich von der naheliegenden Theorie aus, dass der Slave jede gefallene Figur ersetzen kann.«

»Jede? Auch schwarze Figuren?«

Er zögerte. »Vielleicht. Wir müssten es ausprobieren.«

»Jetzt gleich?«, fragte ich und spürte, wie mir die Farbe aus dem Gesicht wich.

Vincents Gesichtsausdruck wurde weich. Er lehnte sich nach vorn und strich mir eine Haarsträhne aus dem Gesicht. »Nein«, flüsterte er. »Wir probieren es, wenn du so weit bist, einverstanden?«

Sein Daumen glitt kaum merklich über meine Unterlippe, und ich schauderte wieder. Seine Berührungen waren wie kleine Stromschläge, die mich ganz benommen machten. Ich blinzelte angestrengt und lehnte mich zurück. Vincents Finger glitten von meiner Haut.

»Wie, glaubst du, kann der Fluch gebrochen werden?«, fragte ich mit rauer Stimme.

Vincent schüttelte den Kopf. »Gar nicht. In den letzten Jahren haben viele versucht, einen Weg zu finden, den Fluch zu umgehen oder zu brechen. Doch bis jetzt ist es noch niemandem gelungen, genauso wenig, wie die siebzehnte Spielfigur aufgetaucht ist – bis du gekommen bist.« Der letzte Satz war kaum mehr als ein Flüstern.

Wieder starrten wir uns an, während ich all das Gesagte zu verarbeiten und zu verstehen versuchte. Es gelang mir nicht. Dazu war der Tag zu lang gewesen. Ich war zu müde und Vincents Gegenwart viel zu verwirrend. Aber eins wusste ich nun immerhin: dass ich nicht verrückt war.

Vincent schien zu begreifen, dass ich am Ende meiner Kräfte war, denn er half mir vorsichtig auf. »Was hältst du davon, wenn wir an dieser Stelle unterbrechen und morgen weitermachen? Leg dich hin, schlaf eine Runde. Ich hol dich morgen ab.«

»Das ist das Beste, was ich heute gehört habe«, erwiderte ich gähnend. »Danke, dass du mich hier hochgebracht hast.«

»Immer und so oft du willst, Alice Salt.«

KAPITEL 12

Völlig fertig ließ ich mich aufs Bett fallen und atmete den sauberen Geruch der Bettwäsche ein. Vincents frischer Duft und ein Hauch Red Bull hingen noch an mir. Ein lautes Schnurren, gefolgt von einem Plumpsen neben mir, ließ mich müde aufsehen.

»Curse, wie kommst du in mein Zimmer?«, fragte ich leise.

»Du musst nicht alles wissen, Mensch«, sagte er und rollte sich neben mir zusammen. Sein warmer Körper presste sich an mich, und ich lauschte seinem leisen Schnurren. Ich spürte ein langsam aufkommendes Brennen in den Augen, während der Druck in meiner Brust so groß wurde, dass er schließlich als leiser, gepresster Schluchzer aus mir herausbrach. Curse schnurrte lauter und ließ zu, dass ich ihn an mich drückte.

»Oh Gott, Curse, was soll ich nur tun?«, flüsterte ich. Mein Gesicht brannte, und Tränen ließen mir die Sicht verschwimmen.

»Ich weiß es nicht, Alice«, erwiderte Curse leise.

»Ich hab solche Angst.«

»Du wärst dumm, wenn du keine hättest. Aber du hast einen Vorteil.«

Bebend hob ich den Blick und starrte ihn an. »Und der wäre?«

»Du hast mich«, teilte er mir mit und schlug mit dem Schwanz aus.

Ich prustete los. Oder schluchzte. Vielleicht war es auch einfach eine misstönende Kombination aus beidem.

»Das stimmt«, nuschelte ich und vergrub wieder das Gesicht in seinem weichen Fell. Vielleicht bestand meine Fähigkeit ja darin, mit Katzen sprechen zu können. Wie mir das das Leben retten sollte, war mir zwar schleierhaft, aber es war wohl besser als nichts. »Genau, ich habe den sprechenden Kater«, murmelte ich.

Curse schnurrte nur zustimmend, und langsam begann mich die Erschöpfung hinabzuziehen. Ich dämmerte weg, bis alles schwarz wurde.

Unruhig wälzte ich mich von einer Seite auf die andere. Ich war mir nicht sicher, ob ich träumte, denn ich schreckte gefühlt alle fünf Minuten auf und starrte an die Decke, ehe ich wieder wegschlummerte. Dann hörte ich ein helles Lachen. Das Rascheln von Kleidern.

Ich sah die Frau vom Bild, diesmal im eng geschnürten Korsett.

»Es freut mich, Ihre Bekanntschaft zu machen, Mr Chesterfield.« Sie knickste tief und hielt ihm grazil die Hand hin. Und dann war auf einmal *ich* diese Frau. Es fühlte sich an, als würde warmer Atem meinen Handrücken treffen. Blaue Augen musterten mich kühl.

»Die Freude ist ganz meinerseits, Lady St. Burrington. Wenn ich mich vorstellen darf: Ich bin Lord Augustus Chesterfield, und das hier ist mein jüngerer Bruder Lord Charles Chesterfield.«

Mein Blick schwenkte um, und ich sah einen Mann von identischer Statur. Groß gewachsen, helles Haar. Als er lächelte, blitzten ein paar Grübchen auf.

»Charles«, flüsterte ich den Namen so leise wie ein Geheimnis, und das Geheimnis lächelte zurück.

»Alice?«

Ächzend schlug ich die Augen auf und blinzelte, während es laut an meiner Tür klopfte.

»Was? Wo?«, nuschelte ich und versuchte hektisch, mich zu orientieren.

Curse lag immer noch neben mir und sah mit seinem wirren Fell wie ein lebendiger Wischmopp aus. »Falls das Vincent ist, der dir verknallte Blicke zuwerfen will, sag ihm, er kann mich mal ...«

»Curse!«, unterbrach ich ihn empört und quälte mich aus dem Bett. Meine nackten Füße tapsten über den Boden, doch als ich genervt die Tür aufriss, blieb mir die Beleidigung prompt im Hals stecken.

»Guten Morgen, Alice. Gut geschlafen?« Tatsächlich war es Vincent, der da im Türrahmen lehnte und mich angrinste.

»Vincent? Was machst du denn hier?«, fragte ich perplex und versuchte, das ausgeleierte T-Shirt weiter über meine nackten Oberschenkel zu ziehen. Vincent musterte mich aus seinen hellen Augen interessiert, und mir wurde dabei abwechselnd heiß und kalt.

»Ich wollte nur sichergehen, dass es dir gut geht«, sagte er sanft.

»Klar, äh ... alles bestens«, beeilte ich mich zu versichern.

»Sie lügt. In Wahrheit ist sie verwirrt und hat keine Ahnung von gar nichts. Und das nur, weil du zu faul warst, ihr alles genau zu erklären«, kommentierte Curse.

»Wir haben heute Unterricht und am Nachmittag Training. Du darfst entscheiden, ob du beim Training bereits dabei sein willst. Wenn du dich nicht wohlfühlst, reicht es auch, wenn du heute nur den Unterricht besuchst«, erklärte Vincent, und obwohl seine

Stimme so freundlich wie immer klang, schwang eine kaum wahrnehmbare Ungeduld darin mit.

Leises Tapsen verriet, dass Curse vom Bett gesprungen war. »Alice trainiert mit? Seit wann? Warum?«, fragte er und strich mir dabei um die Beine.

Vincent runzelte die Stirn. »Curse! Was machst du denn hier, du Schlingel?«, sagte er, während er in die Knie ging und den Kater unterm Kinn kraulte. Curse schnurrte los. Irgendwie war er dann wohl doch nur ein Kater.

»Ist schon gut. Er hat bei mir übernachtet. Ich hoffe, das ist nicht schlimm«, sagte ich schnell.

»Natürlich nicht.« Vincent richte sich auf und lächelte. »Er ist nur normalerweise ziemlich scheu. Er war schon hier, da war ich noch nicht mal auf der Welt. Pass nur auf, dass er dir nicht ins Bett pinkelt!«

»Pfft, da hat man einmal einen kleinen Unfall«, brummte Curse genervt.

Ich unterdrückte ein Augenrollen. »Danke fürs Aufwecken. Ich frühstücke nur eben, dann komme ich zum Unterricht«, versicherte ich Vincent.

Seine Züge entspannten sich, und er beugte sich zu mir hinab, um mir eine wirre Haarsträhne hinters Ohr zu streichen. Seine kühlen Finger hinterließen ein Prickeln auf meiner Haut. »Ich war gestern wirklich sehr beeindruckt von dir und ich würde gern sehen, was du sonst noch so kannst«, raunte er mir zu.

»Klar, kein Problem«, brachte ich heiser heraus und schauderte kaum merklich unter seiner Berührung.

Vincents Daumen verharrte für einen kurzen Augenblick an

meinem Mundwinkel und strich über meine Unterlippe, während ein sehnsüchtiger Ausdruck durch seine Augen huschte.

Curse räusperte sich vernehmlich und ich zuckte zurück. Der wattige Druck in meinem Kopf ließ nach.

»Wir sehen uns gleich«, sagte Vincent gut gelaunt, drehte sich um und ließ mich verdutzt im Türrahmen zurück.

»Okayyy …«, sagte Curse gedehnt, als ich langsam die Tür schloss und mich atemlos dagegenlehnte. »Hat mein Flirtdetektor einen Kurzschluss, oder läuft da eindeutig was zwischen euch beiden?«

»Ähm … da ist nichts!«, sagte ich, merkte aber selbst, wie kolossal schlecht das gelogen war.

Curse verdrehte die Augen. »Ich will dich nicht verurteilen, Süße. Trotzdem kann ich dir nur raten, die Finger von Vincent zu lassen. Egal wie lecker er aussieht. Wenn du dich mit ihm einlässt, hast du bald mehr Probleme als nur das Training am Hals.«

»Regina zum Beispiel?«, fragte ich trocken.

Curse seufzte und murmelte etwas über dumme Menschen, während ich mich aufraffte und unter die Dusche ging.

Anschließend zog ich die Schuluniform an, band mir das Haar zu einem wirren Zopf zusammen und schaffte es gerade noch, mir einen Bissen Müsliriegel in den Mund zu schieben, den ich in meiner Tasche fand, ehe ich zusammen mit Curse in den Gemeinschaftraum ging.

Ich erstarrte, als ich Regina und ein rothaariges Mädchen auf einem der Sofas sitzen sah. Wie war der Name der Rothaarigen noch mal gewesen? Paisley? Die beiden waren so miteinander beschäftigt, dass sie mich nicht bemerkten.

Fasziniert beobachtete ich, wie Regina den Mund öffnete und im Sonnenlicht zwei unglaublich spitze Eckzähne ausfuhr. Sie sah aus wie ein Vampir … oder wie eine Schlange. Paisley hielt ihr eine Glasphiole unter den Mund, und Regina drückte die Zähne durch eine kleine Membran. Im nächsten Augenblick begann eine klare Flüssigkeit herauszuquellen.

»Was passiert da gerade?«, flüsterte ich zu Curse hinab, der die Prozedur gelangweilt beobachtete.

»Die Königin ist giftig. Reginas Großmutter war eine der giftigsten Königinnen in der Geschichte der Spiele. Regina steht unter ziemlichem Druck, in ihre Fußstapfen zu treten. Wenn sie nicht so ein fieses Miststück wäre, würde sie mir beinahe leidtun«, klärte Curse mich auf.

»Oh.« Fasziniert beobachtete ich weiter diesen … Melkprozess.

»Und?«, fragte Regina schließlich, als nichts mehr hervorkam. Die Zähne schossen zurück in ihren Kiefer.

»Kein Gift«, sagte Paisley leise. »Es ist klar wie Wasser. Tut mir leid, Regina.«

Wütend starrte Regina die Glasphiole an. Tränen traten ihr in die Augen. »Verfluchte Scheiße!«, fauchte sie, schnappte sich die Phiole und schien sie an die Wand werfen zu wollen, als sie mich entdeckte.

Sie erstarrte. Ich erstarrte. Curse huschte davon. Verräter.

»Du!« Der feuchte Glanz verschwand aus Reginas Augen. »Was machst du hier?«, fauchte sie mich an.

Paisley wirbelte herum. Ihr rotes Haar war niedlich geflochten, und Sommersprossen tanzten auf ihrer Nase.

»Ich wohne hier, so wie ihr auch«, erwiderte ich und betrat mit erhobenem Kinn den Gemeinschaftsraum. Wenn ich mich von Regina einschüchtern ließ, hatte ich bereits so gut wie verloren. Ich würde damit leben müssen, dass sie mich nicht mochte.

»Du gehörst nicht hierher, Alice«, sagte Regina und kam näher. So nah, dass ich ihren Geruch aufschnappte. Süß und ein wenig bitter, wie vergorenes Obst oder verwelkende Blumen.

»Ich habe auch nicht behauptet hierherzugehören, sondern nur, hier zu wohnen. Trotzdem haben wir beide dasselbe Problem. Wir sollten uns also das Leben nicht schwerer machen, als es ohnehin schon ist«, erwiderte ich.

Paisleys Blick zuckte nervös zwischen mir und Regina hin und her.

Regina zog eine helle Augenbraue hoch, und ich sah eine feine Narbe in ihrer Unterlippe. Ich dachte an die Giftzähne und musste schaudern. Regina lächelte, während sich etwas in ihren Augen veränderte. Verschob. Es waren ihre Pupillen, die sich zu Schlitzen zusammenzogen.

»Du machst es dir gern leicht, oder, Alice Salt?«, fragte sie mich.

Irritiert zog ich die Augenbrauen zusammen. »Was?«

»Ich sagte: Du machst es dir gern leicht. Ich weiß, du hältst mich für eine gemeine, zickige Bitch, die nichts Besseres zu tun hat, als die arme kleine Neue in der Klasse zu tyrannisieren. Aber nur damit das klar ist …«, sie lehnte sich so weit nach vorn, dass ich die goldenen Sprenkel in ihren ansonsten eisblauen Augen sehen konnte und ihr kalter Atem mein Ohrläppchen traf, »… ich bin die Königin von Chesterfield. Es ist meine Aufgabe, meine Spieler zu beschützen, und dafür räume ich jeden Ärger beiseite, der sich mir in den Weg stellt. Und du, Alice Salt, stinkst förmlich nach Ärger. Ich habe keine Ahnung, ob du wirklich der Slave bist, und es ist mir eigentlich auch egal. Halt dich einfach von uns fern.« Sie wich zurück und warf mir einen Blick zu, der mich in einen Starrezustand versetzte, der noch anhielt, während sie sich umdrehte und aus dem Gemeinschaftsraum verschwand.

Paisley warf mir einen entschuldigenden Blick zu. »Regina meint es nicht so. Sie macht sich nur Sorgen.«

Ich musste schlucken. »Ich wollte nichts von alldem, ich habe noch nicht mal eine wirkliche Ahnung, was ich von der ganzen Sache halten soll«, erwiderte ich.

Paisley lächelte und schob sich eine rote Haarsträhne hinters Ohr. »Halt deine Erwartungen am besten klein, dann wirst du am Ende nicht enttäuscht.«

Mit diesen Worten drehte sie sich um und verschwand aus dem Raum. Ließ mich allein zurück, bis ich den Mut aufbrachte, den beiden zu folgen.

Seufzend drückte ich die Türklinke zum Klassenzimmer auf. Wie am Tag zuvor starrten mich alle Anwesenden an, als hätte ich zwei Köpfe.

»Ah, Alice. Haben wir verschlafen?« Dr. de la Roi stand mitten im Raum und lächelte.

»Ich … Entschuldigung.« Verlegen räuspernd schloss ich die Tür hinter mir und huschte durch den Raum. Es war nur noch ein Platz frei, ganz vorn, neben Vincent. Ich ließ mich fallen und war mir all der Blicke bewusst, die mich immer noch musterten.

»Morgen noch mal«, flüsterte mir Vincent zu.

Ich erwiderte sein Lächeln, ehe ich mich wieder Dr. de la Roi zuwandte, der gerade an der Tafel stand und etwas aufschrieb.

»Ihr alle wisst, was gestern passiert ist«, sagte er und drehte sich um. »Um es kurz zu fassen: Lark ist als erste Figur gefallen. Das Spiel hat jetzt offiziell begonnen, weshalb ich denke, dass wir den regulären Unterricht den Gegebenheiten anpassen werden. Andere Dinge haben ab jetzt Vorrang. Unter anderem, euch so lange wie möglich am Leben zu halten.« Er sah alle an, doch sein Blick blieb am Ende auf mir ruhen. Ein weicher Ausdruck huschte durch seine Augen.

»Zudem haben wir eine neue Spielfigur. Ich weiß, das ist alles andere als eine einfache Situation. Für jeden von euch. Doch ich glaube fest an euch und eure Fähigkeiten. Und dass ihr euch gegenseitig helfen werdet, diesen Fluch zu überleben.«

Im Klassenraum war es still. Aus dem Augenwinkel sah ich, wie Vincent die Schultern anspannte und das Kinn leicht anhob. Einen Moment lang verschwand der Schüler von Chesterfield und der König in ihm trat zum Vorschein. In meinem Magen kribbelte es, und als hätte er meinen Blick gespürt, neigte er den Kopf und lächelte.

»Alice?«

Ich riss den Blick los und sah überrascht auf ein Büchlein, dass mir Dr. de la Roi auf den Tisch legte. Es war etwa daumendick, und auf dem Umschlag prangten zwei Wappen: ein Rabe, der auf einer Krone saß, und eine blutige Hand, die eine Rose hielt.

»Danke. Ähm … was ist das?«

»Das ist das Spielerhandbuch«, klärte mich Dr. de la Roi auf. »Es sind die Regeln des Spiels, komprimiert zusammengefasst. Ich lege dir nahe, so viel darüber zu lernen, wie du kannst. Falls du etwas nicht verstehst, frag einen der Schüler oder mich. Wir werden dir helfen. Du bist nicht allein.«

»Ich … danke«, presste ich hervor und spürte einen Kloß im Hals, den ich mühsam herunterschluckte.

Dr. de la Roi drehte sich schwungvoll um und nahm eine Kreide zur Hand. »Aus gegebenen Anlass halte ich es für sinnvoll, euer Gedächtnis ein wenig aufzufrischen, was die verletzlichsten Körperstellen des Menschen angeht.«

Die Klasse stöhnte auf, als Dr. de la Roi sich bückte und eine Biologiepuppe aufs Pult hievte, eins dieser Dinger, bei denen man sämtliche Organe entnehmen konnte wie bei einem ekligen Puzzle.

»Ja, ich weiß, ihr kennt das auswendig, doch in Panik vergessen Menschen sogar zu atmen. Also, euer Ziel ist es, euren Gegner zum Bluten zu bringen, nicht, ihn zu töten.«

Er warf ausgerechnet der zierlichen Paisley einen strengen Blick zu. Die hatte sich zurückgelehnt und kaute Kaugummi. »Am Ende versteinert er ohnehin, da ist es doch egal, ob er seinen Kopf noch hat oder nicht«, sagte sie.

Ich bekam eine Gänsehaut, während ich zögerlich die Hand hob. Wieder sahen mich alle an, doch ich musste einfach fragen.

»Ja, Alice?«

»Bleiben die Spieler versteinert? Oder wachen sie irgendwann wieder auf?«, fragte ich zögerlich.

»Bisher ist keiner der versteinerten Spieler wieder aufgewacht. Wir gehen davon aus, dass sie tot sind. Deshalb versuchen wir, die Opferzahl so niedrig wie möglich zu halten.«

»Oh …«, sagte ich und starrte den Dummy an.

»Es ist wichtig, dass ihr euren Gegner so schnell und effizient wie möglich zum Bluten bringt«, fuhr Dr. de la Roi fort. »Brecht ihr ihm ein Bein, ohne dass Blut fließt, würde er sich einfach nur vor

Schmerzen am Boden winden. Doch ein Schnitt in die Oberschenkelarterie …« Er tippte auf die entsprechende Stelle des Dummys. »… und er versteinert, noch ehe er überhaupt Schmerz fühlt. Also, wer kann mir alle wichtigen Stellen nennen, an denen jemand schnell und stark zu bluten beginnt? Paisley?«

Sie stand auf und ratterte gelangweilt herunter: »Am besten ist es, wenn man eine der Hauptschlagadern trifft. Die *Arteria carotis* am Hals, die *Arteria axillaris* unter der Achsel, die Aorta in der Brust oder im Bauch, die *Arteria femoralis* am Oberschenkel oder …«

»… oder ich schlag ihm die Nase ein und die Sache hat sich erledigt«, unterbrach Nixon sie.

Alle prusteten los.

Paisley verengte ihre Augen zu Schlitzen. »Ach ja? Du? Du besteigst doch höchstens sein Bein und rammelst drauf rum.«

Jetzt lachten alle noch lauter. Selbst Vincent schmunzelte. Nur ich verstand den Joke nicht.

»Leute, können wir bitte zurück zum Thema …«, setzte Dr. de la Roi an, doch da war Nixon bereits aufgesprungen und baute sich vor der zierlichen Paisley auf.

»Hast du ein Problem, Pippi Langstrumpf?«

»Ja. Deine hässliche Fresse jeden Tag beim Training hinter mir herhecheln zu hören. Soll ich nächstes Mal ein Stöckchen werfen?«

Die Stimmung im Raum schlug um. Meine Nackenhaare richteten sich auf.

Ich hörte Regina seufzen. »Nicht schon wieder. Sollen wir was machen, Vincent?«

Der blieb lässig sitzen und neigte den Kopf. »Lass nur. Die Auseinandersetzung ist ohnehin überfällig.«

»Was ist denn los?«, fragte ich verunsichert, als Nixon mit gefletschten Zähnen zu knurren begann. Seine Augen leuchteten golden auf. Der Fluchtinstinkt riet mir zu laufen, doch niemand in der Klasse rührte sich. Die anderen wirkten eher … belustigt.

Vincent seufzte und sah mich an. »Die beiden haben vor den Sommerferien Schluss gemacht. Seitdem zanken sie sich wie die Kesselflicker.«

Oh. Mein Blick wanderte zu Grave, der ziemlich unglücklich Nixon anstarrte. Der Arme, es musste schlimm sein, sich in diesem Chaos zu verlieben.

»Noch ein Wort, und du wirst der nächste Crashtest-Dummy«, fuhr Paisley ihren Ex an.

»Nixon, Paisley, klärt das nach dem Unterricht!«, ging Dr. de la Roi scharf dazwischen.

»Scheiß auf den Unterricht«, fuhr Paisley ihn an. »Wir wissen das doch alles in- uns auswendig. Wir sitzen nur hier und drehen Däumchen, weil Vince sich nicht traut, endlich anzugreifen.«

Ein Muskel an Vincents Kinn zuckte. Er stand nicht auf, doch sein Blick wurde bedrohlich. »Hör auf, Paisley. Es bringt nichts, uns die ganze Zeit mit St. Burrington die Köpfe einzuschlagen. Wir müssen strategisch vorgehen.«

»Scheiß auf Strategie!«, fauchte Paisley. Ihre niedliche Frisur hatte sich gelöst, und sie sah irgendwie anders aus. Wilder, unberechenbar. Das Zeichen an meinem Handgelenk begann erst zu kribbeln, dann zu jucken.

»Paisley«, warnte jetzt auch Regina und stand langsam auf.

»Krieg dich wieder ein!« Nixon griff nach Paisleys Hand. Ein Fehler, wie sich herausstellte. Ein großer Fehler.

Denn Paisley sah nur zierlich aus. Sie fuhr herum, packte Nixon am Handgelenk und warf ihn trotz seiner mindestens einhundertzwanzig Kilo Lebendgewicht einfach über ihre Schulter. Vincent und Regina sprangen auf, und ich schaffte es gerade noch, in Deckung zu gehen, ehe Nixons schwerer Körper auf die Schulbänke krachte. Holz knirschte, Splitter flogen nach allen Seiten, und gleich darauf packte Paisley Nixon am Hals und hob ihn nach oben. Er hing in ihrem Griff wie eine Marionette, der man die Fäden durchgeschnitten hatte.

»Wenn du mich noch mal anfasst, fliegst du durch die Wand«, fauchte Paisley. Die roten Haare hatten sich endgültig gelöst und kringelten sich um ihr Gesicht, als hätten sie ein Eigenleben.

Nixon grunzte. Seine Halsschlagader pochte wild und sein Gesicht lief knallrot an.

»Scheiße! Wo ist Cole?«, fragte Vincent, der sich ein paar Holzsplitter aus dem Haar schüttelte.

»Draußen im Wald. Er hat Spähdienst«, sagte Regina.

Cole? Wer war Cole?

»Fuck!«, stieß Vincent hervor, und im nächsten Augenblick hörte ich ein seltsames Geräusch.

Ein Knacken. Nass und irgendwie falsch … wie brechende Knochen. Vor meinen Augen wechselte Nixon in Paisleys Griff die Gestalt. Sein Gesicht wurde länger, die Haut riss auf, und strahlend weißes Fell quoll hervor. Seine Hände wurden lang, die Finger scharf wie Krallen. Nixon zuckte, ein Schauder durchlief seinen Körper, und dann platzte die Schuluniform, zerriss in Fetzen – und ein großer Wolf fletschte knurrend die Zähne und sprang Paisley an die Kehle.

Die fluchte und fiel nach hinten in einen der anderen Tische. Sie war wohl zu leicht, um ihn zu zertrümmern, doch es machte einen Heidenlärm.

Nun sprangen die übrigen Schüler ebenfalls auf. Auch ich wich zurück und spürte plötzlich einen festen Griff um meine Taille.

»Heilige Scheiße!«

»Ich bin's nur.« Vincent presste mich schützend an sich, während sich Paisley und der Wolf heulend und fluchend über den Boden wälzten.

»Raus hier! Alle!«, kommandierte Vincent, und die Gruppe räumte den Raum. Dr. de la Roi war noch geistesgegenwärtig genug, seinen Dummy zu retten.

Vincent schob mich nach draußen und schlug schwer atmend die dicke Holztür hinter sich zu. Im nächsten Augenblick krachte etwas Schweres dagegen und ich konnte Paisley wütend aufkreischen könnte.

»Scheiße! Was … was war das denn?«, stieß ich erschrocken hervor. Mein Herz schlug so hektisch, dass selbst Vincent es fühlen musste

Er verzog das Gesicht. »So läuft das nicht immer bei uns. Ich schwöre, wir haben uns normalerweise besser im Griff. Aber im Moment sind alle etwas … angespannt. Regina …«, er wandte sich um, »… hol Cole. Er soll Paisley zur Vernunft bringen.«

Regina nickte und rannte davon.

»Ich wette zehn auf Paisley«, sagte einer der Zwillinge, Ivory, wie ich glaubte.

Ebony schnaubte. »Nein, Nixon macht sie platt!« Er nickte Richtung Tür, hinter der es wieder laut krachte.

Ich zuckte zusammen und trat sicherheitshalber noch einen Schritt zurück. »Was … hat es mit dieser Wolfssache auf sich? Ist Nixon ein Werwolf?«, fragte ich und hörte selbst, wie schrill meine Stimme klang.

»Nixon ist ein Gestaltwandler, so wie alle Türme«, erklärte Vincent mir, ehe er zu seinem Onkel hinübersah. »Ich würde sagen, wir lassen das mit dem Unterricht, bis die dort drinnen sich beruhigt haben.«

Dr. de la Roi seufzte und putzte sich die runde Brille am Hemd ab. »Ganz deiner Meinung. Ich hätte mir ja denken können, dass heute alle zu aufgeregt sind. Dann übernimmst du gleich das Training, Vincent?«

Vincent nickte, und ich sah ein wenig hilflos Dr. de la Roi nach, der den Gang entlang verschwand.

Etwas später kam Regina wieder. Neben ihr lief ein Junge, der mir bisher nicht aufgefallen war. Seine Haare waren stachlig dunkelgrün, die Augen hellgrau und sein schlanker Körper mit bunten Tattoos übersät. Das war also Cole.

»Ist sie da drin?«, keuchte er.

»Ja. Viel Glück«, sagte Ebony.

»Entweder sie kratzen sich gerade die Augen aus oder sie haben Sex«, warf Ivory ein.

Cole verzog das Gesicht. »Wär nicht das erste Mal, dass ich bei den beiden reinplatze«, murmelte er, holte tief Luft und stürmte in den Raum.

Als die Tür aufging, konnte ich sehen, dass das halbe Klassenzimmer ramponiert war.

»Was …« Ich leckte mir über die trockenen Lippen und sah Vincent an. »Welche Figuren sind Paisley und Cole?«, präzisierte ich meine Frage.

»Die beiden sind Läufer«, klärte er mich auf. »Läufer sind körperlich unglaublich stark, und wie bei uns allen werden ihre Kräfte durch starke Emotionen getriggert. Cole ist entspannter und flippt nicht so schnell aus, aber Paisley …« Er ließ den Satz unbeendet, weil wir Cole aufbrüllen und Nixon laut heulen hörten.

»Paisley ist so was von schizo.« Ivory lachte.

»Irgendwie ist das scharf«, warf Ebony ein.

»Warum musste Cole da rein?«, hakte ich nach. Der Kerl tat mir irgendwie leid.

»Er ist als Läufer der Einzige, der stark genug ist, um Paisley in Schach zu halten, wenn sie ausrastet«, erklärte Vincent. »Außerdem haben zusammengehörige Figuren eine besondere Verbindung zueinander.« Er berührte mich an der Schulter und schob mir eine Haarsträhne in den Nacken. Dabei lächelte er beinah wehmütig. »Alle haben hier so etwas wie ein Gleichgewicht. Einen Partner, auf den sie sich verlassen können, egal was passiert.«

Ich hielt die Luft an. »Und wen hast du?«, fragte ich dann leise.

Sein Blick zuckte zur weißen Königin hinüber und wurde so weich, wie ich ihn selten gesehen hatte. »Ich habe Regina.«

Regina sah ebenfalls auf und lächelte das wahrscheinlich erste ehrliche Lächeln, das ich bisher bei ihr gesehen hatte. »Wir sollten eine kurze Mittagspause machen, ehe wir trainieren gehen«, unterbrach sie den Moment abrupt.

Vincent nickte und gab den Befehl weiter. Die Schüler setzten sich in Bewegung.

»Und, kommst du mit, Alice?«, fragte mich Vincent.

»Zum Training?«

Er lächelte schief. »Wir treffen uns in einer Stunde draußen in der Einfahrt.«

»Okay.« Ich nickte, und Vincent wirkte zufrieden. Er öffnete den Mund, als wollte er mich etwas fragen, doch Regina stellte sich neben ihn. »Ich muss dir übrigens noch was zeigen. Wegen dieser Sache … du weißt schon.« Sie warf ihm einen vielsagenden Blick zu.

Vincent versteifte leicht die Schultern. »Also gut, dann bis später, Alice.«

Er verschwand den Flur entlang, und Regina folgte ihm, ohne mich weiter zu beachten. Trotzdem wirkte ihr Gang irgendwie zufrieden. Ich starrte ihnen hinterher und versuchte, das plötzlich aufkommende Gefühl in meiner Brust zu bestimmen. Es war scharf und spitz und fühlte sich fast ein wenig wie Eifersucht an … aber eben nur fast.

Mein Blick wanderte zurück zum Klassenzimmer, in dem es endlich still geworden war.

»Warum so ein trauriger Ausdruck?« Grave gesellte sich zu mir. Er sah ungefähr so unglücklich aus, wie ich mich fühlte.

»Wenn jede Spielfigur einen Partner hat …«, sagte ich leise und blickte auf das Mal an meiner Hand hinab. »Bin ich dann als Einzige allein? Wen habe ich denn?«

Grave musterte mich mitfühlend und legte mir eine Hand auf die Schulter. »Lark war meine Partnerin«, flüsterte er. »Ich bin also auch allein.«

»Oh, das tut mir leid.« Ich sah auf. Die freundliche Geste tat mir gut. »Und das mit Nixon und dir tut mir auch leid«, flüsterte ich.

»Es gibt kein *mit Nixon und mir*«, seufzte Grave. »Und das wird es auch nie.«

»Bist du sicher? Vielleicht ...«

»Nein«, schnitt er mir das Wort ab und lächelte traurig. »Mach mir keine Hoffnung. Manchmal ist es besser, keine Hoffnung zu haben.«

Ich biss mir auf die Lippe. »Ich würde dich jetzt gern umarmen, aber das wäre irgendwie seltsam, oder? Sollen wir stattdessen zusammen in die Mensa gehen?«

Grave grinste, und der übliche Schalk blitzte in seinen Augen auf. »Gern.«

Zusammen schlenderten wir los, während ich Grave von der Seite studierte. »Sag mal, damals an meinem ersten Tag, hast du dir da den Finger abgehackt?«

Er lachte auf. »Ja. Ich habe extrem schnelle Selbstheilungskräfte. Die meiste Wunden heilen, bevor ich überhaupt zu bluten anfange.«

»Das ist ja ziemlich praktisch. Aber auch ein bisschen eklig.«

»Willst du wissen, was ich mir noch alles nachwachsen lassen kann?«

»Nein, danke.«

Kapitel 13

Nach dem Essen traten Grave und ich auf die kiesbestreute Auffahrt hinaus. Einige andere Schüler warteten bereits darauf, dass das Training losging. Regina stand neben Vincent und warf mir ein sonderbares Lächeln zu. Ich blieb ein wenig am Rand stehen, während noch zwei Schüler dazustießen, die sich giftig anfunkelten: Paisley und Nixon, der ein blaues Auge hatte.

»Sag mal«, raunte ich Grave zu, »wer ist eigentlich Nixons Partner? Er ist doch ein Turm, oder? Wer ist der zweite?«

Grave schnaubte. »Oh, das ist Dagger.«

»Hab ich den schon mal gesehen?«, fragte ich verwundert.

»Unwahrscheinlich. Dagger ist ein ziemlicher Eigenbrötler. Siehst du den weißen Raben dort oben?«

Grave deutete hoch über uns. Ich legte den Kopf in den Nacken und folgte mit dem Blick seinem Fingerzeig auf eine der Zinnen. Auf dem grauen Stein saß tatsächlich eine schmale weiße Gestalt.

»Das ist Dagger?«

»Er verwandelt sich praktisch gar nicht mehr in einen Menschen. Er spitzelt für Vincent und begleitet Nixon auf seinen Streifzügen durch den Wald. Ansonsten hält er sich raus«, erklärte Grave.

Interessiert musterte ich den Raben und hatte das Gefühl, als würde er zurückstarren. Nun ja, solange er mir nicht auf den Kopf kackte, sollte es mir recht sein.

»Sind alle da?«, fragte Vincent. Seine Augen huschten über die anwesenden Schüler. »Ihr kennt die Regeln: Wir üben hier nur. Keine ernsthaften Verletzungen. Bleibt in der Nähe von Chesterfield. Wir losen die Fänger und die Läufer aus.«

Regina trat vor und hob einen Beutel hoch. Die Schüler kamen zu ihr und begannen, kleine Zettelchen zu ziehen. Ich sah, wie Nixon grinste und Paisley angepisst zischte. Die Zwillinge klatschten sich hingegen johlend ab.

»Alice, Grave, ihr seid die Letzten«, rief Vincent uns zu.

»Scheiße, und was genau sollen wir tun?«, fragte ich und sah zu Grave auf.

Der zwinkerte mir zu. »Keine Angst, ich helf dir bei allem, was kommt«, versprach er mir, ehe er einen Zettel aus dem Beutel zog.

Als ich vor Regina trat und den letzten Zettel herausholte, hatte ich so eine Ahnung, wie sich Harry Potter gefühlt haben musste, als er seinen Drachen zog: beschissen panisch!

»Läufer«, las Grave vor, ehe er sich mir zuwandte. »Du?«

»Auch.« Ich zeigte ihm meinen Zettel. »Ist das gut oder schlecht?«

»Weder noch. Es bedeutet nur, dass du schnell sein musst«, antwortete er seufzend.

»Wer sind die Fänger?«, fragte Vincent.

»Wir.« Die Zwillinge traten grinsend vor und klatschten sich wieder ab.

»Ich auch.« Nixon gesellte sich zu ihnen, und ich bekam einen kleinen Schweißausbruch, als ich mich an seine Verwandlung erinnerte. Ich schauderte bei dem Gedanken, von einem Wolf gejagt zu werden.

»Ich bin auch Fänger«, sagte Vincent zufrieden.

»Ihr kennt die Regeln, aber ich wiederhole sie noch mal für Alice.« Der Blick des weißen Königs blieb an mir hängen. »Wir trainieren hier auf offenem Spielfeld. So ähnlich, wie es in diesem Training passiert, läuft es auch, wenn wir gegen St. Burrington antreten. Prinzipiell ist es wie Fangen spielen: Die Fänger versuchen, die Läufer zu finden und zu erwischen. Du darfst dich wehren, aber sie nicht verletzen. Wenn du aufgibst, hast du verloren. Schaffst du es jedoch eine Runde durch den Wald und kommst nach Chesterfield zurück, hast du gewonnen. Verstanden?«

»Ich denke schon«, sagte ich atemlos und sah mit großen Augen, wie die Zwillinge von Regina lange, weiße Schusswaffen in die Hand gedrückt bekamen.

Ebony drückte den Abzug, ein Paintball knallte auf die Erde und sprenkelte diese giftgrün. Der Zwilling grinste zufrieden. »So macht das ein Springer«, sagte er.

Grave neben mir stöhnte. »Wenn die Zwillinge Fänger sind, haben wir praktisch keine Chance. Ich hoffe, du bist schnell, Alice.«

»Das hoffe ich auch«, flüsterte ich zurück.

»Okay. Seid ihr fertig?«, unterbrach uns Vincent. Alle nickten. Ich verkniff mir ein panisches Kopfschütteln. »Eins …«, sagte Vincent.

»Zwei …«, knurrte Nixon.

»Drei!«, rief Ivory und drückte in die Luft ab.

Es knallte, und die Schüler liefen so schnell los, dass ich vor

Überraschung fast gestolpert wäre, als Grave meine Hand packte und mich hinter sich herzog.

»Und wie sieht das jetzt aus?«, fragte ich. »Wir laufen, und fertig ist die Sache?«

»Schön wär's«, seufzte Grave. »Die Zwillinge sind Springer. Die sind wie Sniper. Sie jagen von oben, du kannst sie praktisch nicht sehen oder hören, ehe du schon eine Kugel im Rücken hast. Nixon ist ein Turm, du hast ja gesehen, was er kann. Vincent hält sich meistens zurück, aber wenn man ihm doch in die Finger gerät, ist er schlimmer als die Zwillinge und Nixon zusammen.«

Mir brannte es auf der Zunge, zu fragen, was Vincent eigentlich alles konnte, doch da schlug Grave bereits den Weg in einen ausgetretenen Trampelpfad ein, der nach einigen Metern zwischen den dichten Bäumen verschwand.

»Okay. Und was können wir tun?« Schon jetzt ging mein Atem schwer, und meine Waden krampften. Ich hätte mich eigentlich als durchaus sportlich bezeichnet, doch das hier überforderte meinen Kreislauf.

»Wir sind Bauern, also die schwächsten Figuren. Aber Lark konnte sich unsichtbar machen, was beim Training recht praktisch war.«

»Aber ich weiß doch nicht, wie das geht«, sagte ich und überlegte ernsthaft, ob ich nicht besser umdrehen sollte.

»Sicher?«

»Ja.«

»Dann musst du wohl laufen wie ich.«

Tannennadeln und Zweige gaben leise knisternd unter meinen Schuhsohlen. In der Luft hing der Geruch von kaltem Tau. Dicke

Wurzeln schoben sich aus dem Waldboden, und an manchen Stellen kräuselte sich noch milchiger Nebel, der unsere Beine umspielte. Als ich ausatmete, kondensierte mein Atem. Nervös spitzte ich die Ohren. Doch außer dem Knacken unter den Füßen und dem Gezwitscher der Vögel war nichts zu hören oder zu sehen.

»Haben die anderen so viel Vorsprung?«, fragte ich flüsternd.

»Nicht zwingend«, gab Grave genauso gedämpft zurück. Sein Blick huschte wie meiner umher, maß jedoch vor allem kritisch die Baumkronen über uns. »Sie könnten auch schon alle abgeknallt worden sein.«

Ich öffnete den Mund, um noch einmal zu betonen, wie schräg Chesterfield war, als Grave so ruckartig stehen blieb, dass ich mit seinem Rücken kollidierte.

»Aua! Grave, was …?«

»Psst …« Er hob eine Hand, und ich schloss schlagartig den Mund.

Auf Graves Gesicht lag ein Ausdruck, den ich so noch nie gesehen hatte. Weder bei ihm noch bei irgendeinem anderen echten Menschen außerhalb von Actionfilmen. Sein Blick hatte sich verschärft und flitzte so schnell umher, als verfolgte er eine Maus, die über den Waldboden huschte. Sein sonst so fröhliches Gesicht war völlig ausdruckslos. Sein Körper hatte sich angespannt, und ein Knacken über uns war die einzige Warnung, die wir bekamen.

»Achtung, Alice!«, rief Grave und schubste mich so heftig zur Seite, dass ich gegen einen Baum prallte. Mein Kopf schlug unangenehm dagegen, während an genau der Stelle, an der ich eben noch gestanden hatte, feuchte Erde aufspritzte. Blaue Farbe sprenkelte das grüne Moos, und über uns erklang amüsiertes Gelächter.

»Das war verdammt knapp, Alice Salt.«

Ich riss den Kopf hoch und sah einen der Zwillinge, die weiße Paintballpistole in den Händen, auf einem breiten Ast über uns hocken.

»Heilige Scheiße!«, stieß ich hervor und spürte, wie mir das Herz bis zum Hals pochte.

»Kleines, fieses Wiesel. Ziel nicht immer auf die Haare, das Zeug geht nie mehr raus«, knurrte Grave und zeigte ihm den Mittelfinger.

Der Zwilling, ich vermutete mal, dass es Ivory war, lachte und setzte das Gewehr erneut an. »Lauft, ihr zwei. Ich lass euch ein wenig Vorsprung.«

»Besten Dank auch«, keifte Grave, schnappte sich meine schweißnasse Hand und zog mich hinter sich her. »Komm, Alice, wir müssen uns beeilen. Wo Dideldei ist, lässt Dideldum meist nicht lange auf sich warten.«

»Dieses Training ist total beängstigend«, stieß ich hervor und blickte mich zu Ivory um, doch der Ast, auf dem er gerade noch gesessen hatte, war leer, schwankte aber leicht hin und her.

»Wie kann er da oben so rumturnen, ohne sich den Hals zu brechen?«, fragte ich keuchend.

»Springerfähigkeit«, schnaubte Grave nur und begann zu rennen, während er seinen Blick hin- und herschweifen ließ. Ich hielt Schritt, und so hetzten wir wie zwei gejagte Rehe durch den Wald. »Hör zu«, sagte Grave, während er geschmeidig über einen umgekippten Baumstamm sprang, an dem ich mir beinah den Knöchel verdrehte, »falls wir getrennt werden, gibt es hier eigentlich nur eine Regel: Du musst die Waldrunde beenden. Egal wie.«

»Und wie mach ich das?«, schnaufte ich, während mir hellgrüner Farn gegen die Beine schlug.

»Halt dich an den Pfad, und falls dir einer in die Quere kommt, denk dir was aus«, sagte Grave. »Und lass dich ja nicht von den Idioten erschrecken, die machen nur Show. Das ist alles bloß ein Spiel, okay?«

Irgendwie war es ein Spiel, irgendwie aber auch nicht. Das wussten wir beide. Ich nickte trotzdem. Einen Moment später hörten wir einen spitzen Aufschrei, der ein paar Vögel aus den Ästen über uns aufschreckte. Lautes Flattern erfüllte die kühle Luft, während Grave mich blitzschnell packte und hinter einen Baum zog. Unser Atem klang schwer und abgehackt. Angespannt lugten wir auf den Pfad vor uns und sahen, wie eine sichtlich angepisste Paisley aus dem Dickicht stürmte. Ein grüner und ein blauer Farbklecks hatten sie genau auf je einer Brust getroffen.

»Ihr perversen Ferkel!«, fauchte sie in die Baumkronen hoch.

Körperloses Lachen war zu hören, gefolgt vom Schwanken einiger Äste, als würde jemand darauf entlanglaufen. Paisley knurrte und verschwand im Unterholz. Grave stieß die Luft aus und gab mir schließlich mit einem Nicken zu verstehen, dass ich weiterlaufen solle.

Den Blick auf die Baumkronen geheftet, huschten wir weiter. Dabei waren wir jedoch so auf die Zwillinge konzentriert, dass wir die Gefahr, die genau hinter uns auftauchte, erst bemerkten, als es bereits laut im Unterholz knackte.

Grave riss alarmiert die Augen auf und schubste mich. »Lauf, Alice!«, schrie er mir zu.

Im nächsten Augenblick stürzte auch schon Nixon aus dem

Dickicht und warf sich johlend auf Grave. Die beiden kullerten in einem wilden Knäuel aus Armen und Beinen zu Boden, und ich konnte Nixon lachen hören.

Grave fluchte schmutzig. »Lauf!«, brüllte er mir noch einmal zu. Da explodierte so knapp neben mir eine Paintballpatrone, dass ich den Luftzug spürte. Als ich den Kopf hochriss, sah ich einen der Zwillinge fröhlich winken.

»Scheiße!« Ich nahm die Beine in die Hand und rannte los. Mein Herz raste, und mein Atem rasselte mir laut in den Ohren, während ich wilde Haken schlagend durch den Wald rannte. Die Bäume schossen so haarscharf an mir vorbei, dass ich zweimal beinahe mit einem tief hängenden Ast kollidierte. Über mir hörte ich es rascheln, gefolgt von schnellen Schritten: Einer der Zwillinge lief mir geschickt von Ast zu Ast springend nach. Ein lautes Knacken ließ mich instinktiv geduckt in Deckung gehen. Im nächsten Augenblick klebte blaue Farbe an einem Stein neben mir. Also war es Ivory.

Knurrend schlug ich einen weiteren Haken und überlegte fieberhaft, wie ich den Kerl abhängen konnte. Die nächste Patrone schlug ein und besprenkelte den Boden.

»Du bist verdammt schnell, das muss man dir lassen!«, rief Ivory amüsiert.

Keuchend blieb ich stehen, drehte mich um und sah den Zwilling auf dem breiten Ast einer Eiche direkt auf mich zulaufen. Er wirkte dabei wie ein Seiltänzer, der seinen Körper perfekt ausbalancierte, während er noch im Laufen anlegte und mich anvisierte. Dort oben hatte er einen klaren Vorteil. Egal wie schnell ich lief, er würde mich einholen, also musste ich ihm genau diesen Vorteil nehmen.

Vielleicht lag es an dem ungewohnt heftigen Adrenalinrausch, der durch meine Adern pumpte, oder nur daran, dass ich zu stur war, mich einfach so abschießen zu lassen, doch ich reagierte, noch ehe ich wirklich realisierte, was ich eigentlich vorhatte.

Meine Muskeln spannten sich an, aber anstatt wie zuvor wegzulaufen, stürmte ich genau auf Ivory zu. Der stutzte. Nur ganz kurz, aber das genügte, damit ich einen Stein als Trittbrett nutzen und nach oben springen konnte. Wie beim Cheerleader-Training verlangsamte sich die Welt für mich dabei für einen kurzen Zeitraum. Ich sah meine Hände vorschnellen und den Ast packen, während mich mein Körpergewicht ruckartig nach unten zog. Zähneknirschend spannte ich die Bauchmuskeln an und schlang die Beine um den Ast.

Ivory riss die Augen auf. Versuchte abzubremsen. Doch da hatte ich bereits seinen linken Fuß gepackt und zog so fest daran, wie ich konnte. Ivory jaulte verblüfft auf, ruderte mit den Armen und fiel krachend vom Ast. Die Paintballpistole flog ihm aus den Händen und verschwand im Gestrüpp.

»Was … zum Teufel … war das denn für ein Stunt?«, keuchte er und drehte sich ächzend auf den Rücken.

Kopfüber baumelnd starrte ich auf ihn herunter und grinste breit. »Cheerleader-Trainingscamp, letztes Jahr«, antwortete ich atemlos, ehe ich wieder den Ast ergriff und mich vom Baum fallen ließ. Ich kam dabei weit weniger elegant auf, als cool gewesen wäre, aber zumindest hatte ich die Genugtuung, einen der Zwillinge platt am Boden zu sehen.

»Nicht schlecht für einen Anfänger«, sagte Ivory und starrte irritiert auf die Hand, die ich ihm hinhielt. »Was zum Teufel machst du da?«

»Na was wohl? Dir aufhelfen«, sagte ich immer noch leicht atemlos und wackelte auffordernd mit den Fingern.

Ivorys Augen weiteten sich kaum merklich. »So funktioniert das Spiel nicht. Du solltest weiterlaufen.«

»Gleich. Erst muss ich sichergehen, dass du dir nicht wehgetan hast«, erklärte ich schuldbewusst. »Du bist ziemlich hart aufgeprallt. Sorry deswegen, mir ist auf die Schnelle nichts Besseres eingefallen.«

»Nichts Besseres eingefallen?«, murmelte Ivory ungläubig, ließ sich jedoch zögerlich von mir aufhelfen. »Alles okay?«, fragte er diesmal mich, als ich kurz das Gesicht verzog.

»Klar. Ich hab mir wahrscheinlich nur ein wenig die Arme gezerrt. Geht gleich wieder«, wiegelte ich ab und schnappte nach Luft. »Euer Training ist wirklich heftig«, sagte ich und erntete dafür ein spöttisches Grinsen.

»Wem sagst du das. Aber du bist echt … gut«, gab Ivory zu. Es klang, als würde er sich selbst am meisten darüber wundern.

»Ich weiß nicht. Vielleicht.« Ich seufzte. »Hey, ist dir aufgefallen, dass das hier unsere erste richtige Unterhaltung ist? Ich dachte schon, du kannst nur so gruseliges Zwillingsgebrabbel von dir geben.« Ich lachte und spürte, wie mir das Adrenalin langsam aus den Adern wich. Meine Knie zitterten vor Anstrengung, aber diesen Muskelkater war es definitiv wert gewesen.

»Hm …«, machte Ivory nur und musterte mich so intensiv, dass ich unruhig von einem Fuß auf den anderen trat. Dann räusperte er sich und kratzte sich verlegen am Nacken.

»Du sollest weiterlaufen. Du hast es gleich geschafft«, sagte er schließlich nur und deutete den Pfad entlang.

»Gott sei Dank! Noch so einen Move schaff ich nicht«, erklärte ich völlig fertig.

Ivory grinste, drehte sich um und holte seine Paintballpistole aus dem Gebüsch. »Lauf los! Ich geb dir Rückendeckung, Alice Salt.« Er zwinkerte mir zu und verschwand so schnell im Wald, dass ich ihm nur verblüfft hinterherstarren konnte.

Kapitel 14

Irgendwann gab ich mir einen Ruck und lief weiter, obwohl meine Lunge bereits so brannte, dass ich Blut schmeckte. Ich verzog das Gesicht und hörte auf einmal ein Knacken im Gestrüpp. Fuck! Vor Angst erstarrt riss ich den Kopf herum.

Curse saß an einer Weggabelung auf einem umgekippten Baumstamm und starrte mich an. »Ich kann nicht fassen, dass du durchgekommen bist.«

»Oh Mann, Curse, erschreck mich doch nicht so!«, stieß ich hervor.

Curse verdrehte die Augen. »Jetzt hab ich zehn Mäuse verloren.«

»Meinst du das Geld oder die Tiere?«

»Wer weiß …«

»Mit wem hast du gewettet?«

»Mit mir selbst.«

»Oh, eine Schizo-Katze. Wie nett.« Ich schlug den Weg weiter rechts ein. Da war ein Pfad. Pfade waren immer gut, oder?

Curse schnaubte und folgte mir. »An den Zwillingen kommt praktisch niemand vorbei. Ich glaub, Ivory mag dich«, sagte Curse.

»Ivory ist seltsam. Die Zwillinge sind seltsam.«

»Wir alle sind seltsam hier, Alice, und du bist die Seltsamste von allen.«

»Weil ich der Slave bin?«, fragte ich leise und bückte mich unter einem tief hängenden Zweig durch. Sollte ich nicht langsam in Chesterfield zurück sein? Ich blickte mich um, sah aber überall nichts als Bäume, durch die nur noch wenig Sonnenlicht sickerte. Nicht mehr lang, und ich würde nichts mehr sehen können.

»Was weißt du über den Slave, Curse? Vincent konnte mir kaum etwas erzählen«, fragte ich den Kater. »Du bist doch angeblich schon seit dreihundert Jahren hier. Hast du noch nie einen Slave gesehen?«

»Niemand hat das«, gab er zurück. »Die Gerüchte beziehen sich auf eine Textpassage über den Fluch, in der der Slave erwähnt wird.«

»Jemand hat den Fluch aufgeschrieben?«, fragte ich überrascht.

»Du findest die Passage im Spielerhandbuch. Der Slave wird so gut wie nirgendwo erwähnt. Die Vermutungen, was er kann, gehen weit auseinander. Eine Theorie besagt, der Slave könne jede gefallene Figur einnehmen. Egal von welcher Seite …«

»Ja, das hat Vincent auch gesagt.« Ich kratzte mich unruhig am Handgelenk.

Curse huschte vor mir her und sah sich um. »Eine andere Theorie geht davon aus, dass der Slave jede gefallene Figur zurückbringen könne. Manche sagen auch, der Slave sei erschaffen worden, um einem der Könige zu dienen wie ein verlängerter Schwertarm, andere wiederum glauben, der Slave könne den Fluch brechen. Es gibt viele Theorien.«

»Und was glaubst du, Curse?«

»Ich glaube nicht an Theorien. Ich glaube an das, was ich sehen kann.«

»Und was siehst du?«

»Dich, Alice Salt.« Sein Schwanz zuckte amüsiert. »So oder

so wird jede Seite versuchen, den Slave auf seine Seite zu ziehen. Schwarz oder Weiß, welche Seite wirst du wählen, Alice Salt?«

»Ich hab doch schon gewählt«, sagte ich leise.

Curse' Augen leuchteten auf. »Hast du das?«

Nach kurzem Schweigen blickte ich stirnrunzelnd auf. »Ähm … Curse, wo genau sind wir?«

Curse legte die Ohren an. »Mitten im Spielfeld. Besser gesagt, schon nahe bei St. Burrington«, ließ er mich wissen.

»Waaas? Verfluchte Scheiße, Curse! Warum hast du nichts gesagt?«

»Ich dachte, du wolltest hierher!«

Ich funkelte ihn an und unterdrückte den Drang, ihm den flauschigen Hals umzudrehen. »Warum sollte ich nach St. Burrington wollen? Hier könnte jederzeit ein schwarzer Spieler auftauchen.«

»Es könnte nicht nur …«, ertönte plötzlich eine Stimme, die nicht Curse gehörte.

Mit einem Aufschrei tat ich einen Satz rückwärts. Meine Muskeln waren bis zum Zerreißen angespannt, als ich den Typ entdeckte, der sich lässig an einen Baum lehnte und mich aus dunklen Augen amüsiert musterte. Seine Haut wies einen sanften Braunton auf, und das schwarze Haar fiel ihm bis auf die breiten Schultern. In der Hand hielt er eine brennende Zigarette, an der er gelassen zog, ehe er den Rauch langsam durch die Nase ausstieß.

»Wer …«, setzte ich an, ehe ich die Augen aufriss. »Du bist der Junge von unter der Tribüne. Und von der Party!«

Er legte den Kopf schief. »Und du bist Alice Salt. Das Mädchen, das Dinge sieht, die es nicht sehen sollte, und das jetzt eine Spielfigur ist, die es nicht sein sollte.«

»Wer zum Teufel bist du?«, herrschte ich ihn an. Mein Herz schlug so schnell, dass ich das Gefühl hatte, es würde mir gleich aus der Brust springen. Kalter Schweiß lief mir über den Rücken.

Wieder zog er an der Zigarette, und die Spitze leuchtete rot im Dämmerlicht auf. »Ich bin Jackson St. Burrington, der schwarze König«, stellte er sich vor und stieß sich geschmeidig vom Baum ab.

»Fuck!« Ich sah mich hektisch um, doch Curse war verschwunden. Diese Mistkröte.

»War das eine Einladung?«, fragte Jackson amüsiert und kam näher. Er bewegte sich wie ein Raubtier. Als er mich fixierte und anlächelte, richteten sich meine Nackenhärchen auf.

Ich stolperte zurück und stieß gegen einen Baum. Mit drei Schritten war Jackson bei mir und beugte sich zu mir hinab, sodass ich seine Lederjacke knarzen hören konnte. Träge blies er mir den Rauch direkt ins Gesicht.

Ich hustete. »Geh weg von mir!«, presste ich hervor.

Jackson musterte mich amüsiert. »Du bist hier direkt im schwarzen Gebiet. Ich dachte, du stattest uns als Slave endlich einen kleinen Höflichkeitsbesuch ab. Alle in St. Burrington wollen dich kennenlernen.«

Er legte den Kopf zur Seite, und das dunkle Haar fiel ihm über die Schulter.

Ich bezwang meine Panik und sah ihm direkt in die Augen. »Woher weißt du, dass ich der Slave bin?«, fragte ich ruhig.

Jackson zog eine Augenbraue hoch. »Ich hatte von Anfang an diese Vermutung. Inzwischen weiß aber wohl jeder, wer du bist, Alice Salt. Die dreiunddreißigste Spielfigur auf einem Spielfeld, auf dem es eigentlich nur zweiunddreißig geben sollte.«

»Toll. Und du bist aufdringlich, gruselig und stinkst.« Hustend wedelte ich mit der Hand vor meinem Gesicht herum und stieß Jackson zurück.

Er ließ es zu, neigte den Kopf zur Seite und musterte mich interessiert. »Es überrascht mich, dass Vincent dich überhaupt unbeaufsichtigt lässt. Sag mir, kannst du noch frei denken oder hat der weiße König bereits deinen Verstand infiltriert? Bist du seine kleine Puppe, oder können wir dich noch verwenden?« Sein Tonfall war spöttisch, doch in den dunklen Augen blitzte ein ernster Ausdruck auf. Ich sah, wie seine Schultern sich anspannten.

»Weder bin ich die *Puppe* für jemanden, noch lasse ich mich *verwenden,* Jackson St. Burrington«, sagte ich so kalt, dass ich mich selbst kaum wiedererkannte.

Ich trat einen Schritt auf ihn zu und war überrascht, dass er zurückwich, als hätte er Angst, mich zu berühren. In seinen dunklen Augen funkelten helle Punkte wie Sterne, die vom Nachthimmel fielen. Die Spannung zwischen uns verdichtete sich so sehr, dass ich es beinahe knistern hörte.

»Interessant«, sagte er nur.

Ich schnaubte. »Egal was du vorhast, tu es mit jemandem, der sich von dir einschüchtern lässt.« Ich versuchte, mich an ihm vorbeizudrängen, doch er packte mich um die Taille und zog mich an seine breite Brust.

»Wo willst du denn hin, kleiner Slave?«, flüsterte Jackson, und sein heißer Atem streifte meine Haut.

Ruckartig erstarrte ich. Jacksons Hände drückten gegen meinen Bauch, und ich konnte jeden einzelnen Finger fühlen. Meine Sinne rebellierten, die feinen Härchen auf meinem Körper stellten sich auf, und meine gesamte Aufmerksamkeit richtete sich auf das Raubtier, das mich umschlungen hielt.

»Lass mich los!«, presste ich hervor und sah mich unauffällig nach einem Fluchtweg um. Doch der Wald lag schweigend vor uns, die Schatten so tief, dass kaum mehr Sonnenlicht hindurchschimmerte. Die gesamte Welt schien verstummt zu sein. Selbst der Wind hielt still. Nur Jackson bewegte sich.

Ich schauderte, als seine Haarspitzen meinen ungeschützten Nacken streiften.

»Warum bist du hier, Alice Salt?«, murmelte er.

»Ich habe mich verlaufen«, sagte ich und schluckte.

»Vielleicht hast du auch nur endlich den richtigen Weg gefunden.« Sein heißer Atem streifte mein Ohr.

Scharf sog ich die Luft ein und wand mich in seinem Griff. »Ich hab gesagt, du sollt mich loslassen.«

Überraschenderweise ließ er mich tatsächlich los, und ich drehte mich blitzschnell zu ihm um. »Was willst du von mir?«

»Ich möchte dir ein Angebot machen«, sagte er und lehnte sich wieder gegen den Baum, sodass sich seine Schultermuskeln unter der Lederjacke anspannten.

»Und das wäre?« Ich spiegelte seine Bewegungen und verschränkte die Arme vor der Brust.

»Wechsle die Seiten«, sagte Jackson mit unbewegter Miene. »Komm nach St. Burrington, und wir beschützen dich.«

Ich schnaubte und tat einen Schritt zurück. »Danke, nein. Ich brauche keinen Schutz.«

Seine Augen glänzten auf. »Noch besser. Dann komm nach St. Burrington und beschütze *uns.*«

»Auf keinen Fall.«

»Warum nicht?«

»Weil ich zu Chesterfield gehöre.« Ich hob das Kinn.

Jackson presste die Lippen zusammen. »Das glaubst du nur, weil Vincent dich das glauben *lässt.* Du bist der Slave, du hast die Möglichkeit, dir eine Seite auszusuchen.«

»Vincent lässt mich gar nichts glauben. Selbst wenn ich die Seiten wechseln könnte, was bisher keiner mit Sicherheit weiß, würde ich bleiben, wo ich bin. Ich habe selbst gewählt. Ich will nichts mit St. Burrington zu tun haben.«

Der Glanz in Jacksons Augen stumpfte ab. »Bist du dir sicher?«

»Ja.«

»Dann tut es mir leid.«

»Was tut dir leid?«

»Ich habe sechzehn Spieler, die ich beschützen muss. Vor Vincent und auch vor dir, wenn es sein muss. Entweder du kommst mit mir nach St. Burrington, oder ich muss dich aus dem Weg räumen.«

»Versuchst du gerade, mich zu erpressen?«, fragte ich mit unbewegter Miene, obwohl mein Herz panisch losjagte.

»Nein, ich fälle Entscheidungen«, sagte Jackson, und ich zuckte erschrocken zusammen, als es im Unterholz neben uns knackte und jemand hervortrat.

Mit riesigen Augen starrte ich den großen, breitschultrigen Typ mit kantigem Kinn und türkisfarbenen Haaren an, der plötzlich vor mir stand. »Du …«, stieß ich kaum merklich hervor. Bastion sah ziemlich bedrohlich aus, wenn er nicht in Partylaune war.

Er warf Jackson einen fragenden Blick zu. »Bist du sicher, dass sie der Slave ist?«, fragte er und kratzte sich nachdenklich am Kinn. »Vielleicht ist das Ganze ja doch nur ein Mythos.«

»Ist es nicht«, erwiderte Jackson trocken.

»Und du bist dir sicher, dass Hawk von ihr gewusst hat? Die ganze Zeit über?«, bohrte Bastion nach. Ein Muskel zuckte an seinem Kinn.

»Absolut.«

»Hast du sie gefragt?« Bastion sah mich an. »Kommst du zu uns?«

»Nein, danke.«

»Sicher? Wir könnten dich beschützen.«

»Sie meint, sie brauche niemanden, der sie beschützt«, warf Jackson ein.

»Hat Vincent ihr den Kopf verdreht?«, fragte Bastion beinahe schon traurig.

»Sieht wohl so aus.«

Bastion seufzte, und im selben Augenblick passierte etwas mit seinen Augen: Seine Pupillen weiteten sich, und das helle Braun begann von innen heraus golden zu leuchten. Ich wusste sofort, wen ich vor mir hatte. Einen Gestaltwandler. Bastion war ein schwarzer Turm.

»Ich lass mich nicht einschüchtern. Ich will nichts mit euch zu tun haben. Ich geh jetzt zurück«, sagte ich und wich noch ein wenig weiter zurück.

Jacksons Haltung blieb gelassen, doch um die Mundwinkel spielte ein harter Zug. »Es tut mir leid, Alice, aber du bist eine unbekannte Variable in diesem Spiel, die ich mir nicht leisten kann.« Er wandte sich an Bastion und nickte in meine Richtung. »Mach es schnell und schmerzlos.«

Der verzog unglücklich das Gesicht, nickte jedoch und ging vor mir in die Hocke. Alles in mir schrie danach, loszulaufen, und doch konnte ich die Augen nicht von Bastion abwenden, der sich schüttelte, als wäre ihm kalt. Sein Gesicht verzog sich, die goldenen Augen fixierten mich, und ihm nächsten Augenblick platzte schwarzes Fell aus seiner Haut hervor.

Obwohl ich so etwas heute schon einmal gesehen hatte, konnte ich mir einen spitzen Schrei nicht verkneifen. Knochen knackten, und vor mir saß ein zähnefletschender Wolf. Er starrte mich an und knurrte. Geifer tropfte ihm von den Lefzen.

»Fass, Bastion!«, befahl Jackson, und der Wolf sprang mit einem einzigen, riesigen Satz auf mich zu.

Ich hatte keine Zeit zum Denken oder auch nur zum Atmen. Ich reagierte nur noch. Hastig sprang ich zurück, sodass mich die Krallen haarscharf verfehlten. Der Wolf knurrte und warf sich blitzschnell herum. Ich holte aus und warf ihm eine Handvoll Erde ins Gesicht. Er jaulte auf und ich hörte Jackson fluchen, während ich davonrannte.

Äste peitschten mir ins Gesicht, rissen an meinen Haaren und Klamotten, während ich praktisch blind durch den Wald lief. Gerade soeben konnte ich noch einem Baum ausweichen, der plötzlich vor mir auftauchte. Ich schlug einen schnellen Haken, der mich weit abseits des Trampelpfads führte. Das Knurren des Wolfs hing mir im Nacken, begleitet von einem scharrenden Geräusch, als scharfe Krallen beim Laufen gewaltvoll die Erde aufrissen. Bastion war so knapp hinter mir, dass sich unsere hektischen Atemzüge vermischten. Ich spannte die Beine an und sprang über einen umgekippten Baumstamm. Der Wolf setzte mir mühelos nach. Sein massiger Körper kam laut polternd hinter mir auf. Panisch warf ich einen Blick über die Schulter und sah, wie der Wolf zum Sprung ansetzte. Ich schrie auf, blieb mit dem Fuß an einer Wurzel hängen und prallte so hart auf den Boden, dass mir sämtliche Luft aus der Lunge wich. Tannennadeln und spitze Äste gruben sich in meine Haut, während ich atemlos herumfuhr und im nächsten Moment von zwei schweren Tatzen zu Boden gedrückt wurde. Heißer Atem schlug mir entgegen. Zähne blitzten auf.

Panisch blickte ich auf und sah mich selbst in seinen goldenen Augen. Der Wolf starrte zurück, und ich glaubte, ein Zögern in seinem Blick zu erkennen.

Er öffnete das Maul, und Speichel lief ihm über die gebleckten Lefzen, während ein animalisches Grollen die Luft erfüllte.

Im nächsten Augenblick zuckte der massige Leib zusammen. Sein schmerzerfülltes Jaulen zerfetzte mir fast das Trommelfell. Das Gewicht des Wolfs wich von meinem Brustkorb, und aus dem Augenwinkel sah ich, dass etwas kleines Weißes auf seinen Kopf losging.

Hustend drehte ich mich um und beobachtete, wie Curse seine Krallen quer über das Gesicht des Wolfs zog und ihm so fest ins Ohr biss, dass Bastion erneut schmerzerfüllt aufjaulte. Der Wolf wälzte sich im Dreck und bäumte sich auf, während Curse ihn fauchend biss und kratzte.

Keuchend versuchte ich mich aufzurappeln, doch kaum war ich mit zitternden Beinen hochgekommen, knickte mein linkes Fußgelenk ein und ich landete wieder hart im Dreck.

Ich schrie auf, als mich plötzlich zwei Hände packten. »Alice, ich bin's!«

Mein Blick schnellte hoch und wurde von einem Paar hellblauer Augen gefangen genommen, dann drückte mich Vincent fest an seine warme Brust.

»Keine Angst, ich hab dich, alles wird gut«, murmelte er, und erst jetzt spürte ich, dass ich am ganzen Körper zitterte.

»Vincent, da ist …«

»Genug. Hör auf, dich mit der Katze zu zanken, Bastion, das ist scheißpeinlich«, unterbrach eine dunkle Stimme mit Cajun-Akzent mein Gestammel.

Ich zuckte zusammen und krallte die Finger so fest in Vincents helle Schuluniform, dass die Knöchel hervortraten.

Vincent blieb gelassen, nur seine Schultern spannten sich unmerklich an, als Jackson aus dem Schatten vor uns auftauchte.

»Scheißvieh!«, knurrte eine Stimme irgendwo zwischen Mensch und Tier, und ich sah fassungslos zu, wie sich der Wolf in Bastion zurückverwandelte.

Der Kater fauchte ihn erbost an. Bastion trat nach ihm, und Curse flitzte zu uns hinüber, wo er sich an Vincents Beine schmiegte.

»Braver Junge«, murmelte der und strich dem Kater über den Buckel, ehe er sich geschmeidig aufrichtete und mich dabei ebenfalls auf die Beine zog.

»Was sollte diese Aktion, Jack?«, fragte Vincent und verzog dabei verächtlich die Mundwinkel. »Es ist noch nicht Mitternacht, ihr seid nicht an der Reihe. Warum jagst du Alice wie ein verfluchtes Kaninchen?«

Jackson verschränkte die Arme vor der Brust und schnaubte verächtlich. »Aus Spaß? Um ihr eine Lektion zu erteilen? Um zu sehen, was sie kann? Wer weiß …«

Mir wurde heiß und kalt, während mein Verstand gegen das Gehörte rebellierte. Wie hatte ich nur so dumm sein können! Noch war Chesterfield am Spielzug. Jackson und Bastion hatten mich bloß verarscht. Mir Angst eingejagt. In mir brodelte eine riesige Welle der Abneigung auf.

»So kindisch kenn ich dich sonst gar nicht, *Black Jack*«, schnaubte Vincent abfällig.

Jacksons Gesichtsausdruck blieb vollkommen ungerührt, während er eine Zigarettenschachtel aus seiner Jacke holte und sich eine anzündete. »War eine Kurzschlussreaktion«, gestand er und blies Rauch aus. »Aber Alice ist als Slave absolut unberechenbar. Überleg dir also genau, ob du sie mitspielen lassen willst. Gnädiger wäre es, sie vom Feld zu nehmen, bevor sie in diese Hölle mit hineingezogen wird.«

»Hört auf, über mich zu reden, als wäre ich nicht anwesend«, unterbrach ich Jackson scharf.

Die beiden Könige sahen mich überrascht an. Als hätten sie für kurze Zeit tatsächlich vergessen, dass ich noch da war.

Der aufflammende Zorn pumpte neue Lebenskraft in meine zitternden Muskeln, sodass ich es sogar schaffte, mich von Vincent zu lösen. Finster starrte ich Jackson an, und in mir kochte ein Gefühl hoch, das so heiß, lodernd und abgrundtief schwarz war, dass ich zum ersten Mal in meinem Leben begriff, wie sich echter Hass anfühlte.

»Falls du mich wirklich überzeugen wolltest, auf die schwarze Seite zu wechseln, hast du dir mit dieser Aktion gerade jede Chance verspielt. Ich werde niemals freiwillig nach St. Burrington gehen.«

»Hm …«, murmelte Jackson und legte den Kopf schief, sodass

die muskulösen Sehnen in seinem Hals hervortraten. »Zumindest bist du mutig, Alice Salt. Ich hoffe, das wird dich am Ende wirklich retten. Komm, Bastion, wir sind hier für heute fertig.« Er trat seine Zigarette aus und wandte sich von uns ab.

»Aber wir können doch nicht einfach …«, wandte Bastion verwirrt ein.

»Jetzt!«, unterbrach ihn Jackson scharf.

Bastion knurrte und warf uns einen letzten Blick zu, ehe er dem König folgte. Die beiden verschmolzen so nahtlos mit der Dämmerung, dass ich nicht einmal mehr ihre Schritte hören konnte. Im nächsten Augenblick erklang das Röhren eines Motorrads. Helles Scheinwerferlicht schnitt die Schatten entzwei, dann schoss ein Schemen durch das Dickicht an uns vorbei. Neben ihm rannte ein hechelnder Wolf.

Als die beiden aus unserem Blickfeld verschwanden, gaben meine Knie wieder nach und ich knickte ein.

»Alice!« Vincent fing mich auf und wiegte mich in seinen Armen. »Alice, gehts dir gut?«

»Das wars!«, presste ich hervor, ohne auf Vincent zu achten.

»Alice, es tut mir so leid, bitte gibt nicht auf.«

»Aufgeben?« Schnaubend sah ich Vincent an, packte seine Jacke und zog ihn an mich. »Ich hab keine Ahnung von diesem Spiel«, sagte ich ernst, »aber ich will es lernen. Trainier mich, bring mir alles bei, was ich wissen muss.« Ich starrte wieder in die Dämmerung. »Jackson Burrington hat einen Fehler gemacht. Jetzt ist es was Persönliches!«

SPIELFIGUREN-ÜBERSICHT

32 SPIELFIGUREN INSGESAMT

16 SCHWARZE

1 KÖNIG - 1 KÖNIGIN - 2 LÄUFER - 2 TÜRME - 2 SPRINGER - 8 BAUERN

16 WEISSE

1 KÖNIG - 1 KÖNIGIN - 2 LÄUFER - 2 TÜRME - 2 SPRINGER - 8 BAUERN

33. SPIELFIGUR

SLAVE MÖGLICH - UNGEKLÄRT

AUS DEM SPIELERHANDBUCH, S. 4

Kapitel 15

»Ich kann nicht fassen, dass du noch lebst.«

»Danke, Curse.«

»Du lebst nur noch wegen meiner Heldenhaftigkeit.«

»Danke, Curse.«

»Wenn ich nicht diesen Idioten Vincent geholt hätte, wärst du jetzt nur noch ein Steinklumpen.«

»Eigentlich nicht, weil …«

»Weißt du, was ich tun musste, damit er mir folgt?«

»Will ich das wissen?«

»Ich musste ihm ans Bein pissen! Als wäre ich ein dummes Tier.«

»Du *bist* ein Tier, Curse«, erinnerte ich ihn. Das *dumm* verkniff ich mir.

»Wer hat das behauptet?«, meckerte der Kater, weigerte sich aber weiterhin, von meinem Bauch herunterzugehen.

Seine Krallen waren leicht ausgefahren und hatten sich in meinem T-Shirt verhakt. Seit ich todmüde ins Bett gefallen war, belagerte mich der Kater und beschimpfte mich. Er musste sich ernsthafte Sorgen um mich gemacht haben.

»Glaub ja nicht, dass ich dir noch mal deinen dürren Arsch rette, wenn du dich verläufst. Ich bin doch kein …«

»Curse!«, unterbrach ich ihn lauter.

»Was?«

»Danke«, flüsterte ich und küsste ihn sanft aufs Köpfchen.

Curse murrte und zuckte mit dem Schwanz. »Schon gut. Meine Güte, Menschen sind so sentimental.«

Ich lachte nur schnaubend, starrte an die Zimmerdecke und streichelte dabei weiter den Kater. Wir waren so lange still, dass ich schon glaubte, er wäre eingeschlafen, doch als ich ihn ansprach, sah er mich mit hellwachem Blick an.

»Sag mal, Curse, was weißt du über Jackson St. Burrington?«

»Nicht allzu viel.« Neugierig verengte er die Augen. »Warum interessiert dich der schwarze König? Sollte dich nicht vielmehr der weiße interessieren?«

»Nein. Vincent ist nicht derjenige, der mir gefährlich werden könnte.«

»Bist du dir da sicher?« Lauernd sah der Kater mich an.

»Komm schon, was weißt du über Jack?«

»Hm …«, schnurrte Curse. Seine Ohren zuckten. »Lass mich überlegen. Seine Mutter war die Schwester der derzeitigen Direktorin von St. Burrington.«

»War?«

»Sie ist gestorben.«

»Oh«, sagte ich und ignorierte den Stich aus Mitleid, der mir dabei durch den Brustkorb fuhr. Ich durfte kein Mitleid haben. Nicht mit ihm. »Und sein Vater?«

»Er war ein Außenstehender. Jackson ist … wie sagt man … ein Bastard?«

»Ich glaube, das sagt man schon lange nicht mehr, Curse.«

»Wie auch immer, sein Vater lebt irgendwo in den Cajun-Vierteln bei Louisiana. Jack ist hier auf St. Burrington bei seiner Tante aufgewachsen. Die schwarze Königin ist seine Cousine.«

»Hm …« Ich legte den Kopf schief und runzelte die Stirn. »Was genau kann der schwarze König?«

Curse grinste. »Ich glaube, Motorrad fahren. Ich habe ihn auf dem Ding ein paarmal durch den Wald brettern sehen.«

Ich verdrehte die Augen. »Curse! Du weißt genau, was ich meine!«

»Dann streng dein Köpfchen an, Mensch«, sagte Curse und plusterte sich auf. »Er stammt direkt von der Familie St. Burrington ab. Seine Urururur-was-weiß-ich war Madelyn St. Burrington. Was also könnte seine Fähigkeit sein?« Er starrte mich auffordernd an, bis bei mir der Groschen fiel.

»Er kann *verfluchen?* Seine Fähigkeit sind *Flüche?*« In meinem Magen machte sich ein ausgesprochen ungutes Gefühl breit. »Woher haben die St. Burringtons diese Fähigkeit? Ich meine, das kann man doch nicht einfach so, oder?«

»Stimmt, das ist nicht alltäglich«, schnurrte Curse. »Angeblich haben die St. Burringtons ihre Kräfte, weil Madelyn einen Pakt mit dem Teufel geschlossen hat. Aber das sind alles nur Gerüchte.«

»Fuck! Curse … glaubst du, Jackson hat mich heute verflucht?«, fragte ich leicht panisch.

Curse verdrehte die Augen und tapste endlich von meinem Bauch. »Mach dich nicht lächerlich, Alice. Wenn Jackson St. Burrington dich verflucht, wirst du das mit Sicherheit merken.« Er trippelte zum Fenster, das ich leicht geöffnet hatte.

»Was machst du?«

»Thunfisch klauen, was sonst?«

Und damit war er weg. Ließ mich allein. Und es brauchte eine ganze Weile, bis ich es schaffte, einzuschlafen.

Unruhig drehte ich mich von einer Seite auf die andere, als ich plötzlich Stimmen hörte, das Lachen einer Frau, dann das tiefere eines Mannes, gefolgt vom Getrappel harter Pferdehufe. Als ich hinabsah, hielten meine Finger lederne Zügel umklammert. Grünes Dickicht schoss so scharf an mir vorbei, dass ein paar Blätter in meinem hochgesteckten Haar hängen blieben. Das Pferd schnaubte, spannte die Muskeln an und sprang über einen umgekippten Baumstamm.

Lachend wandte ich den Kopf und sah *ihn.* Sein helles Haar glänzte in der Sonne, und die Augen leuchteten heller als der Himmel über uns. Die Vögel sangen nur für uns an diesem Tag. Ich konnte mich nicht erinnern, jemals so glücklich gewesen zu sein. So unbeschwert. So frei.

Unsere Blicke trafen sich, er schnalzte mit der Zunge, und sein Pferd preschte nach vorn, überholte meines und schnitt mir den Weg ab. Meine schwarze Stute scheute vor seinem Schimmel, und ich zog die Zügel straff. Wir blieben stehen. Unser Keuchen war genauso heftig wie das der Pferde.

»Gibst du schon auf?«, fragte ich atemlos.

Er lächelte und kam so nah, dass sich unsere Oberschenkel berührten. Ich schauderte und packte die Zügel fester. »Ich gebe nicht auf, Madelyn.« Er beugte sich vor. Der Ledersattel knirschte, und ich spürte Charles' Atem auf meinen Lippen. »Niemals«, flüsterte er.

Nervös leckte ich mir über die Lippen und atmete zittrig aus. »Vater möchte, dass ich Augustus heirate«, verriet ich ihm das Geheimnis, das längst keines mehr war. Ganz Foxcroft sprach bereits von dieser Verlobung.

Seine Schultern versteiften sich, doch das Leuchten in den Augen wurde noch intensiver und sein Lächeln noch weicher. »Ich gebe nicht auf«, wiederholte er. »Niemals.«

Hektisches Klopfen an meiner Tür riss mich aus dem Schlaf. Ruckartig setzte ich mich auf und blinzelte.

»Ja?«, krächzte ich.

Das Klopfen verstummte, dann wurde die Tür aufgerissen und ich sah Regina im Türrahmen stehen.

»Lebst du noch?«, fragte sie mich barsch.

»Ich … ja?«, stammelte ich verwirrt.

»Warum bist du dann im Bett und nicht im Unterricht?«

»Wie spät ist es?«, fragte ich und setzte mich langsam auf. Jeder Muskel tat mir weh, und ich verzog das Gesicht.

Regina strich sich das Haar zurück. »Zu spät. Ich soll dich holen.«

»Tut mir leid … ich schlafe in letzter Zeit seltsam«, murmelte ich und rieb mir die Augen.

Reginas Ausdruck wurde ein wenig weicher. »Dann ist es ja gut, dass du jetzt wach bist«, sagte sie und knallte die Tür hinter sich zu.

Ich nahm an, das war ihre Art, mir zu sagen, dass ich mich beeilen solle.

BAUERN

MERKMALE UND FÄHIGKEITEN

BAUERN BESITZEN NUR LEICHTE KRÄFTE. MITUNTER KÖNNEN SIE BESSER SEHEN, RIECHEN, HÖREN ODER SICH SCHNELLER BEWEGEN, GEDANKEN LESEN, LEVITIEREN, UNSICHTBAR WERDEN, SIND KÖRPERLICH STÄRKER ODER VERFÜGEN ÜBER AUSGEPRÄGTE SELBSTHEILUNGSKRÄFTE ETC.

AUS DEM SPIELERHANDBUCH, S. 12,
SPIELFIGUREN UND IHRE FÄHIGKEITEN IM ÜBERBLICK

KAPITEL 16

»Fuck!« Mein Schrei riss abrupt ab, als mein Gesicht durchs Gras pflügte – nicht zum ersten und vermutlich auch nicht zum letzten Mal.

»Das macht acht zu null für mich, Salt. Ich bin enttäuscht. Ich dachte, die Foxcrofter Cheerleader hätten mehr drauf, als nur mit Pompons zu wedeln.«

Ich brachte nur ein ersticktes *Mmpfft* heraus. Wie machte man das Handzeichen für Ersticken?

»Lass los, Paisley! Sie kriegt ja gar keine Luft mehr.«

Das Gewicht verschwand von meinem Rücken, meine Rippen ächzten, ich schnappte nach Luft und spuckte gleichzeitig Erde aus.

»Fuck!«, widerholte ich stöhnend und rollte mich auf den Rücken. Grave und Paisley standen über mir, und Paisley lächelte süß. »Du bist ja der reinste Hulk!«, krächzte ich.

»Eher Superwoman«, verbesserte sie mich und zupfte an ihrer roten Flechtfrisur.

»Alles in Ordnung? Ich glaube, du brauchst eine Pause«, sagte Grave und reichte mir eine Hand.

Dankbar schlug ich ein und ließ mir aufhelfen. »Nein. Das war schon besser als vorher. Weiter«, sagte ich tapfer, obwohl mir die

Knie bereits zitterten. Paisley als Sparringspartner war nicht nur hart – sie brach mir praktisch alle Knochen.

»Besser? Ich muss nur so machen, und du liegst am Boden«, schnaubte Paisley, holte aus und knallte mir ihre Faust gegen die Schulter.

Der Schlag riss mich so hart von den Füßen, dass ich wieder ein paar Meter durch die Luft flog, ehe ich auf dem Rücken aufprallte und die nächste Rille in den Boden pflügte. Neben uns lachten ein paar Schüler. Nixon hechelte wie selbstverständlich in Wolfsgestalt an uns vorbei.

Zähneknirschend stand ich auf und rieb mir den Hinterkopf. »Was muss ich tun?«, fragte ich seufzend. »Gib mir einen Tipp. Und diesmal bitte mehr als ›Hau drauf und weich aus.‹«

»Du kannst doch unsichtbar werden, oder? Lark konnte es zumindest, und damit hat sie selbst mir regelmäßig den Arsch aufgerissen«, sagte Paisley und pulte gelangweilt etwas unter ihren Nägeln heraus. Wahrscheinlich ein Stück von mir.

»Ich weiß nicht, wie ich das machen soll!« Ich kam wieder auf die Füße.

»Dann solltest du schneller ausweichen«, sagte Paisley. Es war ihr anzusehen, dass sie es ernst meinte.

Keuchend stützte ich die Hände auf meinem Knie ab. Das hier war härter als jedes Trainingscamp, das ich jemals besucht hatte. Bei aller Sportlichkeit kam ich mir neben Paisley und den anderen linkisch, langsam und einfach nur lächerlich vor.

»Hey.« Grave berührte mich sanft am Arm und lächelte. »Setz dich nicht so unter Druck, Alice. Du trainierst ja erst seit ein paar Tagen. Wir anderen hier dagegen schon seit … na ja … eigentlich immer. Das wirst du nicht aufholen können. Musst du auch gar nicht. Wichtig ist nur, dass du lernst, am Leben zu bleiben. Egal wie.«

»Danke, Grave.« Ich lächelte ihn an. »Warum bist du so nett? Und die da …«, ich deutete auf Paisley, »… so gar nicht?« Paisley zeigte mir die Zunge, ich ihr meine zurück. Sehr erwachsen.

Grave lachte verlegen auf. »Ich bin nicht nett, ich weiß nur, wie es ist, schwach zu sein. Oder ein Außenstehender. Ich war ja auch immer … anders«, murmelte er, und sein Blick blieb dabei an Nixon hängen, der gerade bellend einem Stock nachjagte.

Ich legte ihm ganz kurz die Hand auf den Arm, dann atmete ich tief durch und straffte die Schultern. »Also, noch mal.«

»Eins muss man dir lassen: Du bist zäh«, sagte Paisley und ging in Position.

Die Zwillinge blieben neben uns stehen und begannen, Wetten abzuschließen. Ivory für, Ebony gegen mich. Ich zeigte ihnen den Mittelfinger, und Ivory warf mir ein Küsschen zu. Ebony starrte seinen Zwilling irritiert an.

»Bereit?«, fragte Paisley süffisant.

»J…«, setzte ich an, als sie auch schon auf mich zurannte. Es knallte, ich flog und sah Sterne. Ich hatte nicht einmal Zeit gehabt zu reagieren. In meinen Ohren dröhnte es noch, da sah ich über mir rotes Haar flattern. Ich hatte kaum Zeit, mich wegzudrehen, als Paisleys Faust den Boden rammte und eine Kerbe hineinschlug. Scheiße! Wenn mich der Schlag getroffen hätte … Ich schrie auf, als die zweite Faust noch knapper neben mir einschlug.

»Pais! Was machst du? Du sollst sie doch nicht umbringen«, hörte ich Grave brüllen.

Paisley lachte nur, und ich bemerkte ein kaltes Funkeln in ihren Augen, das leicht verrückt wirkte und mir solche Angst einjagte, dass ich reagierte, ohne nachzudenken. Ich hob das Knie und rammte es Paisley in den Bauch. Während sie fluchte und sich krümmte, gelang es mir, mich aufzurappeln. Ich wollte weglaufen, doch da packte mich Paisley bereits am Pferdeschwanz und zog mich heftig zurück. Ich schrie auf, spürte, wie mir Tränen in die Augen schossen, während die anderen Schüler panisch durch die Gegend riefen. Ich drehte mich um, und plötzlich schien die Zeit ein wenig langsamer zu verrinnen. Ich sah Paisleys breites Grinsen und wie sie die geballte Faust hob.

Scharf sog ich die Luft ein, und das Zeichen an meiner Hand wurde eiskalt. Mein ganzer Körper vibrierte. Erst dachte ich, ich würde vor Angst zittern, doch dann ging Paisleys Schlag ins Leere. Sie ließ meinen Zopf los und sah sich stirnrunzelnd um.

»Wo ist sie hin?«, fragte sie, während ich noch keuchend nach Luft schnappte und mir mit Tränen in den Augen die schmerzende Kopfhaut rieb. »Alice?« Wie ein Hund drehte sie sich um sich selbst.

»Sag mal, spinnst du? Was sollte das?«, rief Grave und stieß Paisley hart an.

Die verzog nur den Mund. »Was das sollte? Training, was sonst?«

»Training? Du machst sie fertig! Sei froh, dass Vincent das nicht gesehen hat. Und wo ist Alice überhaupt?«

»Ähm … hier«, sagte ich und winkte. Alle zuckten zusammen und sahen sich um, doch ihre Blicke rutschten praktisch an mir ab. »Ach du Scheiße, bin ich unsichtbar?« Hektisch drehte ich mich um die eigene Achse. Ich sah mich selbst noch, aber irgendwie verschwommen, und die Kälte breitete sich langsam, aber stetig von meinen Handgelenken bis in den ganzen Körper aus. Ich schauderte.

»Siehst du? Weg ist sie«, sagte Paisley zufrieden. »Wir müssen sie nur ein wenig unter Druck setzen.«

»Toll! Ganz toll! Und wie werde ich wieder sichtbar?«, fragte ich und sah mich hilflos um.

Paisley zuckte mit den Schultern. »Keine Ahnung. Mir egal. Die Trainingsstunde ist damit vorbei, oder?« Sie drehte sich um ließ mich einfach stehen.

Während ich ihr nachstarrte, spürte ich, wie in mir ein Nerv riss. Ich rannte los, stellte mich vor sie, holte aus und knallte ihr mit voller Wucht meine Faust auf die Nase.

»Scheiße!« Paisley mochte stark sein, aber der Zorn verlieh mir solche Kraft, dass sie zu Boden ging und sich fluchend die Nase hielt.

»Aua«, jammerte ich selbst und schüttelte hektisch meine Hand aus.

»Was ist los?«, fragte Grave, während sich die Zwillinge kaputtlachten.

»Diese Irre hat mich geschlagen«, fauchte Paisley und sah mit wildem Blick auf.

»Das war Training«, gab ich zurück und schüttelte weiter meine Hand aus.

»Fick dich!« Paisleys Stimme überschlug sich fast. War wohl ihre Art, sich zu entschuldigen.

»Selber. Und nachdem wir das jetzt geklärt haben, würde ich wirklich gern wissen, wie ich wieder sichtbar werde.«

»Kein Ahnung«, stöhnte Paisley und nahm langsam die Hand von der Nase. »Frag Vincent.« Sie schielte, doch weder blutete sie, noch sah die Nase gebrochen aus. Höchstens ein bisschen rot und geschwollen. Den rechten Haken musste ich eindeutig noch üben.

»Wo ist Vincent denn?«, fragte ich und sah mich um. Der weiße König war schon den ganzen Tag verschwunden. Ich hatte ihn nur heute Morgen zum Frühstück kurz gesehen. Seitdem war er wie vom Erdboden verschluckt.

»Ich glaub, oben im Gewächshaus«, sagte Grave.

»Warte einfach, irgendwann wirst du schon wieder sichtbar werden«, riet mir Paisley.

Mein Blick wanderte nach oben zum Anwesen, das groß und wuchtig vor uns lag. Ganz oben funkelte das Glashaus.

»Alice?«, fragte Grave.

Ich hielt den Mund und huschte an den anderen vorbei. Sie sahen mich wirklich nicht. Paisley blickte sich weiter suchend um, während Grave vor sich hin plapperte. Ich ließ den Trainingsbereich hinter mir, betrat das Hauptgebäude und begann den Aufstieg nach oben.

Als ich schnaufend auf dem Dach stand, warf ich einen Blick nach unten und sah ein paar der Schüler aufgeschreckt herumlaufen. Ob sie mich suchten? Ich musste lachen, obwohl mir inzwischen eiskalt war. Das Zeichen an meinem Handgelenk vibrierte und pulsierte, und mit jedem Atemzug hatte ich das Gefühl, dass es kälter wurde.

Im Gewächshaus stellte ich erleichtert fest, dass die tropische Hitze meine Haut zumindest etwas erwärmte. Trotzdem begann ich mit den Zähnen zu klappern, während ich mich suchend umsah.

»Vincent?«, rief ich. Keine Antwort. Allerdings hörte ich einige Schritte weiter im Dickicht leises Klirren wie von Glas.

Ich bahnte mir einen Weg durch die tropischen Gewächse und fand Vincent schließlich konzentriert über einen der Tische gebeugt, auf dem Geräte standen, die ich nur aus dem Chemieunterricht an der Foxcroft High kannte. Glasphiolen und Bunsenbrenner waren im vollen Einsatz. Ich sah Flüssigkeiten durch einen kleinen Schlauch wirbeln und schließlich in eine schmale Phiole rinnen, die Vincent darunterhielt.

»Was machst du da?«, fragte ich neugierig.

Vincent zuckte so heftig zusammen, dass er die Phiole fallen ließ und der Inhalt im Boden versickerte.

»Verfluchte Scheiße! Wer ist da?«, fauchte er und sah sich wild um.

Ich zuckte zusammen und hob abwehrend die Hände. »Beruhig dich! Ich bin's, Alice!«

»Alice?« Vincent hielte inne, doch sein Blick zuckte suchend umher. »Wo bist du?«

»Hier ...« Ich trat nach vorn und berührte mit meinem Finger sanft seinen Arm.

Er fuhr zusammen und fixierte die Stelle, an der ich ihn anfasste. »Wa...was ist passiert?«

»Ich bin unsichtbar.«

»Ach, nee. Das wär mir fast nicht aufgefallen.«

»Ich weiß nicht, wie ich mich wieder sichtbar mache.«

Seine Mundwinkel zuckten, und endlich fiel die Anspannung zumindest teilweise ab.

»Keine Sorge«, sagte er sanft, »das bekommen wir schon wieder hin. Die ersten Male sind immer am schwersten. Kannst du mir die Hand geben?«

Er reichte mir seine, und ich hörte wieder dieses Summen in meinen Ohren. Das prickelnde, leicht wattige Gefühl in meinem Kopf.

»Vincent?«

»Ja?«

»Du machst schon wieder … diese komische Sache.«

Vincent fuhr zusammen und riss seine Hand zurück. Sofort wurde das Summen in meinem Kopf leiser. »Verzeihung«, murmelte er.

Ich lächelte und verschränkte meine Finger mit seinen. »Muss ich jetzt für immer so bleiben?«, fragte ich leicht atemlos.

Vincent lachte. Der Ton jagte mir einen Schauder über den Rücken. »Wenn das Adrenalin nachlässt und du dich auf etwas anderes konzentrierst, solltest du wieder sichtbar werden. Komm mit!« Er zog mich durch das Glashaus.

Ich folgte ihm die Stufen zur Plattform hoch, auf der sich neue Red-Bull-Dosen stapelten. Das Schachbrett lag ebenfalls noch an Ort und Stelle, nur hatten sich die Figuren ein wenig verschoben. Vincent ließ sich auf den provisorischen Sitzsack fallen und zog mich mit sich. Sein Daumen streichelte über meinen Handrücken. Ich ließ mich im Schneidersitz vor ihm nieder und lächelte, auch wenn er es nicht sehen konnte. Oder vielleicht auch gerade deswegen.

»Wie ist das passiert?«, fragte mich Vincent.

»Paisley«, sagte ich nur, und Vincent nickte, als wäre damit alles geklärt. »Was hast du den ganzen Tag gemacht? Ich habe dich …

gesucht«, sagte ich und biss mir auf die Zunge. Beinah hätte ich *vermisst* gesagt.

»Ich war hier«, sagte er. »Ich musste ein paar Dinge vorbereiten und hab nachgedacht. Ich komm gern hier hoch, wenn mir die Welt zu laut wird. Die Pflanzen wollen nie etwas von mir. Hier darf ich ganz der sein, der ich bin. Alles ist still, leise und friedlich.« Er schloss die Augen. Seine Wimpern warfen tiefe Schatten, und er wirkte unendlich müde. Eine Haarlocke fiel ihm ins Gesicht, und er sah in diesem Augenblick so schön aus, dass sich mein Herz zusammenzog.

Tröstend streckte ich die Hand aus und strich ihm die Locke zurück, doch Vincent hielt mit einer blitzschnellen Geste meine Finger fest. Er öffnete die Augen, und obwohl ich mir sicher war, immer noch unsichtbar zu sein, sah er mich direkt an. Das Summen in meinen Ohren wurde ein wenig lauter.

»Ist was passiert?«, fragte ich leise nach.

Vincent seufzte, während er wieder mit dem Daumen über meine Hand strich. »Nein, und genau das ist das Problem. St. Burrington hat bisher noch nichts getan, und das macht mich nervös. Ich glaube, sie planen etwas, und wenn Jackson etwas plant, nimmt das nie ein gutes Ende.«

»Was können wir tun?«

»Wir? Gar nichts. *Ich* muss etwas tun. Die Frage ist nur, was. Angreifen? Abwarten? Ich habe keine Ahnung. Lange können wir das Spiel nicht pausieren. Ich spüre jetzt schon, wie der Fluch mich unruhig werden lässt. Ich …« Er blinzelte. »Ich kann kaum noch schlafen.«

»Hast du Albträume?«, flüsterte ich.

Ein trauriges Lächeln huschte über sein Gesicht. »Mein ganzes Leben ist ein einziger Albtraum. Wenn ich schlafe, ist es beinahe so friedlich wie hier oben. Aber wenn ich nicht schlafen kann, muss ich weitermachen, muss ich mich um meine Leute kümmern. Ich muss wirken, als wüsste ich, was ich tue, aber meistens hab ich verdammt noch mal keine Ahnung, was ich hier eigentlich mache.« Er sah so zerstört aus, dass sich mein Herz vor Mitleid zusammenzog.

»Alles wird gut, Vincent. Du bist nicht allein«, sagte ich. Hauptsächlich, weil ich nicht wusste, wie ich ihn sonst trösten sollte.

Ein halbherziges Lächeln umspielte seine Lippen, während er sich tiefer in den Sitzsack zurücklehnte. »Darf ich dich was fragen, Alice?«

»Natürlich.«

»Warst du schon mal verliebt?«

Ich erstarrte und spürte, wie sich meine Wangen langsam rot färbten. Ein Glück, dass ich noch unsichtbar war. »Ja … ich glaub schon«, sagte ich leise.

»In einen Jungen an der Highschool?«

»Ja.«

»Wie fühlt sich das an?« In seine Augen stahl sich ein Leuchten, das mir fast ein wenig Angst machte.

»Wie fühlt sich was an?«

»Verliebt zu sein«, präzisierte Vincent seine Frage. Er zog meinen Sitzsack näher an seinen. »Wie fühlt sich Liebe an?«

»Ich … warst du denn noch nie verliebt?«, flüsterte ich.

Vincent lachte. Es klang scharf, kalt, unglücklich. »Nein.« Er zögerte. »Das heißt, vielleicht«, korrigierte er sich selbst flüsternd. »Ich bin ziemlich verwirrt. Manchmal glaube ich, nur aus Angst zu bestehen. Jeder meiner Atemzüge stinkt nach Angst, und wenn ich gerade keine Angst habe, dann bin ich wütend. So wütend, dass ich darin ertrinke. Ich weiß noch nicht mal mehr, wie es sich anfühlt, zu weinen. Es ist so lang her. Ich wünschte, ich könnte dem Fluch die Schuld daran geben, aber ich glaube, es liegt an mir ... in mir drin fehlt etwas.« Er zögerte und richtete den Blick in die Ferne. Dann fuhr er fort: »Bis du plötzlich aufgetaucht bist. Da fühlte ich zum ersten Mal etwas anderes als nur Kälte und Wut.« Er sah mich an.

»Und was fühlst du?«, fragte ich leise.

»Ich weiß es nicht. Etwas. Mehr. Dich. Uns.« Er wirkte so verwirrt und hoffnungslos verloren, dass ich keinen Ton mehr herausbrachte. Sein Kiefermuskel zuckte. »Manchmal fühle ich mich wie ein zu glatt geschliffener Diamant«, vertraute er mir an. »Mein Vater hat mich geschliffen. Immer und immer wieder, sobald ich die kleinste Schwäche zeigte. Als Kind war ich meistens der Verlierer. Ich weiß nicht, wie oft ich hier oben saß und weinte. Aber mein Vater hat mich immer gefunden. Manchmal glaube ich, dass es seine Art der Magie war ...« Er lachte leise, bitter. »Er wusste, wann ich weinte, und schlug mich jedes Mal so lange, bis ich keine Tränen mehr zu vergießen hatte. Er schlug meine Kanten ab, bis dieses ... dieses Ding aus mir wurde.« Er zeigte auf sich, als wäre er von sich selbst angeekelt. »Manchmal sehe ich in den Spiegel und bin erstaunt, dass ich nicht so zerbrochen aussehe, wie ich mich fühle.«

Ich war still, traute mich kaum zu atmen. »Dein Vater ...«, sagte ich schließlich, »... ist Direktor Chesterfield, oder?«

Er nickte ruckartig und kniff die Augen zu, als müsste er Erinnerungen abschütteln. »Mein Leben lang stand er wie ein Schatten hinter mir, sagte mir, was ich zu tun hatte, was ich sagen sollte, was ich essen sollte, wie ich mich zu verhalten hatte. Aber als das Spiel begann, verließ er wie jeder andere das Anwesen. Ich weiß, dass er von mir erwartet zu gewinnen, aber manchmal bin ich mir unsicher, ob gewinnen nicht das schlimmere Schicksal ist.«

Er lachte wieder, und der Klang jagte mir eine Gänsehaut über den Rücken. Ich reagierte einfach nur. Zog ihn in meine Arme und hielt ihn, so fest ich konnte. »Es tut mir leid«, stieß ich hervor. »Es tut mir so, so leid.«

Vincent zitterte. »Wie fühlt sich lieben für dich an, Alice?«, flüsterte er.

Ich schluckte und schlug die Augen nieder. »Ich weiß es selbst nicht genau. Als mein Vater starb, starb ein Teil von mir mit ihm. Ich konnte nicht schlafen, nicht essen, die Haare fielen mir aus. Die Ärzte nannten es Depression und schlugen einen Ortswechsel vor. Also kamen meine Mutter und ich hierher nach Foxcroft. Offiziell, weil meine Grandma pflegebedürftig ist. Doch eigentlich sind wir wegen mir hier. Damit ich nicht jeden Tag auf den Friedhof fahre und einen Menschen vermisse, den es nicht mehr gibt. Als ich hierherkam, schwor ich mir selbst, ein neues Leben zu beginnen. Neue Freunde, neue Schule, neue Umgebung. Ich hatte Dates, und trotzdem hatte ich immer das Gefühl, dabei weniger zu fühlen, als ich sollte. Wenn mit dir also etwas nicht stimmt, dann stimmt auch mit mir etwas nicht.« Ich spürte erst, dass ich weinte, als eine meiner Tränen auf Vincents Gesicht landete.

»Da bist du ja wieder«, raunte er mir rauer Stimme zu.

»Du kannst mich sehen?«

»Ja … ja, ich sehe dich, Alice Salt«, flüsterte Vincent.

Unsere Blicke trafen sich, während mir eine weitere Träne still und leise über die Wange rann.

»Nicht weinen, Alice.« Er zeichnete den Schwung meines Halses nach. »Ich bin bei dir, hörst du? Ich bin bei dir, egal was passiert. Ich werde alles dafür tun, damit wir beide lebend wieder aus diesem Spiel herauskommen. Ich werde nicht zulassen, dass Jackson dich kriegt!« Ein beinahe schon besitzergreifender Ausdruck huschte über seine Züge. »Du gehörst zur hellen Seite. Zu uns. Zu mir. Du bist mein Wunder, für das ich jeden Tag gebetet habe.«

»Ich bin kein Wunder«, gab ich mit bebender Stimme zurück. »Ich bin einfach nur ... ich.«

»Und genau das ist es, was dich so einzigartig macht. Ich kenne niemanden, der so ist wie du, Alice.«

»Und ich kenne niemanden, der so ist wie du, Vincent Chesterfield«, gab ich leise zurück. Meine Lider wurden schwer, während Vincents Finger weiter zart über meine Haut strichen. Wir waren uns so nah, dass ich die hellen Sprenkel in seinen Augen zählen konnte.

»Es tut mir leid, dass du in all das hineingezogen wurdest, Alice«, flüsterte Vincent. »Aber gleichzeitig bin ich auch unglaublich glücklich darüber.«

Meine Lippen öffneten sich, und ich fühlte einen sanften Luftzug, der sich beinah wie ein Kuss anfühlte. Kaum merklich zuckte ich zurück und sah zu Vincent auf.

»Was tust du da, Vincent?«, flüsterte ich und streifte dabei mit jeder Bewegung seine Lippen. Berührungen wie kleine Schmetterlingsflügel. Wir schauderten beide.

»Vertraust du mir?«, flüsterte er.

Als ich nickte, schob Vincent sanft seine Hände in meinen Nacken und zog mich näher.

Dann spürte ich seine vollen, weichen Lippen auf meinen, und das Chaos in meinem Kopf verstummte schlagartig. Mein gesamter Körper wurde hart und weich zugleich. Das Gefühl war so intensiv, dass ich scharf Luft einsog.

Sofort zuckte Vincent zurück. »Tut mir leid, war das zu schnell? Ich konnte nicht …«

Ich unterbrach ihn, indem ich meine Finger in seinen Locken vergrub und meine Lippen wieder auf seine presste. Nicht sanft und weich, sondern hungrig.

Vincent keuchte auf, ob vor Überraschung oder Lust wusste ich nicht, aber er zog mich noch enger an sich. Mein Herz pochte so wild, als würde ich immer noch durch den Wald laufen. Süßes Adrenalin rauschte mir durch die Adern, während Vincents Zungenspitze meine Lippen teilte und in meinen Mund eintauchte. Vincent schmeckte nach salzigen Tränen, die wahrscheinlich von mir stammten, und nach Verzweiflung und Hoffnung, nach Schicksal und Einsamkeit. Sein Herz pochte fest gegen meines, und meine Beine schlangen sich wie von selbst um seine Hüfte, während unser Kuss langsamer und träger wurde.

Vincent Chesterfield zu küssen war das Aufregendste, was ich je getan hatte. Ich spürte seine kühlen Finger auf meiner überhitzten Haut, seine Lippen in meiner Halskuhle, genau dort, wo hektisch mein Puls schlug.

Ich schob meine Hände unter sein Hemd, tastete über seine kühle, glatte Haut, spürte, wie seine Muskeln unter meiner Berührung zuckten – und erstarrte.

Sein Bauch war übersät von langen Narben, die sich unter meinen Fingern deutlich abzeichneten.

Vincents Atem ging schneller und klang gepresst. Keuchend lehnte er den Kopf zurück, und in seinen Augen leuchtete etwas, was kaum mehr menschlich wirkte. Als würde das Eis in seinem Blick Risse bekommen, durch die gleißendes Sonnenlicht drang.

»Warte!«, stieß er hervor und packte meine Hände.

»Tue ich dir weh?«, flüsterte ich.

Das Leuchten in Vincents Augen verglomm, das Eis schloss sich wieder, und er schüttelte schwer atmend den Kopf. »Es fühlt sich nur seltsam an, so … berührt zu werden«, stieß er hervor.

»War das dein Vater?«, fragte ich so leise, dass ich mich selbst kaum hörte.

Vincents Blick wurde stumpfer, und er nickte.

Die extreme Spannung zwischen uns ließ ein wenig nach, und Vincent zog sein Hemd wieder nach unten. Seine Lippen glänzten und waren leicht geschwollen, und die Augen schimmerten im Dämmerlicht, das sich inzwischen über das Anwesen gesenkt hatte.

»Ekelst du dich jetzt von mir?«, fragte er.

»Warum sollte ich?«

»Weil du gesehen hast, wie kaputt ich bin.« Die Verzweiflung in seiner Stimme zerriss mir das Herz.

»Niemals«, stieß ich hervor und zog ihn in die Arme, hielt ihn fest und versuchte, ihm Halt zu geben.

Vincent klammerte sich an mir fest, vergrub sein Gesicht an meinem Hals und atmete zittrig ein.

»Du bist wunderschön, Vincent. Innen wie außen«, flüsterte ich ihm ins Ohr und hielt ihn noch fester.

»Und du bist mein Wunder, Alice Salt«, erwiderte er leise, während er mit seinen Fingern durch mein Haar kämmte. »Ich wusste lange Zeit nicht, woran ich glauben soll. Bis ich dich getroffen habe.« Und da, endlich, breitete sich wieder ein Lächeln auf seinem Gesicht aus.

Ich beugte mich über ihn, um seine Grübchen zu küssen, als mich etwas an der Wade kitzelte. Erschrocken fuhr ich hoch und sah lange, schwarze Spinnenbeine blitzschnell an mir hochkrabbeln. Die Spinne war groß und haarig, und es brauchte in etwa einen Wimpernschlag, bis ich sie wiedererkannte. »Du schon wieder? Verfolgst du mich? Geh runter von mir!«, fauchte ich und schüttelte hektisch mein Hemd aus.

Panisch sprang ich auf und versuchte, die Spinne loszuwerden. Doch sie flitzte auf mir herum und wich meinen Händen mit unfassbarer Geschwindigkeit aus. Etwas an den Bewegungen war seltsam, anders als früher: Sie wirkte aufgebracht, beinahe aggressiv, und als ich ausholte, um sie von der Schulter zu schlagen, flitzte sie zu meinem Hals und biss kräftig hinein.

Meine Muskeln zuckten, als wollte sich mein ganzer Körper wehren. Ich hörte mich aufstöhnen.

»Alice!« Vincent fing mich auf, als ich keuchend zusammensackte, und erwischte die Spinne, ehe sie davonkrabbeln konnte.

Der Biss schmerzte so sehr, als hätte das Ding seine Beißzangen in mir zurückgelassen. Ich fluchte und blinzelte die schwarzen Flecken fort, die mir vor den Augen tanzten. Vincent hielt mit einem angewiderten Gesichtsausdruck die riesige Spinne zwischen den Fingern, die mit all ihren acht Beinen zappelte. Ihr Leib bäumte sich auf, während sie wütende, zirpende Geräusche von sich gab.

»Ich dachte … diese Fluchweber … verfolgen uns nur, wenn wir das Spielfeld verlassen«, keuchte ich.

Eiskalter Schweiß stand mir auf der Stirn, und die Wunde am Hals pochte. Ich tastete sie ab, und als ich meinen Finger zurückzog, war eine durchsichtig glänzende Flüssigkeit darauf zu sehen.

»Da ist kein Fluchweber«, knurrte Vincent und starrte das Vieh so angewidert an, dass es noch verzweifelter zappelte.

»Was ist es dann?«, stieß ich hervor.

»Ein Spion. Von Jackson.«

»W…was?« Ruckartig sah ich auf und versuchte, meinen Blick zu fixieren. Das Ding war ein Spion? Meine Gedanken rasten, als ich überlegte, wann ich dieses Vieh zum ersten Mal gesehen hatte. Das war im Schulflur gewesen … kurz nachdem ich Jackson unter der Tribüne begegnet war.

Vincent runzelte die Stirn, während er seine Faust um die Spinne schloss, die quiekte und sich verzweifelt wand.

»Und, hattest du deinen Spaß, Jackson?«, fragte Vincent kalt. Das Insekt hörte schlagartig auf, Geräusche von sich zu geben. Nur die Beine ruderten noch. »Ich weiß, dass du mich durch dieses Ding sehen kannst. Ich will gar nicht wissen, wie lang du hier schon rumschnüffelst oder warum, aber lass mich eines klarstellen: Wenn du Alice haben willst, musst du sie dir mit Gewalt holen.« Ruckartig schloss er seine Hand zur Faust, und ein knirschendes Geräusch war zu hören. Die Spinnenbeine zuckten ein letztes Mal und wurden schlaff. Angewidert schüttelte Vincent die Hand aus, und ich beobachtete, wie der schwarze Körper sich als dunkler Rauch in seinen Finger auflöste.

»Schwarze Magie«, knurrte Vincent und wischte sich die Finger an der Hose ab, ehe er sich bückte und meinen Hals untersuchte. »Wie geht es dir? Tut es weh?«, fragte er. Seine Finger strichen über die Wunde, und ich sog scharf Luft ein.

»Es brennt«, stieß ich hervor.

»Was hat Jackson nur vor?«, murmelte Vincent mehr zu sich selbst und zog mich in seine Arme. »Kannst du laufen? Dr. de la Roi muss sich das unbedingt ansehen.«

»Okay«, keuchte ich und ließ mich auf die Füße ziehen, obwohl ich vor Schwindel kaum klar sehen konnte. Vincent blieb an meiner Seite und stützte mich. Dankbar klammerte ich mich an ihm fest.

Schweigend gingen wir die Treppe hinab. Vincents Gesichtszüge waren blank und kalt wie Eis, während ich selbst mit dem pochenden Schmerz am Hals und der Enttäuschung darüber kämpfte, wie der Abend mit Vincent geendet hatte.

Auf dem Weg nach unten kam uns Regina mit den Zwillingen entgegen. »Da bist du ja, Vincent! Wir haben dich schon überall gesucht. Die Zwillinge machen sich bereit für den ersten ... Was ist mit euch?« Irritiert blieb sie stehen und sah zwischen uns hin und her.

»Trommle alle zusammen!«, wies er sie knapp an. »Burrington hat einen Spion eingeschleust.«

Regina schnappte nach Luft, während die Zwillinge vielsagende Blicke wechselten, die letztendlich auf mir zum Ruhen kamen.

»Sie?«, zischte Regina.

»Nein. Er hat ihn als Fluchweber getarnt«, erklärte Vincent. Seine Stimme klang wie Eis.

Regina wirkte nicht gerade überzeugt, und Vincent fuhr sie an:

»Los jetzt, hol alle zusammen. Bis dahin muss ich noch etwas überprüfen. Bringt Alice für mich ins Krankenzimmer und passt auf, dass ihr nichts passiert.« Damit übergab er mich Regina, die das Gesicht verzog.

»Red mit mir«, verlangte sie. »Was passiert hier gerade?«

»Die schwarze Seite hat ihren ersten Angriff gestartet«, knurrte Vincent, ehe er einfach davonstürmte.

Bestürzt starrte ich ihm hinterher und hatte das Gefühl, soeben einfach links liegen gelassen worden zu sein. Regina warf mir einen scharfen Blick zu, ehe sie sich an die Zwillinge wandte.

»Ebony, Ivory, übernehmt sie!«, sagte sie nur und ließ mich genauso wie Vincent einfach stehen.

Obwohl ich Regina nicht einmal mochte, nahm der Schmerz in meiner Brust weiter zu, und ich spürte, wie mir heiße Tränen in die Augen stiegen.

»Was ist los mit dir, Alice?«, fragte einer der Zwillinge und musterte mich prüfend. Obwohl sie absolut identisch aussahen, wusste ich, dass es Ivory war, sobald ich ihm in die Augen sah. Es war der Ausdruck in seinem Blick, er war sanfter als bei Ebony.

»Mir ist nur … ein wenig schwindlig«, murmelte ich schwach und blinzelte die Tränen fort, die ein rhythmisches Ziehen in meinem Kopf verursachten.

»Wir sollten sie wirklich zum Doc bringen«, meinte Ivory stirnrunzelnd.

Ebony schnaubte. »Seit wann spielen wir Babysitter?«

Ivory warf seinem Zwilling einen genervten Blick zu. »Seit sie aussieht, als würde sie sich gleich auf den Teppich übergeben. Willst du das?«, fuhr Ivory seinen Bruder ungewöhnlich scharf an.

Ebonys Augen wurden dunkel, während ich zwischen den beiden hin- und herstarrte. Eine Spannung lag in der Luft, die mir verriet, dass sie Stunk miteinander hatten. Ebony sah jedenfalls so aus, als wollte er seinem Zwilling gleich an die Gurgel gehen.

»Weißt du, was ich *nicht* will? Deine Überreste vom Waldboden kratzen, weil du einem großen, naiven Augenpaar nachschmachtest«, sagte Ebony bissig.

»Ich schmachte nicht, ich bin nur *ein* Mal im Leben nicht derselben Meinung wie du. Hör also auf, eifersüchtig zu sein«, fuhr Ivory seinen Zwilling an.

»Ich bin nicht eifersücht…« Mitten im Satz hielt Ebony plötzlich inne. Ruckartig schoss sein Kopf hoch und seine Nasenflügel blähten sich. »Riecht ihr das auch?«, fragte er alarmiert. »Es riecht nach …«

»… Rauch«, vervollständigte Ivory beunruhigt den Satz.

Im selben Augenblick hallte ein lautes Geräusch durch das Anwesen. Es klang wie das Bersten von … Glas?

Unsere Köpfe fuhren synchron herum. Wir standen genau auf dem obersten Treppenabsatz zur Eingangshalle. Obwohl mir mittlerweile so schwindlig war, dass sich der Raum vor meinen Augen drehte, konnte ich mit wachsendem Entsetzen beobachten, wie sich feine Risse durch die Glastüren am Eingang zogen. Ein weiterer Knall ertönte so laut, dass Staub von den steinernen Wänden rieselte. Panisch hielt ich mich an Ivory fest, während sich weitere Risse durch die Tür fraßen. Es wirkte, als würde etwas mit Gewalt versuchen hindurchzubrechen.

Ivory fuhr ruckartig zu seinem Zwilling herum und befahl mit scharfem Unterton: »Hol Vincent, schnell!«

Ebony reagierte sofort und stürmte davon, Ivory zog mich schützend an sich. Als es erneut an der Tür rumste, stürmten weitere Schüler in die große Halle, darunter Nixon und Paisley.

»Was ist da los?«, schrie Nixon zu uns hoch.

»Ärger!«, antworte Ivory lapidar, während Nixon mitten in der Halle stehen blieb und laut zu knurren begann.

Im selben Augenblick rammte etwas so heftig die Tür, dass sie in einem Regen aus scharfen Splittern zerbarst, die quer durch die ganze Halle flogen.

Ein Mädchen mit mausbraunen Haaren schrie auf. Ihre Hand schnellte zu ihrer Wange.

»Hazel!«, konnte ich Nixon rufen hören.

Das Mädchen sah mit vor Angst weit aufgerissen Augen auf. Ihre Hände lösten sich von ihrem Gesicht, und ich sah den großen Schnitt, der sich quer über ihre Wange zog. Blut tropfte von den zitternden Fingern herab.

»Hilf…«, setzte sie an, dann verstummte sie und alles an ihr wurde weiß. Die Haare, die Haut, die Augen, ihre Nägel. Sie erstarrte mitten in der Bewegung zu kaltem, hartem Marmor.

»Fuck!«, brüllte Ivory.

Mit wild pochendem Herzen hielt ich mich an ihm fest, als ein zähnefletschender Wolf durch die zerborstene Tür in die Halle sprang. Hinter ihm stand ein zierliches schwarzhaariges Mädchen, eine Hand in die Seite gestemmt und ein spöttisches Lächeln auf den Lippen.

Der Wolf – unverkennbar Bastion – knurrte.

Unwillkürlich wichen die Schüler von Chesterfield zurück. Der Geruch nach Angst und Aggression hing zum Schneiden dick in der

Luft. Es knallte laut, und endlich stürmte Vincent zusammen mit Regina und Ebony den Gang entlang.

Die Zwillinge wechselten einen besorgten Blick, während Vincent nach unten in die Halle trat.

Der Blick des fremden Mädchens schweifte durch die Halle, ehe er auf mir zum Liegen kam. Sie lächelte.

»Klopf, klopf«, sagte sie mit weicher, rauchiger Stimme. »Dürfen wir reinkommen?«

LÄUFER

MERKMALE UND FÄHIGKEITEN

LÄUFER SIND MIT ELITESOLDATEN VERGLEICHBAR. SIE SIND KÖRPERLICH STARK, SCHNELL, BEINAHE LAUTLOS UND (MITUNTER) DIE AKTIVSTEN KÄMPFER IM SPIEL.

AUS DEM SPIELERHANDBUCH, S. 14,
SPIELFIGUREN UND IHRE FÄHIGKEITEN IM ÜBERBLICK

Kapitel 17

Ich hatte keine Ahnung, wer das Mädchen war, doch alle in der großen Halle schienen gleichzeitig die Luft anzuhalten.

»Was willst du hier, Isolde?«, fragte Regina. Ihre Stimme knallte wie ein Peitschenhieb durch den Raum.

Das Mädchen – Isolde? – legte den Kopf schief und musterte Regina mit abfällig erhobener Braue. »Was denn? Darf eine Königin die andere nicht einmal besuchen, wenn sie zufällig in der Gegend ist?«

»Das nennst du besuchen?«, fauchte Regina und deutete auf das versteinerte Mädchen.

Isolde folgte ihrer Geste mit dem Blick, und für einen kurzen Moment wurden ihre Augen pechschwarz, ehe sie mit den Achseln zuckte. »Kollateralschaden?«

»Verschwinde!«, fauchte Regina und trat einen Schritt nach vorn. Ihr weißes Haar peitschte in dem Luftzug, der durch die zerborstene Tür in die Halle drang.

»Nun sag schon, was willst du, Isolde?«, fragte Vincent ruhig. Doch ich kannte ihn inzwischen gut genug, um selbst in meinem benommenen Zustand die unterdrückte Wut heraushören zu können, die in seiner Stimme mitschwang.

»Das ist die schwarze Königin?«, flüsterte ich Ivory zu.

Er warf mir einen besorgten Blick zu und schob mich unauffällig hinter sich. »Ja«, gab er genauso leise zurück.

Trotzdem schoss Isoldes Blick zu uns hoch. »Ich bin wegen ihr hier. Wir wollen den Slave«, sagte sie mit rauchiger Stimme und deutete mit dem Kinn auf mich.

Vincents Gesicht wurde so ausdrucklos, dass er selbst einer Statue ähnelte. »Und da dachtet ihr, wenn ihr unsere Eingangstür demoliert, bringt uns das dazu, euch Alice einfach so auszuleihen?«, fragte er kalt.

Isolde besah sich gelangweilt ihre Fingernägel. »Nein, wir waren fleißig und haben auch eure Waldgrenze ein wenig angekokelt. Ich mag Waldbrände, sie versetzen alle so schön in Panik«, ließ sie uns in liebenswürdigem Ton wissen.

Vincent presste die Lippen zusammen, während Ivory leise fluchte. Daher also der Brandgeruch.

»Musste das sein? Ihr bringt uns alle in Gefahr«, fauchte Regina.

Ungerührt betrachtete Isolde weiter ihre Fingernägel und zuckte mit den Schultern. »Jackson war der Meinung, ein kleines Statement setzen zu müssen.«

»Das da wäre?«, fragte Vincent kalt.

Isolde sah auf, und in ihren dunklen Augen brannte ein Ausdruck, der mir einen kalten Schauder über den Rücken jagte. Dann endlich ging ein Ruck durch Isoldes Körper, und als sie fauchte, sah man die spitzen Schlangenzähne aus dem Kiefer hervorschießen. Sie griff hinter sich und warf klirrend etwas vor Vincents Füße. Es war fußballgroß, metallisch und hatte unglaublich scharfe Widerhaken, die sich durch den gekrümmten Leib eines Eichhörnchens bohrten. Mir wurde bei dem Anblick schlecht.

»Diese Bärenfallen haben wir überall im Wald gefunden«, fauchte Isolde. »Wenn ihr so feige seid, Fallen aufzustellen, dann braucht ihr euch nicht zu wundern, wenn wir eure Tür zerschmettern, eure Spielfeldseite abbrennen und den Slave mit Gewalt zu uns holen. Gebt uns Alice! Je länger ihr wartet, desto mehr von eurem Spielfeld brennt ab und … oh, das hätte ich ja fast vergessen zu erwähnen.« Sie straffte die Schultern und sah mich an. »Jede Minute, die ihr es hinauszögert, breitet sich mein Gift weiter in Alice' Körper aus. Nicht mehr lange, und sie wird für gar keine Seite mehr spielen können.«

Reginas Kopf schnellte zu Vincent hinüber. »Gift? Welches Gift?«, fauchte sie.

Vincent atmete scharf ein. »Der Biss«, sagte er tonlos.

Isolde lächelte und entblößte dabei wieder ihre langen, scharfen Fangzähne. »Königinnengift. So effizient und schmerzvoll, nicht wahr, meine liebe Regina?«

Die weiße Königin wurde blass. Genauso wie ich, während ich mich zitternd an Ivory lehnte. Ich versuchte, mich auf das Geschehen zu konzentrierten, doch mein Blick verschwamm immer wieder, und in meinem Kopf breitete sich ein seltsam wattiges Gefühl aus.

»Händigt uns den Slave aus, und sie bekommt das Gegenmittel. Weigert ihr euch, wird sie in wenigen Stunden gelähmt sein. In drei Tagen wird das Herz stehen bleiben, zumindest wenn sich bis dahin nicht bereits die Lungenbläschen aufgelöst haben und sie die Hälfte ihres Bluts auf den Boden aushustet.«

Es war mucksmäuschenstill im Raum, bis auf das Zungenschnalzen, mit dem Isolde den Wolf an ihre Seite zurückrief. Der knurrte die Schüler von Chesterfield an und zog sich langsam zurück.

Der Rauchgeruch wurde währenddessen so stark, dass er mir in Augen und Hals brannte.

»Ich lasse euch ein paar Minuten Bedenkzeit. Solange passe ich auf euer Feuer dort draußen auf.« Damit drehte sie sich geschmeidig um und verschmolz mit der Dunkelheit.

Vincent fuhr im selben Augenblick zu den Zwillingen und mir herum. »Bringt Alice in ihr Zimmer und holt Dr. de la Roi. Ich kümmere mich um Isolde!«, wies er die beiden an.

Ivory nickte und stützte mich, während Vincent weitere Befehle erteilte.

Die Zwillinge halfen mir in mein Zimmer, doch ich geriet alle paar Meter ins Stolpern, denn meine Beine fühlten sich wie Gummi an.

»Leg dich hin, Alice«, murmelte Ivory, als wir den kurzen Weg endlich geschafft hatten, und drückte mich behutsam aufs Bett.

Meine Lider waren so schwer, dass ich Mühe hatte, ihn anzusehen, und die Zunge klebte mir am ausgetrockneten Gaumen. »Was … passiert jetzt?«, krächzte ich.

Die Zwillinge wechselten einen schnellen Blick. »Wir lassen nicht zu, dass sie dich in die Finger kriegen«, versicherte mir überraschenderweise Ebony.

»Ja, wir passen auf dich auf. Bleib hier, wir holen Dr. de la Roi und was zu trinken«, ergänzte Ivory. Im nächsten Augenblick war ich allein.

Mit verschwommenem Blick fixierte ich die Tür, die langsam hinter den beiden zuschlug, ehe ich dazu überging, mit pochendem Herzen aus dem Fenster zu starren. Feuerschein flackerte durch die Scheiben. Der Brand, den die Spieler von St. Burrington gelegt hatten, zog direkt von der Baumgrenze in den Wald hinein, doch die Bäume brannten entgegen meiner Vorstellung nicht lichterloh, sondern kohlten nur vor sich hin. Der Gestank nach verbranntem Laub und die dicht wabernde Rauchwolke waren im Endeffekt schlimmer als der tatsächliche Brand. Als wäre all das nur Show, um die Schüler von Chesterfield abzulenken.

Ich glaubte, ein paar Silhouetten über den Rasen laufen zu sehen, allen voran eine große Gestalt, die sich noch im Laufen in einen riesigen Wolf verwandelte, der mit einem großen Satz im Wald verschwand.

Ich schluckte trocken und zwang meine Muskeln dazu, sich zu bewegen, um mich ans Fenster zu schleppen. Es fühlte sich an, als hätte ich am ganzen Körper Muskelkater. Ehe mein Atem die Scheibe beschlug, sah ich für einen kurzen Moment mein Spiegelbild: die Augen groß, das blasse Gesicht durchzogen von den dunklen Verästelungen meiner Venen, die sich pulsierend von der Wunde am Hals ausbreiteten.

»Alice, wir haben ein Problem. Dort draußen warten ein paar schwarze Spieler, die so aussehen, als wollten sie mich zu Pelz verarbeiten. Und … was ist mit dir?«

Ich drehte mich um und sah Curse in mein Zimmer flitzen. »Curse …«, brachte ich noch hervor und taumelte vom Fenster weg. »Hilf mir«, murmelte ich, dann wurde alles um mich herum schwarz. Ich hörte Curse meinen Namen rufen, doch da war ich bereits ohnmächtig geworden.

Kapitel 18

»Alice? Alice, wach auf! Komm schon, mach die Augen auf.«

»Alice! Bitte.«

Vincent? War das Vincent?

»Wir müssen sie nach St. Burrington bringen.«

»Nein.«

»Vincent! Willst du, dass sie ins Koma fällt? Dann ist sie für niemanden mehr nützlich.«

»Nützlich? Sie haben sie vergiftet, Regina. Wie kannst du nur so berechnend sein?«

»Weil es irgendjemand sein muss. Ich habe kein Gift, also auch kein Gegengift. Wir müssen ihnen Alice geben, sonst …« Die Stimme verschwamm.

Vincent. Ich war mir nicht sicher, ob ich wirklich sprach oder seinen Namen nur dachte. Wie viel Zeit war vergangen?

Dichter schwarzer Nebel hüllte mich ein, drückte mich nach unten, tiefer, immer tiefer. »Vincent.« Ich zwang meine Lider auf und blickte in leuchtend blaue Augen. Ein Lächeln, umrandet von weißen Locken.

»Madelyn. Du bist wach. Keine Sorge, es wird alles gut.«

»Vincent?«, fragte ich und sah mich um. Langsam. Mein Nacken fühlte sich steif an, und ich schaffte es kaum, die Augen offen zu halten. »Wo bin ich?«, flüsterte ich und sah mich genauer um. Ich kannte dieses Zimmer nicht. Ein Feuer prasselte im Kamin. Ein Sofa aus rotem Samt mit zierlichen Füßen stand davor.

»Du bist vom Pferd gefallen. Erinnerst du dich nicht mehr?«, flüsterte Vincent. Nein, das war nicht Vincent. Der Mann, der meine Hand so zärtlich hielt, als wäre ich ein Vogel mit gebrochenen Flügeln, hatte eine breitere Nase, seine Lippen waren dünner und die Wangenknochen schärfer.

»Wo bin ich?«, krächzte ich leise.

»Zu Hause, auf St. Burrington«, flüsterte der Mann.

»Was?«, fragte ich verwirrt, und ein trauriger Ausdruck huschte durch seine Augen.

»Wieso bist du fortgelaufen, Madelyn? Es war deine Hochzeit! Du hattest dich entschieden! Du hast mir gesagt, dass du Augustus heiraten wirst. Warum bist du dann fortgelaufen? Warum? Ich dachte, du seist tot, als ich dich im Wald fand ...« Er stieß einen gequälten Ton aus, während er meine Hand an seine Wange legte und schauderte. »Ich dachte, ich hätte dich verloren«, flüsterte er.

Ich öffnete den Mund und wollte etwas sagen, wollte ihm sagen, dass ich Alice Salt sei. Doch es fühlte sich an, als würde jemand anders mir Worte in den Mund legen. »Ich kann Augustus nicht heiraten, Charles. Ich wollte es meinem Vater recht machen, aber ich liebe dich, ich kann es nicht leugnen. Ich kann keine Sekunde mehr so tun, als wäre es anders. Ich kann nicht zurück ...«

Charles sah auf. Fältchen erschienen um seine Mundwinkel, während die Augen dunkel wurden. »Dann bleiben wir hier auf

St. Burrington«, entschied er schließlich. »Wir können uns zwar nicht ewig verstecken, aber wir können das Unvermeidliche hinauszögern. Zumindest für eine Weile.«

»Heirate mich, Charles«, flüsterte ich und spürte, wie meine Lider wieder schwer wurden. »Bitte«, flüsterte ich noch leiser.

Ich hörte ein Lachen, das gleichzeitig wie ein Schluchzen klang. »Nichts lieber als das, Madelyn St. Burrington!«

»Alice? Wach auf, Alice!«

Sauerstoff füllte meine Lunge, und meine Augen klappten auf. Erst sah ich nur verschwommene Baumkronen über uns, ein Gemisch aus frischem Grün, leuchtendem Rot und weichem Braun. Morgenlicht, das durchs Blätterdach fiel. Dann kamen die Geräusche dazu. Das Knacken von Schritten, das Gezwitscher von Vögeln, das Rascheln von Wind im Geäst über uns.

»Du bist wach.« Ein vertrautes Gesicht erschien über mir, und ich hatte ein seltsames Déjà-vu-Gefühl.

»Vincent. Was ist passiert?« Ich räusperte mich und zuckte zusammen. Meine Stimme klang, als hätte ich sie mit einer Käsereibe bearbeitet.

»Wie fühlst du dich?«, fragte er, ohne meine Frage zu beantworten.

»Müde«, flüsterte ich. Meine Zunge bewegte sich viel zu langsam. Nuschelte ich?

»Wir sind gleich da. Halt noch ein bisschen durch«, raunte Vincent und hauchte mir einen Kuss auf die Stirn. Die Berührung holte mich zumindest ansatzweise in die Realität zurück. Mühsam drängte ich den Nebel in meinem Kopf zurück und schaffte es endlich, meinen Blick zu fokussieren. Vincent hielt mich fest in den Armen und trug mich durch den Wald.

»Wohin gehen wir?«

Vincents Kiefer spannte sich an. »Ich bringe dich zur Spielfeldgrenze.«

»Warum?«

Seine Finger krallten sich fester in meine Haut, doch ich spürte es kaum. Er antwortete nicht, aber ich hatte so eine Ahnung. Er brachte mich zu ihnen. Zu *ihm*.

Ich packte Vincent so fest am Hemd, dass sich meine Nägel bis in seine Haut graben mussten. »Nein! Bitte zwing mich nicht, nach St. Burrington zu gehen, Vincent«, stieß ich hervor.

Seine Muskeln spannten sich an, und ein Schatten legte sich über seine Gesichtszüge. »Ich zwinge dich nicht, Alice. Aber du *musst* zu ihnen. Der Spinnenbiss enthielt Königinnengift.«

»Sterbe ich?«, flüsterte ich und spürte, wie mein Herz schlug. Viel zu langsam, viel zu träge.

»Noch nicht. Aber bald, wenn wir nichts tun«, flüsterte Vincent und sah dabei so gequält aus, dass sich alles in mir zusammenzog. »Nur die schwarze Königin kann dich heilen. Ohne sie stirbst du.«

Seine Augen fixierten mich, und ich hatte das Gefühl, als würde ich in den blauen Tiefen ertrinken, denn in seinem Blick spiegelte sich mein ganzes Grauen wider.

Ich schauderte, und Vincent setzte sich wieder in Bewegung.

»Was will St. Burrington von mir?«, fragte ich. Das Reden fiel mir mit jedem Wort schwerer, als wäre meine Zunge zu langsam und schwer, um noch akkurate Wörter bilden zu können. »Ich dachte, Jackson will meinen Tod!«

Vincents Finger krampften sich fester um mich zusammen. »Du bist der Slave«, sagte er. »Jackson scheint es sich anders überlegt zu haben, seit er etwas mehr über deine Fähigkeiten weiß. Sie werden wollen, dass du für sie und gegen uns spielst.«

»Aber das würd ich nie tun!«, brachte ich krächzend hervor.

»Entweder du wechselst die Seiten oder du wirst sterben, Alice. Ich habe mit Jackson gesprochen.«

»Und?«

»Seine Forderungen waren klar. Wenn du nicht auf der schwarzen Seite spielst, sorgen sie dafür, dass du gar nicht mehr spielst. Und das kann ich nicht zulassen. Ich werde eine Möglichkeit finden, dich wieder rauszuholen, das versprech ich dir.«

Der Wald öffnete sich zu einer Lichtung, auf der die Schüler von Chesterfield versammelt vor uns standen. Ihre weißen Uniformen hoben sich hell und rein vom diesigen grauen Morgennebel ab.

Aus der anderen Richtung kamen Isolde und Bastion in seinem menschlichen Körper heran.

Schwer atmend hob ich das Kinn, und mein Blick kreuzte den der schwarzen Königin. Ihre dunklen Augen wirkten auch auf die Distanz klar und tief, als würde man in einen See aus reiner Schokolade eintauchen. Vincent drückte mich fester an sich, bückte sich fürsorglich unter den tief hängenden Ästen hindurch und streichelte mir immer wieder beruhigend die Wange.

Er senkte den Kopf zu einem Flüstern. »Wir sind gleich da«, raunte er mir zu. »Ich werde eine Möglichkeit finden, mit dir in Kontakt zu treten und dich, so schnell es geht, wieder aus Burrington herausholen. Halt bis dahin durch. Egal was sie sagen, dir einzureden versuchen oder mit Gewalt aus dir herauspressen wollen, denk immer daran, dass ich dich …« Er stockte, zögerte, ehe er noch leiser fortfuhr: »… dass ich mich in dich verliebt habe. Ich brauche dich heil zurück.«

Bestürzt starrte ich ihn an. »Ich … du … was?«, fragte ich.

»Ich hol dich zurück«, sagte Vincent nur und gab mir einen hauchzarten Kuss auf die Lippen, ehe er plötzlich stehen blieb.

Mühsam löste ich meinen Blick von ihm. Vor uns lag der umgefallene Baumstumpf. Darauf saß der König des schwarzen Spielfelds und lächelte zufrieden.

SPRINGER

MERKMALE UND FÄHIGKEITEN

SPRINGER KÖNNEN AUSGESPROCHEN HOCH SPRINGEN UND AGIEREN AUCH MEIST AUS DER HÖHE HERAUS. IHRE ZIELGENAUIGKEIT, NACHTSICHT, RUHE UND KONZENTRATION SIND STARK AUSGEPRÄGT. SIE ÜBERWACHEN DAS SPIELFELD UND GREIFEN AUS DEM HINTERHALT AN. SPRINGER AGIEREN IM ZWEIERTEAM.

AUS DEM SPIELERHANDBUCH, S. 13,
SPIELFIGUREN UND IHRE FÄHIGKEITEN IM ÜBERBLICK

KAPITEL 19

»Alice Salt. Was für ein Zufall, dass wir uns so schnell wieder begegnen«, spottete Jackson.

Von mir kam nur ein knappes, dafür aber inbrünstiges »Fick dich!« zurück.

Die Zwillinge lachten.

Bastion ließ sich schwer neben Jackson auf den Baum fallen. »Bist du sicher, dass wir Alice haben wollen? Ich glaub, sie ist bissig«, knurrte er.

»So wie du?«, fragte Ivory.

»Wuff«, gab sein Zwilling zum Besten. Trotz meines Zustands konnte ich mir die Andeutung eines Grinsens nicht verkneifen.

»Seid ihr bald fertig? Ich würde das hier gern hinter mich bringen«, sagte Regina kalt.

»Sicher.« Jack sprang geschmeidig auf die Beine. Er trug eine schwarze Schuluniform, die – bis auf die Farbe und das Wappen – mit der von Chesterfield identisch war. »Ist sie bereit, die Seiten zu wechseln?«, fragte er.

»Sicher ist sie das«, sagte Isolde.

»Nicht freiwillig«, warf ich krächzend ein. Das Sprechen fiel mir inzwischen so schwer, dass ich nach diesen zwei Worten nach Luft ringen musste.

Jackson zog nur eine tiefschwarze Augenbraue hoch. »Ich würde mal sagen, keiner von uns macht hier was freiwillig.«

Daraufhin verfielen alle in Schweigen, warteten. Auf mich. Auf etwas, von dem ich nicht einmal wusste, ob ich es konnte. Ich schauderte.

»Kannst du stehen?«, fragte mich Vincent besorgt.

Zögerlich schüttelte ich den Kopf.

»Setzt sie auf den Baumstamm«, schlug Jack vor.

Vincent zögerte, nickte dann jedoch. Das morsche Holz knarrte leise unter meinem Gewicht, als er mich darauf absetzte. Vor mir standen die weißen Spieler, hinter mir die schwarzen. Sämtliche Augen waren auf mich gerichtet, als Bastion mir eine versteinerte schwarze Hand entgegenhielt.

»Wer ist das?«, fragte ich schaudernd.

»Das *war* Page«, antwortete Jackson kühl, und sein Blick zuckte zu Vincent hinüber. »Wir haben ihre Überreste vor ein paar Tagen gefunden.«

Vincent verzog keine Miene. Die Stimmung wurde noch frostiger. Mein Magen ballte sich zusammen, und ich hielt mich krampfhaft aufrecht.

»Was soll ich damit machen?«, fragte ich, auch wenn ich die Antwort bereits ahnte.

»Das Gleiche, was du mit Larks Finger gemacht hast«, sagte Jackson lauernd.

Vincent ging vor mir in die Knie und strich mir eine Haarsträhne hinters Ohr. »Fass einfach den Stein an. Du schaffst das«, versicherte er mir.

»Bist du sicher, dass es so einfach ist?«, entgegnete ich schwach.

»Nein«, gab er zu. »Wir werden es herausfinden müssen.«

»Und wenn ich es nicht schaffe?«

Ich spürte, wie Vincent zögerte, und zuckte zusammen, als Jackson plötzlich meinen Pferdeschwanz packte, mir den Kopf in den Nacken zog und damit meinen Hals bloß legte. Bastion fixierte die Stelle und fletschte die Zähne.

»Wenn du es nicht schaffst ... oder nicht schaffen willst ...«, raunte mir Jackson von hinten zu, »... dann wirst du sterben, Alice. Für diese Übergabe haben wir uns auf einen vorübergehenden Waffenstillstand geeinigt, aber der hängt auch davon ab, was du jetzt als Nächstes tust. Streng dich also an.« Mein Rücken verkrampfte sich, als Jackson mich ohne Vorwarnung losließ.

»Ich *hasse* dich«, sagte ich ganz leise und starrte ihn an.

Er hob einen Mundwinkel. »Absolut nachvollziehbar, *Chérie*.«

Ich knirschte mit den Zähnen und ergriff die versteinerte Hand. Kaum trafen meine Finger auf den kalten Stein, da schoss ein Schmerz durch meinen ganzen Körper, als hätte ich an eine offene Stromleitung gegriffen, so plötzlich und heftig, dass ich meine Zähne aufeinanderschlagen hören konnte. Ein kalter Windzug kam auf, und wie schon damals bei Lark hatte ich das Gefühl, als würde die Welt die Luft anhalten. Als würde das Leben für eine Sekunde stillstehen, während mir eine körperlose Stimme das Gedicht ins Ohr hauchte:

Verdammt sind wir, wie Figuren zu leben,
sechzehn von uns wird es ewiglich geben.
Weder Schwarz noch Weiß bleiben verschont
im endlosen Kampf um Leben und Tod.

Blut für Blut, so muss es sein,
der Springer steht am Ende allein.
Doch niemals gibt mein Herz mir Ruh,
denn verflucht bin ich und verflucht bist du.

Ich hatte keine Ahnung, wie lang ich von Schmerz und Dunkelheit verschluckt gewesen war, doch das Nächste, was ich bemerkte, waren meine Finger, die sich in kühle braune Erde gruben, während ich nach Atem rang. Explosionsartig füllte frische Luft meine Lunge. Mein Handgelenk juckte und kratzte. Als ich es ansah, hatte sich das Zeichen nicht nur von dem des Bauern zu dem des Springers verändert – statt weiß war es auch schwarz.

»Alles in Ordnung, *Chérie?*«

Mein Blick schoss nach oben und begegnete ausgerechnet den dunklen Augen von Jackson.

»Nein …«, gab ich krächzend zu und spürte, wie meine Arme zu zittern begannen. Ich verlor den Halt und stürzte mit der Nase voran auf die nackte Erde. Blitzschnell zogen mich zwei Arme an sich. Zwei fremde Arme. Jacksons.

»Isolde, gib ihr das Gegengift«, sagte er knapp.

Isolde nickte, packte mich, und im nächsten Augenblick spürte ich einen scharfen Biss auf der Innenseite meines Handgelenks. Scharfe spitze Zähne gruben sich in meine Vene. Es fühlte sich an, als würde Eiswasser durch meinen Körper fließen. Schreiend bäumte ich mich in Jacksons Armen auf, meine Lider flatterten, und meine Augen rollten nach hinten. Seltsamerweise hatte ich das Gefühl, als würde der schwarze König mich fester an sich ziehen, während er mir Worte auf Cajun ins Ohr raunte. Ich verstand kein einziges davon, doch schon im nächsten Augenblick ebbte der Schmerz ab, so abrupt, wie er gekommen war. Nicht nur in meiner Hand, sondern im ganzen Körper.

Meine Muskeln erschlafften, und mein Blick fixierte sich langsam wieder, sodass ich Jackson erkennen konnte, dessen Gesicht direkt über mir schwebte. Er erwiderte den Blick, ohne mit der Wimper zu zucken.

Ich konnte gar nicht anders, als ihn anzustarren, denn man konnte sagen, was man wollte, aber der schwarze König war faszinierend. Das nachtschwarze Haar rahmte sein kantiges Gesicht ein und unterstrich den goldbraunen Ton seiner Haut. Wo Vincent nur aus eleganten Kurven und feinen Linien zu bestehen schien, war Jacksons Gesicht aus Ecken und Kanten gehauen. Seine Wangenknochen hoben sich so deutlich ab, als könnte man sich an ihnen schneiden, wenn man sie berührte.

»Na, gefällt dir, was du siehst, *Chérie?*«, fragte er und legte kaum merklich den Kopf schief.

»Nenn ... nenn mich nicht so!«, fauchte ich ihn an und drückte ihn ruckartig von mir weg.

Ein feines Lächeln umspielte seine Mundwinkel, als er nachgab. Mit schmerzenden Muskeln setzte ich mich auf und sah mich nach Vincent um.

Die Szenerie war noch genau dieselbe wie zuvor: Die weißen Spieler standen auf der linken Seite des Baumstamms, die schwarzen auf der rechten, nur mit dem feinen Unterschied, dass nun ein schwarzes Mal auf meinem Handgelenk brannte und Vincent es vermied, mir in die Augen zu sehen.

»Vince ...«, setzte ich an, doch Regina unterbrach mich, indem sie ihr Haar nach hinten warf und uns allen einen frostigen Blick zuwarf.

»Der Deal steht. Der Slave gehört euch. Viel Glück mit ihr.«

»Danke, werden wir haben.« Isolde lächelte zurück, sodass ihre Zähne weiß aufblitzten.

»Ich bin jetzt vielleicht eine schwarze Spielfigur, aber ich werde den Teufel tun und für euch spielen«, flüsterte ich und sah Jackson in die dunklen Augen.

Doch er lächelte nur und ging geschmeidig vor mir in die Hocke. »Ich bin kein Heiliger, Alice Salt, aber ich werde es noch schaffen, dich zum Beten zu bringen«, raunte er mir zu.

Sofort stieg mir die Zornesröte in die Wangen. Jackson hatte laut genug gesprochen, dass Vincent ihn hören konnte. Als er uns ansah, lag in seinen blauen Augen eine solche Kälte, dass ich unweigerlich zurückzuckte.

»Freut euch nicht zu früh. Das ist erst der Anfang«, sagte er leise, drehte sich um und verschwand im Unterholz.

Regina folgte ihm auf dem Fuß. Die Zwillinge ließen sich ein wenig mehr Zeit mit ihrem Abgang. Ivory saß auf einem Ast uns gegenüber und spielte an seiner Waffe herum.

»Du solltest schnell lernen, dieses Spiel zu spielen, Alice«, sagte er leise. »Wenn wir uns wieder begegnen, werde ich nicht danebenschießen. Es tut mir leid.«

»Ja«, brachte ich erstickt hervor, »mir auch.«

»Pass auf dich auf.«

Ebony zog seinen Zwilling mit sich, und zusammen verschwanden sie in der Dunkelheit des Waldes.

Mein Blick fiel auf den Arm, der immer noch um meine Taille

lag. Ruckartig riss ich mich los und warf Jackson einen vernichtenden Blick zu.

»Nur um eins klarzustellen«, knurrte ich ihn an. »Du fasst mich nicht an. Nie. Wieder!«

Jackson wirkte wenig beeindruckt. »Das werden wir noch sehen, *Chérie.*« Ehe ich ihm eine reinhauen konnte, drehte er sich um und marschierte los.

»Arroganter Arsch!«, fauchte ich ihm nach. Egal wie erschöpft ich mich fühlte, egal wie viel dieser Tag mir bereits abverlangt hatte – ich würde immer genug Energie aufbringen, um ihn beleidigen zu können.

Er drehte sich noch mal um und zog eine Augenbraue hoch. »Erzähl mir was Neues, *Chérie.*«

»Nenn mich nicht so!«, fauchte ich.

Er antwortete mir mit einem ausgestreckten Mittelfinger und ging weiter.

»Er sagt *so was,* und dein einziges Problem ist der beknackte Kosename?«, fragte mich Bastion, der neben mir stand und wohl darauf wartete, dass ich mich in Bewegung setzte.

»Der ist nicht beknackt«, schnaubte ich wütend, »der ist eine Kriegserklärung.« Wütend stapfte ich los.

»Die hat sie doch nicht mehr alle«, hörte ich Bastion murmeln.

»Dann ist sie ja bestens gewappnet dafür, dieses Spiel lebend zu überstehen«, erwiderte Isolde leise lachend, und ich wusste nicht, ob ich wegen ihres Kommentars beruhigt oder verängstigt sein sollte.

Die Grübelei erübrigte sich allerdings sowieso, weil mich plötzlich zwei starke Arme von hinten packten und mir blitzschnell etwas über den Kopf gestülpt würde.

»Was zum Teufel soll das?«, schrie ich und zappelte, während mir jemand erst die Arme, dann die Beine zusammenzurrte, dem reißenden Geräusche nach mit Klebeband.

»Wir sichern uns nur ab, kleiner Slave. Weil wir nämlich keine Lust haben, dass du uns gleich wieder abhaust«, brummte Bastion, und im nächsten Augenblick wurde ich über eine breite Schulter geworfen, die sich mir hart in den Magen grub.

Galle brannte sich ihren Weg nach oben, während mir das Blut in den Kopf rauschte.

»Das ist Freiheitsberaubung!«, brüllte ich.

»Auch wenn es sich gerade nicht so anfühlen mag – eigentlich haben wir dich gerettet«, sagte Isolde.

Ich gab ein fassungsloses Geräusch von mir, das von dem Sack über meinem Kopf erstickt wurde.

Schweigend setzten Bastion und Isolde ihren Weg fort.

»Wo sind wir?«, fragte ich nach einigen Minuten.

»In St. Burrington«, antwortete Isolde.

Instinktiv spannte ich mich an. Vor meinem inneren Auge sah ich Burggräben, hungrige Raben, aufgespießte Köpfe.

Stattdessen aber wurde ich von einer Musikanlage begrüßt, die laut *We Are the Champions* über das Anwesen schallen ließ.

»Deine Schwester gibt heute wieder mal alles, was, Bastion?«, sagte Isolde amüsiert.

Der seufzte. »Und alle behaupten, *ich* hätte einen miesen Humor.«

Die beiden schnaubten, dann wurden ihre Schritte langsamer.

»Was machen wir jetzt mit der hier?«, fragte Bastion, und ich glaubte schon, dass er damit mich meinte.

Doch Isolde antwortete traurig: »Gib mir Pages Hand. Hawkins wird sie zurückhaben wollen. Bring du Alice in ihr Zimmer. Sie muss sich ausruhen.«

»Aye, my queen«, sagte Bastion und stampfte weiter.

»Willst du mich nicht endlich mal runterlassen? Hier drinnen wird es langsam ganz schön stickig«, würgte ich hervor.

»Nein«, erwiderte Bastion schlicht.

Im nächsten Augenblick wurde die Luft um meinen Körper kühl und das Geräusch von Kies wich dem Hallen von Schritten auf Fliesen. Blind und orientierungslos versuchte ich einzuschätzen, wo genau wir uns befanden. Eine Eingangshalle war wohl das Naheliegendste. Ich hörte Schritte von anderen Menschen, Gelächter und Stimmen, die schlagartig verstummten, als wir näher kamen.

»Ist sie das?«, hörte ich eine Mädchenstimme fragen. Es klang beinahe wie ein Schnurren. Ein gefährliches Schnurren, bei dem sich mir schlagartig alle Nackenhaare aufstellten.

»Der Kandidat hat hundert Punkte. Mach jetzt mal die Scheißmusik aus, Amber! Davon bekommt man ja einen Gehörsturz.«

»Ich wollte euch nur einen heroischen Einmarsch garantieren, wenn ihr die Beute heimbringt«, erwiderte Amber, bei der es sich um Bastions Schwester handeln musste. »Ist sie wirklich der Slave?«, fragte sie neugierig und pikte mich schmerzhaft in den Arm.

Ich schrie auf und strampelte. Bastion verlor mich beinahe und packte fluchend fester zu. »Pfoten weg, oder ich mach dich platt, Amber! Ich mein es ernst.«

Das Mädchen schnaubte. »Ach ja? Wenn du mich plattmachen willst, mach ich dich platter.«

»Könnt ihr das bitte ohne mich erledigen?«, stieß ich dumpf hervor.

»Ah, hat die kleine Verräterin gerade gesprochen?« Wieder pikte mich etwas.

Bastion knurrte. »Hau ab, Amber! Wenn du deinen Jagdtrieb noch ausleben musst, fang dir eine Maus oder so.«

Bastion setzte sich in Bewegung, und es fühlte sich an, als würde er ein paar Stufen hochgehen, während ihm Amber eine äußerst kreative Variante von *Fick dich* hinterherschrie. Bastion knurrte nur und beschleunigte seine Schritte.

Im nächsten Augenblick erklang das Quietschen einer Tür, und ich wurde ohne jede Vorwarnung wie ein Mehlsack abgeworfen. Mein Magen machte einen Hüpfer, als ich auf einer Matratze landete.

»Scheiße!« Keuchend versuchte ich wieder Luft zu bekommen, während Bastion mir den stinkenden Sack vom Kopf zog. Ich musste einige Male blinzeln, bevor sich die dunklen Schlieren vor meinen Augen auflösten. Bastion löste das Klebeband von meinen Beinen. Das an meinen Handgelenken entfernte er allerdings nicht.

»Wo bin ich?«, fragte ich.

»In deinem Zimmer«, ließ mich Bastion großzügig wissen und knallte die Tür hinter sich zu.

»Warte!«, schrie ich und versuchte hektisch, mich aufzurappeln, sackte aber sofort wieder in mich zusammen.

Ein metallisches Geräusch war zu hören, und in der Tür erschien ein schmaler Sehschlitz wie in einem Gefängnis. Ein golden leuchtendes Augenpaar warf mir einen warnenden Blick zu.

»Wenn du weißt, was für gut für dich ist, dann machst du erst mal keinen Ärger«, sagte Bastion. Der Sehschlitz schloss sich klackernd wieder, und dann war ich allein.

TÜRME

MERKMALE UND FÄHIGKEITEN

TÜRME HABEN EINEN STARK AUSGEPRÄGTEN SEH-, HÖR- UND GERUCHSSINN UND BENÖTIGEN WENIG SCHLAF. SIE KÖNNEN ZUDEM IHRE GESTALT WECHSELN.

AUS DEM SPIELERHANDBUCH, S. 15, SPIELFIGUREN UND IHRE FÄHIGKEITEN IM ÜBERBLICK

KAPITEL 20

Ich blieb nicht leise, ruhig und brav. Tatsächlich war ich in den folgenden Minuten sogar lauter als je zuvor. Mein Leben lang war ich ein vorsichtiger Mensch gewesen. Ich hatte mich immer bemüht, mich anzupassen, nicht unangenehm aufzufallen, eine gute Tochter, Schülerin und Freundin zu sein. Und plötzlich stand ich hier in St. Burrington in einem Zimmer, das eher einer Gefängniszelle glich, und brüllte ohne jeden Zusammenhang eine Tür an. Das Eis war gebrochen, und was darunter hervordrang, waren Jahre an unterdrückten Gefühlen. Als hätte jemand ein Ventil in mir aufgedreht. Dieser Jemand war Jackson St. Burrington. Ich hasste, hasste, hasste ihn.

»Ihr verdammten Mistkerle! Ihr habt kein Recht, mich hier einzusperren! Wir leben im 21. Jahrhundert! Wenn ihr glaubt, dass eure Ärsche jetzt schon verflucht sind, dann wartet erst mal, bis ich hier rauskomme! Ich dreh euch eure dürren kleinen …«

Ruckartig wurde die Klappe aufgerissen, und ein Paar dunkler Augen starrte mich an. »Amüsierst du dich, Alice?«, fragte Jackson.

Na endlich, langsam wurde ich heiser. Ich pustete mir eine Haarsträhne aus dem Gesicht und hob die gefesselten Hände. »Mach mich los!«, verlangte ich mit so viel Verachtung in der Stimme, wie ich aufbringen konnte, und das war im Augenblick eine ganze Menge.

»Nope«, sagte Jackson lapidar und schloss die Klappe wieder.

»Hey! Du kannst mich nicht einfach so ignorieren!«

Es klapperte erneut, und ich starrte auf ein Tablett, das mir durch einen weiteren Schlitz ganz unten in der Tür ins Zimmer geschoben wurde.

»Was ist das?«

»Essen«, sagte Jackson dumpf durch die Tür, und es klang, als würde er wieder weggehen.

»Ich will es nicht!«, fauchte ich.

Die Schritte stockten und kamen zurück. Der Sehschlitz ging wieder auf. »Also willst du verhungern?«, fragte Jackson.

»Wenn das der einzige Weg hier raus ist, ja«, schnappte ich. »Ich bin lieber eine Leiche als …«

»… als was, Alice?«, unterbrach mich Jackson scharf.

»… als eine deiner Spielfiguren.«

Jackson sog scharf und gereizt die Luft ein. »Glaubst du etwa, wir wollen das? Spielfiguren sein? Jeder hier ist in dem Wissen aufgewachsen, wahrscheinlich nicht älter als achtzehn zu werden. Glaubst du, auch nur einer von uns wäre noch hier, wenn er die Wahl hätte? Wir haben nur eine Chance: zu versuchen, dieses Spiel ohne überflüssige Opfer hinter uns zu bringen.«

»Ohne überflüssige Opfer?«, echote ich ungläubig. »Und was ist mit Lark? Oder dem Mädchen in der Halle? Die Leute in Chesterfield sind meine Freunde.«

»Deine Freunde?« Jackson klang ungläubig, und seine Augen funkelten vor Wut. »Meinst du damit die Zwillinge, die versprochen haben, dich zu töten, sobald du ihnen in die Quere kommst? Oder Regina, die dich uns praktisch umsonst verkauft hat, nur um dich endlich loszuwerden?«

Ich antwortete nicht, sondern starrte ihn nur mit bebenden Nasenflügeln an.

Jack zog eine Augenbraue hoch, und seine Stimme nahm einen spöttischen Ton an. »Oder redest du von Vincent? Hat er dir süße Worte ins Ohr gesäuselt und dich mit Bonbons gefüttert, damit du ihm folgst wie ein kleines Hündchen?«

Ich öffnete den Mund, doch Jackson ließ mich gar nicht erst zu Wort kommen. Jedes Wort glich einem gezielten Peitschenknall, der blutige Spuren in meiner Seele hinterließ.

»Wie lange kennst du ihn jetzt? Vier Tage? Eine Woche? Was für ein toller Freund, der dich bereits beim kleinsten Zeichen von Problemen im Stich gelassen hat.«

»Er hat mich nicht im Stich gelassen! Er hat versucht, mich zu retten, weil ihr mich vergiftet habt! Wer macht denn so etwas Krankes?«, brüllte ich.

Jacksons Gegenwart juckte wie ein Ausschlag, und meine Nerven lagen blank.

»Du redest über dieses Spiel, als hättest du auch nur die Spur einer Ahnung davon. Hat Vincent dir überhaupt etwas erklärt?«, fragte mich Jackson kühl.

»Natürlich hat er das.«

»Und was?«

»Alles.«

»Das glaubst du doch selbst nicht. Du weißt allerhöchstens so viel, wie er bereit ist, dich wissen zu lassen.«

Wir starrten uns an, beide so wütend, dass es wahrscheinlich gut war, dass uns eine Tür trennte.

»Sei dankbar, dass wir dich aus Chesterfield rausgeholt haben«, sagte Jackson schließlich. »Dank mir wirst du vielleicht bis zum Ende dieses Spiels überleben. Aber bis dahin muss ich meine Leute vor dir schützen. Du bleibst also hier.«

Ich stieß einen ungläubigen Ton aus, der klang, als hätte ich mich verschluckt. »Du musst deine Leute vor *mir* schützen?«, wiederholte ich fassungslos.

Seine Augen wurden so schwarz, dass ich die Pupille nicht mehr von der Iris unterscheiden konnte. »Nachdem Vincent tagelang an deinem Verstand herumgepfuscht hat, ist es ein Wunder, dass du überhaupt noch zusammenhängend reden kannst. Du bleibst hier drinnen, bis ich mir sicher bin, dass er keinen Einfluss mehr auf dich hat«, sagte er, knallte die Luke wieder zu und ließ mich allein.

»Jackson, komm sofort zurück!«, brüllte ich, doch der schwarze König reagierte nicht. Ich brüllte weiter, bis mein Hals kratzte und mein Magen vor Hunger schmerzte. »Und wie soll ich mit verbundenen Händen essen?«, fauchte ich die Tür an.

Niemand antwortete mir. Ich ließ das Essen stehen und warf mich auf die harte Matratze auf dem einfachen Bettgestell. Mein Zimmer war mit nicht mehr ausgestattet als eben jenem Bett, einem Stuhl, einem schmalen Tisch und einer Toilette, die mitten im Raum stand. Das einzige schmale Fenster war so eng vergittert, dass ich kaum durch die Stäbe hindurchsehen konnte.

Mein Atem rasselte, als ich versuchte, Angst und Panik zu unterdrücken. Ich schniefte, und mein Blick fiel auf meine zusammengezurrten Handgelenke und das Zeichen des Springers.

Das war ich also plötzlich: ein schwarzer Springer. Davor ein weißer Bauer, und davor … Was war ich davor gewesen? Ein Slave? Alice? Ein Niemand? Teil eines Fluches? Wann hatte mein Leben begonnen, diese bizarre Abwärtsspirale zu nehmen? In den letzten Tagen war so viel passiert, dass ich das Gefühl hatte, keine Sekunde lang zur Ruhe gekommen zu sein. Meine Augen brannten, und ich fühlte, wie mir trotz aller guten Vorsätze heiße Tränen die Wangen hinabrannen. Ich hatte nie Zeit gehabt, über all das wirklich nachzudenken. Ich hatte nur reagiert. Chesterfield, der Fluch, Vincent, die Vergiftung, jetzt der Austausch … Was hätte ich anders machen müssen, um jetzt nicht gefesselt hier zu liegen? Hätte ich mutiger sein müssen? Mehr kämpfen? Mehr als … als nur ich selbst sein sollen? Was konnte ich tun, um mehr als nur Alice zu sein?

Ich rollte mich eng zusammen. Machte mich fest und klein, hielt mich zusammen, während ich versuchte, in dem Wirrwarr in meinem Kopf Ordnung zu schaffen.

Vielleicht musste ich, um das hier zu überleben, aufhören, mich selbst als Alice zu sehen, und beginnen, eine Spielfigur zu sein.

Ich trug das Zeichen auf dem Handgelenk, das bewies, dass ich eine Spielfigur war – und trotzdem hatte ich mich nie als eine gefühlt. Keine Sekunde lang. Aber vielleicht war es an der Zeit, die Taktik zu wechseln. Als Alice, der Mensch, hatte ich versagt. Als Alice, die Spielfigur, hatte ich vielleicht eine Chance.

Im Augenblick war ich also ein Springer. Was hatte Vincent mir über die Springer erzählt? Nicht viel. Springer operierten gemeinsam. Zumindest taten das Ivory und Ebony. Wenn es hier auf St. Burrington genauso war, musste ich einen schwarzen Gegenpart haben.

Ich fröstelte und rollte mich noch enger auf der nackten Matratze zusammen. Nicht einmal eine Decke hatten sie mir hingelegt.

Ich streifte mir die Schuhe ab und rieb die Füße aneinander. Und so grübelte ich, während die Sonne, die durch das vergitterte Fenster schien, über den Himmel wanderte und die Schatten so lang wurden, dass sie mich verschluckten. Meine Augen fielen langsam zu. Es fühlte sich an, als hätte ich seit Tagen nicht mehr geschlafen.

Ich dämmerte weg, doch ehe mich der Schlaf ganz mit sich in die Tiefe ziehen konnte, ließ mich ein schrilles Geräusch ruckartig hochfahren. Ich starrte zur Tür und sah, dass jemand den Sehschlitz darin geöffnet hatte. Angespannt starrte ich in die dämmrige Dunkelheit und hörte Atemzüge. Mehr nicht.

»Wer ist da?«, fragte ich leise, doch meine Stimme klang trotzdem viel zu laut, wie ein Fremdkörper. Gänsehaut überzog mich.

Das Atmen blieb, ansonsten rührte sich nichts und ich hatte das unangenehme Gefühl, dass mich jemand zornig anstarrte.

»Jackson? Was willst du von mir?«

Die Klappe schlug so ruckartig zu, dass ich erschrocken zusammenzuckte. Das Herz klopfte mir bis zum Hals, während ich die Klappe anstarrte. Ein, zwei, fünf Minuten. Doch sie blieb geschlossen. Trotzdem wurde ich das Gefühl nicht los, dass die Person immer noch hinter der Tür stand.

Mit schweißnassen Händen rappelte ich mich von der Matratze auf und zog mich in die hinterste, dunkelste Ecke des Raums zurück. Zitternd ließ ich mich an der Wand hinabgleiten und zog die Beine an. Ich starrte die Tür an und traute mich nicht, auch nur eine Sekunde wegzusehen.

In dieser Nacht dämmerte ich hin und wieder für einige Minuten weg. Irgendwann kroch Morgenlicht über den Zellenboden und es stand ein neues Tablett mit Essen an der Tür. Doch obwohl mein Magen inzwischen schmerzte und ich unglaublichen Durst hatte, ließ ich alles stehen und starrte stattdessen in das Stück Himmel, das ich durch die Gitterstäbe sehen konnte. Gedämpfte Stimmen drangen von draußen zu mir herein. Ich stand auf und verrenkte mir den Hals, um mehr sehen zu können.

Ein Stück grüner Rasen kam in mein Blickfeld, zusammen mit Isolde, deren lange schwarze Haare im Wind flatterten. Sie schien mit jemandem zu streiten. Leider hörte ich nicht, mit wem oder worum es ging. Irgendwann verstummte der Streit schlagartig, so als wären sie von jemandem unterbrochen worden. Stille kehrte ein, und ich spürte die Müdigkeit an mir zerren.

Mit letzter Kraft schleppte ich mich auf die Matratze, und noch ehe mein Kopf das billige Material berührt hatte, war ich tief und fest eingeschlafen.

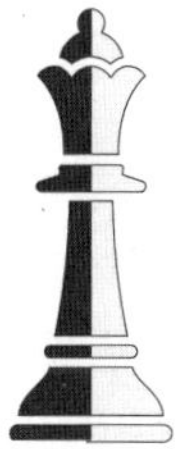

KÖNIGIN

MERKMALE UND FÄHIGKEITEN

DIE KÖNIGIN (DAME) IST NEBEN DEM KÖNIG DIE STÄRKSTE SPIELFIGUR. IHRE REFLEXE SIND STARK AUSGEPRÄGT. SIE KANN SOWOHL BEWUSSTSEINSBEEINTRÄCHTIGENDES GIFT ALS AUCH IHR EIGENES GEGENGIFT PRODUZIEREN. BEI GERINGER DOSIS KANN ES ZU FIEBER, SCHÜTTELFROST, HALLUZINATIONEN ODER KOMATÖSEN ZUSTÄNDEN FÜHREN. BEI HOHER DOSIS PLATZEN DIE LUNGENBLÄSCHEN, WAS ZUM TOD FÜHRT.

AUS DEM SPIELERHANDBUCH, S. 16,
SPIELFIGUREN UND IHRE FÄHIGKEITEN IM ÜBERBLICK

Kapitel 21

»Nein. Ich geh da jetzt rein. Ist mir egal, was ihr Hohlköpfe behauptet, ich lass sie doch dort drinnen nicht verwahrlosen.«

Wieder weckte mich eine Stimme. Obwohl ich mich bemühte, wurde ich nur sehr langsam wach. Meine Augen waren wie zusammenklebt, mein Nacken schmerzte und fühlte sich fiebrig heiß an. Isolde stand im Raum, ein Essenstablett in den Händen, und funkelte wütend jemanden über die Schulter an. »Ich will kein Wort mehr hören«, fauchte sie und kickte mit einem Fuß die Tür hinter sich zu.

Das Geräusch zerriss mir beinahe das Trommelfell. Ich stöhnte auf, und Isoldes fein geschnittenes Gesicht nahm einen besorgten Ausdruck an, als sie mich musterte. Eine kleine Falte bildet sich zwischen ihren Augenbrauen, während sie vorsichtig an mein Bett trat.

»Alice. Bist du wach?«

»H-hm …«, murmelte ich nur und hatte das Gefühl, als würde meine Stimme wie ein Gongschlag durch den Schädel dröhnen.

»Ich hab dir Essen gebracht. Vor allem musst du endlich was trinken, Liebes. Jackson hat mich zwar von deinem angekündigten Hungerstreik in Kenntnis gesetzt, aber das kann doch nicht so … Sag mal, hast du Fieber?«, unterbrach sie sich selbst. Klirrend stellte sie das Tablett ab, und im nächsten Augenblick fühlte ich eine kühle, zierliche Hand auf meiner klebrigen Stirn.

»Oh nein, nein, nein! Ich hatte gehofft, dass das Gift keine allzu großen Nebenwirkungen hinterlässt. Scheiße, warum hat das keiner bemerkt?«, stieß Isolde entsetzt hervor.

»Nebenwirkungen?«, fragte ich träge.

Isolde verzog das Gesicht, und ihre wundervoll kühle Hand verschwand wieder. »Es tut mir leid. Oh Gott, sind deine Hände immer noch gefesselt?«

Ich schaffte es nicht einmal, zu nicken.

Aber Isolde war ohnehin bereits dabei, das Tape von meinen geschwollenen Handgelenken zu entfernen. Ein reißendes Geräusch war zu hören, und eine Sekunde später schoss heißes, prickelndes Blut in meine Glieder zurück. Ich konnte einen Aufschrei nicht unterdrücken.

Isolde sog scharf die Luft ein. »Es tut mir so leid, Alice! Du musst das Schlimmste von uns denken, und das auch noch zu Recht. Kannst du dich aufsetzen?«, fragte sie leise.

Langsam schüttelte ich den Kopf.

Isolde stützte mich, sodass ich langsam, ganz langsam hochkam. Selbst im Delirium wunderte ich mich darüber, wie … freundlich sie zu mir war.

Mit zitternden Muskeln lehnte ich den Kopf gegen die angenehm kalte Wand hinter mir.

»So ist's gut«, lobte mich Isolde sanft und strich mir die ungewaschenen und verschwitzten Haare aus der Stirn. »Tu mir einen Gefallen und trink was.« Sie hielt mir eine lauwarme Tasse Tee unter die Nase.

Ich war zu müde, um zu rebellieren, und schluckte gehorsam.

»Ich mach dir gleich mehr«, versicherte mir Isolde und berührte noch einmal meine glühende Stirn. »Es müssen wohl noch Giftrückstände in deinem Körper sein. Es tut mir so leid.« Aus großen dunklen Augen sah sie mich schuldbewusst an. Augen, die viel zu groß für ihr schmales Gesicht wirkten. Ihre Stimme klang verzerrt und gedämpft, und der Raum um mich begann sich zu drehen.

»Es tut mir leid. Wir mussten ein wenig Theater spielen, um dich aus Chesterfield herauszubekommen. Jackson hat mir erzählt, dass du sein Angebot abgelehnt hast, freiwillig zu uns zu kommen. Ich weiß, du willst nicht hier sein, aber ich hoffe, dass du uns verzeihen kannst, sobald Vincents Gehirnwäsche nachlässt und du die Dinge klarer sieht«, sagte sie und hielt mir ein wenig Essen unter die Nase.

Inzwischen verspürte ich nicht einmal mehr Hunger, doch Isolde nötigte mich so lange mit dem Sandwich, bis ich ein paar Bissen schluckte. Der Raum kippte und mein Magen zog sich krampfend zusammen.

»Atmen, Alice. Versuch, es unten zu behalten, alles ist gut.«

Ich glaubte, Isoldes Hände zu spüren, die mir tröstend über den Rücken streichelten, immer und immer wieder, während ich begann, den Kontakt mit der Außenwelt zu verlieren. Es fühlte sich an, als würde ich fallen. Tiefer und tiefer, während mich Isoldes Stimme wie ein Echo begleitete.

»Ruh dich aus. Ich hol dir anständiges Bettzeug und Ersatzklamotten, okay?«

Ich war mir nicht sicher, ob ich geantwortete hatte, ehe sich die Dunkelheit um mich herum ausdehnte und mich mit in die Tiefe riss.

Es fühlte sich an, als hätte ich erst vor wenigen Sekunden die Augen geschlossen, als mich ein irritierender Geruch weckte. Mühsam zwang ich meine schweren Lider auseinander. Das Zimmer nahm nur sehr langsam und sehr verschwommen Konturen an. Ich blinzelte. War es hell? Ich fokussierte das zitternde Lichtlein neben mir und entdeckte eine Kerze, von der auch der seltsame Geruch ausging – ranzig wie abgestandenes Fett. Ich rümpfte die Nase.

Wann zum Teufel hatte ich eine Kerze angezündet? Ich bewegte mich und erstarrte, denn als Nächstes registrierte ich, dass ich nicht im Bett lag, sondern auf einem burgunderroten Teppich.

»Was zum …?« Hektisch setzte ich mich auf und sah mich um. Wo war ich? Das war nicht mein Zimmer.

Hohe Fenster säumten den fremden Raum und wurden von schweren Vorhängen umrandet. In einem großen, offenen Kamin brannte ein Feuer, und altmodische Sofas sowie kleine zierliche Tischchen standen darum herum. Über dem Kamin hing ein lebensgroßes Gemälde. Inzwischen wusste ich, wer darauf zu sehen war: Madelyn St. Burrington. Träumte ich schon wieder? Mein Blick huschte zu dem Sessel vor dem Kamin, doch diesmal saß niemand darin. Stattdessen war ein lautes Poltern zu hören. Ich fuhr herum.

Dem Poltern folgte ein Krachen, als die Tür vor mir aufgerissen wurde. Sie schlug so hart gegen die Wand, dass die Fensterscheibe zitterte.

Charles Chesterfield knallte hart auf den Boden, direkt vor meine Füße. Doch er schien mich nicht sehen zu können.

»Nein, Augustus, lass ihn in Ruhe!«, gellte eine Frauenstimme durch den Raum.

Charles Chesterfield hustete und drehte sich ächzend auf den Rücken. Sein Gesicht war schmerzverzerrt, Blut tropfte ihm aus dem Mundwinkel.

»Halt deinen verlogenen Mund!«, brüllte eine Männerstimme.

Während ich panisch zurückwich, stürmte ein groß gewachsener Mann durch die Tür. Auch ihn erkannte ich sofort wieder: Augustus Chesterfield.

Mir lief es eiskalt den Rücken runter, als ich sah, dass er Madelyn St. Burrington an den Haaren hinter sich herzerrte. Diesmal wirkte sie dünner, ausgemergelt, aber vielleicht hing ihre gespensterhafte Wirkung auch mit dem weißen Nachthemd zusammen, das sich um ihre Beine bauschte.

Madelyn zerrte hektisch an Augustus' Hand, und erst als ich ein Klicken hörte, bemerkte ich, dass er in der anderen Hand eine lange, altmodische Schusswaffe hielt. Der große Lauf richtete sich auf seinen Bruder, der rasselnd nach Luft schnappte.

»Du widerst mich an, Charles«, knurrte Augustus.

Madelyn schluchzte und sah aus, als würde sie gleich ohnmächtig werden. Dicke Tränen liefen ihr die Wangen herab und durchnässten das altmodische Nachtgewand.

»Sag mir, wo das Kind ist!«, brüllte Augustus. Er schwankte leicht, und selbst aus der Entfernung konnte ich den abstoßenden Gestank von Alkohol riechen.

Charles hustete. Blut glänzte auf seinen Zähnen, als er lächelte. »In Sicherheit«, röchelte er. »Du kannst mich töten, aber unser Kind wirst du niemals in die Finger bekommen. Du wirst für das, was du getan hast, in der Hölle schmoren!«

Augustus stieß ein bellendes Lachen aus, während sich sein

Finger fester um den Hahn der Waffe spannte. »Ich hole mir nur zurück, was mir rechtmäßig gehört, Bruder«, spuckte er verächtlich aus. »Du hast mir meine Frau gestohlen, mich vor allen Leuten lächerlich gemacht, und nun hast du auch noch einen Bastard in die Welt gesetzt. Vielleicht lande ich in der Hölle, aber ich werde dafür sorgen, dass du dort auf mich wartest.«

»Nicht! Augustus, bitte, tu das nicht. Ich werde alles tun, alles …«, schluchzte Madelyn.

Die Lippen des Mannes pressen sich zu einem festen Strich zusammen, ehe er Madelyn grob an den Haaren zu sich zerrte, die vor Schmerzen aufschrie.

»Du wirst jetzt ganz genau zusehen, du Hexe. Ich werde Charles töten, und egal wie sehr du mich anbettelst, ihm nachfolgen zu dürfen, werde ich dich am Leben lassen, damit du diese Nacht niemals vergisst. Haben wir uns verstanden?«

Er schüttelte sie wie einen Hund, und plötzlich kam Leben in Charles. Er sprang auf. Sein Arm schnellte nach vorn und packte die Waffenhand seines Bruders. Augustus stieß Madelyn grob von sich. Ihr Schrei hallte von den Wänden wider und vermischte sich mit dem lauten Knall der Pistole, der das gesamte Zimmer erschütterte.

»Charles, Charles, nein!«

Für einen kurzen Augenblick schien aller Sauerstoff aus dem Raum zu weichen, während sich die Brüder gegenüberstanden. Auge in Auge.

Blut besprenkelte ihre Gesichter, und der Widerschein des Feuers spiegelte sich in ihren hellen Haaren.

Ich war zu entsetzt, um auch nur einen Finger zu rühren. Der Geruch, die Geräusche – all das wirkte viel zu real für einen Traum.

Eine Gänsehaut kroch mir über den Rücken, als Charles plötzlich hustete. Dunkles Blut quoll über seine Lippen und sprenkelte den hellen Hemdkragen seines Bruders, ehe er in sich zusammensank. Ein dumpfer Aufprall war zu hören, als sein Körper aufkam. Ein hektischer, nasser Atemzug rasselte durch seine Lunge.

»Charles!«, schluchzte die Frau und kroch auf ihn zu, so langsam und linkisch wie eine Marionette, der man die Fäden durchgeschnitten hatte.

»Komm, Madelyn!« Augustus packte sie erneut an den Haaren. Ihr Aufheulen war beinahe lautlos.

»Charles!«, flüsterte sie erstickt, ehe sie herumfuhr und Augustus mit einem solchen Hass im Blick anstarrte, dass selbst mir eiskalt wurde.

»Augustus Chesterfield«, spuckte sie aus, und ihr dunkles Haar kräuselte sich um ihren Körper, bewegte sich in einem Windzug, der auch das Feuer unruhig tanzen ließ. »Du hast gerade einen großen Fehler begangen.« Aus ihren Augen schien sämtliches Licht zu verschwinden. »Wenn Charles stirbt, werde ich einen Pakt mit dem Teufel schließen. Ich werde meine Seele verkaufen, nur um dich so fallen zu sehen wie deine geliebten Schachfiguren.«

»Halt den Mund«, brüllte Augustus sie an und schlug ihr hart ins Gesicht. Madelyns Kopf wurde hart zurückgeschleudert. Sie taumelte und hielt sich am nächsten Stuhl fest. Ihre Schultern bebten, während Augustus sie anbrüllte: »Noch ein Wort aus deinem verlogenen Maul, und ich werde …«

»Und du wirst was?«, unterbrach sie ihn, und als sie aufsah, war ihr Gesicht verzerrt vor Hass und Schmerz. »Augustus Chesterfield, ich werde dich verfluchen. Egal wie. Ich werde dafür Sorge tragen, dass dein hässliches, verkümmertes Herz immer wieder durch die Hand eines St. Burrington durchbohrt wird. Immer und immer wieder.« Sie lachte freudlos, und als ich aufblickte, erkannte ich den Wahnsinn in ihren Augen.

Augustus fluchte und zerrte sie grob zur Tür. Charles stöhnte am Boden noch einmal leise auf. Seine Brust hob und senkte sich unregelmäßig, und er starrte seinem Bruder und der Frau, die er liebte, mit weit aufgerissenen Augen nach. »Madelyn«, brachte er noch schwach hervor, ehe er in sich zusammensank und die Tür krachend ins Schloss fiel.

»Alice!«

Starke Hände schüttelten mich. Schreiend schlug ich die Augen auf und spürte, wie sich mein Magen verkrampfte. Ich begann zu würgen, während ich mich gegen den kräftigen Griff zu Wehr setzte.

»Alice! Es ist nur ein Traum, komm zu dir!« Die Stimme drang nur verzerrt zu mir vor, meine Sicht verschwamm immer wieder, und ich merkte, dass ich am ganzen Körper glühte. Mondlicht fiel ins Zimmer und auf helle, fast weiße Locken und Augen, so blau wie der Himmel.

Vincent! Er war gekommen!

Ein Schluchzen verstopfte meinen Hals. »Mach, dass es aufhört«, bat ich ihn wie ein Kleinkind.

»Was soll aufhören?«, fragte er. Irgendwie klang seine Stimme seltsam, doch ich sah so verschwommen, dass ich nur noch Schatten ausmachen konnte.

»Diese Träume«, keuchte ich.

»Träume?«

»Ja. Ich träume, und es hört einfach nicht auf. Ich verstehe nicht, was sie mir zeigen will.«

»Schhht. Alles ist gut, Alice«, flüsterte Vincent. Seine Stimme war viel tiefer und rauer als gewöhnlich, und seine blauen Augen wirkten im fahlen Mondlicht immer wieder beinahe … schwarz?

»Bist du gekommen, um mich zurückzuholen? Bleibst du bei mir?« Ich spürte, wie ein hoffnungsvolles Lächeln meine spröden Lippen teilte.

Vincent strich mir in einer unendlich liebevollen Geste eine Haarsträhne aus dem Gesicht. »Natürlich bleibe ich bei dir. Ich war von Anfang an da. Seit ich dich gefunden hab«, sagte er leise.

Ich lächelte schwach. »Bitte lass mich hier nicht wieder allein, Vincent«, hauchte ich und spürte, wie meine Augenlider bereits wieder schwer wurden. Trotzdem sah ich das traurige Lächeln, das bei meinen Worten plötzlich seine Mundwinkel umspielte.

»Du musst keine Angst haben«, murmelte er. »Ich werd dich beschützen.«

»Versprochen?«

»Ich schwöre es«, sagte er, eher er mich sanft zudeckte. »Schlaf noch ein wenig, das Fieber ist bald verschwunden.«

»Weißt du was?«, murmelte ich leise. »Vielleicht hab ich mich auch in dich verliebt.«

Stille senkte sich über den Raum, und ich glaubte schon, Vincent wäre gegangen, als ich eine sanfte Berührung an meiner Wange fühlte.

»Schlaf gut, *Chérie*.«

Chérie?

Verschwommen sah ich eine große Gestalt mit breiten Schultern und dunklem Haar den Raum verlassen.

Dann dämmerte ich weg.

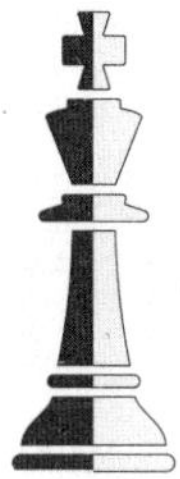

KÖNIG

MERKMALE UND FÄHIGKEITEN

SCHWARZER KÖNIG: DER SCHWARZE KÖNIG KANN FLÜCHE AUSSPRECHEN. DIESE FÄHIGKEIT GILT ALS AUSSERORDENTLICH GEFÄHRLICH UND UNKONTROLLIERBAR. ZUDEM BESITZT ER LEICHTE MAGIEFÄHIGKEITEN, DIE ILLUSIONEN SCHAFFEN KÖNNEN.

WEISSER KÖNIG: DER WEISSE KÖNIG KANN WAHRNEHMUNGEN UND GEDANKEN MANIPULIEREN. ZUDEM BESITZT ER LEICHTE MAGIEFÄHIGKEITEN, DIE ILLUSIONEN SCHAFFEN KÖNNEN.

EIN KÖNIG KANN NUR DURCH EINEN DIREKTEN STICH INS HERZ ODER EINE STARKE VERLETZUNG DES HERZENS AUS DEM SPIEL GENOMMEN WERDEN. ERST WENN DAS HERZ EINES KÖNIGS ZU SCHLAGEN AUFHÖRT, GILT ER ALS SCHACHMATT GESETZT UND DAS SPIEL DAMIT ALS BEENDET.

AUS DEM SPIELERHANDBUCH, S. 17,
SPIELFIGUREN UND IHRE FÄHIGKEITEN IM ÜBERBLICK

Kapitel 22

Als ich das nächste Mal die Augen aufschlug, hatte ich einen bitteren Geschmack im Mund und das Gefühl, etwas Seltsames geträumt zu haben. Etwas *sehr* Seltsames. Doch sobald ich mich bewegte, merkte ich, wie viel besser es mir ging. Meine Muskeln taten ihren Dienst, und meine Knochen fühlten sich endlich wieder an, als wären sie fest und kein Wackelpudding. Eine Decke lag über mir, und das kleine Fenster stand offen.

»Na endlich. Ich dachte schon, du wachst nie wieder auf!«

»Curse?« Überrascht fuhr ich hoch, und prompt drehte sich der Raum um mich. »Was machst du hier?«, fragte ich, während der Kater, der sich auf dem Fenstersims niedergelassen hatte, sein Gesicht so fest gegen die Gitterstäbe drückte, dass es ihm tatsächlich gelang, sich halb durchzuquetschen. Aber leider eben nur halb.

Er verzog das Gesicht und zuckte mit den Ohren. »Wonach sieht es denn aus? Mein Arsch hängt hier nur zum Spaß runter. Hilf mir gefälligst.«

Ich holte tief Luft, ehe ich mich vorsichtig auf die Füße stellte und durch die Gitterstäbe griff, um den Kater zu stützen. Es sah irgendwie komisch aus, wie er so gequetscht zwischen den Gitterstäben hing und angepisst mit dem Schwanz zuckte. »Was soll ich tun?«

»Zieh!«

»Sicher?«

»Wehe, du drückst, dann fall ich runter.«

»Landen Katzen nicht immer auf den Pfoten?«

»Jetzt zieh einfach!«, fauchte er, und ich packte seinen kleinen Körper und versuchte, ihn durch das Gitter zu bekommen, ohne ihm dabei wehzutun.

Curse fluchte.

»Mach dich dünner.«

»Mach dich besser im Katzenleben retten.«

»Du bist zu fett.«

»Und du bist zu blöd.«

Fluchend hielt Curse die Luft an. Ich zog, bis er endlich durch das Gitter flutschte. Leider verlor ich dabei mein ohnehin schon wackliges Gleichgewicht. Curse fauchte, während ich hart polternd am Boden landete.

»Scheiße!«, fluchten wir gleichzeitig.

»Alice? Ist alles in Ordnung?«

Erschrocken sah ich auf, als die Tür aufgerissen wurde und Isolde im Türrahmen erschien. Als sie mich am Boden liegen sah, verzog sie vor Schreck das Gesicht und ich bemerkte gerade noch im Augenwinkel, wie Curse unter mein Bett flitzte und sich zusammenrollte, sodass er aussah wie eine riesengroße Staubfluse.

»Ich bin hingefallen«, sagte ich lahm.

»Das seh ich. Alles okay? Tut dir was weh?« In einem einzigen Wirbel aus dunklem Haar und Pfefferminzgeruch war sie bei mir und half mir auf. Ihre Berührung war weich, warm und irritierend angenehm. Isolde sollte sich nicht so anfühlen. Sie sollte sich anfühlen wie … Jackson! Also total eklig und gemein.

»Komm.« Nachdem sie mich zum Bett geführt hatte, sah sie mich mit einem traurigen Ausdruck an. »Wenn du abhauen willst, solltest du eventuell warten, bis du nicht gleich zusammenbrichst«, sagte sie nur halb im Scherz.

Ich seufzte. »Klar, ich wollte abhauen und mich durchs Gitter quetschen.«

Isolde runzelte die Stirn. »So dünn, wie du bist, könnte das glatt funktionieren. Du hast beinahe eine Woche geschlafen.«

»Eine Woche?« Ungläubig sah ich auf. »Sicher?«

»Ziemlich. Wir mussten dir sogar Infusionen gegeben.« Sie deutete neben mich, und tatsächlich stand am Bett ein Infusionsständer mit einem leeren Beutel daran. Ich blickte in meine Ellenbeugen und sah auf beiden Seiten Pflaster.

»Hast du Hunger?«, fragte Isolde. Meine Magen knurrte, und sie grinste. »Draußen steht ein Tablett. Ich hol es schnell.«

Sie öffnete die Tür, und ich nutzte die Chance, unters Bett zu schielen. »Was soll ich tun?«, zischte ich.

»Nicht unters Bett glotzen«, fauchte Curse, und ich beeilte mich, mich wieder aufzusetzen, während Isolde mit dem Tablett hereinkam.

»So.« Sie strahlte, stellte es auf meinem Schoß ab und setzte sich zu mir. »Ich wusste nicht, was du magst, darum hab ich von allem etwas aus der Küche geholt.«

Ich starrte auf Nudeln mit Tomatensoße. Auf etwas, was wie Würstchen aussah. Auf eine klare Suppe. Einen grünen Salat. Eine Flasche Wasser, eine Flasche Saft und einen Teller mit Schokoladenkuchen.

»Du solltest vielleicht mit der Suppe anfangen«, setzte Isolde an, als ich bereits den Kuchen zu mir zog und ausgehungert hineinbiss.

»Hmmm …« Der Geschmack nach cremiger Glasur, Marmelade und fluffigem Teig explodierte in meinem Mund. Erst als ich schluckte, kam mir der Gedanke, dass sie etwas ins Essen getan haben könnte, um mich zu sedieren. Ich erstarrte und sah misstrauisch auf.

Isolde deutete meinen Blick richtig, denn sie wirkte gleichzeitig streng und gekränkt. »Iss. Wenn ich dich vergiften wollte, gibt es für mich andere Wege«, erinnerte sie mich, dann fügte sie verlegen hinzu: »Wie du am eigenen Leib erfahren musstest.«

Ich schluckte. »Danke, hätte ich fast vergessen.«

»Immer gern.« Sie tätschelte meine Schulter, und ich aß weiter. Allerdings etwas langsamer. Mein Magen rebellierte bereits von den wenigen Bissen.

»Hab ich wirklich eine Woche lang geschlafen?«, fragte ich leise.

»Fünf Tage, um genau zu sein. Du warst … erschöpft«, sagte Isolde.

»Ja. Das war ich.«

»Wir haben die ganze Zeit über stündlich nach dir gesehen. Jackson sagte, du seist gestern Nacht einmal kurz aufgewacht. Seitdem warten wir darauf, dass du wieder zu dir kommst. Es freut mich, dass es dir nicht schlechter geht als vorher.«

»Jackson war in meinem Zimmer?«, fragte ich alarmiert. Eine Erinnerung drängte sich nach oben, nur um im nächsten Augenblick wieder wie Sand zwischen meinen Fingern zu zerrieseln. Ich runzelte die Stirn.

»Ja. Kannst du dich daran erinnern?«

Ich schluckte. »Nicht wirklich.«

Isolde bemerkte, dass ich alles andere als glücklich aussah. Sie lächelte beruhigend. »Er hat immer deine Infusionen gewechselt. In so was ist er echt gut. Falls er das Spiel überlebt, will er Arzt werden.«

»Oh.« Ich versuchte, mir den schwarzen König als gewöhnlichen Medizinstudenten vorzustellen, aber es gelang mir nicht. »Ich ... der Kuchen ist lecker«, sagte ich, um die leicht unangenehme Stille zu füllen.

Isolde strahlte mich wieder an. Bisher hatte ich dieses ständige Lächeln für Gehässigkeit gehalten, doch langsam beschlich mich das Gefühl, dass die schwarze Königin einfach gern fröhlich war. »Wirklich? Ich hab ihn nur für dich gemacht.«

»Du kannst backen?«

»Ja, das hab ich von meiner Granny gelernt.« Lächelnd schnippte sie ein paar Kuchenkrümel vom Bett. »Meistens back ich für Jackson. Er hat eine Schwäche für Süßigkeiten. Der Kerl ist unausstehlich, wenn sein Blutzucker im Keller ist«, verriet sie mir. »Aber sobald er ein Stück Kuchen im Mund hat, ist er ausnahmsweise mal glücklich.« Sie grinste noch breiter, ehe sie plötzlich die Augen verdrehte. »Und so halte ich ihn zumindest ein wenig von dieser widerlichen Raucherei ab.« Sie rümpfte angeekelt die Nase. »Wenn du ihn mit einer Kippe siehst, hast du meine Erlaubnis, ihm das Ding ungespitzt in den Hintern zu rammen.«

Sie sagte das mit solch einer feierlichen Ernsthaftigkeit, dass ich zu meiner eigenen Überraschung in Gelächter ausbrach.

Isolde blinzelte perplex, dann stimmte sie mit ein. Sie versuchte es zu verbergen, doch ich bemerkte trotzdem den erleichterten Ausdruck, der dabei durch ihre Augen huschte. Ich war mir nicht sicher, warum es ihr so wichtig war, dass ich mich in ihrer Gegenwart wohlfühlte, doch sie tat wirklich alles dafür.

Ich trank einen Schluck Wasser und ging zu den Nudeln über. Sie waren mit Ketchup, und der Geschmack erinnerte mich an zu Hause. *Zu Hause.* Ich blinzelte und hielt mitten im Essen inne.

»Alice? Ist was? Wird dir schlecht?« Isolde sah sich hektisch um, vermutlich nach einem geeigneten Auffangbehältnis, doch ich unterbrach sie. »Zu Hause«, wiederholte ich meine Gedanken.

Isolde hielt inne und sah mich traurig an. »Was ist damit?«

»Ich …« Ich schluckte und hielt mir dem Kopf. Ein Summen erfüllte meine Ohren, und dann war da ein wattiges Gefühl hinter meinen Augen, das mich hektisch blinzeln ließ. »Wie lang bin ich schon hier?«, fragte ich irritiert.

»Eine Woche.«

»Nein … ich meine, hier in diesem Spiel. Ich … ich weiß nicht mehr, wann ich das letzte Mal an zu Hause gedacht hab. Es fühlt sich so an, als wäre ich schon Ewigkeiten hier«, sagte ich und sah auf. Ein seltsames Gefühl breitete sich in meinem Bauch aus. Ich versuchte, mich an meine Mutter zu erinnern, an ihr Lachen, das Gefühl ihrer Hände, und … warum fiel mir das so schwer?

»Soweit ich weiß, bist du seit knapp zwei Wochen auf dem Spielfeld«, sagte Isolde vorsichtig.

Schockiert starrte ich sie an. »Es ist nicht nur das …« Ich runzelte die Stirn. »Ich kann mich quasi an nichts erinnern. Das ist doch nicht normal. Ich hätte zu Hause anrufen sollen. Meine Mom macht sich bestimmt schreckliche Sorgen um mich.«

Isoldes Gesichtsausdruck wurde weich. »Beruhig dich, Alice.

Das ist der Fluch. Es ist normal, hier drinnen das Zeitgefühl zu verlieren«, versicherte sie mir. »Der Fluch ist ein heimtückisches Miststück. Er greift überall ein. Auch in unsere Köpfe. Die Menschen, die sich nicht auf dem Spielfeld befinden, vergessen uns. Der Fluch schützt sich selbst. Je weniger Leute sich an uns erinnern, desto weniger kommen hier hoch. Ich weiß, es ist kein Trost, aber deine Mutter wird wahrscheinlich nicht versucht haben, dich anzurufen.«

Ich starrte sie an und spürte, wie mir die Tränen in die Augen schossen.

»Soll ich dir trotzdem ein Handy geben?«, bot sie an.

Ich nickte, und Isolde holte ein Smartphone aus der Tasche ihrer schwarzen Schuluniform. Mit bebenden Fingern tippte ich die Nummer meiner Mom ein.

Ich hörte es tuten und tuten und tuten. Nur die Mailbox sprang an. Ich versuchte es erneut, auch auf dem Festnetz und auf der Station. Dasselbe Ergebnis. Ich starrte auf das Handy und spürte, wie mir die Angst die Luft abschnürte. Was, wenn sie mich wirklich vergessen hatte? So wie ich gerade dabei gewesen war, *sie* zu vergessen?

»Du kannst ihr eine Nachricht hinterlassen und es später noch mal versuchen«, bot Isolde mir leise an.

Ich starrte auf das Handy. »Was soll das bringen? Ich meine, was soll ich ihr denn bitte sagen?« Ich schluckte gegen die Tränen an. »Dass ich in einem Fluch gefangen bin, der mich zu einer lebenden Spielfigur macht?« Mit einem traurigen Lachen gab ich ihr das Handy zurück.

»Du bist nicht allein, Alice«, versuchte Isolde mich zu trösten und schenkte mir ein aufmunterndes Lächeln. »Du hast ja uns. Wir sind für dich da.« Das Lächeln wurde zu einem Strahlen.

Mir entfuhr ein Schnauben. »Ohne dich beleidigen zu wollen, Isolde, aber ihr habt mich vergiftet und gekidnappt. Das stört ein wenig das Gefühl von Zugehörigkeit.«

Ihr Lächeln fiel in sich zusammen, und ich hatte beinahe schon ein schlechtes Gewissen. »Stimmt doch«, presste ich hervor.

»Ja.« Sie seufzte. »Ja, stimmt. Und es tut mir leid. Wir wussten einfach keine andere Möglichkeit, dich aus Chesterfield rauszubekommen. Aber wir ...«, sie biss sich auf die Unterlippe und gab sich einen Ruck, »... wir hätten dich nicht sterben lassen«, vertraute sie mir mit rauer Stimme an. »Wir haben geblufft und darauf spekuliert, dass Chesterfield glaubt, dass wir dich sterben lassen würden, wenn sie dich nicht herausgeben. Aber das hätten wir nie zugelassen. So sind wir nicht.« Sie flüsterte so leise, dass ich sie kaum verstand.

Wachsam starrte ich sie an. »Ihr redet andauernd so, als hättet ihr mich aus Chesterfield retten müssen.«

»Das mussten wir ja auch«, warf sie ernst ein.

»Aber mir ging es gut dort«, hielt ich dagegen. »Ich will zurück. Ihr könnt mich nicht ewig einsperren.«

Ein resignierter Ausdruck glitt über ihre Züge, doch sie nickte beinahe verständnisvoll. »Nein, das können wir nicht. Aber ich hoffe, dass du uns eine Chance gibst. Hör dir an, was wir zu sagen haben. Du bist der Slave, und wie sich gezeigt hat, kannst du dich frei für eine Seite entscheiden. Und vielleicht entscheidest du dich ja für uns.« Sie fasste nach vorn und nahm mit ernstem Blick meine Hände in ihre. »Ich weiß, du vertraust uns nicht. Ich weiß, du warst in

Chesterfield und musst einen schrecklichen Eindruck von uns bekommen haben. Aber ich versichere dir, nicht alles ist nur schwarz oder weiß.« Sie lachte über ihren eigenen Witz, ehe sie meine Finger fester drückte. »Ich weiß nicht, was sie dir in Chesterfield alles über uns erzählt haben. Aber ich verspreche dir, dass wir keine schlechten Menschen sind. Wir wollen den Fluch brechen, und wenn uns das schon nicht gelingt, dann versuchen wir, ihn zumindest nach unseren Vorstellungen zu biegen. Wir glauben, du kannst uns dabei helfen.«

»Vincent sagt, man kann den Fluch nicht brechen. Niemand hat das bisher geschafft«, wandte ich ein.

»Nur weil es bisher niemand geschafft hat, muss das nicht heißen, dass auch wir es nicht schaffen.«

»Und wie wollt ihr vorgehen?«, fragte ich skeptisch.

Wieder strahlte sie mich an wie eine Tausend-Watt-Birne. »Na ja, wir haben dich, Alice. Den Slave.«

»Aber ich kann doch überhaupt nicht viel«, hielt ich dagegen. »Schon gar keine Flüche brechen.«

»*Noch* nicht.« Sie drückte meine Finger. »Wir werden dir helfen herauszufinden, was du alles kannst. Alle in St. Burrington wollen dich unterstützen und stehen voll und ganz hinter dir. Das verspreche ich dir.«

»Alle?«, fragte ich skeptisch.

»Nun, einige …«, räumte sie ein und zuckte mit den Schultern. »Sobald es dir besser geht, stell ich dir die schwarzen Spieler vor. Du wirst unsere Läufer Keith und Feather lieben. Sie freuen sich schon, dich kennenzulernen. Feather zum Beispiel ist zwar nicht größer als ein Kobold, aber selbst Bastion hat Angst vor ihr.«

Isolde lachte glockenhell auf und zeigte dabei ihre leuchtend weißen Zähne. Sie erzählte mir mit solcher Zuneigung von den anderen Spielfiguren, als wollte sie mir die menschliche Seite hinter dem Fluch begreiflich machen. In ihren Augen lag eine Eindringlichkeit, die ich weder wirklich sehen noch hören wollte. Denn all diese Personen waren immer noch Spielfiguren, die alles daransetzten, Chesterfield auszulöschen. Und ich gehörte zu Chesterfield, gehörte zu *Vincent.*

Ich musste mich gegen Isoldes Freundlichkeit regelrecht wappnen, ehe sie mich einlullen konnte. Denn egal, wie leicht es gewesen wäre und wie gern ich es getan hätte: Ich konnte Isolde nicht vertrauen. Der immer noch schmerzende Biss an meinem Hals erinnerte mich daran.

»Du …«, setzte ich an und wurde im selben Augenblick von lautem Klopfen unterbrochen. Seit wann besaßen die Schüler von St. Burrington die Freundlichkeit, an der Tür zu klopfen, anstatt einfach reinzustürmen?

Ich blinzelte überrascht, als Bastion in mein Zimmer kam. Seine Haare leuchteten in grellem Türkisblau, das frisch gefärbt aussah.

»Hey, Issy. Hier ist das Buch, das du wolltest«, brummte er. Ihm war deutlich anzusehen, dass er sich unwohl in seiner Haut fühlte. Er vermied es tunlichst, in meine Richtung zu sehen, und studierte stattdessen den Putz in der Zimmerecke. Der *war* aber auch toll.

Isolde kniff die Augen zusammen, ließ meine Hand los und stand auf, wobei sie Bastion ihren spitzen kleinen Zeigefinger in die Brust rammte. Obwohl das unmöglich wehgetan haben konnte, fuhr er zusammen. »Hast du Alice nicht noch was zu sagen?«, fragte sie drohend.

Ein Muskel an Bastions Hals zuckte. »Ich hab nur Jackson Anweisungen befol…«

»Hast du …«, fragte Isolde erneut und bohrte ihren Nagel fester in Bastions Brust, sodass er leise aufjaulte, »… Alice etwas zu sagen?«

»Aua! Scheiße, Issy, dein dummes Gift brennt wie Hölle. Okay, ich sag's ja schon«, motzte er und sah mir endlich in die Augen.

Verblüfft stellte ich fest, dass er schuldbewusst wirkte. Er rieb sich mit einer Hand die Brust und stieß schwer die Luft aus. »Es tut mir leid, dass ich nicht mitbekommen hab, wie schlecht es dir ging, Alice. Ich bin ein Arsch und hätte mich besser um dich kümmern müssen.« Sein Blick schoss zu Isolde.

Die verschränkte die Arme vor der Brust und hob eine Augenbraue. »Und?«

Bastion seufzte, dann fuhr er kleinlaut fort: »Und es tut mir leid, dass ich dich damals durch den Wald gejagt hab. Ich hätte dir auch wirklich nur ganz schnell das Genick gebro…«

»Bastion!«, fauchte Isolde.

»Argh! Schon gut. Es tut mir leid, okay?«, stieß er hervor und warf das Buch auf mein Bett, ehe er sich leise brummend umdrehte und aus dem Raum stampfte.

Verdutzt starrte ich ihm hinterher. »Was war denn *das?*«, fragte ich.

Isolde seufzte, nahm das Buch hoch und setzte sich mit angezogenen Beinen aufs Bett. »Der dilettantische Versuch einer Entschuldigung. Als Jackson mir erzählt hat, was im Wald passiert ist, hab ich ihm beinahe den Hals umgedreht.«

»Im Wald?« Ich verengte die Augen zu Schlitzen. »Du

meinst, als Jackson und Bastion mich wie einen Hasen gejagt haben?«

Isolde zuckte unter meinem wütenden Blick zusammen und seufzte entschuldigend, dann hob sie den dicken Wälzer hoch, den Bastion gebracht hatte. »Ich wollte dir was zeigen, was ich in unserer Bibliothek gefunden hab.« Sie nahm das Tablett von meinem Schoß und legte an dessen Stelle den dicken Wälzer ab, blätterte durch die Seiten und hielt bei einer mit einem Eselsohr markierten Stelle an. »Kennst du dieses Bild?«, fragte sie mich.

Ich warf einen Blick darauf und nickte überrascht. »Ja, das sind die Brüder Chesterfield und Madelyn St. Burrington. Das Gemälde hängt drüben in Chesterfield. Sie sind diejenigen, mit denen dieser Fluch begonnen hat, oder nicht?«

Isolde nickte und blätterte weiter. »Richtig. Die ganze Geschichte dreht sich um die drei. Jackson ist der Meinung, dass Madelyn verrückt war und deshalb die beiden Herrenhäuser verflucht hat. Ich dagegen glaube, sie wollte sich nur an Augustus Chesterfield rächen, und als sie den Fluch aussprach, ging irgendwas schief. Bei Flüchen geht *immer* irgendwas schief.« Sie seufzte leise und strich sich eine Haarsträhne hinters Ohr.

Ich runzelte die Stirn. »Habt ihr denn keine Aufzeichnungen aus der Zeit? Tagebücher oder so?«

»Ja und nein«, murmelte Isolde. »Von den ersten Spielen wissen wir nur sehr wenig.«

»Wurden sie denn nicht aufgeschrieben?«, fragte ich irritiert.

Isolde zog eine Augenbraue hoch. »Wie es scheint, *wollte* irgendjemand nicht, dass wir zu viel wissen.«

»Du meinst, die Aufzeichnungen wurden versteckt?«

»Oder zerstört. Jedenfalls wurden sie nie gefunden. Dieses Buch hier ist die detaillierte Zusammenfassung von allem, was wir über die Ereignisse in den letzten Jahrhunderten wissen. Seit du hier bist, hab ich angefangen, ein bisschen zu recherchieren, und etwas sehr Interessantes gefunden. Sieh dir das da mal an.« Wieder hielt sie mir das Buch unter die Nase.

Es war ein ähnliches Bild. Dasselbe Porträt, nur dass diesmal neben Madelyn St. Burrington zusätzlich noch ein junger Mann mit dunklen Haaren und ebenso dunklen Augen stand. Ein spitzbübisches Lächeln erhellte seine Züge. Er konnte nicht älter als siebzehn sein.

»Wer ist das?«, fragte ich überrascht.

»Das hab ich mich auch gefragt. Und vor allem, warum zwei Gemälde existieren, die beinahe identisch sind. Bei meinen Recherchen habe ich herausgefunden, dass dieses Bild einige Zeit später gemalt wurde als das in Chesterfield, und dass es als verschollen gilt. Der Junge hieß Silvius St. Burrington. Er ist Madelyns Bruder.«

»Madelyn hatte also einen Bruder ... und?«, fragte ich, weil ich keine Ahnung hatte, warum Isolde darüber so aufgeregt war.

»Silvius St. Burrington war Madelyns Bruder, aber dieses Bild ist das einzige, das ich von ihm finden konnte. Es ist, als würde er nur auf diesem einen Gemälde existieren.«

»Na und? Vielleicht ging er auf ein Internat oder so was«, warf ich ein.

Isolde neigte den Kopf und schürzte die Lippen. »Vielleicht. Interessant ist jedoch, dass dieses Porträt relativ kurz vor dem Fluch gemalt wurde. Es besteht also die Wahrscheinlichkeit, dass er zu der

Zeit da war, als der Fluch verhängt wurde. Und damit hätte er ebenfalls eine Spielfigur sein müssen. Was ihn nach meiner Zählung zur siebzehnten Spielfigur gemacht hätte.«

»Du meinst, er war …«

»Genau. Der erste Slave«, sagte Isolde aufgeregt und tippte auf das Bild des jungen Mannes. »Ich glaube, er ist dein Vorfahre, Alice. Die Spielfigur, von der wir so gut wie nichts wissen und die spurlos verschwunden ist. Ihm ist gelungen, was niemand sonst bisher geschafft hat, nämlich das Spielfeld zu verlassen. Und verschwunden zu bleiben, bis Jahrhunderte später plötzlich du hier auftauchst.«

»Meinst du damit …«, ich räusperte mich und versuchte, das Gesagte zu verstehen, »… dass ich vielleicht als Einzige dazu in der Lage bin, das Spiel zu verlassen?« Mein Herz klopfte bei diesem Gedanken wie wild.

Isolde zuckte mit den Schultern und studierte das Bild vor sich. »Es ist nur eine Vermutung. Wir müssten es ausprobieren.«

»Dann lass es uns gleich versuchen«, sagte ich aufgeregt und setzte mich mit mehr Elan im Bett auf, als ich seit Wochen verspürt hatte. »Lass uns zur Grenze gehen und versuchen, ob ich das Spielfeld verlassen kann. Vielleicht finden wir so auch einen Weg, wie ihr alle ausbrechen könnt.« Die aufkeimende Hoffnung fühlte sich wie eine frische Brise nach einer langen Hitzewelle an.

»Du gehst nirgendwohin …«

Eine tiefe Stimme ließ Isolde und mich gleichzeitig erschrocken herumfahren. Jackson stand im Türrahmen. Ein langer schwarzer Mantel lag über seinen breiten Schultern und umspielte seine langen Beine. Er atmete schwer, als wäre er gerannt. Sein Haar war ein absolutes Durcheinander. Schmutzstreifen zogen sich quer über sein Gesicht, und seine Finger waren … blutverschmiert. Bei dem Anblick stockte mir der Atem.

Isolde wurde blass. »Was ist passiert?«, fragte sie besorgt.

Jack presste die Lippen zusammen. »Wir haben Chesterfield gerade um einen Bauern erleichtert«, sagte er dumpf.

Mein Blick blieb weiter an seinen Händen hängen. Bei dem Gedanken, wie er andere Schüler damit zum Bluten brachte, drehte sich mir der Magen um.

»Oh, Jackson«, seufzte Isolde, ließ den Kopf hängen und schloss für einen Moment die Augen. Dann fragte sie besorgt: »Geht's dir gut?«

Ungläubig starrte ich sie an. »Du fragst allen Ernstes, ob es *ihm* gut geht?«, platzte es aus mir heraus.

Isoldes Augen wurden groß, und an Jacksons Kinn zuckte ein Muskel. Beide starrten mich an.

»An seinen Händen klebt Blut! Das Blut eines Menschen! Und du erkundigst dich, ob es ihm gut geht, obwohl er ein Mörder ist?«, fauchte ich Isolde an. Meine Stimme zitterte vor Wut.

»Alice.« Sie hob die Hände, wie um ein aufgebrachtes Wildtier zu beruhigen. »Du weißt nicht, was passiert …«

»Ich muss nicht wissen, was passiert ist«, brüllte ich außer mir vor Wut. »Ich werde nicht für St. Burrington spielen. Für *ihn!*« Ich zeigte auf Jackson.

Es war mucksmäuschenstill im Raum.

Jackson war schließlich derjenige, der sich bewegte. »Es ist mir egal, was du willst, *Chérie*. Du bleibst hier auf St. Burrington. Wenn du uns so dringend für Monster halten willst, dann will ich dich nicht enttäuschen und entziehe dir ab sofort jede Sonderbehandlung durch Isolde.«

»Jackson!«, fauchte Isolde. »Hör auf! Du machst alles kaputt!«

»Sie *ist* bereits kaputt, Isolde«, fuhr Jackson sie an. »Sie ist unbrauchbar. Dafür hat Chesterfield gesorgt.«

»Alice ist nicht …«, brauste Isolde auf, doch Jackson schnitt ihr mit einem einzigen Blick das Wort ab. Die Temperatur im Raum schien schlagartig rapide sinken.

»Du verschwendest deine Zeit mit ihr, Issy«, sagte Jackson leise. »Du kannst niemanden retten, der nicht gerettet werden will. Komm jetzt. Wir haben noch was zu erledigen.«

In diesem Augenblick war ich mir sicher, noch nie jemanden so sehr gehasst zu haben wie Jackson Burrington.

Isolde biss sich in die Unterlippe. Dann warf sie mir einen traurigen Blick zu und klappte das Buch zu, um Jackson zu folgen.

Die Tür knallte zu, und sie ließen mich allein zurück.

SLAVE

MERKMALE UND FÄHIGKEITEN

GERÜCHTEN ZUFOLGE IST DER SLAVE VARIABEL EINSETZBAR. ER KANN JEDE BELIEBIGE GEFALLENE FIGUR - EGAL AUF WELCHER SEITE - ERSETZEN. ZUDEM KURSIERT DAS GERÜCHT, ER KÖNNE GEFALLENE SPIELFIGUREN ZURÜCKBRINGEN. ALTERNATIV HEISST ES, DER SLAVE EXISTIERE, UM EINEM DER KÖNIGE ZU DIENEN. EINE WEITERE THESE LAUTET, ER SEI ESSENZIELL, UM DEN FLUCH ZU BRECHEN, WOBEI HIERZU KEINERLEI GENAUE INFORMATIONEN VORLIEGEN.

KEINES DER GERÜCHTE KONNTE BISHER BEWIESEN ODER WIDERLEGT WERDEN. SOLLTE DER SLAVE EIN ERKENNUNGSZEICHEN BESITZEN, IST ES BISLANG UNBEKANNT.

EINZIGE ERWÄHNUNG SIEHE S. 30, ABSCHNITT F.

AUS DEM SPIELERHANDBUCH, S. 18,
SPIELFIGUREN UND IHRE FÄHIGKEITEN IM ÜBERBLICK

KAPITEL 23

»Das nenn ich mal ein Statement. Erinnere mich daran, niemals dem schwarzen König ans Bein zu pissen«, sagte Curse und kam unterm Bett hervor.

Ich zuckte zusammen, weil ich ganz vergessen hatte, dass der Kater da war. Curse schnüffelte an meinen inzwischen kalten Spaghetti und stibitzte sich ein Würstchen.

»Wir müssen von hier abhauen, Curse«, flüsterte ich und visierte die Tür an.

»Seh ich auch so. Das Essen in Chesterfield ist um Längen besser.« Er verzog das Gesicht, fraß aber trotzdem noch ein Würstchen.

»Das ist der falsche Zeitpunkt, um Witze zu machen, Curse«, fuhr ich ihn wütend an.

Er sah zu mir hoch. »Es gibt keinen schlechten Zeitpunkt für schlechte Witze, Alice Salt.« Er sprang auf mein Bett und rollte sich auf meinem Bauch zusammen, während er in das Buch starrte, als könnte er darin lesen. Was vielleicht ja auch wirklich der Fall war. Ich folgte seinem Blick und runzelte die Stirn.

»Hast du gehört, was Isolde gesagt hat? Kanntest du diesen Silvius St. Burrington? Kann es sein, dass er mein Vorfahre war? Der erste Slave?«

»Ich kenne und kannte viele Menschen. Die meisten sind inzwischen Stein oder sonst wie tot. Ich kann mich nicht an jeden toten Menschen erinnern, der mir mal den Kopf gekrault hat.«

»Du bist doch dreihundert Jahre alt. Also wurdest du damals mitverflucht, oder nicht? Ist dir da nie der Bruder von Madelyn St. Burrington über den Weg gelaufen?«

»Ich weiß nicht mehr viel aus der Zeit«, räumte er etwas widerwillig ein. »Das meiste hab ich vergessen.« Er zuckte so traurig mit den Ohren, dass ich begann, ihn zu kraulen. Curse seufzte und schmiegte sich an mich. »Manchmal hatte ich das Gefühl, jahrzehntelang nur vor mich hin zu dämmern. Mein Leben war eintönig, es bestand nur aus jagen, fressen, schlafen, langweilen. Wirklich klar denken kann ich erst wieder, seit ich dich getroffen hab.« Er sah mich an und schenkte mir etwas, was beinahe wie ein Lächeln aussah und seine spitzen Zähnchen zeigte. »In einem hat die schwarze Königin recht: Du bist was Besonderes. Allerdings weißt du noch viel zu wenig über dich selbst oder deine Kräfte, um jemandem helfen zu können.«

»Aber ich hab doch versucht zu trainieren.«

»Du hast nur versucht, wie alle anderen Spieler auf etwas einzuschlagen. Das ist dumm«, hielt mir Curse entgegen. »Du bist nicht wie die anderen Spieler, Alice. Vielleicht solltest du dieses Spiel deshalb auch anders angehen.«

»Und wie?«, fragte ich grimmig. »Ich bleib mit Sicherheit nicht hier.«

»Dann hauen wir eben ab. Aber vielleicht solltest du warten, bis sich die Aufregung etwas gelegt hat. Vincent hat dort draußen ein ziemliches Chaos angerichtet. War nicht schön mit anzusehen.«

»Vincent?« Ich runzelte die Stirn. »Du meinst Jackson. Er war der Kerl mit den blutigen Händen.«

»Und Vincent war der Kerl, der seine Spieler dem schwarzen König entgegengeworfen hat. Versuch nicht, die Schuldigen in diesem Spiel zu finden, Alice. Hier sind alle Täter und Opfer zugleich.«

Ich schwieg und blickte hinaus auf die Sonne, die bereits tief über dem Horizont stand. »Wir verschwinden, sobald es Nacht wird«, entschied ich.

»Und wie?«

»Ich lass mir was einfallen.«

»Gut«, schnurrte Curse und schloss die Augen.

Ich war mir nicht sicher, ob er schlief oder nur so tat. Jedenfalls ließ er sich nicht stören, als ich in dem Buch zu blättern begann. Ich sah Zeichnungen von ehemaligen Spielern. Manche kannte ich schon von den Gemälden in Chesterfield, andere waren mir neu. Dazu gehörte auch das Bild eines Mannes, der Jackson entfernt ähnlich sah. Sie hatten das gleiche dunkle Haar und die gleichen geschwungenen Augen. Nur war seine Haut nicht braun, sondern hell. Um seine Lippen lag ein schüchternes Lächeln. Er sah unglaublich jung aus. Jung und unschuldig.

Ich blätterte um und stieß auf Kopien von handgeschriebenen Notizen.

Tagebuchaufzeichnungen von B.T. Burrington.
Schwarzer König 1899

las ich laut.

Curse öffnete träge ein Auge. »Ach ja, der. An den kann ich mich dunkel erinnern. Eine traurige Geschichte.«

»Wieso?« Beunruhigt sah ich Curse an.

Der zuckte nur mit den Ohren und schloss sein Auge wieder. »Lies, wenn du mehr wissen willst.«

Ich legte mir das Buch zurecht und begann die enge, altmodische Schrift zu entziffern.

8. Juni

Es ist heiß. Ich habe das Gefühl, mehr Wasser als Luft zu atmen. Ich sitze am See und sehe der Sonne zu, wie sie über den Horizont kriecht. Langsam und doch viel zu schnell. Ich habe Angst. Solche Angst, dass mein Körper trotz dieser elendigen Hitze kalt wie Eis ist. Morgen. Morgen werde ich 18. Der weiße König wird es ebenfalls sein, und sämtliche Spielfiguren befinden sich auf dem Feld.

Heute ist der letzte Tag, an dem ich das Anwesen noch verlassen könnte. Ein letzter Tag außerhalb des Spielfeldes. Doch ich bleibe hier. Denn ich wüsste gar nicht, was ich draußen tun sollte.

Die Sonne geht unter. Die Sonne geht auf. Und ich werde immer noch hier sitzen. Alles wird gleich sein – und doch wird nichts gleich sein. Denn ab morgen muss ich mein Schicksal leben.

Ist es nicht unfair, dass der weiße König und ich dank des Fluches denselben Geburtstag teilen, aber nicht denselben Todestag?

Denn immer stirbt nur einer. Einer nur …

Morgen beginnt das Spiel mit zwei Königen. Enden wird es mit nur einem.
Morgen …

12. Juni

Heute stand sie vor mir. Eine weiße Spielfigur. Ihr Name war Champbell. Ich sah ihr in die Augen, sie sah in meine.
Noch jetzt höre ich es.
Tropf, tropf, tropf.
Es war ihr Blut – und mit ihm meine Seele. Beides verschmutzte den Boden zu unseren Füßen. Ich sah ihr in die Augen, und sie sah in meine, als ich das Messer nahm und es zwischen ihre Rippen rammte.
Weiß. Alles wurde weiß. Ihre roten Lippen, die grünen Augen, die rosige Haut, als sie zu Stein erstarrte.
Wird mein Tod auch so aussehen? Mutter ist stolz auf mich. Alle sind stolz auf mich. Ich habe den ersten Spielzug getan. Ich lächle, ich esse, ich atme … Ich tue so, als ob … Doch ich fühle mich beschmutzt, befleckt. Ich habe mich übergeben, auf den Boden neben ihrem Blut und meiner Seele.
Warum? Warum muss ich das tun?

20. Juni

Ich habe mich entschlossen. Ich werde nicht spielen. Es schert mich nicht, was die Tradition verlangt. Mutter redet von Konsequenzen, doch die Konsequenzen sind mir gleich. Es ist mir

einerlei, wozu mich der Fluch zwingen könnte. Mutter behauptet, Chesterfield wird unsere Schwäche ausnutzen. Ich glaube, mit Schwäche meinte sie mich.
Doch es ist unerheblich, was sie denkt. Ich bin der König, und sie ist nicht mehr als ein Drahtzieher im Hintergrund. Die Direktorin von St. Burrington. Geisterhaft streichen ihre Finger über mein Rückgrat, wenn sie mir einflüstert, was ich zu tun habe.
Ich höre nicht mehr hin. Wenn ich schwach sein muss, um nie wieder jemanden zu verletzen, um niemals mehr zu töten, dann soll es so sein.

21. Juni

Ich fühle mich unverändert. Nein, eher befreit. Ich kann atmen. Ich kann leben. Ich kann dafür sorgen, dass andere leben werden. Und vielleicht, wenn ich alt und grau bin, werde ich das Glück haben, in die Gesichter meiner Familie zu blicken. Wenn ich sterbe, werde ich Liebe sehen – nicht die Fratze des weißen Königs.
Soll er doch über mich lachen. Sollen sie alle über mich lachen! Soll Mutter mich doch verfluchen. Der schlimmste Fluch lastet doch bereits auf mir. Was macht da ein weiterer?
Sie lachen und fluchen, und ich … ich rette derweil unser aller Leben, indem ich mich weigere zu spielen.
Ich weine, doch gleichzeitig bin ich voller Hoffnung. Vielleicht? Vielleicht!

23. Juni

Chesterfield wird ungeduldig. Ich sehe es. Ich sehe SIE, sehe IHN. Seine Springer und Türme patrouillieren im Wald. Ich höre das Rasseln ihres Atems, das Knacken ihrer Stiefel auf dem Grund. Das schnelle Schlagen ihrer Herzen ist wie ein Trommelschlag, der die Erde zum Beben bringt. Doch ich komme nicht heraus. St. Burrington können sie nicht einnehmen. Niemand wird nach draußen gehen. Keiner von uns wird spielen, und damit zwinge ich auch sie zum Stillstand.

Stillstand ist gut. Stillstand ist besser als der Tod. Das sage ich mir. Das sage ich ihnen allen.

Ich wünschte, ich würde es mir ebenso glauben, wie sie es tun.

24. Juni

Es regnet ununterbrochen. Der Regen und der Wind rütteln so stark an den Mauern von St. Burrington, als würden sie ihre zornigen Zähne hineinschlagen.

Wenn ich die Augen schließe und lausche, glaube ich, sie nach mir rufen zu hören. Sie sagen etwas, sie singen etwas. Ist es der Fluch? Es ist einerlei. Ich werde nicht nachgeben.

Ich fühle mich müde und dennoch rastlos. Meine Gedanken kommen nicht zum Stillstand, als würden sie sprinten, ohne jemals anzuhalten. Und ich höre dabei ihre Stimmen. Ich verstehe nicht, was sie sagen, aber ich höre ihr Wispern, und ich habe Angst davor.

30. Juni

Es geht mir gut.
Nur ein leichtes Fieber.

3. Juli

Es geht mir nicht besser. Das Fieber wütet in meinem Körper und droht ihn zu zerbrechen.
Ich versuche zu schlafen, wälze mich von einer Seite des Bettes auf die andere, doch ich kann nicht ... ich kann nicht ... Die Stimmen werden lauter. Sie lachen über mich, verhöhnen mich ... Und ich? Ich schreie! Habe das Gefühl, mein Hirn kocht. Ich kratze und kratze, doch der Schmerz verschwindet nicht.
Sie lachen über mich, sie lachen so laut. Sie sollen aufhören!

8. Juli

Sie lachen so laut. Sie sollen aufhören! Sie lachen über mich. Sie lachen so laut. Sie sollen aufhören!
Sie sollen aufhören! Sie sollen aufhören! Sie sollen aufhören!
Ich weiß, was sie sagen, ich höre es endlich. Und jetzt bin ich es, der lacht. Ich lache und lache und lache. Es ist so einfach. Warum habe ich das vorher nicht gesehen?
Ich muss es tun ... Wenn Chesterfield zu uns kommt, werden sie nichts mehr vorfinden, was sie zerstören können. Nein, die Stimmen haben recht. Ich bin der König! Ich! Ich! Ich!
Ich werde sie zwar nicht retten, aber erlösen. Dann brauchen sie zumindest keine Angst mehr zu haben.

Warum nur habe ich es so spät begriffen?
Ich lache. Ich lache. Ich lache.
Und der Slave singt mit mir. Der Slave befreit uns alle.
Bis dahin sind wir verdammt. Wir alle.
Die Stimme singt, und ich singe mit ihr:
Der Slave besitzt kein Zeichen
und wird auch nie eines erreichen.
Schlaf, der Slave wacht über dich,
er wacht und trägt dabei dein Gesicht.

Servus Eligat Colorem
&
Servus Eligat Formam
&
Arbitrium Finit Ludum

Schlafen … Endlich kann ich schlafen. Es schlägt Mitternacht.
Ich kann gehen.

»Curse!«

Der Kater zuckte zusammen. »Thunfisch?«, nuschelte er.

»Curse, sieh dir das an. Diese Zeilen. Der Slave wird hier erwähnt. *Ich* werde hier erwähnt.«

Curse blinzelte und gähnte. »Ich seh's.«

Mein Herz schlug so wild, dass ich einen metallischen Geschmack auf der Zunge hatte. »Warum werde ich hier erwähnt? Im Tagebuch eines verrückten Königs?« Ich schluckte und ließ vor Aufregung fast das Buch fallen.

»Na ja, es ist eben die Stelle, an der der Slave erwähnt wird«, nuschelte Curse unbeeindruckt.

»Aber ich … Was bedeutet *Servus Eligat Colorem?*«

Curse lugte auf die Stelle. »Der Sklave wählt die Farbe«, übersetzte er.

»Und das hier?« Ich tippte auf die zweite Textstelle.

»Der Sklave wählt die Figur.«

Ich blinzelte ihn verwirrt an. »Und das Letzte?«

»Die Entscheidung beendet das Spiel.«

»Aber das ergibt doch alles überhaupt keinen Sinn! Bedeutet das, die Gerüchte über den Slave sind nichts weiter als das Gerede eines Verrückten?«

»Verrückte Menschen sehen manchmal klarer als die, die nicht verrückt sind.«

»Ach Curse, das bringt doch alles nichts.« Ich klappte das Buch zu, ließ mich zurückfallen und starrte frustriert an die Decke. »Ich muss weg von hier«, sagte ich.

»Zurück nach Chesterfield?«

»Vielleicht. Oder auch nicht. Vielleicht sollte ich ganz von diesem Spielfeld verschwinden.«

»Und was, wenn du es nicht schaffst, das Spielfeld zu verlassen?«

»Dann hab ich es zumindest versucht«, sagte ich ernst.

Curse' Augen leuchteten in der anbrechenden Dunkelheit. »Hast du denn einen Plan, wie du Jackson entkommen willst?«

Mein Blick landete auf dem schweren Buch vor mir und ich runzelte die Stirn. »Nur einen schlechten.«

»Ahhh, schlechte Pläne sind fast so gut wie schlechte Witze.«

Kapitel 24

Wir warteten, bis es dunkel wurde. Das Fieber war inzwischen komplett verschwunden, und meine Kräfte kehrten langsam zurück. Trotzdem war ich mir nicht sicher, ob ich stark, schnell und gerissen genug war, um wirklich aus St. Burrington zu fliehen.

Als es endlich so dunkel war, dass nur noch das Mondlicht die Konturen des Zimmers beleuchtete, stand ich mit weichen Knien auf. Ich benötigte ein paar Atemzüge, um mich zu sammeln, ehe ich zur Tür ging. Unter meinem Arm klemmte das dicke Buch. Curse sprang neben mich und bezog Stellung. Ich atmete tief durch und lauschte. Ich hatte nur diesen einen Versuch.

»Bastion?« Zaghaft klopfte ich an die Tür.

Er antwortete nicht. Trotzdem hoffte ich, dass er da war und Wache schob. Oder jemand anders, der auf meinen Ruf reagieren würde.

»Hallo?«, sagte ich lauter und klopfte etwas kräftiger. »Bitte! Ich brauch Hilfe«, rief ich, und es fiel mir kein bisschen schwer, echte Panik in meine Stimme zu legen. »Bastion! Bitte! Hier ist etwas! Du musst mir helfen!« Ich schrie nun und hämmerte mit der Faust gegen die Tür.

»Ich bin doch kein Etwas«, sagte Curse empört.

Ich warf ihm einen giftigen Blick zu, und der Kater hielt seinen

Mund. »Hilfe!«, gab ich mein bestes Cheerleader-Kreischen zum Besten.

Ein unterdrücktes Fluchen war zu hören, gefolgt vom Klang eines Schlüssels, der im Schloss umgedreht wurde.

»Alice? Was ist los?«

Bastions bunter Haarschopf schob sich zu mir nach drinnen. Seine Augen leuchteten raubtierhaft auf, wahrscheinlich, um in der Dunkelheit etwas sehen zu können. Im selben Augenblick holte ich aus und donnerte ihm das Buch mit der spitzen Kante gegen den Schädel. Das Klatschen hallte gefühlt durch ganz Burrington. Bastion starrte mich verdutzt an, und eine Schrecksekunde lang glaubte ich, nicht fest genug zugeschlagen zu haben. Doch da stolperte Bastion nach hinten. Seine Augen verdrehten sich in den Höhlen, und er kippte um wie ein gefällter Baum.

»Hundert Punkte!«, jubelte Curse.

»Danke.« Ich ließ das Buch fallen, und wir rannten los. Dichter burgunderroter Teppich verschluckte meine Schritte. »Wo geht's lang?«

»Geradeaus, dann rechts und runter«, wies Curse mich an.

Hektisch sah ich mich um. Das Adrenalin sirrte wie ein Energydrink in meinen Adern und schärfte meine Sinne. Je länger ich mich in der Dunkelheit aufhielt, umso mehr konnte ich erkennen. Das Springerzeichen an meinem Handgelenk kribbelte, und von einem Wimpernschlag auf den anderen konnte ich so gut sehen, als wäre es taghell. Mir blieb zu wenig Zeit, um meiner neu entwickelten Fähigkeit, wie eine Katze zu sehen, gebührend Aufmerksamkeit zu schenken. Alles, was zählte, war, dass ich hier so schnell wie möglich rauskam. Meine Zellentür lag am Ende eines langen Ganges.

Ich lief, so schnell ich konnte, denn egal wie hart ich Bastion getroffen hatte, es würde nicht lang dauern, bis er sich wieder erholt hätte. Ich glaubte bereits ein Knurren hinter mir zu hören und rannte noch schneller.

Der Gang vor uns zweigte plötzlich scharf ab und wir standen in einem weitläufigen Treppenhaus. Wo Chesterfield nur aus wuchtigem grauem Stein zu bestehen schien, erinnerte mich St. Burrington an Downton Abbey: Wände mit dunklen Holzvertäfelungen und ein Teppichboden, so dick, dass er jedes Geräusch verschluckte.

Ich hetzte an einer Chaiselongue vorbei, an einer Ritterrüstung, der jemand einen Schnurrbart aufgemalt hatte, an Regalen voller antik aussehender Bücher.

Ich bog in den nächsten Gang ein. Eine Treppe führte nach unten. Rechts von mir befand sich eine Sackgasse, die in eine Glasfront mündete, die den Blick auf das Anwesen freigab. Direkt unter uns lag ein ruhiger See. Kurz überlegte ich, die Scheibe einzuschlagen und einfach hinauszuspringen, doch der Sturz wäre definitiv zu tief gewesen, und der Lärm hätte wahrscheinlich das gesamte Anwesen aufgeweckt.

»Runter! Da ist ein Balkon in der Gemeinschaftsküche, über den du verschwinden kannst«, flüsterte Curse.

Ich nickte, nahm den Weg nach unten über eine geschwungene Treppe und stieß auf ein Zimmer, das wie ein Aufenthaltsraum aussah. Gemütliche Sessel, ein Kickertisch sowie ein großer Plasmafernseher zeichneten sich in der Dunkelheit ab. Zögerlich sah ich mich um und zuckte zusammen, als ich eine Tür zuschlagen hörte. Jemand sagte etwas, und Gelächter hallte durch das bisher stille Anwesen.

»Da ist wer. Versteck dich«, sagte Curse und flitzte davon. Wohin, konnte ich nicht sehen.

Ich reagierte blitzschnell, rannte durch den Aufenthaltsraum und presste mich hinter einen der Ohrensessel. Mit angezogenen Knien kauerte ich mich so klein zusammen, wie es mir möglich war. Die Stimmen kamen näher.

»Bist du sicher, dass du das Eck deines Schneidezahns nicht suchen willst, Feather? No offense, aber du siehst damit nicht grad sexy aus«, brummte jemand mit tiefer, weicher Stimme.

»Dann passen wir optisch ja endlich zusammen, Keith.« Das Mädchen lachte, während der Typ namens Keith schnaubte.

»Ich kann immer noch nicht fassen, dass du dich mit Paisley geprügelt hast. Hätte sie deine Nase und nicht den Zahn getroffen, wärst du jetzt versteinert. Und das wegen eines bescheuerten Nasenblutens.«

»Ich hab dieses Miststück halt unterschätzt«, murrte Feather.

»Sie ist wie wir ein Läufer. Das war dämlich, Feather.«

»Ich weiß, ich weiß, kommt nicht wieder vor. Nächstes Mal ist sie es, die ihre hübschen Beißerchen ausspuckt.«

Keith seufzte, und es klang, als würden die beiden direkt an mir vorbeigehen. Ich hielt den Atem an und hatte das Gefühl, dass selbst mein Herzschlag zu laut war.

»Komm schon, Rambo, wir holen dir ein bisschen Eis gegen die Schwellung. Sonst siehst du morgen wie ein Hamster aus.«

Aus dem Augenwinkel sah ich, wie sie eine Tür öffneten. Ich linste hinüber und sah eine schwach beleuchtete Küche sowie … den Balkon!

Die beiden verschwanden im angrenzenden Raum, und ihre

Stimmen waren noch eine ganze Weile zu hören, ehe die Tür wieder aufging und sie plaudernd in die andere Richtung verschwanden. Wohin auch immer.

Dann herrschte vollkommene Stille. Ich zählte innerlich bis hundert, ehe ich mich wieder laut zu atmen traute und aus meinem Versteck hervorkam.

»Curse?«, flüsterte ich. Doch der Kater blieb verschwunden. Ich fluchte.

Auf leisen Sohlen huschte ich zur Tür hinüber, öffnete sie und stand in der kleinen Gemeinschaftsküche, von der der rettende Balkon abging. Die Balkontür gab ein leises Knarren von sich, als ich sie aufschob. Der Balkon war verglast, und hinter dem Geländer konnte ich den kleinen See schimmern sehen. Ich unterdrückte einen Fluch, als ich bemerkte, dass ich viel zu hoch oben war. Warum hatte Curse mich ausgerechnet hierher gelotst? Wie stellte er sich das vor? Sollte ich springen? Von hier aus würde ich mir vielleicht nicht gleich das Genick brechen, aber der Aufprall würde verdammt unangenehm werden.

Enttäuscht trat ich einen Schritt zurück. Dann musste ich eben einen anderen Weg nach draußen suchen. Ich drehte mich um, als der würzige Geruch von Zigarettenrauch meine Nase reizte.

»Warum überrascht es mich nicht, dich hier rumschleichen zu sehen, *Chérie?*«

Vor Schreck stieß ich einen kleinen Schrei aus und fuhr herum. Der schwarze König saß tief in Schatten gehüllt auf einem Liegestuhl, die Beine lässig überkreuzt, während das glühende Ende einer Zigarette in der Nacht aufleuchtete. Mir entfuhr ein so wüster Fluch, dass selbst Jackson mitten im Rauchen innehielt.

»Wie hast du meine Mutter genannt?«, fragte er ungläubig.

»Du hast mich schon verstanden«, fauchte ich ihn an.

»Was glaubst du, was du da gerade tust?« Es war so dunkel, dass ich seinen stechenden Blick mehr fühlte als sah.

»Ich gehe«, teilte ich ihm kühl mit. Nur mein Herzschlag verriet mich: Äußerlich war ich ganz ruhig, aber mein Puls galoppierte davon.

»Ach?« Jacksons Ton besaß etwas Lauerndes. Sein Akzent war stärker ausgeprägt als sonst. Der König zog eine dunkle Augenbraue in die Höhe und schnippte die Fluppe weg.

Ich blinzelte, und er schnellte geschmeidig wie ein Panther zu mir hinüber. Ich fluchte, holte aus und hieb ihm meine Faust gegen das kantige Kinn.

Jackson stolperte zurück, während ich losrannte. Ein Schritt, zwei. Ein Fluch erklang hinter mir, dann packte mich Jackson am Genick, riss mich herum und knallte mich gegen das Geländer. Schwer atmend starrten wir einander an.

Jacksons Haare waren zerzaust, dunkle Ringe lagen unter seinen Augen. Er sah müde und abgekämpft aus, während er mich gegen das Geländer drückte.

»Glaubst du wirklich, dass es so einfach ist, wegzulaufen?«, erkundigte er sich wütend. Sein heißer Atem traf meine Lippen. Wütend starrte ich ihm in die Augen, während ich innerlich vor Panik kreischte. Fuck! Fuck! Fuck! Was sollte ich tun?

»Nein, aber ich hatte ein wenig Zeit zum Nachdenken und bin zu dem Ergebnis gekommen, dass du etwas Grundlegendes übersehen hast.«

»Das da wäre, *Chérie?*«, knurrte Jackson. Er war mir so nah, dass ich die leuchtenden Sprenkel in seinen schwarzen Augen sehen konnte. Okay, Zeit für Notfallplan B. Wenn es keinen Weg mehr nach vorn gab, musste ich eben den Rückwärtsgang einlegen. Jetzt oder nie.

Ich beugte mich so weit vor, dass meine Lippen Jacksons Ohr berührten, als ich flüsterte: »Im Gegensatz zu dir hab ich nichts zu verlieren.«

Ich packte die kalte Balkonstange hinter mir, hielt die Luft an, spannte die Bauchmuskeln an und sprang mit einem Flickflack über die gläserne Absperrung. Die Welt drehte sich um sich selbst. Mein Magen sackte weg, und im nächsten Augenblick zog die Schwerkraft mich nach unten. Okay, Scheiße, vielleicht war das doch keine so geniale Idee gewesen.

»Alice!«, hörte ich Jackson brüllen, während ich in die Tiefe stürzte.

Der Nachtwind pfiff mir um die Ohren, und mir wurde bewusst, dass ich die Höhe sogar noch unterschätzt hatte.

Der Aufprall fühlte sich an, als wäre ich auf Granit und nicht ins Wasser gestürzt.

Ich riss den Mund auf, um zu schreien, und schluckte stattdessen Wasser. Der See verschlang mich gierig, sog mich nach unten. Es war stockdunkel und eiskalt. Meine Lunge zog sich zusammen, ich würgte und strampelte, obwohl ich keine Ahnung hatte, wo genau oben und unten war. Mein Körper schrie nach Sauerstoff. Ich tauchte blind weiter, doch statt Luft fühlte ich nur langes glitschiges Seegras auf der Haut. Meine Muskeln begannen bereits, sich wegen des Sauerstoffmangels zu verhärten. Ich bekam einen Krampf im Fuß und strampelte panisch. Es musste hier doch nach oben gehen! Wo war die Oberfläche? Wo? Wo? Wo?

Mein Herzschlag jagte davon, und ich schmeckte Blut. Das hieß, dass mir bereits die ersten Lungenbläschen platzten. Der Druck in mir schwoll an, und der Reflex, nach Luft zu schnappen, presste meine Lunge ruckartig zusammen. Ich öffnete den Mund und schluckte eiskaltes Wasser, das durch Nase und Rachen in mich hineinströmte. Meine Lunge fühlte sich an, als würde sie platzen.

Ich schrie lautlos, verdrehte die Augen und sah Luftblasen nach oben steigen wie silberne Kugeln, die durch die Schwärze trieben. Dann, ohne jede Vorwarnung, spürte ich plötzlich eine Hand am Kragen meines Shirts, die mich so ruckartig packte, dass ich erneut Wasser einatmete. Jemand zog fest an mir, und im nächsten Augenblick durchbrach mein Kopf die Wasseroberfläche. Sofort wollte ich Luft holen und schluckte stattdessen wieder Wasser. Ich wand mich, spürte, wie mich jemand an Land zog und mir hart auf den Rücken schlug.

»Raus damit, Alice!«, herrschte mich Jackson an.

Verzweifelt schüttelte ich den Kopf und rang gurgelnd nach Luft. Da war zu viel Wasser in mir. Ich konnte nicht … nicht …

Jackson fluchte auf Französisch, und das Nächste, was ich spürte, waren zwei Finger, die mir die Nase zuhielten, und ein Paar Lippen, die sich auf meine legten. Jackson atmete tief durch und zwang Sauerstoff in meine Lunge. Luft, so viel Luft!

Ich riss die Augen auf, stieß ihn von mir weg und erbrach schwallartig alles, was sich in mir befand. Ich hustete, keuchte und prustete. Jackson klopfte mir gegen den Rücken, und endlich konnte ich wieder atmen. Erleichtert atmete ich ganz tief ein und ächzte vor Schmerz. Ich schmeckte Blut, doch als ich japsend aufblickte, bemerkte ich, dass es nicht meine, sondern Jacksons Lippe war, die blutete.

Er tastete die Verletzung ab und zuckte fluchend zusammen. »Ich rette dir das Leben, und du beißt mich?«, fragte er ungläubig.

»Nicht … küssen! Eklig!«, stieß ich hervor und sackte völlig fertig in mich zusammen.

Jackson starrte mich an, als hätte ich nicht mehr alle Tassen im Schrank. »Das war doch kein Kuss! Ich hab Erste Hilfe geleistet!«

»Schieb dir deine … Erste Hilfe … sonst wohin.«

»Ohne mich wärst du ertrunken!«, brüllte er mich an.

Vielleicht mochte es an meiner Nahtoderfahrung liegen, aber ich brachte keine Energie auf, jetzt noch Angst vor ihm zu haben. Eher im Gegenteil, ich wurde selbst wütend. Als wäre Jackson das Zündholz, das auf mein Dynamit traf.

»Ohne dich wär es doch gar nicht so weit gekommen, dass ich mich ertränken muss!«, brüllte ich zurück und setzte mich ruckartig auf.

»Du wolltest dich doch nicht allen Ernstes umbringen?«, fuhr Jackson mich ungläubig an.

»Nein, verdammt noch mal. Der Plan war, mich in bester James-Bond-Manier in die Tiefen zu stürzen, dir dabei lässig den Mittelfinger zu zeigen und danach davonzulaufen«, ätzte ich ihn an.

Jackson raufte sich die nassen Haare. Alles an ihm war klitschnass, genauso wie bei mir. »Mach das nie wieder!«

»Sonst was?«

Blitzschnell packte er mich an den Schultern und zog mich an sich, sodass sich unsere Nasenspitzen berührten und ich die Dunkelheit in seinen Augen sehen konnte. »Ich bin der schwarze König. Unterschätz mich nicht, Slave«, herrschte er mich an. »Ich kann und werde nicht zulassen, dass du mich oder meine Familie oder dich selbst in Gefahr bringst. Entweder du arrangierst dich mit dem Gedanken, bis zum Ende des Spiels auf St. Burrington zu bleiben, oder …«

»… oder was?«

Sein Griff um meine Oberarme verstärkte sich. Zornig starrten wir uns an, und die Unnachgiebigkeit in seinem Blick spiegelte meine. Ich sah etwas in seinen Augen, was mir Angst einjagte, etwas Unmenschliches, Gefährliches.

Obwohl meine Kraft kaum noch reichte, handelte ich blitzschnell und knallte ihm meinen Kopf gegen die Nase. Ein scharfer Schmerz schoss mir durch die Stirn.

»Fuck!« Jackson fluchte und ließ mich los.

So schnell ich konnte, rappelte ich mich auf und rannte los, dem Wald entgegen. Wahrscheinlich war es allein dem Adrenalin zu verdanken, dass ich überhaupt noch laufen konnte. Oder Spielfiguren waren zäher, als ich bisher geahnt hatte. So oder so war meine Freiheit zum Greifen nah. Ich würde es schaffen! Ich konnte …

Ein schwarzer Schatten fiel vom Himmel.

Genau genommen sprang er geschmeidig von einem Ast, was ich jedoch erst bemerkte, als mich ein heftiger Stoß in die Brust traf. Ich knallte so hart am Boden auf, dass ich Sternchen sah. Schwer atmend blickte ich direkt in den schwarzen Lauf einer Langwaffe.

»Eine Bewegung, und deine Brust ist ein Nudelsieb, kleiner Slave«, warnte mich eine Stimme. Mein Blick wanderte den Lauf hinauf und blieb an einem mir bekannten Gesicht hängen. Der Typ, mit dem alles angefangen hatte.

»Hawkins«, brummte Jackson, der neben uns auftauchte.

»Ich glaub, du hast da was verloren, Jack«, sagte Hawkins trocken.

Ich ächzte. Jackson murmelte einen Fluch und hielt sich die Nase zu, aus der … Blut tropfte? Ich konnte mir ein Grinsen nicht verkneifen. Konnte es sein, dass ich den schwarzen König durch einfaches Nasenbluten aus dem Spiel nahm? Jackson interpretierte meinen feixenden Blick richtig und konterte mit einem abfälligen Schnauben.

»Ich bin der König, *Chérie*, es braucht schon mehr, um mich aus dem Spiel zu nehmen«, knurrte er zu mir herab und seine Fäuste ballten sich. »Und abgesehen davon bist du jetzt eine von uns und kannst mir gar nichts.« Er deutete mit dem Kopf auf das schwarze Zeichen auf meinem Handgelenk. »Ich nehm an, du willst es auf die harte Tour?«

Ich spuckte ihm vor die Füße. Mehr, weil ich immer noch Wasser in der Lunge hatte, als aus einer Trotzreaktion. Der Effekt war trotzdem nett.

Jacksons Kiefer spannte sich an. »Wie du willst«, sagte er, packte mich um die Taille und warf mich einfach über die Schulter.

Ich stöhnte auf, als ich den Bodenkontakt verlor und sich meine Welt auf den Kopf stellte. Mein Magen zog sich zusammen, und ich hustete noch ein wenig Wasser hoch. »Muss das sein?«, krächzte ich Jacksons Kehrseite an. »Lass mich einfach gehen.«

»Nein«, knurrte er mich an.

»Du bist so ein sturer Arsch!«

»Und du eine verrückte Tussi!«

Aus dem Augenwinkel konnte ich sehen, wie Hawkins grinste, seine Waffe schulterte und uns folgte. Ich ächzte und versuchte, den nächsten Fluchtplan zu entwickeln, doch wahrscheinlich verhinderte der halbe Liter Seewasser in meinem Kopf, dass mir etwas einfiel. Ich sackte in mich zusammen.

St. Burrington tauchte vor uns auf wie ein böses Omen. Die Fassade wirkte im Gegensatz zu Chesterfield jedoch schon beinah filigran. Sie bestand aus hellem, von Efeu überwuchertem Sandstein. Das Dach wurde von Statuen getragen.

Jackson folgte einem kiesbestreuten Pfad und blieb vor einem modernen Anbau stehen, der zum Teil aus Glas bestand, in dem sich der See spiegelte.

Im selben Augenblick wurde eine Tür neben dem Anbau aufgerissen. »Jackson, wir haben ein Problem«, brüllte Bastion und fuchtelte dabei hektisch mit den Armen. »Sie ist abgehauen. Ich hab schon alle aufgeweckt und auf die Suche geschickt. Weit kann sie nicht sein. Sie hat mir allen Ernstes einen Baseballschläger über den Kopf gedonnert.«

»Bastion«, machten ihn Jackson und Hawkins im Chor auf meine Anwesenheit aufmerksam.

Bastion erstarrte mitten in der Bewegung. »Wa… Oh!« Seine Wangen liefen knallrot an. »Da ist Alice ja.«

»Was du da anglotzt, ist eher ihr Hintern«, präzisierte Hawkins.

»Fickt euch alle zusammen! Und es war kein Baseballschläger, sondern ein Buch«, fauchte ich.

Bastions Mund klappte auf, dann wieder zu, während er sich den angeschlagenen Kopf rieb. »Es hat aber verdammt wehgetan«, verteidigte er sich schließlich.

Jackson schnaubte. »Sind alle wach?«, fragte er nur und schob Bastion zur Seite.

Der nickte, warf mir einen glühenden Wolfsblick zu und knurrte leise. »Sie warten im Fechtsaal«, ließ er uns wissen.

Jackson nickte und wir betraten den Anbau, der sich als große Halle entpuppte, die an einen umfunktionierten Ballsaal erinnerte. Unsere Schritte hallten von den hohen Wänden wider. Die Front war aus Glas, die restlichen Wände aus sandfarbenem Stein und zum großen Teil verspiegelt, sodass ich mich selbst dutzendfach darin reflektierte. Ich sah in etwa so fertig aus, wie ich mich fühlte.

Gedimmte Lampen warfen lange Schatten durch den Saal, und ich konnte die besorgten Gesichter der schwarzen Spieler erkennen, unter ihnen Isolde, die völlig aufgelöst auf uns zukam.

»Du hast Alice gefunden. Gott sei Dank …« Sie stieß einen Ton aus, der beinah wie ein Schluchzen klang. »Ich dachte schon, wir hätten sie verlo… Warum seid ihr so nass?«

Alle starrten uns an, während die Pfütze am Boden immer größer wurde. Hawkins lachte verhalten.

»Alice wollte ein kleines Bad nehmen«, erklärte Jackson lapidar.

»Du hättest ja nicht mitkommen müssen«, fauchte ich ihn an.

Er knurrte nur und setzte sich wieder in Bewegung. Isolde flatterte wie ein Kolibri um uns herum.

»Soll ich Handtücher holen? Alice hat schon ganz blaue Lippen.«

»Ich geh schon«, sagte ein Mädchen, dessen Stimme mir bekannt vorkam, und rauschte aus dem Saal. Das musste Feather gewesen sein, die mich heute beinahe im Aufenthaltsraum erwischt hätte. Ich wünschte mir fast, sie hätte es getan.

»Hör auf, Isolde. Ein Schnupfen wird noch das kleinste ihrer Probleme sein«, fuhr Jackson die schwarze Königin an und wuchtete mich ohne jede Vorwarnung von seinen Schultern.

Ich schnappte vor Schmerz nach Luft, als ich auf dem Boden landete. Isolde warf Jackson einen giftigen Blick zu, ehe sie vor mir in die Knie ging. Doch noch ehe sie etwas tun konnte, wurde sie von Jackson zur Seite geschoben, der sich drohend vor mir aufbaute. Ich starrte zu ihm hoch und verbot mir zusammenzuzucken, als er meine Hand packte und mein Handgelenk nach oben drehte, sodass das schwarze Zeichen klar und deutlich zu sehen war.

»Jackson, was tust du da?«, zischte Isolde ihn an und packte den König am Oberarm.

Der riss sich von ihr los. »Ich sorge dafür, dass sie uns nicht in Gefahr bringt«, stieß er düster hervor.

Ich war mir nicht ganz sicher, was er vorhatte, doch ich konnte nicht verhindern, dass mein Blick Hilfe suchend durch den Raum irrte. Zum ersten Mal sah ich so gut wie alle schwarzen Spieler auf einem Haufen. Ihre roten Krawatten leuchteten wie frische Bluttropfen.

Bastion stand ein Stück entfernt, neben ihm ein großes Mädchen, das ihm so ähnlich sah, dass es seine Schwester sein musste. Ihr Haar war dunkellila gefärbt und ihre Arme waren über und über tätowiert. Als sie bemerkte, dass ich sie musterte, fixierte sie mich mit einem katzenhaften Blick und fauchte mich an.

Ich zuckte zurück. Mein Herz pochte viel zu schnell und viel zu laut. Ich fühlte mich wie ein Kaninchen im Fuchsbau, und für den

Bruchteil einer Sekunde bereute ich, dass ich vorhin nicht einfach im See abgesoffen war. Panisch sah ich mich um, auf der Suche nach Hilfe, nach Curse. Doch der Kater blieb verschwunden.

Mein Kopf schnellte herum, und ich begegnete Hawkins' dunklem Blick, der wie ein ruhiger, klarer See auf mir lag. Ein schmerzlicher Ausdruck glitt über sein Gesicht, während er das frei liegende Zeichen auf meinem Handgelenk betrachtete.

»Was hast du vor, Jackson?«, wiederholte Isolde. »Du hast wieder diesen seltsamen Blick aufgesetzt. Das gefällt mir nicht. Was auch immer du gerade vorhast: Tu's nicht. Ihr seht beide halb erfroren aus. Geht duschen, ich mach euch einen Tee, und dann besprechen wir alles in Ruhe und Frieden. Wir können bestimmt eine Lösung fin…«

»Ich hab die Lösung bereits«, fuhr Jackson sie an. Aus seinem schwarzen Haar tropfte Wasser auf mich. Es stach, als würden kleine Nadeln meine Haut treffen.

Wir starrten uns an, und zwischen uns baute sich eine Spannung auf, die förmlich mit den Händen greifbar war. »Sind alle anwesend, Issy?«, fragte er überraschend ruhig.

Issys Blick huschte durch den Raum. Im selben Augenblick kam Feather mit einem Stapel Handtücher herein. »Jetzt schon.« Isoldes Blick flackerte unruhig. »Jackson …«

»Nein, Issy. Alice hat gerade nicht nur sich selbst in Gefahr gebracht, sondern euch alle. Ich werde nicht zulassen, dass Chesterfield sie wieder in die Finger bekommt.« Das gedimmte Licht spiegelte sich in seinen nachtschwarzen Augen, die wie schwarze Löcher wirkten.

Ein saurer Geschmack lag auf meiner Zunge, als ich schluckte.

»Du kannst mich vielleicht zwingen, hier zu sein, Jackson, aber du kannst mich nicht zwingen, für euch zu spielen«, sagte ich leise. Trotzdem hallte meine Stimme quer durch den Saal.

Isolde zuckte kaum merklich zusammen und verzog gequält den Mund. Ein harter Zug spielte um Jacksons Mundwinkel, als er nach unten langte und mich an den gefesselten Armen nach oben zog. »Ich kann und ich werde, Alice Salt«, erwiderte er und starrte mich so intensiv an, dass ich sah, wie sich seine Pupillen ruckartig zusammenzogen. Meine Haut begann zu kribbeln und zu jucken, als wäre Salzwasser darauf getrocknet. »Die Bezeichnung *Slave* ist nicht zufällig gewählt.« Seine Stimme klang noch tiefer und dunkler als zuvor. »Du wirst mir folgen. Und wenn ich dich mit einem Fluch dazu zwingen muss.«

Das Schwarz in seinen Augen verschlang mich regelrecht, und er packte mein gezeichnetes Handgelenk fester. Ich glaubte, jeden seiner Finger einzeln brennend heiß auf meiner Haut zu fühlen. Mein Atem rasselte schwer in der Lunge, und mir wurde schwindlig, als sich meine Finger wie von selbst um Jacksons Unterarm schlossen, bis sich unsere Zeichen am Handgelenk berührten.

Ein Zittern erfasste mich, und ich spürte, dass es auf ihn überging. Das Zeichen kribbelte und begann zu brennen. Unser Atem vermischte sich, und ich hatte das Gefühl, als würde sich mein Blick am Rand schwarz färben. Trübe, dunkle Kleckse, die sich wie Tinte ausbreiteten und alles um uns herum verschluckten.

»Ich verfluche dich, Alice Salt«, sagte Jackson schließlich, ich konnte nicht sagen, ob laut oder leise. Aber seine Stimme füllte mich aus, als wäre ich ein hohler Glaskörper, in dem seine Worte wie ein Echo hin- und hergeworfen wurden, bis ich nichts mehr wahrnahm als seine Stimme. Ich sah mich selbst in seinen Augen, und meine eigenen Pupillen waren groß und schwarz wie Münzen.

»Wohin ich gehe, wirst du mir folgen«, hallte Jacksons Stimme in mir nach. »Was ich dir befehle, wirst du ausführen. Was ich dir gebe, wirst du annehmen. Was ich dir verwehre, wirst du akzeptieren. Mein Schicksal wird dein Schicksal sein. Du dienst mir so, wie ich diesem Spiel diene. Du gehörst mir so lange, bis das vergossene Herzblut eines Königs diesen Fluch bricht.«

Seine Worte sickerten in mich ein wie dickflüssiger, bittersüßer Sirup, ehe sich ein schwerer Druck auf meine Schultern legte und mir die Luft zum Atmen nahm. Jackson atmete ebenfalls schwer. Ein Schweißtropfen rann ihm die Schläfe hinab.

Ich klammerte mich an ihm fest. Das Mal an unseren Händen brannte, und im nächsten Augenblick ließ er mich so ruckartig los, dass ich das Gleichgewicht verlor.

Jackson taumelte nach hinten weg.

Keuchend sah ich auf und erkannte Isolde, die wutschnaubend zwischen uns stand und zum schwarzen König herumfuhr. »Was hast du getan, Jackson?«, schrie sie ihn an.

»Das, was getan werden musste«, sagte er und schloss leise stöhnend die Augen.

Ich fühlte mich, als wäre ein Zug über mich hinweggerollt. Mein Handgelenk pochte und kribbelte, und als ich es anhob, sah ich Jacksons perfekten Handabdruck, der sich knallrot von meiner Haut abhob. Auf Jacksons Arm prangte exakt dasselbe Fluchmal, nur dass es der Abdruck meiner Hand war, die sich auf seiner braunen Haut abzeichnete.

»Du hast sie verflucht!« Isoldes Stimme überschlug sich. »Einmal davon abgesehen, dass wir nicht wissen, welche Ausmaße das annehmen kann, hast du Alice gerade zu einem fürchterlichen Schicksal verdammt. Wie konntest du so was nur tun?« Sie klang so ungläubig, dass ich mich wunderte, warum sie nicht schon viel eher eingegriffen hatte. Warum hatte sie den Fluch nicht unterbrochen, ehe Jackson ihn beenden konnte?

Bebend schlang ich die Arme um mich selbst und versuchte zu verarbeiten, was gerade mit mir passiert war und was das noch für Auswirkungen haben würde. Ich war verflucht. Gekettet und gebunden an Jackson St. Burrington. Den schwarzen König.

»Ich bin der König«, sagte Jackson. »Ich kann und werde alles in meiner Macht Stehende tun, um euch zu schützen, diesen Fluch zu brechen und dieses Spiel zu gewinnen.«

Aus dem Augenwinkel sah ich, wie er sich langsam aufrichtete.

Isolde wischte sich wütend ein paar Tränen aus dem Gesicht. »Ich erkenne dich nicht wieder, Jack. Ich bin unglaublich enttäuscht von dir.«

Jacksons Kinn verhärtete sich. »Ich …«, setzte er an und wurde von einem lauten Knall unterbrochen.

Unsere Köpfe fuhren herum, und ich sah eine Frau in der Tür stehen. Sie war groß und hager und trug ein schlichtes graues Kostüm. Ihre Hände waren in die Hüfte gestemmt, und sie musterte die Szene mit verengten Augen. »Was zum Teufel ist hier los?«, fragte sie scharf.

Mir klappte der Mund auf, als ich sie erkannte. »Mrs Greyson?«, fragte ich ungläubig und starrte meine Klassenlehrerin an.

»Tante Dorothy?«, fragte Jackson im selben Augenblick und wich tatsächlich einen kleinen Schritt zurück.

»Mama!«, sagte Isolde erschrocken.

»Tante? Mama?«, echote ich.

Mrs Greysons Blick landete auf mir, und obwohl niemand etwas sagte, schien sie die Situation innerhalb weniger Sekunden zu erfassen. Seufzend setzte sie die Brille ab und massierte sich den Nasenrücken. »Was hast du angestellt, Jackson?«

Spielregeln im Überblick 1

DAS SPIEL BEGINNT, SOBALD BEIDE KÖNIGE
DAS 18. LEBENSJAHR VOLLENDET UND ALLE 16 SPIELFIGUREN
BEIDER SEITEN DAS SPIELFELD BETRETEN HABEN.

WÄHREND DES SPIELS KANN KEINER
DER SPIELER DAS SPIELFELD VERLASSEN.

AUS DEM SPIELERHANDBUCH, S. 23

Kapitel 25

»Ich habe nur …«, begann Jackson stockend und wurde sofort von einer Hand unterbrochen, die scharf durch die Luft schnitt und ihm das Wort verbot.

»Du kannst mir gleich erklären, was das soll. In meinem Büro.« Mrs Greyson brauchte nicht laut zu werden, um uns Respekt einzuflößen. Ihr Blick zuckte erst zu mir, ehe sie Isolde einen Wink gab. »Kümmre dich um Alice, Isolde. Sie sieht ein wenig mitgenommen aus. Bring sie in mein Büro, sobald sie trocken ist. Bastion, dich will ich ebenfalls sehen. Alle anderen können schlafen gehen.«

Die Schüler nickten, selbst ich. Jackson seufzte, und ohne einen weiteren Blick zurückzuwerfen, verließ er zusammen mit seiner Tante den großen Saal.

»Hilf mir mal, Hawkins«, hörte ich Isolde murmeln.

Die beiden kamen auf mich zu und halfen mir, mich aufzusetzen. Jeder Muskel in meinem Körper protestierte, und ich verzog gequält das Gesicht. Im nächsten Augenblick spürte ich, wie mir ein großes Handtuch über dem Kopf gebreitet wurde und mir jemand sanft das nasse Haar trocken rubbelte.

Die restlichen Schüler standen immer noch im Raum, begannen sich jedoch leise murmelnd zu zerstreuen. Feather und ein Junge, von dem ich annahm, dass er Keith war, kamen dabei direkt auf uns zu. Feather war klein und zierlich. Mit ihren mandelförmigen Augen wirkte sie wie eine schöne Elfe, während Keith im krassen Gegensatz dazu groß und schlaksig war, mit langem sandfarbenem Haar, das ihm in weichen Wellen auf die Schultern fiel. In seinen grünen Augen lag ein sanfter Ausdruck, als er mich anlächelte.

»Können wir helfen?«, fragte Feather und reichte Hawkins die restlichen Handtücher, während Isolde mich weiter trocken rubbelte.

»Danke, Issy, ich kann das selbst«, wehrte ich ihre Fürsorge leise ab und nahm ihr sanft, aber bestimmt das Handtuch ab.

»Vielleicht könntet ihr Alice etwas Warmes zum Anziehen besorgen«, schlug Isolde vor.

»Klar.« Die beiden nickten synchron.

»Hast du Gepäck?«, wandte sich Keith freundlich an mich.

»Ich … nein, das ist noch in Chesterfield«, flüsterte ich und unterdrückte ein Zähneklappern. Feather lächelte mich mitleidig an.

»Ich hol ihr schnell was Trockenes zum Anziehen«, ließ Hawkins uns wissen und verließ flink wie ein Schatten den Saal.

Isolde seufzte und schlang mir noch ein Handtuch über die Schultern, während ich mir das Haar trocken rieb. »Dann machen wir Tee«, entschied Feather schließlich. »Ich bring ihn zur Direktorin Greyson.« Sie wartete, bis Isolde nickte. Keith folgte ihr wie ein Magnet, der nicht von seinem Gegenpol lassen konnte.

Die ganze Zeit warf mir Isolde besorgte Blicke zu, und ich hatte ständig das Gefühl, als müsste ich mich entschuldigen, was ich aber bleiben ließ. Denn letztendlich tat mir nicht leid, dass ich versucht hatte abzuhauen, sondern nur, dass ich erwischt worden war.

Im selben Augenblick kam Hawk mit einem Arm voller Klamotten zurück und legte mir das Bündel vor die Füße. »Danke.« Ich rang mir ein Lächeln ab, und Hawks Gesichtszüge wurden weich.

Isolde warf uns einen scharfen Blick zu. »Sie ist nicht Page, das weißt du, oder?«, fragte sie plötzlich.

Hawks Blick verschleierte sich, während er schluckte. »Ja, aber es fühlt sich so an«, sagte er leise, drehte sich um und verließ den Saal.

»Was sollte das denn?«, fragte ich Isolde, während ich mich aus den nassen Sachen schälte. Isolde hielt mir das Handtuch dabei schützend vor den Körper.

»Es ist nur die Wahrheit«, sagte sie knapp, während ich in die graue Jogginghose und den schwarzen Kapuzenpulli schlüpfte, die Hawkins mir gebracht hatte. Der Pulli war so groß, dass er mir fast bis zu den Knien reichte. Die Socken waren ebenfalls viel zu groß, doch mir war so kalt, dass ich sie trotzdem überzog, während ich mir die Frage verkniff, wem die Klamotten eigentlich gehörten. Wer auch immer es war, die Sachen rochen unglaublich gut. Warm, frisch gewaschen und irgendwie würzig.

»Was passiert jetzt?«, hörte ich mich selbst verunsichert fragen, während ich die viel zu langen Ärmel über meine Handballen zog.

»Ich weiß es nicht«, sagte Isolde und seufzte. Dunkle Ringe lagen unter ihren Augen. »Was Jack da getan hat …« Sie stockte und sah mich ernst an. »Wenn ich geahnt hätte, was er tun würde, hätte ich ihn aufgehalten. Die Fähigkeit, Flüche auszusprechen, wird an die Könige von St. Burrington vererbt. Aber eigentlich ist es verboten. Zumindest Flüche in diesem Ausmaß«, klärte sie mich auf, während sie mich aus dem inzwischen leeren Saal begleitete. »Flüche besitzen ein narzisstisches Eigenleben. Wie Dämonen, die man freilässt, ohne sie wirklich kontrollieren zu können. Dass Jackson zu solchen Mitteln greift, hätte ich ihm niemals zugetraut. Diese Macht ist alt und böse, und wenn man mit ihr spielt, verflucht man am Ende nicht nur eine Person, sondern alle, die damit in Verbindung stehen. So wie Madelyn St. Burrington«

»Wie ein Dominostein, den man umwirft, und alle anderen fallen ebenfalls«, murmelte ich.

Isolde nickte. »Jackson muss verzweifelt sein, sonst hätte er das nicht getan«, sagte sie leise.

»Soll das eine Rechtfertigung sein?«

»Nein, wieder nur die Wahrheit.«

Wir gingen eine Treppe nach oben und blieben schließlich vor einer Tür aus dunklem Ebenholz stehen. Auf einem Messingschild stand in geschwungenen Lettern: *Dorothy Greyson. Direktion.*

»Mrs Greyson ist also wirklich die Direktorin von St. Burrington?«, fragte ich ungläubig.

»Ja. Sie ist wie Dr. de la Roi eine der wenigen außenstehenden Personen, die der Fluch auf dem Spielfeld toleriert«, antwortete Isolde, ehe sie an die schweren Flügeltüren klopfte.

»Kommt rein«, hörte ich Mrs Greyson sagen, und Isolde trat einen Schritt zur Seite, sodass ich an ihr vorbeischlüpfen konnte.

Das Zimmer entpuppte sich als großes Büro mit offenem Kamin und bis zur Stuckdecke reichenden Bücherregalen. Mrs Greyson saß hinter einem wuchtigen Schreibtisch. Ihr gegenüber saß Jackson, und am Fenstersims lungerte Hawkins.

»Setzt euch«, wies Mrs Greyson uns an.

Als ich vor meiner Englischlehrerin von der Foxcroft High Platz nahm, befiel mich ein seltsam surreales Gefühl. Als würde mein altes Leben mit diesem neuen kollidieren. Ich merkte, dass Jackson mich anstarrte. Sein Blick war fast wie eine körperliche Berührung, und ich bekam unwillkürlich eine Gänsehaut.

»Was ist?«, schnappte ich in seine Richtung.

Seine rechte Augenbraue wanderte nach oben. »Das ist mein Pullover.«

»Was?« Mein Kopf schnellte zu Hawkins.

Der zuckte nur mit den Schultern. »Sein Zimmer war das nächste«, sagte er unschuldig.

»Ist es nicht«, blaffte Jackson, und mir schoss die Röte ins Gesicht, als ich mich daran erinnerte, wie genüsslich ich an dem Pulli geschnuppert hatte.

»Mund halten und zuhören. Alle miteinander«, unterbrach uns Mrs Greyson.

Jackson und ich warfen uns einen letzten verächtlichen Blick zu, ehe wir beide seine Tante ansahen. Isolde verkrümelte sich still und heimlich zu Hawkins ans Fenster, unter dem ich den See schimmern sehen konnte.

Mrs Greyson räusperte sich und schob ihre Brille zurecht, ehe sie zu sprechen begann. »Zu Beginn schulde ich dir eine Entschuldigung, Alice.«

Überrascht blinzelte ich sie an und wusste nicht, was ich sagen sollte, weshalb ich nur steif nickte.

Mrs Greyson seufzte erneut. »Viel von dieser unglücklichen Situation wäre wahrscheinlich nicht passiert, wenn ich dich damals nicht nach Chesterfield verwiesen hätte.«

Bei ihren Worten verhärtete sich in mir ein Knoten, und ich

merkte, wie ich mich im Stuhl ein wenig zusammenkrümmte. »Warum haben Sie das getan? Wirklich wegen meiner Noten?«

Mrs Greyson wirkte müde, als sie den Kopf schüttelte. »Du bist … du warst eine exzellente Schülerin, Alice«, sagte sie ruhig.

»Sie haben mich durchfallen lassen«, erinnerte ich sie.

»Das habe ich«, stimmte sie zu.

»Warum?« Ich bemerkte erst, dass ich schrie, als alle im Raum zusammenzuckten.

Mrs Greyson straffte die Schultern. »Um dich ins Spielfeld zu bringen«, erwiderte sie ruhig.

»Also wussten Sie, was ich bin? Eine Spielfigur? Der Slave?«, fragte ich entsetzt.

Sie musterte mich unter ihrer Brille hervor. »Ich hatte eine vage Vermutung. Vor allem nach dem, was Hawkins uns über die Ereignisse auf der Party erzählt hat.« Sie warf einen scharfen Blick in die Runde, und wir alle sahen schuldbewusst weg. »Hawkins meinte, dass du die Fluchweber sehen konntest. Das war ein klares Indiz. Sie mögen am Anfang harmlos erscheinen, doch ihre Aufgabe ist es, alle Spieler ins Spielfeld zu bringen. Hätten wir länger gewartet, hätten sie dich wahrscheinlich in den Wahnsinn getrieben. Dein Eintritt ins Spielfeld war unvermeidbar, und ich habe ihn so lange hinausgezögert wie möglich.«

»Und warum …«, stieß ich zwischen meinen Zähnen hervor und ballte die Fäuste, bis sich meine Fingernägel in den Ballen gruben, »… haben Sie mich nach Chesterfield geschickt? Warum haben Sie mich nicht in St. Burrington aufgenommen?«

Mrs Greyson zögerte und warf ihrem Neffen schließlich einen langen Blick zu.

»Das habe nicht ich entschieden. Ich bin nur als Ersatzlehrerin an deine alte Highschool gegangen, nachdem Hawk uns endlich von dir erzählt hat und deutlich wurde, dass wir dich im Auge behalten sollten. Doch die Spielzüge leitet Jackson.«

»Die Spielzüge …«, wiederholte ich schwach. Ich wandte den Kopf. Starrte Jackson an, der es vermied, mich anzusehen. »Das ergibt keinen Sinn. Chesterfield würde doch nicht zulassen, dass ihnen jemand aus St. Burrington einfach so einen Schüler unterschiebt. Wie hast du das angestellt, Jackson?«

Er zögerte. »Das musst du nicht wissen«, wiegelte er ab.

Meine Hand schnellte so rasch vor, dass ich selbst erst bemerkte, dass ich ihm eine Ohrfeige verpasst hatte, als der Laut schon durch den Raum knallte und meine Handfläche wie Feuer brannte. Ich wusste nicht, wer entsetzter war: Mrs Greyson, Jackson oder wir alle.

»Sag mir, wie und warum du das getan hast«, forderte ich mit einer Stimme, die ich selbst nicht wiedererkannte. Sie klang dunkel und rau. Die Glühbirne über uns begann zu flackern.

Jackson sah mich an, hob die Hand und schnippte. Schwarzer, dichter Nebel erschien in seiner Handfläche, verdichtete sich und wurde zu einer großen dicken Spinne. Sie sah genauso aus wie der Spion, den er mir auf dem Sportplatz untergeschoben hatte. Das Tier krabbelte um seine Finger und wirkte ganz aufgeregt. Anders als sein Besitzer, der eine kalte Maske trug.

»Ich hab den Antrag für deine Transferierung nach Chesterfield verflucht«, sagte er leise. »Hast du dich nie gefragt, warum du überhaupt aufgenommen wurdest, obwohl das Spiel bereits begonnen hatte und Außenstehende auf den Internaten unerwünscht sind?

Mein Fluch hat dafür gesorgt, dass sie einen Blick auf den Antrag geworfen und dich akzeptiert haben, ohne die genauen Motive zu hinterfragen. Ich brauchte jemanden, der einen meiner Spione einschleust. Niemand von St. Burrington wäre dafür infrage gekommen, aber du …« Er sah mich aus seinen unendlich dunklen Augen an. »Du warst perfekt, so wie ich dich dort auf dem Sportplatz gefunden habe. Also habe ich dafür gesorgt, dass du nach Chesterfield kommst. Auch wenn ich nicht ganz sicher war, ob du dich am Ende wirklich als Spielfigur erweisen würdest. Vincent war so abgelenkt, dass er meinen Spion nicht einmal bemerkt hat, als ich damit durch sein Zimmer gekrabbelt bin.«

»Du hast mir damals am Sportplatz also den Spion untergeschoben?«, fragte ich ihn gepresst.

»Auch«, präzisierte er.

»Du hast mich wie ein Kuckucksei ins falsche Nest gelegt und dann mit Gewalt wieder herausgeholt, als sich herausgestellt hat, dass ich eine Spielfigur bin, für die du Verwendung hast?«, fragte ich ungläubig. Das Feuer in meiner Brust loderte so heiß auf, dass ich sprichwörtlich rotsah.

In Jacksons dunklen Augen flackerte dasselbe Feuer auf, und plötzlich waren wir beide aufgesprungen und standen uns wutschnaubend gegenüber.

»Ganz genau. Und es hat vermutlich eine Menge Leben gerettet«, herrschte er mich an. »Nur so konnte ich Vincents Pläne durchkreuzen. Nur so konnte ich die Tierfallen aufspüren, die er überall hat verstecken lassen. Vincent hätte dieses Spielfeld bereits jetzt in ein Blutbad verwandelt. Ich hab nur versucht, alle zu beschützen. Als ich herausfand, was Vincent mit dir vorhat, hab ich verdammt noch mal alle Hebel in Bewegung gesetzt, um dich da wieder rauszuholen.«

»Du bist doch verrückt«, brüllte ich ihn an, dann schnellte mein Kopf zu Isolde. »Bist du *deswegen* so freundlich zu mir? Wusstest du die ganze Zeit, was er getan hat? Hast du nur versucht, dein schlechtes Gewissen zu beruhigen?«, fragte ich ungläubig. Meine Brust zog sich zusammen.

Isoldes Augen schimmerten vor Tränen, die sie wegblinzelte. »Es wirkte notwendig«, sagte sie leise.

»Notwendig? Du meinst wohl, wie ein verschmerzbares Opfer?«

»Ich kannte dich damals nicht, aber selbst da empfand ich es als falsch«, wisperte sie. »Falsch, aber notwendig.« Sie sah auf, und ihr Blick heischte um Vergebung, um Verständnis.

Ich war so wütend, dass mir die Luft wegblieb. »Du ... elender Mistkerl hast mich von Anfang an nach deiner Pfeife tanzen lassen«, brachte ich schließlich zornig heraus.

»Das hab ich und würde ich immer wieder tun, um die Menschen zu beschützen, die ich liebe«, erwiderte er ernst.

Zwischen uns breitete sich eine Stille aus, die so spannungsgeladen war, dass Mrs Greysons Räuspern beinah wie ein Peitschenknall klang.

»In diese Angelegenheit mische ich mich nicht ein«, sagte sie schließlich. »Aber ich möchte, dass du weißt, dass ich die Situation, in der du dich gerade befindest, sehr bedaure, Alice. Vor allem wegen Jacksons Fluch.« Sie starrte ihn so streng an, dass er stur seine Kiefer zusammenpresste. »Das hätte nicht passieren dürfen, und wir alle wissen nicht, welche Auswirkungen der Fluch noch haben wird. Aber du bist hier bei uns trotz allem in Sicherheit. Wir sind eine Familie, und auch wenn du momentan nicht glücklich darüber bist, gehörst du jetzt zu uns. Jackson wird seine Fehler wiedergutmachen.«

»Ich bin mir nicht sicher, ob das möglich ist«, sagte ich hart.

»Alles ist möglich«, sagte Mrs Greyson erstaunlich sanft. Ein trauriges Lächeln umspielte ihre Lippen. »Weder Schwarz noch Weiß sind Farben. Du könntest der bunte Tupfer sein, der diesem Spiel bisher gefehlt hat.«

Ich öffnete den Mund, nicht sicher, was ich noch tun oder sagen konnte, außer Jackson anzuschreien, ihm den Arsch aufzureißen und mich danach in den Schlaf zu weinen.

Mrs Greyson schien zu verstehen, dass mein Speicher für diesen Tag voll war. Sie gab Isolde ein Zeichen.

»Es steht dir zu, dich auf St. Burrington frei zu bewegen, Alice. Wir werden dich nicht weiter festhalten. Isolde wird dich auf ein neues Zimmer bringen. Die Tür wird nicht mehr zugesperrt, und Bastion kann endlich aufhören, sich zu beschweren, dass er den Babysitter spielen müsse.«

Isolde sprang sofort auf und stellte sich an meine Seite, traute sich jedoch nicht, mich zu berühren.

»Wir sind hier noch nicht fertig«, knurrte Jackson.

»Doch, das sind wir«, fauchte ich zurück und rauschte aus dem Zimmer. Isolde folgte mir.

Die schwarze Königin übernahm stumm die Führung und brachte mich ein Stockwerk höher in ein neues Zimmer. Wir betraten einen Raum, der nicht groß war, aber definitiv netter eingerichtet als meine karge Zelle zuvor.

Der Boden war mit duftenden, alten Dielen ausgelegt, die leise knackten. Es gab einen Schreibtisch und einen Schrank. Das Bett war schlicht, aber mit einer bunten Überdecke und flauschigen Kissen verziert. Darüber hing ein unglaublich schönes Bild. Es zeigte den Wald bei Nacht. Die Farben waren in Blau, Gold, Lila, Silber und Schwarz gehalten. Vollmondlicht fiel durch das dichte Blätterdach, das so detailliert gezeichnet war, dass es so wirkte, als müsste ich nur die Hand ausstrecken, um es zu berühren. Das silberne Mondlicht beschien eine zerbrochene Krone, die am Boden lag, als hätte sie dort einfach jemand fallen lassen. Das Gemälde war beinahe so breit wie die Wand und steckte in einem goldenen Rahmen.

»Das hier sind die Standardzimmer für alle Schüler aus St. Burrington. Wir hätten dir vorab eines gegeben, aber …«

»Dieses Bild«, unterbrach ich sie.

»Was ist damit?«

»Es … es ist wunderschön. Wer hat es gemalt?«

Ein seltsamer Ausdruck huschte über Isoldes Gesicht. »Jackson.«

Ungläubig starrte ich erst sie, dann wieder das Gemälde an. »Jackson kann malen?«

Isolde nickte lächelnd und legte den Kopf schief. »Er hat dem Gemälde sogar einen Namen gegeben.«

»Welchen?«

»*Night of Crowns.*«

Ihr Lächeln wurde traurig, ehe sie sich zum Gehen abwandte. »Ich hoffe, du schläfst gut, Alice. Bis morgen.«

Ich murmelte eine Erwiderung, während die Tür leise hinter ihr zufiel und sie mich allein mit meiner Erschöpfung und diesem Gemälde zurückließ. Jacksons Gemälde.

Ich legte mich aufs Bett und starrte nach oben. Aufmerksam verfolgte ich die filigranen Pinselstriche und suchte nach dem bitteren Gefühl der Abneigung, das in mir hochkam, wann immer ich an Jackson St. Burrington dachte.

Doch das Gefühl blieb diesmal aus. Vielleicht war ich auch nur zu erschöpft, um es noch zu bemerken. Das Gemälde war schlicht und wunderschön. Aber je länger ich es anstarrte, desto mehr hatte ich das Gefühl, noch nie etwas Einsameres gesehen zu haben.

Meine Augen wurden schwer, und noch ehe ich es wirklich bemerkte, schlief ich unter dem gemalten Sternenhimmel ein.

SPIELREGELN IM ÜBERBLICK 2

JEDE SPIELSEITE HAT ABWECHSELND 24 STUNDEN ZEIT, UM EINEN ODER MEHRERE SPIELZÜGE AUSZUFÜHREN.

DIE SPIELZÜGE SIND NACH ANWEISUNGEN DES JEWEILIGEN KÖNIGS DURCHZUFÜHREN. ANWEISUNGEN DES KÖNIGS SIND IN JEDEM FALL ZU BEFOLGEN.

AUS DEM SPIELERHANDBUCH, S. 23

KAPITEL 26

Schwarz und weiß. Das Brett lag vor mir, die Figuren darauf wie verlorene Miniaturen, die darauf warteten, dass man ihnen sagte, was sie tun sollten. Seine Hand war so viel größer als meine. Er rückte den König nach vorn. Er nahm fast immer den König, obwohl so die Gefahr höher war, geschlagen zu werden. Doch ich hatte ihn im Schach noch nie besiegt. Kein einziges Mal.

Auch diesmal nicht. Sein König fuhr nach vorn und stellte sich vor meinen, der sich noch kein einziges Mal bewegt hatte.

»Schach«, sagte er zufrieden.

Ich sah auf. »Wie machst du das nur, Augustus? Es kommt mir vor, als würde ich nur blinzeln, und schon steht dein König vor meiner Tür.«

Augustus lachte. Er sah dabei ganz anders aus als Charles. Härter. Seine Mundwinkel zogen sich nach unten, obwohl er amüsiert war. Wie konnte so viel Schönheit so hässlich sein? Als er lachte, roch ich den Alkohol. Wie so oft. Ich spürte die blauen Flecken auf meinen Oberschenkeln pochen.

Ich hasste Schach beinahe so sehr, wie ich Augustus Chesterfield hasste. Doch wenn wir spielten, schlug er mich zumindest nicht. Dann war sein Verstand mit etwas anderem beschäftigt als mit mir.

»Schach ist nicht das Ende, meine liebe Madelyn. Wenn man geschickt spielt, ist Schach erst der Anfang.«

Der Anfang. Ich nahm meine Königin und zog sie nach links.

»Ich wünschte, es würde eine Figur geben, die das Schicksal wendet, wenn alles verloren scheint. Wie der Joker bei einem Kartenspiel.«

Augustus grunzte. Er grunzte ständig. »Mach dich nicht lächerlich, Madelyn. Eine solche Figur gibt es nicht.«

»Und warum nicht?«

»Weil es sie eben nicht gibt«, erwiderte er gereizt, zog seinen König und schlug damit meinen. »Schachmatt.« Er wirkte so zufrieden, wie er es sonst nur tat, wenn er die Hand hob, um mich zu schlagen.

»Ich mag den Joker« flüsterte ich und sah auf die umgekippten Figuren auf dem Schachbrett hinab.

Ein vorsichtiges Klopfen weckte mich aus meinem neuen wirren Traum. Ich sagte nichts, öffnete nur ein Auge und beobachtete, wie jemand die Tür einen Spaltbreit aufschob und zu mir hineinlinste.

»Hawkins?«, fragte ich gähnend.

Weiße Zähne blitzten auf, als er grinste. »Bist du wach?«

»Nein, ich bin Schlafrednerin. Wie spät ist es?«

»Abend. Du hast nach dem ganzen heftigen Debakel eineinhalb Tage lang durchgeschlafen wie ein Stein, und ich soll checken, ob du gestorben bist.«

»Wie du siehst, lebe ich noch.«

»Gut, dann zieh dich an. Wir machen einen Ausflug.« Ein Bündel Klamotten landete auf dem Bett.

Verwirrt hob ich es hoch und sah Teile einer schwarzen Schuluniform. »Was machen wir?«

»Es wird Zeit, dass dir jemand zeigt, dass dieses Spiel auch Spaß machen kann. Nicht alles ist schrecklich, auch wenn es so wirkt. Außerdem glaub ich, dass du ein wenig Ablenkung brauchen kannst, oder nicht?«, fragte er lächelnd.

»Ich … du möchtest etwas mit mir unternehmen? Im Ernst?«

»Jemand muss doch den grauenhaften Eindruck wettmachen, den du von St. Burrington bekommen hast«, sagte er. Es klang wie ein Scherz, doch in seinen Augen lag Besorgnis. »Du musst nicht mitkommen, aber falls du trotz allem Lust hast: Ich warte draußen im Flur«, sagte er und schloss die Tür hinter sich.

Augenblicklich war ich hellwach. Ich schwang die Beine aus dem Bett und sah, dass draußen gerade die Sonne unterging. Wir würden also bei Nacht aufbrechen. Mein Herz begann wild zu klopfen. War das sein Ernst? Ich kam hier raus? Es war fast zu gut, um wahr zu sein.

Beim Anziehen fiel mein Blick unweigerlich auf die Markierung, die Jackson an mir hinterlassen hatte. Sein Handabdruck hatte sich dunkel verfärbt und sah beinah wie eine Rußspur auf meiner Haut aus. Ich schluckte die Übelkeit herunter und beeilte mich, die Uniform anzuziehen. Zum Glück konnte man in St. Burrington statt eines kurzen Rocks und Kniestrümpfen offensichtlich auch schwarze Jeans tragen.

Ich schlüpfte nach draußen und sah Hawkins, der an der Wand gegenüber lehnte und mir ein eingepacktes Sandwich unter die Nase hielt. In der anderen Hand hielt er einen Orangensaft.

»Frühstück respektive Abendessen?«, fragte er.

Mein Magen knurrte. Trotzdem zögerte ich. »Warum willst du mit mir abhängen?«

»Warum sollte ich das nicht wollen?«

»Ich bin keine von euch«, erinnerte ich ihn. »Du kennst mich nicht. Ich kenn dich nicht. Hast du keine Angst, dass ich dir was antue?«

Er sah mich ernst an. »Hast du *vor,* mir etwas anzutun?«, fragte er schließlich.

Ich musterte ihn zurück. »Nur wenn du mich dazu zwingst.«

»Was ich nicht vorhabe. Und umgekehrt verhält es sich hoffentlich genauso. Sieh es als Vertrauensbonus an. Kommst du jetzt, oder bleibst du lieber hier?«

Ich guckte erst ihn, dann das Frühstück, das er mir hinhielt, an. »Ich komm mit.«

Hawkins belohnte mich mit einem schiefen Lächeln.

Schulter an Schulter gingen wir den Gang entlang, während ich das Sandwich auswickelte und noch im Gehen hinunterschlang. Unten im Gemeinschaftsraum standen Bastions Schwester Amber, Feather und Keith zusammen mit ein paar schwarzen Spielern, die ich noch nicht kannte. Verunsichert blieb ich stehen, halb in der Erwartung, dass sofort alles Alarm schlug, weil ich wieder das Zimmer verlassen hatte.

»Hey, Leute, besprecht ihr noch den Spielplan für heut Abend?«, fragte Hawk gut gelaunt.

»Ja, aber nicht vor ihr«, sagte Amber aggressiv und stellte sich vor das Whiteboard, auf dem sie gerade herumgemalt hatten.

Instinktiv wollte ich zurückweichen, wurde jedoch von Hawk zurückgehalten, der Amber mit unbewegter Miene musterte. »Hör auf, Amber. Wir müssen anfangen, Alice zu vertrauen, sonst wird *sie* niemals *uns* vertrauen können.«

»Ich vertrau ihr aber nicht«, fauchte Amber, und ihre Pupillen zogen sich schlagartig zusammen. Im nächsten Augenblick sah ich einen Katzenschwanz aus ihrem Schulrock wachsen.

»Schon gut, ihr müsst nicht …«

»Doch, ich finde schon, dass wir müssen«, mischte sich plötzlich Keith ein, der mich sanft anlächelte, so wie überhaupt alles an ihm sanft zu sein schien. »Geh mal zur Seite, Amber«, sagte er freundlich.

Die fauchte nur.

»Amber!«, sagten nun alle im Raum im Chor, und sie zuckte gereizt mit dem Schwanz.

»Na schön, wie ihr wollt. Aber wenn sie uns am Ende an Vincent verrät, werd ich euch allen unter die Nase reiben, dass ich es immer schon gewusst hab.«

Die anderen verdrehten nur die Augen, und Amber trat genervt einen Schritt zur Seite, sodass ich die Zeichnung auf dem Whiteboard erkennen konnte.

»Was genau ist das?«, fragte ich und trat zögerlich näher.

»Das ist der Spielplan. Jackson erstellt jeden Tag einen neuen und zeichnet ein, was wir während unseres Spielzugs zu tun haben«, klärte mich Hawk auf.

»Ah …«, murmelte ich und folgte den präzisen Strichen, mit denen das Spielfeld gemalt worden war.

»Links siehst du Chesterfield, rechts St. Burrington. Die Gebäude und der Wald stellen das Spielfeld dar«, erklärte mir Feather. »Aber das dürftest du inzwischen ja schon wissen.«

»Und das hier ist die Spielfeldmitte?«, fragte ich und deutete auf die gerade Linie, die durch den Wald verlief.

Feather nickte.

»Ist die wichtig?«, fragte ich fasziniert.

Hawk neigte den Kopf. »Das Gebiet links gehört Chesterfield, das rechts uns. Wir können die Grenze problemlos überschreiten, aber der König spürt es sofort, wenn sich fremde Spieler auf seiner Seite befinden.«

Vincent konnte es also fühlen, wenn ich in die Nähe von Chesterfield kam? Ich wusste nicht, was ich von der Vorstellung halten sollte.

»Entscheidet immer der König, wie der nächste Spielzug auszusehen hat?«, bohrte ich nach, was mir einen misstrauischen Blick von Amber einbrachte.

»Wir haben ein Mitspracherecht, aber Jack entscheidet.«

»Und könnt ihr euch auch weigern?«, fragte ich mit einem flauen Gefühl im Magen.

Die Spieler wechselten einen gequälten Blick. »Ja, aber … einen direkten Befehl des Königs zu missachten, zieht Konsequenzen nach sich. Es … tut weh«, sagte Hawk leise.

»Es fühlt sich an, als würde dir der Kopf explodieren«, schob Feather ein.

Alle schauderten, inklusive mir. »Sind gerade schwarze Spieler auf dem Feld?«, fragte ich leise.

Keith nickte und deutete auf drei mit x markierte Stellen, die nah der Spielfeldmitte eingezeichnet worden waren. »Ja. Zurzeit sind wir am Spielzug. Jackson hat entschieden, dass wir erst mal nur observieren. Er hat Bastion und zwei Bauern auf dem Spielfeld platziert. Sie beobachten die Grenze. Wenn sie einen weißen Spieler sehen, geben sie Jackson über SMS Bescheid, wie viele und welche Spieler es sind. Jackson entscheidet dann, ob und wie wir angreifen.«

»Aber in Chesterfield müssen alle Schüler ihre Handys unter der Woche abgeben«, warf ich ein.

Keith und Feather wechselten einen Blick. »Das war sicher nur eine Taktik, mit der sie dafür sorgen wollten, dass *du* keins mehr hast«, erklärte Keith mir.

Ich seufzte. Ja, das ergab Sinn: So hatten sie verhindert, dass ich Kontakt zur Außenwelt aufnehmen konnte. Kein Wunder, dass Lark auf wundersame Weise immer wieder an ihr Handy gekommen war. Langsam fragte ich mich, was für Lügen man mir in Chesterfield sonst noch aufgetischt hatte. Doch im Moment zählten andere Dinge.

Ich runzelte die Stirn. »Warum sollten die weißen Spieler ins Spielfeld gehen, wenn ihr am Spielzug seid? Dann sind sie doch praktisch Freiwild.«

Keith grinste. »Ganz genau. Aus diesem Grund wird Chesterfield auch erst kurz vor Mitternacht das Spielfeld betreten. Dann sind sie zwar in Gefahr, von uns entdeckt zu werden, doch wenn sie schnell und geschickt sind und bis Mitternacht genug Zeit schinden, dreht sich der Spieß um, und plötzlich sind *wir* das Freiwild. Es kommt oft vor, dass der Jäger plötzlich zum Gejagten wird, und wenn wir dann nicht wissen, wie viele weiße Spieler sich wirklich auf dem Feld befinden, kann es passieren, dass sie uns umzingeln und ausschalten.«

»Oh … das klingt alles sehr komplex«, sagte ich beunruhigt.

Keith lachte, während er sich ein paar sandfarbene Haarsträhnen hinter die Ohren strich. Sie standen leicht ab, was irgendwie niedlich aussah. »Ich beneide den König nicht darum, dass er immer alles im Blick haben muss. Eine falsche Entscheidung, und er könnte in einer Nacht all seine Spieler verlieren. Jackson muss unglaublich vorausplanen und einzuschätzen versuchen, welche Figuren Vincent um Mitternacht ins Feld schicken wird.«

Ich studierte ein letztes Mal die Karte und lächelte zögerlich. »Danke, dass ihr mir all das erklärt habt«, sagte ich, und alle lächelten zurück. Alle außer Amber.

»Okay, wir gehen dann mal«, sagte Hawk gedehnt, dem die leicht angespannte Stimmung wohl auch nicht zu entgehen schien.

»Was habt ihr zwei Hübschen denn vor?«, erkundigte sich Feather.

»Sightseeing.« Hawk grinste und zog mich weiter.

Wir gingen die Treppe hinab, bis wir in eine Eingangshalle kamen, die der in Chesterfield ähnelte. Der Boden war aus schwarz-weißem Marmor, und unsere Schritte hallten von den Wänden wider.

Dann verließen wir St. Burrington durch den Haupteingang. Einfach so. Niemand hielt uns auf.

Neben dem See, der die halbe Parkanlage einnahm, verlief ein Kiesweg, der geradewegs in den dunklen Wald hineinführte. Hätte Hawkins nicht ein Scharfschützengewehr um die Schulter gehabt, hätte das Ganze beinah wie ein Spaziergang mit einem Freund gewirkt. Oder wie ein Date. Ich musterte den Jungen neben mir. Die schwarze Beanie, aus der ein paar störrische Haarsträhnen lugten. Das sanfte Gesicht mit den Mandelaugen.

Ich fasste mir ein Herz. »Darf ich dich mal was fragen?«

»Fragen darfst du. Ich garantier dir nur keine Antwort.«

»Warum hast du mich damals gehen lassen und nicht sofort Jackson Bescheid gesagt, als du bemerkt hast, dass ich die Fluchweber sehen kann?«

Hawk schwieg. So lange, dass wir die Waldgrenze durchschritten und der Geruch von Moos und Tannennadeln uns umfing. Ich dachte schon, dass er mir nicht mehr antworten würde, als er es schließlich doch noch tat.

»Vor dir war ich der Letzte, der ins Spielfeld gekommen ist«, vertraute er mir an.

»Das versteh ich nicht. Ich dachte, hier wissen alle, was passiert. Seid ihr nicht miteinander aufgewachsen?«

Hawk nickte. »Ja und nein. Anders als die meisten hier bin ich nicht auf St. Burrington groß geworden. Ich war im Kinderheim. Mrs Greyson hat mich gefunden und hierhergebracht. Es hat eine ganze Zeit gedauert, bis ich mich mit all dem hier abgefunden hatte, aber dieses Spiel fühlt sich für mich immer noch … falsch an.« Er legte den Kopf schief und schien zu lauschen. Der Wind rauschte und wehte mir ein paar Haarsträhnen ins Gesicht, die ich zurückzubinden vergessen hatte.

»Ich glaube …«, setzte er wieder an, »… dass Jackson, Isolde und die anderen schon so lang in dieser Hölle gefangen sind, dass sie gar nicht mehr wissen, wie es ist, ohne sie zu leben. Für sie ist dieser Wahnsinn ihr Zuhause, und aus ihrer Sicht ergibt all das hier auf schräge Art und Weise einen Sinn. Es fällt ihnen schwer, den Horror nachzuvollziehen, den man empfindet, wenn man erst später in dieses Spiel geworfen wird und bemerkt, dass es keinen Ausweg gibt. Darum … Also ich hatte gehofft, dich vor diesem

Schicksal bewahren zu können. Wenn ich schon mich selbst nicht retten konnte, dann vielleicht wenigstens das Mädchen mit den traurigen blauen Augen.« Er lächelte mich an, und ich musste schlucken.

»Du warst im Heim?«, fragte ich vorsichtig nach. »Wie kommt das? Ich dachte, alle Familien hier wären …« Ich verhakte meine Finger wie einen Reißverschluss ineinander.

»Oh, das hat vielleicht so den Anschein«, brummte er und kickte einen Kieselstein aus dem Weg. »Die Familien hier hocken seit Generationen aufeinander. Ich hab aufgehört zu zählen, wie viele Fehden, Kriege, Missverständnisse und welchen Leistungsdruck es unter ihnen gab. Meine Familie – vor allem meine Mom – war anders. Sie wollte das nicht. Wollte mich davor bewahren. Als Jackson und Vincent geboren wurden, hat sie versucht, dem Fluch zu entkommen. Ich war der einzige Erbe der Familie, sie konnte sich also denken, dass mich der Fluch treffen würde. Und da sind meine Eltern heimlich abgehauen.« Er zuckte mit den Schultern. »Aber der Fluch findet jeden. Egal wie. Egal wann. Bei uns hat es nur etwas länger gedauert als bei den anderen. Meine Eltern starben bei einem Autounfall, dem ich das da zu verdanken hab …« Er schob seine Beanie hoch und ich sog scharf die Luft ein, als ich die wulstige Narbe sah, die sich von seiner linken Schläfe bis zum dunklen Haaransatz hochzog.

Hawk räusperte sich und schob die Mütze zurück. »Ich war mehrere Jahre im Heim, bis mich Mrs Greyson fand und hierherbrachte. Hier hab ich dann auch Page kennengelernt. Und Page war … sie war … die Farbe in meiner Dunkelheit.« Ein sehnsüchtiger Ton hatte sich in seine Stimme geschlichen. »Ohne sie hätte ich wahrscheinlich wie du abzuhauen versucht, aber mit ihr hab ich immer geglaubt, es mit der ganzen Welt aufnehmen zu können. Jeden weißen Spieler besiegen, jeden Fluch brechen zu können. Egal wie, egal mit welchen Mitteln. Hauptsache, sie war an meiner Seite.«

Er verstummte, und diesmal hielt die Stille länger an. Ich unterbrach sie nicht. Dachte über das nach, was er mir gerade erzählt hatte, und fühlte mich … furchtbar.

Um mich abzulenken, konzentrierte ich mich auf die Umgebung. Während ich bei jedem Schritt laut über den Waldboden trampelte, ging Hawkins so leise wie eine Katze.

»Wie machst du das?«, fragte ich schließlich frustriert, als ich zum gefühlt zehnten Mal auf einen Ast getreten war.

»Wie mach ich was?«

»So leise zu gehen. Und dann dieses Herumgeturne auf den Bäumen.« Ich fuchtelte nach oben.

Hawkins zog belustigt seine Beanie zurecht. »Willst du's lernen? Du hast das Zeichen eines Springers. Rein theoretisch kannst du das auch, du musst nur deinen Instinkten vertrauen.«

»Meinen Instinkten?«, wiederholte ich und hatte dabei das Gefühl, ein schmutziges Wort zu sagen.

»Der Fluch nimmt uns zwar viel, er gibt uns aber auch etwas zurück. Fähigkeiten wie Nachtsicht, Schnelligkeit und eine robuste Kondition, je nachdem, welche Spielfigur du bist. Ein normaler Mensch wäre nach der Menge Gift, die du abbekommen hast, wahrscheinlich nicht wieder aufgestanden. Hast du dich denn noch gar nicht gewundert, warum es dir wieder so gut geht?«

»So gut geht? Mit tut alles weh!«, schnaubte ich.

»Mehr aber auch nicht, oder?«

Ich starrte ihn an, ehe ich ein Geräusch ausstieß, das nach *Hmpf* klang.

Hawkins grinste, ehe er vor einer großen Eiche stehen blieb. »Sieh genau zu und lerne, kleiner Babyspringer«, bedeutete er mir, und ich beobachtete ihn dabei, wie er Anlauf nahm, losrannte und geschickt wie eine Katze den Stamm hochlief, ehe er mit den Händen einen breiten Ast packte und sich daran hochzog, bis er breitbeinig über mir hockte. »Mach's mir einfach nach!«, rief er zu mir runter.

»Leider hab ich keine Widerhaken an den Füßen!«

»Du kannst das. Denk einfach nicht zu viel drüber nach. Das ist wie mit der Nachtsicht: Du hast sie bereits, ohne drüber nachzudenken, oder nicht?«

Die Nachtsicht? Ich blinzelte und bemerkte, dass er recht hatte. Es war inzwischen stockdunkel. Nicht einmal der Mond schien durch die Zweige, und trotzdem konnte ich auch jetzt wieder problemlos sehen. Es fühlte sich so natürlich an wie atmen.

Misstrauisch beäugte ich den Baum. Es war nicht die Sorge vor einem Sturz. Im Cheerleader-Training hatte ich gelernt, wie man fiel, ohne sich zu verletzen. Trotzdem zögerte ich.

Plötzlich knackte etwas im Unterholz. Meine Nackenhaare stellten sich auf, und im nächsten Augenblick spürte ich, wie mir etwas in den Rücken zwickte. Und zwar fest … fast wie … Zähne! Ich schrie auf und rannte los. Das Adrenalin pumpte so schnell durch meine Adern, dass ich erst bemerkte, was ich tat, als ich mich bereits vom Boden abstieß. Meine Füße fanden wie durch ein Wunder Halt an der rissigen Baumrinde, und im nächsten Augenblick packte ich auch schon den nächstbesten tief hängenden Ast und hievte mich zu Hawk nach oben.

»Scheiße!«, fluchte ich und rieb mir die pochende Stelle an der Schulter. Unter uns stand ein großer Wolf, dem die lange Zunge aus dem Maul hing und der glucksende Geräusche von sich gab. Hawkins lachte schallend los.

»Bastion«, fauchte ich, »das war nicht lustig! Und hat verdammt wehgetan!« Hawk lachte nur noch lauter und fiel dabei fast vom Ast.

Die Muskeln des Wolfs zuckten – und Bastion stand halb nackt unter uns. Seine Boxershorts schlackerten noch zerrissen auf den Hüften. »Bist ganz schön schnell, wenn man dich ein bisschen antreibt«, gab er anerkennend zu.

Ich warf einen Ast nach ihm. Hawk bekam sich endlich wieder ein und schlug mir anerkennend auf den Rücken. »Gut gemacht, Alice. Denk nicht so viel drüber nach, dann lernst du dieses Spiel schneller als wir alle zusammen. Sollen wir weitermachen?«

Das Adrenalin ebbte ab, und als ich nach unten blickte, wurde mir ein wenig schwindlig. Schnell packte ich den Ast fester. »Ich … ähm … sollte vielleicht wieder runtergehen«, murmelte ich.

»Kneifst du?«, rief Bastion hoch.

»Ja. Dir in den Hintern«, blaffte ich zurück. Die Jungs lachten wieder. Idioten.

»Bastion fängt dich auf, wenn du fallen solltest. Komm mir einfach nach«, lockte mich Hawkins wie ein Kätzchen, während er geschmeidig aufstand und Anlauf nahm. Er sprang ab, sodass der Ast schwankte, und kam geschickt auf einem Ast am gegenüberliegenden Baum zum Stehen. Als hätte er kein Gewicht. Verrückt.

Er drehte sich um und streckte mir seine Hände entgegen. »Du musst den Punkt fühlen, an dem der Ast nachzugeben droht. Von dort springst du ab«, instruierte er mich.

Fluchend biss ich mir auf die Lippe und ließ den Ast los. Er schwankte bereits jetzt, und die Erdanziehung wirkte irgendwie stärker als sonst.

Bastion stand unter mir. Ich bezweifelte, dass er mich wirklich auffangen würde, falls ich fiel.

»Komm schon!«, lockte mich Hawk.

Ich atmete tief durch. Spürte meinen Herzschlag, der kräftig pumpte. Meine Augen fixierten den Punkt, an dem Hawkins stand, und ich lief los. Einen Schritt, zwei, drei. Der Ast unter mir knackte kaum merklich.

»Spring!«, befahl Hawk, und das tat ich: Ich spannte die Beine an und sprang auf den nächsten Ast. Hawkins' Arme schlossen sich fest um mich.

»Oh mein Gott«, schnaufte ich und sah nach unten. »Ich hab's geschafft.«

»Hast du«, stimmte Hawk zu und klang stolz wie eine Entenmutter auf ihr Küken.

»Das ist … unglaublich«, versuchte ich die Gefühle in mir zu beschreiben. Der Dopamin- und Adrenalincocktail in meinem Blut fühlte sich wie ein kleiner Rausch an. Mein ganzer Körper kribbelte und wollte mehr, höher, schneller.

»Weiter?«, fragte mich Hawk.

Ich grinste, was er als Zustimmung aufzufassen schien, denn er nahm meine Hand und zog mich einige Äste höher. Ich versuchte, mit ihm Schritt zu halten, und fühlte die raue Rinde unter meinen Handflächen bröckeln. Mit jedem Meter, den wir höher stiegen, spürte ich den sanften Windzug in meinen Haaren mehr. Ich genoss das Gefühl meiner Muskeln, die sich rhythmisch anspannten und wieder locker ließen. Hawkins zeigte mir, woran man erkannte, dass Äste stabil genug waren, um unser Gewicht zu halten. Dabei turnte er so geschmeidig durch die Baumkronen, als hätte er nie etwas anderes getan. Und ich tat es ihm nach. Zumindest versuchte ich es. Bereits innerhalb kürzester Zeit lief mir allerdings der Schweiß in Strömen über den Rücken runter.

Bastion trottete unter uns her. Seine goldenen Wolfsaugen blitzten immer wieder durch das Geäst hervor.

Hawkins sprang auf einen etwas schmaleren Baum. Ich folgte ihm, und vielleicht lag es an der Erschöpfung, vielleicht aber auch schlichtweg daran, dass mir die Übung fehlte – jedenfalls knackte es unter mir, und ich sprang zu spät ab.

»Fuck!«, brachte ich nur heraus, als ich schon den Halt verlor.

»Alice!«, rief Hawk erschrocken.

Ich kreischte spitz auf, als dicke Äste und Blätter um meinen Körper peitschten, und kniff die Augen zusammen. Doch bevor ich hart aufschlagen konnte, wobei ich mir wahrscheinlich jeden Knochen gebrochen hätte, fingen mich zwei starke Arme auf. Es war nicht gerade angenehm. Die Wucht des Aufpralls riss Bastion beinah selbst zu Boden. Seine Finger gruben sich tief in mein Fleisch, doch als ich schnaufend die Augen öffnete, hielt er mich sicher an seine breite Brust gedrückt und grinste mich an.

»Hab dich«, sagte er gut gelaunt.

»Alice?«, tönte es aus den Baumkronen, und im nächsten Augenblick ließ sich Hawk fallen. Geschmeidig kam er vor uns auf. »Alles okay bei dir?« Sein Gesicht war so blass wie ein Bettlaken.

»Ich denke schon«, schnaufte ich und stellte mich auf die wackligen Beine, während ich Bastion leicht fassungslos anstarrte. »Du hast mich aufgefangen«, stammelte ich überrascht.

»Natürlich hab ich das, Dummerchen.«

»Aber warum?«, fragte ich und deutete auf seinen Kopf. »Ich hab dir eine Beule verpasst.«

Bastion seufzte und fuhr sich durch die Haare. »Die hatte ich aber auch verdient.«

»Wir sind eine Familie, Alice«, wandte Hawkins sanft ein. »In einer Familie passt man aufeinander auf. Auch wenn dieses Spiel schrecklich ist, die Menschen hier sind es nicht. Zumindest nicht alle. Und manche tun nur so, als ob sie es wären.«

Die beiden wechselten einen Blick, den ich nicht deuten konnte. Ich wusste nicht, was ich sagen sollte. Oder denken. Oder fühlen. In mir war ein solches Chaos, dass ich nur ein gepresstes Dankeschön hervorbrachte.

Bastion klopfte mir auf den Rücken, setzte mich ab, und wir grinsten uns an. Prickelndes Adrenalin rauschte in meinen Adern, und ich grinste noch breiter.

»Kann ich noch mal hoch?«, fragte ich, und Hawks Mundwinkel schossen nach oben.

»So oft du willst.«

Schwungvoll drehte ich mich um, visierte den nächsten Baum an und rannte. Ich lachte, als die Geschwindigkeit mir den Wind ins Gesicht peitschte. Mein Hemd flatterte, und als ich sprang, fühlte ich mich so frei wie … nun, noch nie. Meine Finger fanden sofort Halt, als hätten sie nie etwas anderes getan, und ich kletterte höher, bis ich auf dem Ast hockte.

Hawk folgte mir gleichauf und wir sahen Bastion unter uns, der sich in einen Wolf zurückverwandelte.

»Bereit, das Spielfeld zu erobern?«, fragte mich Hawkins und hielt mir seine Hand entgegen.

»Ja.«

Unsere Finger verflochten sich, und zusammen rannten wir los. Das Springerzeichen an meiner Hand kribbelte, und Hawk und ich bewegten uns so synchron, als würden wir dasselbe denken. Wir sprangen zusammen ab, der Boden flog unter uns dahin, dann ließen wir einander los und ich schnappte mir einen breiten Ast, schwang mich daran entlang und kam geschmeidig darauf auf.

»Sollen wir Fangen spielen? Das haben Page und ich immer gemacht.« In Hawks Stimme schwang Übermut mit, und in seinen dunklen Augen erkannte ich dieselbe Euphorie, die auch ich empfand.

Grinsend hangelte ich mich zu ihm nach unten und stupste ihn an. »Du bist dran!«

Als Hawk wie eine Schlange nach vorn schnellte, lachte ich auf, entwischte ihm um Haaresbreite und rannte am Ast entlang. Hawk war mir knapp auf den Fersen. Seine Finger streiften meine Schulter, und ich wandte den Kopf, um zu sehen, wie er breit grinsend abdrehte und tiefer in den Wald hineinhuschte. Der Kerl war so verflucht schnell, als würde er fliegen.

Ich folgte dem leichten Wippen der Äste, schwang mich von einem Baum zum anderen und sah, wie Hawk nach einem Ast griff. Der brach weg, und mir blieb kurz das Herz stehen, doch Hawk johlte nur, als wäre er Tarzan, und rollte sich geschickt am Boden ab.

Ich lachte und bog ab, als ich im Augenwinkel ein helles Licht sah, das meine Aufmerksamkeit auf sich zog. Diesmal kribbelte nicht mein Springerzeichen, sondern das Fluchmal. Das Gefühl war so irritierend und intensiv, dass ich ruckartig stehen blieb und beinahe wieder vom Baum gefallen wäre.

Hektisch hielt ich mich am Stamm fest, presste die Wange dagegen und sah auf eine kleine, schmale Lichtung hinab, die vom Scheinwerfer eines Motorrads beleuchtet wurde.

Und mitten auf der kleinen Lichtung saß Jackson St. Burrington mit einem Blumenstrauß in den Händen.

Kapitel 27

Ein Knacken neben mir ließ mich erschrocken zusammenfahren. »Erwischt!« Hawk stupste mich an.

»Eigentlich war ich mit Fangen dran«, sagte ich grinsend.

»Oh … egal, wir sind ohnehin da, wo wir hinsollten. Ich dachte schon, wir finden den Kerl nie, und Isoldes ganzer schöner Plan geht den Bach runter«, murmelte Hawk und sah auf die kleine Lichtung hinab, wo Jackson inzwischen aufgestanden war und unruhig den Boden platt trampelte. Jacksons sonst immer angespannte und harte Züge wirkten überraschend weich, beinah verloren, während er den Blumenstrauß in den Händen knetete und mit sich selbst redete.

»Du musst das verstehen. Ich bin der König, ich muss manchmal Entscheidungen treffen, die … Nein. Es tut mir leid, aber ich kann dich nicht über alle andere stellen … Nein, noch mal … Hör zu, ich weiß nicht, was ich tun soll, damit du mir glaubst, dass ich nicht das größte Arschloch auf Erden bin. Vincent ist ein noch viel größeres. Glaub mir! Er spielt nur mit dir, aber vielleicht kannst du … Nein, so auch nicht. Fuck!«, fluchte Jack und trat frustriert mit dem Fuß gegen einen Baum, der unter der Wucht erzitterte.

»Was zum Teufel macht Jackson da?«, flüsterte ich, nicht sicher, ob ich amüsiert oder irritiert sein sollte.

Hawk verzog schuldbewusst das Gesicht. »Was ich jetzt gleich machen werde, tut mir sehr leid. Aber Isolde und ich sind der Meinung, dass ihr zwei euch aussprechen müsst. Sorry, Alice.«

»Was …«, setzte ich an, als Hawkins mir abrupt einen Stoß in den Rücken versetzte, der mich vom Baum warf. Ich kreischte, mein Magen sackte weg und ich versuchte mich noch in Position zu bringen, um mich beim Aufprall abrollen zu könne, als mich kräftige Arme auffingen.

Mit heftig klopfendem Herzen starrte ich direkt in zwei nachtschwarze Augen. Um uns herum segelten weiße Margeriten langsam zu Boden.

»Was machst du hier?«, ächzten wir gleichzeitig. Über uns erklang leises Rascheln, gefolgt von einem Knacken, das klang, als würde Hawkins die Flucht ergreifen. Jacksons Kopf schoss nach oben.

»Wer war das?«, fragte er alarmiert und umschlang mich schützend. Mein ganzer Körper begann zu kribbeln, und das Fluchmal pochte.

»Nur Hawk«, murmelte ich. Als Jackson mich noch näher an sich zog, stieg mir die Hitze in die Wangen.

»Wa…«, setzte er an, dann schien er zu begreifen und verdrehte die Augen. »Isolde«, murmelte er nur, als würde plötzlich alles einen Sinn ergeben. Seufzend musterte er mich ganz genau von Kopf bis Fuß. Ich sah, wie sich seine Pupillen dabei weiteten.

»Geht's dir gut? Hast du dir wehgetan?«, fragte er schließlich mit rauer Stimme. Wir waren uns so nah, dass ich seinen Atem auf meiner Wange fühlen konnte. Ich starrte ihn nur an.

»Alice?«, fragte er beunruhigt.

»Ich … mir geht's gut.« Warum fühlte sich meine Zunge wie Kaugummi an? Nur weil sich Jackson ein Mal im Leben nicht wie ein Arschloch benahm?

»Gut«, flüsterte er und setzte mich hastig ab. Seine Hände strichen dabei an meinen Armen entlang, und ich schauderte. Mein Fluchmal pochte wie ein zweiter Herzschlag.

»Was macht ihr zwei hier draußen im Wald?«, fragte Jackson etwas schärfer, und ich entspannte mich. Gott sei Dank, das Arschloch in ihm kehrte zurück.

Ich verschränkte die Arme vor der Brust und erklärte grinsend: »Fangen spielen.«

»Fangen sp… Mit Anfassen?«

»Was?«

»Nicht so wichtig.« Jackson stöhnte und fuhr sich frustriert durchs Haar. Seine strenge Maske bröckelte wieder, und er sah sich ein wenig verloren um. »Verdammt, warum kann ich das nicht?«, knurrte er.

»Was?« Offenbar beherrschte ich gerade nur noch dieses eine Wort.

»Ich …« Jackson biss sich auf die Lippen und sein Blick fiel auf die Blumen zu unseren Füßen. Er spannte seinen gesamten Körper an, während er sich bückte und eine Blume aufhob. »Alice …« Er kam wieder hoch und hielt mir plötzlich die halb geknickte und zerfledderte Blume unter die Nase. »Alice. Ich möchte mich bei dir entschuldigen. Ich hab schreckliche Dinge getan, die ich nicht wiedergutmachen kann. Ich weiß, dass ich Mist gebaut habe, aber ich hatte in dem Moment keine andere Wahl. Ich wollte nur meine Leute schützen. Das soll keine Rechtfertigung sein, aber ich hoffe, dass du mir verzeihen kannst. Wenn nicht, versteh ich das auch. Du kannst mich hassen, aber bitte hass meine Leute nicht. Sie sind gute Menschen.«

Mit großen Augen starrte ich ihn an. Dann die Blume, die den Kopf hängen ließ, dann wieder Jackson, dessen Augen so groß und klar wie der Sternenhimmel über uns waren.

Ein Blütenblatt segelte zwischen uns zu Boden.

»Du … entschuldigst dich bei mir?«, flüsterte ich ungläubig.

»Ja«, flüsterte Jackson zurück.

Langsam hob ich die Hand und nahm den Blütenstängel aus seiner. Unsere Finger streiften einander dabei und verweilten so. Es berührten sich nicht mehr als unsere Zeigefinger, doch ich fühlte es im ganzen Körper.

»Ich bin mir nicht sicher, ob eine Entschuldigung ausreicht«, sagte ich leise.

Jackson verzog das Gesicht, doch da nahm ich ihm lächelnd die Blume aus der Hand. »Aber es ist ein ziemlich guter Anfang.«

Er stieß die Luft aus und fuhr sich wieder durch die Haare. »Ich bin schrecklich in so was«, murmelte er unglücklich. »Darum bin ich hergekommen, um die Blumen zu pflücken und in Ruhe zu üben. Ich wusste nicht, ob Blumen zu klischeehaft sind. Aber ich konnte schlecht in den nächsten Laden marschieren und Pralinen besorgen.«

»Pralinen sind klischeehaft. Blumen sind schön.«

Wir sahen uns an, und zum ersten Mal hatte ich das Gefühl, den echten Jackson St. Burrington zu sehen.

Zu meinem Erschrecken musste ich feststellen, dass ich mochte, was ich sah.

»Wenn ihr euch jetzt noch küsst, muss ich wahrscheinlich vor lauter Kitsch kotzen«, sagte plötzlich jemand, und ich fuhr vor Schreck so heftig zusammen, dass ich beinahe über meine eigenen Füße stolperte.

Jackson fuhr herum, packte blitzschnell eine schwarz glänzende Schusswaffe und richtete sie in die Dunkelheit vor uns. »Wie lang stehst du hier schon rum und belauschst uns, Vincent?«, sagte er bemerkenswert ruhig.

Vincent? Ich riss die Augen auf. Im Geäst war kein einziger Laut zu hören, trotzdem trat der weiße König hervor wie ein Geist.

»Lang genug, um mich zu ekeln«, erwiderte er. Sein Lächeln war eiskalt und grausam wie Eisen, das durch Fleisch schnitt.

»Vincent.« Unweigerlich trat ich einen Schritt von ihm zurück und spürte, wie sich auf meinem Körper jedes Härchen einzeln aufstellte.

Vincents Blick huschte zu mir, doch sein Lächeln wurde nur minimal sanfter. »Alice. Ich hatte gehofft, dich zu finden. Aber wenn ich euch gestört habe, gebe ich euch gern noch ein paar Minuten.« Seine Stimme troff vor Spott.

Jackson knurrte und spannte den Finger um den Abzug seiner Waffe. Meine Gedanken begannen zu rasen, während ich Vincent musterte. Irgendwas stimmte nicht mit ihm.

»Einen Schritt näher, und die Kugel steckt in deinem mickrigen Herzen«, warnte Jackson.

Vincent wischte sich eine Staubfluse von der Schulter. »Ihr habt noch zehn Minuten bis Mitternacht. Wenn ich geahnt hätte, dass du dich so leicht ablenken lässt, wenn man dir einen blonden Cheerleader vor die Nase setzt, dann wäre ich schon viel früher gekommen.«

Scharf sog ich die Luft ein, und Jacksons Schultern spannten sich an. »Was ist los mit dir, Vincent?«, fragte ich, bemüht, dabei ruhig zu klingen. Er war immerhin Vincent. Ich musste keine Angst vor ihm haben. Oder?

Wieder fixierte er mich, und sein Blick landete auf meinem Handgelenk und dem Fluchmal, das mich mit Jackson verband. Seine Lippen wurden schmal. »Mit mir ist gar nichts los. Ich war gerade dabei, dich zu retten, aber wie es aussieht, muss ich das gar nicht. Du hast mich erstaunlich schnell ersetzt.«

»Ich hab gar nichts. So ist das nicht«, sagte ich, und im selben Augenblick ertönte ein lauter Knall, der mein Trommelfell fast zum Platzen brachte.

Ich schrie auf und sah Baumrinde aufspritzen. Jackson hatte auf Vincent geschossen. Der guckte beinah verdutzt auf das Einschussloch genau über seiner Schulter.

»Noch mal schieß ich nicht daneben. Verschwinde«, sagte Jackson ruhig und legte wieder an.

Erneut kräuselten sich Vincents Lippen. »Soll das heißen, du willst Alice nicht hergeben? Dann lassen wir sie doch mal selbst entscheiden, zu wem sie gehen möchte. Alice …« Er visierte mich an, während Jackson »Hör nicht hin!« blaffte.

In meinem Kopf setzte ein unglaublich lautes Summen ein. So dröhnend und schmerzhaft, dass ich schreiend in die Knie ging. Es fühlte sich an, als würden sich Dutzende Stricknadeln in meinen Schädel bohren und darin herumrühren.

»Komm zu mir und fang jede Kugel ab, die Jackson auf mich schießt«, befahl Vincent, und seine Stimme füllte meinen gesamten Kopf aus.

Ich setzte mich in Bewegung, ohne die geringste Möglichkeit, mich dagegen zu wehren. Ein, zwei, drei Schritte. Direkt vor Vincent blieb ich stehen und gab einen winselnden Laut von mir.

»Alice, bleib stehen!«, befahl Jackson, und das Fluchmal an meiner Hand brannte auf. Ein Gewicht, als hätte jemand meine Füße in Zement genossen, legte sich über mich. Beide Jungen starrten mich konzentriert an.

»Und, Jackson? Willst du nicht schießen?«, fragte Vincent interessiert.

Jackson atmete schwer. Seine Augen waren so schwarz, wie Vincents hell waren. »Komm zu mir, Alice!«, befahl Vincent erneut, und die Nadeln rammten sich mir mit voller Wucht in meinen Schädel.

»Bleib hier!«, brüllte Jackson, und ich schrie gellend auf.

Es fühlte sich an, als würden mich die zwei Befehle auseinanderreißen. Als würde sich mein Inneres langsam um sich selbst drehen, während ich beiden Anweisungen gleichzeitig nachzukommen versuchte. »Bitte hört auf!«, schluchzte ich zitternd.

Die beiden Könige starrten sich in blindem Hass an. »Wenn wir weitermachen, reißen wir sie in Stücke. Du solltest sie also ziehen lassen«, sagte Vincent kalt.

Jacksons Kinn spannte sich an. »Alice, geh zu ihm«, befahl er leise, gequält. Ich würgte und übergab mich ruckartig. Die Galle schoss mir hoch, während ich zitternd nach Luft rang.

»Genau. Komm zu mir«, sagte Vincent zufrieden, und meine Füße stolperten nach vorn. Er half mir auf und mir wurde prompt wieder schlecht.

»Wie…wieso tust du das?«, stammelte ich.

Vincent sah mich fast schon mitleidig an. »Ich bin keine Fliegenfalle, süße Alice. Ich bin ein Parasit, der sich in deinem Verstand eingenistet hat.«

»Aber warum?«, krächzte ich bebend. In meinem Kopf drehte sich alles.

Vincents Mund näherte sich meinem Ohr. Der kalte Hauch ließ mich schaudern. »Keine Sorge, mein hübscher Slave. Das gehört alles zum Plan. Und du bist ein Teil davon.« Sein Mund bewegte sich, und ein Rauschen drang in mein Ohr. Er sagte etwas, doch als ich blinzelte, lachte er nur zufrieden, küsste mich in den Nacken und ließ mich los.

Ich sackte in mich zusammen. In nächsten Augenblick hörte ich ein Brüllen, und Jackson stürzte sich auf Vincent. Der lachte nur und löste sich direkt vor meinen Augen in flüsternden weißen Nebel auf. Jacksons Hände fuhren einfach hindurch.

»Dieser Bastard!«, spuckte Jackson aus.

»Was … war das?«, stammelte ich.

»Illusionen«, spie Jackson hervor. »Der weiße König kann Illusionen erschaffen und uns alles sehen lassen, was er will. Wenn sein Einfluss stark ist, kann er dich verwenden wie eine Marionette, an deren Fäden er nur ziehen muss.« Er bückte sich und stützte mich. »Was hat er zu dir gesagt?«, fragte er mich.

Ein scharfer Schmerz schoss mir durch die Schläfe, und ich blinzelte Jackson verwirrt an. »Gar nichts«, stammelte ich.

Er musterte mich, und die Dunkelheit in seinem Blick war erfüllt von … früher hätte ich es für Wut gehalten, doch es war Sorge.

»Wie geht es dir?«, raunte er.

»Grauenhaft.«

»Wir müssen weg von hier. Es ist ...«

»... Mitternacht«, säuselte eine gehässige Stimme, und ich erstarrte mitten in der Bewegung.

Vor uns schälten sich zwei hochgewachsene Gestalten aus der Dunkelheit. Die eine war Nixon, die andere Paisley. Sie fixierte uns quer über die Lichtung und lächelte. Mir lief es kalt den Rücken hinab.

»Spielzugwechsel, Bitches«, sagte sie und grinste zufrieden.

Jackson knurrte, und plötzlich ließ sich eine weitere Gestalt von oben herabfallen. Ich zuckte zusammen, doch es war keine weiße Spielfigur, sondern Hawkins, der sein Gewehr anlegte und auf Paisleys Stirn zielte. »Lauft«, befahl er und schoss.

Paisley wich schneller aus, als ich ihr mit den Augen folgen konnte, und die Kugel schlug in den nächsten Baum ein.

»Lauf!«, brüllte mir nun auch Jackson zu. Der schwarze König zog mich scharf nach links zu seinem Motorrad.

Im selben Augenblick, als wir es erreichten, spürte ich einen harten Schlag im Rücken. Ich fiel zu Boden und war gerade noch geistesgegenwärtig genug, mich herumzurollen. Neben mir spritzte Erde auf, und ich sah mit schreckgeweiteten Augen ein scharfes Messer aus dem Boden ragen, das in etwa die Länge meines Unterarms hatte.

Über mir kauerte Paisley. Ihr hübsches Gesicht verzog sich abfällig, als sie das Messer ruckartig wieder aus der Erde zog. Ich holte mit den Beinen aus und trat ihre weg. Zumindest versuchte ich es, denn sie wich unglaublich geschickt aus, packte mich an den Haaren und riss meinen Kopf so hart hoch, dass mir die Tränen in die Augen schossen.

»Paisley, ich bin's«, stieß ich hervor.

»Ich weiß ganz genau, wer du bist, Alice«, erwiderte sie kalt, und ich krächzte erschrocken auf, als sie mir das Messer an die Kehle hielt.

Ich kniff in Todesangst die Augen zusammen und hörte dann einen spitzen, schmerzerfüllten Schrei, der jedoch nicht von mir kam, sondern von Paisley. Haare rissen mir aus, und im nächsten Augenblick war ich frei. Ich holte tief Luft, stolperte nach vorn und sah mich um. Jackson stand vor mir und trat Paisley mit aller Kraft in den Bauch. Sie flog quer durch die Luft und knallte mit dem Rücken hart gegen einen Baum. Der Stamm schwankte bedrohlich, doch Paisley spuckte nur aus und sie brauchte keine zwei Sekunden – schon war sie wieder auf den Beinen. Sie warf ihr Messer, das genau auf Jacksons Gesicht zusirrte. Blitzschnell wich der schwarze König zur Seite aus, und die Klinge blieb zitternd im nächsten Baum stecken.

Paisley nutzte die kurze Ablenkung, lief nach vorn und wurde im nächsten Augenblick von einem großen Wolf niedergeworfen. Bastion.

Die beiden schlugen so hart auf, dass ich glaubte, Knochen brechen zu hören.

Während ich noch entsetzt auf das Wirrwarr aus Klauen, Zähnen und Paisleys rotem Haar starrte, ergriff Jackson meine Hand und zerrte mich weiter in Richtung Motorrad. Er packte den Lenker, schwang sich auf den Sattel, und ich beeilte mich, hinter ihn zu klettern.

»Festhalten«, befahl er mir und startete die Maschine, die knatternd zum Leben erwachte. Die Vibration erfasste meinen gesamten

Körper. Ich konnte mich gerade noch an Jackson festklammern, als das Bike schon nach vorn schnellte. Der Schwung warf mich beinah ab.

Als wir an Bastion vorbeischossen, ließ er knurrend von Paisley ab und rannte neben uns her. Er humpelte.

Ich konnte Paisley wild fluchen hören, dann flog wieder ein Dolch knapp an uns vorbei.

Jackson fuhr eine scharfe Kurve. Das Haar peitschte mir ins Gesicht, doch ich traute mich nicht loszulassen und es wegzuschieben. Erde flog auf, als er sich hart in die nächste Kurve legte. Die Scheinwerfer zuckten über die Baumstämme, die so knapp an uns vorbeiglitten, dass ich mit den Beinen daran entlangstreifte.

Bastion war direkt neben uns. Er war so schnell, dass sein schwarzes Fell praktisch mit der Dunkelheit verschwamm. Er sprang über den umgefallenen Baumstamm, der die Spielfeldgrenze festlegte. Jackson bog scharf ab und fuhr daran vorbei.

Hinter uns hörten wir laute Schüsse, die die Nacht zerrissen. Etwas platzte laut knallend. Im nächsten Moment schlingerte das Motorrad plötzlich und wir verloren an Bodenhaftung. Jackson fluchte, warf sich herum, packte mich um die Taille und sprang vom Motorrad ab. Die Maschine schlitterte und knallte laut dröhnend gegen ein paar dicht stehende Bäume. Der Gestank von Öl und Benzin breitete sich aus. Schwerer, beißender Rauch hüllte uns ein, und ich sah mich hektisch um. Ich hörte Paisley hinter uns, und ein weiterer Schuss knallte durch die Luft.

»Duck dich!« Jackson packte mich, zog mich hinter einen Baumstamm und presste mich eng an sich. Eine kugelgroße Rille zog sich durch das Holz neben uns. Ich hustete, als der Brandgeruch stärker wurde. Jackson sah über seine Schultern hinweg, und ich nahm den Widerschein von aufzüngelnden Flammen in seinen Augen wahr.

»Alice, hier lang.«

Mein Kopf schnellte herum. »Curse! Was machst du hier?« Ich hustete, und der Kater legte die Ohren an.

»Ich müsst abhauen«, sagte er, ohne auf meine Frage einzugehen. »Chesterfield hat euch eingekreist.«

»Alle?«

»Acht Spieler. Ihr müsst weg.«

»Okay, aber wohin?«

Jackson sah zu mir hinab. »Mit wem zum Teufel sprichst du?«, fragte er. Seine Stimme war kratzig vom Rauch.

»Folgt mir. Jetzt!«, fauchte Curse und verschwand im Gestrüpp.

»Komm!« Ich packte Jacksons Hand und zog ihn mit mir.

»Was hast du vor?«

»Uns den Arsch zu retten.«

Doch er blieb abrupt stehen. »Was zum Teufel tust du?«, zischte er mir zu.

»Vertrau mir einfach«, flüsterte ich gepresst zurück. Wir starrten uns an, nicht länger als einen Wimpernschlag. Das Zeichen an meiner Hand kribbelte, juckte, brannte.

Jackson sog zischend die Luft durch seine zusammengebissenen Zähne. Er blinzelte. Seine Finger verschränkten sich mit meinen, dann nickte er. »Okay!«

Ich wirbelte herum und zog ihn durchs Gestrüpp.

Curse war nicht mehr als ein weißer Fleck, der über den Waldboden huschte. »Warum zum Teufel braucht ihr so lang?«, herrschte er mich an.

»Du kannst mich mal. Lauf einfach, Curse.«

Der Kater schnaubte und rannte schneller. Ich hetzte hinterher und zog Jackson mit mir.

»Mit wem verdammt noch mal sprichst du?«, keuchte er.

»Mit der Katze.«

»Was?«

»Später«, fauchte ich.

Wie hetzten durch den dunklen Wald. Weitere Schüsse knallten, und ich betete inbrünstig, dass es Hawkins gut ging. Plötzlich hörte ich Curse eine Warnung fauchen und blieb stolpernd stehen, als direkt vor uns ein großer weißer Wolf hervorkam. Nixon! Er war sogar noch größer als Bastion. Seine Augen leuchteten in einer Mischung aus Rot und Gold, und die Lefzen verzogen sich, als er uns knurrend anvisierte. Schimmernder Speichel tropfte nach unten, während er mit gesträubtem Fell auf uns zukam. Er spannte die Muskeln an und sprang.

Jackson fluchte, und wir stolperten zurück. Da raschelte es laut, und Bastion stürzte sich kläffend an Nixons Kehle. Erde flog auf, als die beiden Körper schwer zu Boden gingen.

»Bastion!«, brüllte Jackson erschrocken.

Im selben Augenblick tauchte Curse neben uns auf. »Hier lang«, befahl er.

Ich packte Jacksons Hand fester und zog ihn weg von den beiden knurrenden Wölfen, die sich gegenseitig die Kehle durchzubeißen versuchten.

»Hier lang«, echote ich und schubste Jackson weiter. Curse rannte vor uns her wie ein weißer Fellball.

»Aber Bastion braucht Hilfe«, blaffte mich Jackson an.

»Man geht nicht zwischen zwei kämpfende Hunde, außer man will gebissen werden«, gab ich zurück.

Jackson fluchte, doch er folgte mir. »Wir sind vom Weg nach St. Burrington abgekommen«, keuchte er.

»Ich weiß.«

»Wo gehen wir hin?«

»Keine Ahnung!«

»Alice!«, brüllte Jackson und blieb stehen.

Frustriert drehte ich mich um und sah, wie Curse hektisch im Kreis lief. Es sah aus, als würde er seinem eigenen Schwanz nachjagen.

Ich hörte ihn panisch murmeln. »Wo ist es? Wo ist es? Wo verdammt noch mal ist es?«

»Curse, beeil dich!«, zischte ich und zuckte zusammen, als ich ein Knurren näher kommen hörte.

»Ich hab's«, rief Curse triumphierend.

Ich sah, wie er vor einem eisernen Ring, der mitten aus dem Waldboden herauslugte, sitzen blieb. Ich rannte nach vorn und zog daran, ächzte, spürte meine Muskeln zittern. Ein paar Sekunden später war Jackson bei mir und packte mit an. Zusammen wuchteten wir eine Falltür nach oben, die sich knirschend öffnete.

»Was … was ist das? Woher weißt du davon?«, keuchte Jackson und starrte mich mit großen Augen an.

»Rein da!«, befahl Curse.

»Später«, sagte ich, packte den Kater unter den Arm wie einen Football und krabbelte hinein.

Ich schwang mich auf eine rostige Leiter und stieg nach unten, so schnell meine Füße Halt fanden. Jackson sprang hinterher, der

Deckel fiel krachend zu und ließ uns im Stockdunkeln zurück. Ich musste einige Male blinzeln, ehe sich meine Augen wieder scharf stellten. Ich war unglaublich dankbar für die Nachtsicht, die ich als Springer hatte. Sprosse für Sprosse tastete ich mich nach unten, während Curse, der sich inzwischen an meiner Schulter festkrallte, gereizt mit dem Schwanz schlug.

Der Gang war eng und bestand aus Beton. Es roch feucht und modrig. Die Leitersprossen knarrten, als wir uns weiter nach unten tasteten. Ansonsten war unser angestrengtes Atmen das einzige Geräusch. Mein Fuß rutschte ab, und ich stieß einen leisen Schrei aus, ehe ich bemerkte, dass ich nicht fiel, sondern am Boden angekommen war.

Sobald ich unten war, ließ ich Curse los, und der Kater kam auf allen vier Pfoten auf.

»Scheiße, war das knapp! Ich hätte ein Katzenleben verloren. Mein letztes«, jammerte Curse.

»Wo … sind wir, Curse?«, keuchte ich und schnappte nach Luft. Verfluchtes Seitenstechen!

»Das würde ich verdammt noch mal auch gern wissen. Und wer ist Curse?« Jackson sprang hinter mir von der letzten Sprosse, und als ich mich umdrehte, baute er sich vor mir auf. Ich war mir nicht sicher, ob er im Dunkeln sehen konnte, jedenfalls starrte er mich direkt an.

»Der Kater«, sagte ich und deutete mit dem Daumen auf Curse.

»Na toll. Verrat dem schwarzen König ruhig all unsere Geheimnisse«, patzte mich Curse an.

»Was soll ich denn sonst tun?« Ich drehte mich wieder zu Curse.

»Was weiß ich? Du hättest ihn ja nicht mitnehmen müssen!«, fauchte er.

»Ich lass ihn doch nicht im Stich.«

»Ich dachte, du hasst ihn?«

»Tu ich auch.«

Eine große Hand packte mich an der Schulter und wirbelte mich herum. »Was geht hier vor, Alice?« Jacksons Finger gruben sich in meine Schulter. »Woher weißt du von diesem Tunnel? Und warum redest du wie eine Irre mit dir selbst?«

»Ich red nicht mit mir selbst. Ich spreche mit Curse«, sagte ich und schlug seine Hand weg.

Er ballte sie prompt zur Faust, und ich wich zurück. Curse ging neben mir in Kampfstellung und fauchte Jackson an. Dessen Blick blieb an dem weißen Kater hängen.

»Du sprichst mit Curse«, wiederholte er. »Mit einem Kater.«

»Ganz genau.«

»Und seit wann?«

»Seit Chesterfield. Eigentlich schon seit der Partynacht, in der dieser ganze Irrsinn hier angefangen hat.«

An Jacksons Kinns zuckte ein Muskel. »Sprichst du mit ihm oder er mit dir?«

»Beides. Hältst du mich jetzt für verrückt?«

»Scheiße, ja!« Er fuhr sich durchs Haar und sah sich um.

»Ich hab euch grad den Arsch gerettet. Er sollte mir danken, nicht ausflippen«, murrte Curse.

Ich brummte zustimmend.

Jacksons Blick schnellte zu uns hinüber. »Redet er wieder?«

»Ja.«

»Was hat er gesagt?«

»Dass du ein Idiot bist.«

Curse lachte.

»Verarsch mich nicht«, knurrte Jackson und ich sah, wie seine Wangenknochen ein wenig rot anliefen.

Curse seufzte und schlug den Weg in einen schmalen Gang ein. »Das wird mir hier zu langweilig. Dort hinten ist ein Schutzbunker. Ihr könnt gern hierbleiben und euch weiter anzicken. Ich werd solange ein Nickerchen im schönen warmen Bunker machen.«

»Wir zicken nicht!«, rief ich ihm nach und begann, dem Kater zu folgen.

»Was?«, fragte Jackson halb entsetzt, halb irritiert.

»Nichts. Und jetzt komm!« Gefrustet zog ich ihn hinter mir her.

»Wo gehen wir hin?«, fragte er dumpf. Seine Stimme hallte an dem engen, niedrigen Gang entlang.

»Curse behauptet, dass es hier einen Bunker gibt.«

Jackson knurrte, folgte mir aber widerstandslos. Ermutigend drückte ich seine Hand, die ich immer noch nicht losgelassen hatte. Er erwiderte die Geste. Sie war so sanft, dass ich erschrocken bemerkte, was ich da eigentlich tat, und ihn losließ. Den restlichen Weg über blieben wir stumm.

Nach einer Weile wurde der Gang endlich breiter. Wir standen vor einer runden Tür, die einem Safe nicht unähnlich war. In der Mitte war ein großes Drehrad angebracht. Curse saß davor wie seine arrogante Majestät höchstpersönlich.

»Ich brauch dann mal ein paar Hände für die Tür. Meine sind leider ungeeignet.«

Ich verdrehte die Augen.

»Was sagt er?«, fragte Jackson, und es klang beinahe, als würde er mir glauben.

»Wir sollen die Tür aufmachen.«

Jackson nickte, ging in Position und begann das Rad zu drehen. Der ganze Tunnel bebte. Putz und Beton rieselten auf uns herab, als die Tür ächzend aufschwang. Ein Schwall abgestandener Luft kam uns entgegen.

Jackson betrat den Bunker, und Curse huschte an ihm vorbei. Ich beeilte mich zu folgen, und als ich die Schwelle übertreten hatte, schlug die Tür mit demselben lauten Ächzen wieder hinter uns zu.

»Das ist ja tatsächlich ein Bunker«, sagte Jackson überrascht.

»Was hat er denn erwartet?« schnarrte Curse. »Ein Katzenkörbchen?«

»Mal sehen, ob ich Strom finde«, murmelte Jackson und fummelte an der Wand neben uns herum. Im nächsten Augenblick kniff ich die Augen zusammen, als helles Licht den Raum durchflutete.

Alte Neonröhren sprangen flackernd an. Staubgeruch kitzelte meine Nase, und ich musste niesen, genauso wie Jackson. Ich warf ihm einen genervten Blick zu.

»Was denn? Darf ich nicht niesen?«, blaffte er mich an.

»Nein. Hör am besten gleich ganz auf zu atmen«, murmelte ich.

Er verdrehte die Augen, bevor er tiefer in den Raum hineinging. Ich schnitt seinem Rücken eine Grimasse, ehe ich ihm folgte. Der Bunker sah genauso aus wie in meiner Vorstellung: An den Wänden hingen gruselige Gasmasken, Regale, gefüllt mit Konservendosen und Wasser, standen an der Wand. In der Mitte des großen Raums befand sich ein abgewetztes braunes Ledersofa.

»Sollen wir hierbleiben?«, fragte ich.

Jackson seufzte und massierte sich die Nackenmuskeln. »Es ist wohl besser so. Chesterfield durchkämmt bestimmt den ganzen Wald nach uns. Wir bleiben hier, bis die Luft rein ist.«

»Und woher sollen wir wissen, dass sie weg sind?«

»Gar nicht«, gab er nach kurzem Zögern zu. »Am besten warten wir bis zum nächsten Spielzugwechsel.«

Spielzugwechsel. Das bedeutete, ich würde rund vierundzwanzig Stunden lang mit Jackson St. Burrington in diesem Bunker eingesperrt sein.

»Also?«, unterbrach er meine Gedanken und funkelte mich an. »Was geht hier vor? Erzähl mir alles. Von vorn.« Er verschränkte die Arme vor der Brust.

Curse und ich wechselten einen Blick.

»Na ja, es ist so ...«, setzte ich an, als etwas Seltsames passierte: Jackson begann zu taumeln. Erschrocken zuckte ich zusammen, weil jegliche Farbe aus seinem Gesicht wich und er mit einem unterdrückten Stöhnen auf dem Sofa zusammenbrach. »Jackson! Was ist los mit dir?« Ohne darüber nachzudenken, setzte ich mich zu ihm und legte ihm die Hand auf die Schulter.

»Die anderen«, murmelte er zitternd. »Ich kann die schwarzen Spieler fühlen. Wir haben ... wir haben gerade einen Bauern verloren.«

»Willst du wieder nach oben?«, fragte ich und streichelte sanft über sein langes dunkles Haar und den angespannten Nacken.

Jackson seufzte und lehnte sich kaum merklich gegen meine Hand. »Nein. Sie wissen, dass sie sich ohne mich als Befehlshaber sofort zurückziehen müssen. Wir bleiben hier. Ich kann nicht riskieren, dass Vincent uns sofort wiederfindet. Nicht solange er noch so starken Einfluss auf dich hat.« Sein Blick landete auf meinem Fluchmal. »Ich dachte, ich hätte mit diesem Fluch seine Macht über dich gebrochen. Aber offensichtlich hab ich ihn unterschätzt.«

Mein Mund wurde trocken, staubtrocken. »Willst du mir damit sagen, dass du mich mit diesem Fluch vor Vincent schützen wolltest? Warum hast du mir das nicht gleich erzählt?«

Jackson hob traurig einen Mundwinkel nach oben. »Wir haben dich alle gewarnt. Aber du hast drauf bestanden, dass du nicht vor Vincent geschützt werden musst.«

»Ich … ich versteh das immer noch nicht ganz. Was ist nur in Vincent gefahren? Er war so anders.«

»Er war er selbst«, sagte Jack und brachte mich damit zum Schweigen. Ich hatte keine Ahnung, was ich in diesem Augenblick denken oder fühlen sollte.

»Sag mal, streichelst du mich?«, durchbrach Jackson schließlich die Stille. Als ob er meine Berührungen nicht genossen hätte!

»Das hättest du wohl gern.« Ich löste die Finger und tätschelte seine Wange.

Curse pfiff vor sich hin und tat so, als würde er uns nicht sehen.

»Kannst du bitte damit aufhören?«, fragte ich ihn.

»Was tut er?«, hakte Jackson nach.

»Er pfeift unglaublich penetrant.«

»Der Kater pfeift? Macht er das öfter?«

»Er macht alle möglichen Sachen. Gab es denn noch nie eine Spielfigur, die mit Tieren reden konnte?«

»Nicht, dass ich wüsste.«

Wir starrten einander an, und Curse begann *My Heart Will Go*

On zu singen. Schief und laut. Ohne es zu wollen, begann ich zu prusten.

»Was ist denn? Ich hör nur ein schiefes Miauen.«

»Er singt *My Heart Will Go On*.«

Jackson sah mich an, das Brennen in seinen Augen wich einem Funkeln, und auf einmal brach er in schallendes Gelächter aus.

Vielleicht lag es an dem Übermaß an ausgeschüttetem Adrenalin in meinem Kreislauf, an der Erschöpfung oder auch einfach nur an dem Gefühl, die harte Fassade nicht mehr länger aufrecht halten zu können – jedenfalls begann ich, mit ihm zu lachen. Wir sahen uns an und lachten, während uns die Tränen in die Augen stiegen. Wir lachten weiter, als die Tränen überliefen, und ich lachte immer noch, als Jackson die Arme ausstreckte und mir eine Haarsträhne hinters Ohr strich. Ich sah auf und hielt die Luft an.

»Danke, dass du mich heute gerettet hast«, murmelte er.

»Vielleicht hätt ich es besser nicht tun sollen. Vielleicht wäre das Spiel dann vorbei gewesen. Ich hasse dich wirklich, Jackson«, flüsterte ich leise.

»Ich weiß. Und es tut mir leid, dass ich kein anderer Mensch sein kann.«

Das Fluchmal kribbelte. Mein Herzschlag beruhigte sich, und ich hörte, wie Jacksons im Gleichklang schlug:

Badum-badum.

Badum-badum.

Badum-badum.

Tief in meinem Innern wusste ich, dass es nicht Jackson war, den ich hasste, sondern ich mich selbst. Er bot mir einfach nur die perfekte Gelegenheit, diesen Hass nach außen zu tragen. Mich nicht selbst ansehen und mir eingestehen zu müssen, dass ich mindestens genauso abgefuckt, traurig, wütend und zornig war wie alle in diesem Spiel.

Hier zu sein, fühlte sich gleichzeitig falsch und richtig an. An Jacksons Seite zu sitzen und ihn zu berühren fühlte sich gleichzeitig falsch und richtig an.

Von Vincent geküsst zu werden, fühlte sich gleichzeitig falsch und richtig an.

Ich war innerlich genauso zerrissen wie das Spielfeld selbst.

Ohne es zu merken, dämmerte Jackson langsam weg. Ich beobachtete ihn. Seine schwarzen Wimpern, die geschwungenen Augen. Die hohen Wangenknochen, das störrische Kinn.

Curse kletterte auf meinen Schoß und schnurrte los, als ich ihn am Kinn kraulte, während ich Jacksons Atemzügen lauschte.

»Was soll ich nur tun, Curse?«, flüsterte ich.

»Schlafen ist vielleicht keine schlechte Idee«, antwortete er.

Ich nickte, und irgendwann schlief ich neben Jackson Burrington ein.

SPIELREGELN IM ÜBERBLICK 3

UM EINE FIGUR AUS DEM SPIEL ZU NEHMEN, MUSS DER BETREFFENDE VON EINER GEGNERISCHEN FIGUR VERLETZT WERDEN, SODASS SEIN BLUT AUF DAS SPIELFELD FÄLLT. DER VERLETZTE SPIELER VERSTEINERT DARAUFHIN.

DIE DAUER DES SPIELS IST NICHT FESTGELEGT. WEIGERN SICH DIE KÖNIGE JEDOCH, DAS SPIEL ZU SPIELEN, ODER PAUSIEREN SIE ABSICHTLICH, SORGT DER FLUCH DAFÜR, DASS WEITERGESPIELT WIRD. MÖGLICHE FOLGEN FÜR DIE KÖNIGE SIND SCHLAFSTÖRUNGEN, SCHMERZEN, WAHNSINN, HALLUZINATIONEN, WUTAUSBRÜCHE, KRANKHEIT ETC.

NUR DER KÖNIG KANN AUCH SPIELER AUS SEINEN EIGENEN REIHEN OPFERN.

AUS DEM SPIELERHANDBUCH, S. 23

KAPITEL 28

Ich wachte von einem seltsamen Geräusch auf. Es war das Rascheln von Papier, gefolgt vom rhythmischen Kratzen eines Stifts. Langsam öffnete ich die Augen, die sich schwer und verquollen anfühlten, und sah Jackson mit bloßen Füßen im Schneidersitz vor mir auf dem Boden hocken. Ich selbst lag auf dem Sofa.

Er hatte sich über einen Block gebeugt und skizzierte etwas mit dem Bleistift. Das dunkle Haar fiel ihm dabei über die Schulter ins Gesicht. Seine Miene war so entspannt, dass die harten Kanten beinahe weich wirkten. Seine geschwungene Oberlippe kräuselte sich unzufrieden, als er etwas an seiner Zeichnung korrigierte.

Ich war noch so benommen, dass ich einfach losredete, ohne darüber nachzudenken. »Was malst du da?«

Jackson hob den Kopf. Ein ertappter Ausdruck huschte über sein Gesicht, das immer noch entspannter wirkte, als ich es kannte. Er musterte mich, und ein kaum merkliches Lächeln schlich sich auf seine Lippen. »Dich«, gestand er schließlich ein.

Ich war zu müde, um zu streiten. »Das ist schräg und irgendwie stalkerhaft«, ließ ich ihn gähnend wissen.

Er zuckte mit den breiten Schultern. »Mir war langweilig, und dich beim Sabbern zu zeichnen, erschien mir immer noch interessanter als Curse, wie er sich den Hintern leckt.«

»Ich sabbere nicht.« Ich sah mich um. »Wo ist Curse?«

»Er wollte rausgelassen werden. War wohl der Meinung, noch etwas zu tun zu haben.«

»Du hast mit ihm geredet?« Ich setzte mich ruckartig auf.

Jacksons Mundwinkel zuckten. »Nein, er hat nur so lang an der Tür gekratzt und mir genervte Blicke zugeworfen, bis ich ihn rausgelassen hab.«

»Oh, verstehe.«

Sein Lächeln wurde breiter. »Du redest übrigens im Schlaf.«

»Was? Tu ich nicht«, protestierte ich und schaffte es endlich, mich aufzusetzen. Meine Haare mussten aussehen wie ein zerwühltes Vogelnest, und in meinem Mund hatte ich einen unangenehmen Geschmack. Wann hatte ich mir zum letzten Mal die Zähne geputzt?

»Doch, tust du, und sehr interessantes Zeug auch noch. Wer genau ist dieser Peter?«, hakte er nach und genoss eindeutig die Panik in meinem Blick.

»So was wie mein Exfreund«, gab ich schließlich zu.

Jackson legte den Kopf schief. »Warum nur *so was wie?* Und warum *Ex?*«

»Was geht dich das an?«

»Es interessiert mich.«

»Warum?«

»Einfach so. Er ist doch der Kerl, mit dem ich dich damals auf der Party gesehen hab, oder nicht? Weiß Vince von ihm?«, bohrte er weiter.

»Kein Kommentar«, knurrte ich.

»Warum nicht? Du kannst mich auch Dinge fragen, wenn du willst.«

Ich sah ihn provokant an. »Ach, dir wird es also nichts ausmachen, wenn ich dich über deine Exfreundinnen ausquetsche, böser schwarzer König?«

Ein seltsamer Ausdruck glitt durch seine Augen. »Da gibt es nicht viel zu erzählen, bissiger kleiner Slave.«

»Sind sie dir alle weggelaufen?«

Der Ausdruck in seinen Augen verstärkte sich, bis ich ihn erkannte. Es war Einsamkeit. Schlagartig schnürte sich mir die Kehle zu. Seit wann ließ Jackson mich so sehr hinter seine Maske blicken? Oder hatte er das schon immer getan, und ich sah nur zum ersten Mal genau genug hin?

»Es wäre nicht fair gewesen, ein Mädchen zu lieben und mich lieben zu lassen«, sagte er leise. »Wäre es ein normales Mädchen gewesen, hätte ich nie ganz der sein können, der ich bin. Ich hätte immer Geheimnisse vor ihr gehabt, und die Wahrscheinlichkeit, dass sie nach diesem Sommer an die Schule zurückkommt und ich ohne jedes Wort verschwunden bin und auch verschwunden bleibe, wäre groß gewesen. Das ist nicht fair. Und für die Mädchen aus dem Spiel bin ich der König, nicht ihr Freund. Doch selbst wenn ich es zugelassen hätte, wäre ich wahrscheinlich an dem Gedanken zerbrochen, sie in diesem Spiel zu verlieren. Sie wäre mein Schwachpunkt gewesen. Und ich darf alles sein, nur nicht schwach.«

»Zu lieben ist keine Schwäche«, sagte ich mit rauer Stimme.

Sein Lächeln war das ehrlichste, das ich je an ihm gesehen hatte. Und auch das traurigste. »Doch, ist es.« Er legte den Block zur Seite und stand auf. Ich sah zu, wie er zu einem der Regale ging und die Konserven durchsah. »Willst du was essen, bevor wir losgehen?«

»Gern«, sagte ich und setzte mich gähnend auf.

Jackson nahm zwei Konserven und einen Kanister Wasser aus dem Regal und kam zu mir. »Danke«, sagte er plötzlich, und ich blickte überrascht auf.

»Wofür?«

»Dass du hier bist«, erwiderte er schlicht.

Stumm aßen wir unser Frühstück und verzogen dabei abwechselnd angeekelt das Gesicht.

»Wenn wir in Burrington sind, zwinge ich Isolde, mir einen Kuchen zu backen«, brummte Jackson.

»Zwei Kuchen«, stimmte ich zu, und es war beinah schon unheimlich, wie einig wir uns in diesem Augenblick waren. »Warum zeichnest du?«, fragte ich und sah ihn an.

Jackson erstarrte. »Warum? Braucht nicht jeder ein Hobby?«

»Ja, aber ... nein. Keine Ahnung. Ich versuche nur, dich kennenzulernen«, sagte ich und spürte, wie ich rot wurde.

Jackson sah weg. »Mein Vater ist Künstler.«

»Dein Vater? Ist er ein Cajun?«

Jackson lächelte, doch es sah nicht glücklich aus. »Ja. Er ... er ist ein Außenstehender. Er wollte mit alldem nichts zu tun haben, und meine Mutter ließ ihn gehen. Wir haben nicht viel Kontakt, aber er malt mir Postkarten. Immer kleine Erinnerungen, wo er gerade ist oder was er erlebt hat, und ich versuche das Gleiche zu tun. Zeichne ihm Ausschnitte aus meinem Leben. Isoldes Kuchen, Hawks beknackte Mütze, Bastions bescheuerte Frisur ... den See. Solche Dinge eben. Belanglos. Es beruhigt mich. Fühlt sich normal an.« Er grinste schief. »Lächerlich, oder?«

»Nein«, murmelte ich. »Es macht dich sehr menschlich.«

Wir schwiegen. Zwischendurch tranken wir abwechselnd aus

dem Wasserkanister, bis ich das Gefühl hatte, wieder halbwegs ein Mensch zu sein.

»Fertig?«, erkundigte sich Jackson und deutete mit dem Kopf auf die Reste meines Essens. Ich nickte und reichte sie ihm. »Dann können wir ja los.«

Während er unseren Müll in einen leeren Karton warf, fiel mein Blick auf die Bleistiftzeichnung. Ich erstarrte. Jackson hatte mich im Comicstil gezeichnet und zeigte mich nicht schlafend, sondern in der dunklen Schuluniform von St. Burrington. Das Haar hatte er mir zu einem hohen Zopf gebunden, während ich den Betrachter herausfordernd anfunkelte. Über meinem Mund schwebte eine Sprechblase, in der *Ich hasse dich!* zu lesen war.

Meine Mundwinkel zuckten. Es war interessant, wie Jackson mich sah. Das Mädchen auf dem Bild strahlte unglaublich viel Entschlossenheit und Leidenschaft aus.

Unauffällig schielte ich zu Jackson hinüber, der soeben dabei war, in die Schuhe zu schlüpfen. Ich bückte mich, riss den Zettel ab und steckte ihn in meine hintere Jeanstasche.

»Glaubst du, Hawk und Bastion geht es gut?«, erkundigte ich mich, als ich zu Jack aufschloss, der sich aufrichtete und die Tür aufschob.

»Ja«, antwortete er, während wir den engen Gang entlangliefen. »Alles andere hätte ich gespürt.«

»Was kannst du eigentlich sonst noch alles? Außer arme Cheerleader zu verfluchen?«

»Reicht das nicht?«, fragte er, ehe er mit dem Aufstieg über die Leiter begann.

Ich folgte ihm auf dem Fuß. »Doch, schon, aber ich meine, die

Königin ist giftig, die Türme können ihre Gestalt ändern, die Springer sind gute Scharfschützen und die Läufer unschlagbar im Nahkampf. Das sind alles ziemlich coole Fähigkeiten. Dagegen stinken die Könige schon irgendwie ab, findest du nicht?«

»Ich stinke höchstens, weil ich seit zwei Tagen keine Dusche mehr hatte.«

»Du weißt genau, was ich meine«, rief ich seiner Kehrseite zu. Ich spürte, wie Ärger darüber in mir hochkroch, dass er meinen Fragen auswich. Hatte er mir vorhin nicht versprochen, anders zu sein als Vincent? Wieso mussten die Könige andauernd alles verheimlichen? Fiel ihnen ein Körperteil ab, wenn sie ausnahmsweise mal mit der Wahrheit rausrückten?

In diesem Augenblick wurde die Luke knarrend von außen aufgezogen. Wir erstarrten vor Schreck und glotzten in ein Paar leuchtend gelbe Augen.

»Dacht ich's mir doch, dass ich euch hier gerochen hab«, sagte Bastion breit grinsend. »Ich hab sie gefunden«, brüllte er über die Schulter.

Erleichtertes Stöhnen war zu hören, dann raschelte es, und Isolde beugte sich neben Bastion zu uns hinunter. Eine Kaskade an schwarzem Haar fiel ihr über die Schulter. »Was habt ihr euch nur dabei gedacht? Ihr könntet tot sein! Nachdem wir das Motorrad gefunden haben, hab ich jeden Kieselstein umgedreht, immer in der Annahme, eure versteinerten Nasen zu finden«, schimpfte sie sofort los.

Jackson schnaubte. »Ich freu mich auch, dich zu sehen, Issy.«

»Ich hab vor Sorge kein Auge zubekommen«, herrschte sie uns an.

»Dafür hat sie drei Kuchen gebacken«, fügte Bastion weit weniger unglücklich hinzu.

Beide Jungs streckten mir die Hände entgegen und halfen mir, ebenfalls aus dem Loch zu kriechen. Sobald ich draußen war, fiel mir Isolde um den Hals und drückte mich so fest an sich, dass ich das Gefühl hatte, zerquetscht zu werden.

»Macht so was nie, nie wieder«, schluchzte sie mir ins Ohr. Ihre Schultern bebten.

»Hey, Isolde, nicht weinen, es geht uns gut«, versicherte ich ihr betroffen und gleichzeitig gerührt, während ich ihr über den schmalen Rücken streichelte.

»Euch schon«, schluchzte sie. »Aber sie haben Cloud erwischt. Er ist nicht mehr als ein Steinhaufen. Und dann noch das mit Keith … Ich weiß nicht, was ich getan hätte, wenn einem von euch was passiert wäre«, schluchzte sie auf.

»Was ist mit Keith?«, fragte Jackson alarmiert.

Mit Tränen in den Augen löste sich Issy von mir und zog die Nase hoch. »Wir müssen so schnell wie möglich zurück nach Burrington, Jack. Keith …«

Sie schluchzte, sodass Bastion den Satz für sie beenden musste. Er klang so ernst, wie ich ihn noch nie gehört hatte. »Er und Feather haben mir den Arsch gerettet. Keith hat sich dabei verletzt. Er … er … Scheiße, er kann die Beine nicht mehr bewegen.«

Es wurde unglaublich still. Jackson stand vor uns. Ein Windzug wirbelte sein Haar durcheinander, während er langsam die Fäuste ballte. »Ist er bei Bewusstsein?«, fragte er leise.

Isolde schauderte, und wieder war es Bastion, der nickte. »Du musst mit ihm reden, Jack. Er will aus dem Spiel genommen werden«, sagte er dumpf. Mir lief es eiskalt den Rücken runter.

Ein Muskel an Jacksons Kinn zuckte. »Gehen wir«, sagte er und stapfte los, ohne einen Blick zurückzuwerfen.

Isolde blieb dicht an meiner Seite, und zusammen folgten wir Jack, der durch den dunklen Wald hetzte, als säßen uns die weißen Spieler immer noch im Nacken. Je länger ich seinen angespannten Rücken anstarrte, desto unruhiger wurde ich selbst. Mein Magen ballte sich zusammen, und ich bemerkte erst, dass ich mit den Zähnen knirschte, als mein Kiefer zu schmerzen begann. Ich zwang mich, damit aufzuhören, während ich Isolde ansah.

»Wie wurde Keith verletzt?«, fragte ich sie leise.

Isolde warf mir einen traurigen Blick zu und rang sich ein finsteres Lächeln ab. »Paisley hat ihn erwischt. Wie, weiß ich leider nicht genau.«

»Sie haben gekämpft. Er ist gestürzt und auf einen Felsen aufgeschlagen. Ich kann das Brechen der Knochen immer noch hören«, murmelte Bastion. »Es klang wie ein morscher Ast.«

Wir schauderten alle drei. »Ich dachte, ein Läufer ist im Nahkampf unschlagbar«, murmelte ich.

»Niemand ist unschlagbar«, antwortete Isolde leise. »Schon gar nicht, wenn ein Läufer gegen einen anderen Läufer antritt.«

St. Burrington kam gleichzeitig viel zu langsam und viel zu schnell in Sicht. Jackson lief voraus und verschwand in dem großen Anwesen. Der Geruch des Sees hing süßlich in der Luft.

Stumm folgten wir Jackson die Treppe nach oben bis zu einer offen stehenden Tür. Niemand sonst war zu sehen. Die Spieler von Burrington schliefen also entweder oder hielten sich gerade aus

Respekt in einem anderen Teil des Anwesens auf. Aus dem Zimmer war leises Schluchzen zu hören. Eine Mädchenstimme.

»Feather geht's nicht gut«, murmelte Isolde leise. »Ich sollte ihr einen Tee machen.«

»Das kann ich doch erledigen«, bot ich sofort an. Es fühlte sich falsch an, in dieses Zimmer zu gehen. Keith kannte mich kaum, und es war ihm bestimmt unangenehm, von mir in diesem verletzlichen Zustand gesehen zu werden.

»Die Gemeinschaftsküche ist den Gang entlang.« Isolde warf mir einen verständnisvollen Blick zu, als wüsste sie genau, was gerade in mir vorging.

Ich nickte dankbar für diesen Ausweg und rannte praktisch den Gang entlang, nur weg von diesem Zimmer. Ich hörte, wie Isolde leise die Tür hinter sich schloss.

In dem Aufenthaltsraum, an den sich die Küche anschloss, saßen ein paar Schüler in den Sesseln und sahen fern, zwei andere spielten Tischtennis. Unter ihnen war Amber, die mich mit hellen Katzenaugen anstarrte.

»Du lebst noch«, sagte sie und klang, als wäre sie nicht sonderlich glücklich darüber.

»Sieht wohl so aus«, erwiderte ich knapp.

Geschmeidig stand sie auf und schnitt mir den Weg zur Küche ab. »Wenn Keith heute stirbt«, fauchte sie mir ins Gesicht, »wirst du den Preis dafür zahlen.«

Damit rauschte sie an mir vorbei und rempelte mich dabei so hart an der Schulter an, dass ich gegen die Wand knallte. Für eine Sekunde traute ich mich nicht einmal zu atmen. Ich hatte das Gefühl, jede Bestrafung verdient zu haben.

Die Trauer lag so schwer in der Luft, dass ich mich in den Bunker unter der Erde zurückwünschte. Zurück in Jacksons Arme, in denen die Welt für einen kurzen Augenblick in Ordnung gewesen war.

Zittrig atmete ich durch, straffte die Schultern und ging in die Gemeinschaftsküche. Hawk saß auf der Kücheninsel und ließ die Beine baumeln. Seine schwarze Beanie war ein wenig verrutscht, und neben ihm lag ein unangetastetes Sandwich. Es sah aus, als würde es dort schon länger liegen und er schon länger dort sitzen.

»Alice.« Ein erleichtertes Lächeln erschien auf seinem Gesicht. Sofort wurde der Druck in meiner Brust etwas leichter.

»Hawk!« Ehe ich michs versah, war ich bei ihm, drückte ihn fest an mich und flüsterte: »Gott sei Dank geht's dir gut!«

Hawk versteifte sich im ersten Moment, ehe er ein leises Lachen ausstieß und mich seinerseits umarmte. Die Geste hatte etwas seltsam Vertrautes an sich. Als hätte er das schon sehr, sehr oft getan.

»Hast du dir Sorgen um mich gemacht, Goldlöckchen?«

»Ja«, raunte ich und drückte ihn fester.

»Obwohl ich eine böse schwarze Spielfigur bin?«

Ich zögerte, ehe ich leise antwortete: »Ich glaub nicht mehr, dass es in diesem Spiel Gut oder Böse gibt.«

»Weil einfach alles beschissen ist?«

»Ganz genau.«

Wir schwiegen, bis sich Hawk schließlich sanft aus meiner Umarmung löste. »Ich bin auch froh, dass es dir gut geht, Alice. Wo ist Jackson?«

»Bei Keith. Ich wollte Tee machen.«

»Tee ist gut, Kaffee noch besser«, entschied Hawk und sprang von der Kücheninsel.

Ich war mir nicht sicher, ob er spürte, dass ich mich gerade verloren fühlte. Einsam, verwirrt. Jedenfalls blieb Hawk dicht an meiner Seite, während er mir zeigte, wo ich sowohl Teebeutel als auch Kaffeefilter finden konnte. Während ich Wasser in den Teekocher füllte, ließ er Kaffee durch die Maschine laufen. Wir arbeiteten synchron und so eingespielt, als würden wir das schon seit Ewigkeiten machen. Schließlich luden wir alles auf ein Tablett, das Hawk mir abnahm, sodass ich nur noch ein paar zusätzliche Tassen tragen musste.

Wir gingen zurück zu Keiths Zimmer, und ich klopfte zögerlich an. Überraschenderweise war es Feather, die uns öffnete. Ihr hübsches, schmales Elfengesicht war vom vielen Weinen rot verquollen, und sie sah so müde aus, als hätte sie seit Tagen nicht geschlafen.

»Kaffee?«, fragte sie mit rauer Stimme.

»Ein ganze Kanne nur für dich«, sagte Hawk.

»Kommt rein«, sagte sie knapp und hielt die Tür auf.

Zögerlich ging ich hinterher und musterte das Zimmer. Es war groß und mit einem gemütlichen Doppelbett, einem Schrank und einem Schreibtisch eingerichtet. An der Wand hingen Gitarren.

Keith lag im Bett. Er hatte die Augen geschlossen und schien zu schlafen. Ich merkte, wie ich voller Angst auf seinen Brustkorb starrte, der sich unter regelmäßigen Atemzügen hob und senkte. Neben ihm saß Isolde und streichelte ihm liebevoll durch die welligen Haare. Am Fenster stand Jackson, die Arme hinter dem Rücken verschränkt, und starrte in die Nacht hinaus. Als die Tür hinter uns zuschlug, war ein rasselnder Atemzug zu hören und Keith öffnete die Augen.

»Ist sie da?«, fragte er leise.

Feather war sofort an seiner Seite und drückte seine Hand. Ihr Blick huschte zu mir hinüber, und sie nickte.

Beunruhigt blieb ich stehen und war dankbar, dass Hawk mir die Tassen abnahm und alles auf dem Schreibtisch abstellte. Ungefragt begann er, Kaffee einzuschenken.

Keith hob leicht den Kopf. Selbst bei dieser geringen Bewegung wurde er noch blasser als ohnehin schon. Sein Blick kam auf mir zum Liegen, und er rang sich ein Lächeln ab, das mir viel unangenehmer war, als wenn er mich mit einem abfälligen Kommentar wieder weggeschickt hätte.

Ich hatte kein Lächeln verdient, denn letztendlich lag er wegen mir in diesem Bett, und ich wusste nicht, wie ich mit der Schuld klarkommen sollte, die auf meinen Schultern lastete.

»Alice, ich will mit dir sprechen.«

»Mit mir?«

»Wenn es dir nichts ausmacht?« In seinen Augen funkelte tatsächlich so etwas wie Schalk.

Mit weichen Knien trat ich an sein Bett heran und ließ mich in die Hocke sinken, um auf Augenhöhe mit ihm zu sein. Ihn zu berühren, traute ich mich jedoch nicht.

»Ich weiß, wir kennen uns noch nicht lang, Alice«, begann Keith und sah mich beinahe schüchtern an. »Wir haben dir wahrscheinlich auch noch nicht viele Gründe gegeben, uns zu mögen, und trotzdem muss ich dich um einen Gefallen bitten.« Er klang, als läge er auf dem Sterbebett. Aber das tat er doch nicht, er konnte nur seine Beine nicht mehr bewegen, oder?

»Wenn ich es kann, tue ich es gern«, versicherte ich ihm trotzdem.

Keith tauschte einen Blick mit Feather, deren Unterlippe zitterte. Keith seufzte, drückte ihre Hand und sprach weiter. »Ich hab Jackson gebeten, mich aus dem Spiel zu nehmen. Meine Verletzungen sind irreparabel.« Ein melancholischer Ton schlich sich in seine tiefweiche Stimme.

»Was …«, setzte ich leise an.

»Sein Rückgrat ist gebrochen und er hat innere Blutungen«, flüsterte Feather und schluchzte auf. »Wir können ihn nicht operieren. Es ist nur ein Riss, aber er verblutet innerlich.«

»Um es zusammenzufassen: Ich bin nutzlos geworden«, sagte Keith. Seine Lippen wurden beim Sprechen immer blasser.

»Das stimmt nicht, und das weißt du auch«, fuhr ihn plötzlich Jackson an. Er drehte sich ruckartig um und starrte seinen Läufer wütend an. »Du musst das nicht tun. Ich *will* nicht, dass du es tust.«

»*Ich* will es aber«, hielt Keith dagegen. »Ich bin ein Krüppel, eine Belastung, ich sterbe.« Störrisch reckte er das Kinn nach vorn. »Dr. de la Rois Diagnose war eindeutig. Es gibt nichts, was man tun könnte. Zumindest nicht hier, nicht so und nicht unter diesen Bedingungen. Wie sitzen hier auf dem Spielfeld fest, seine Mittel sind begrenzt, mein Zustand wird schlimmer, und die Schmerzen sind jetzt schon beinahe unerträglich.«

Ich runzelte die Stirn und sah zu Isolde auf. »Dr. de la Roi? Ich dachte, der arbeitet für Chesterfield.«

»Tut er auch«, bestätigte sie. »Aber er ist keine Spielfigur. In medizinischen Notfällen hilft er beiden Seiten aus. Zudem untersteht er der Schweigepflicht. Was hier geschieht, wird Chesterfield nicht erfahren. Zumindest nicht von ihm.«

Verzweifelt sah ich zu Jackson hinauf. »Ich dachte, als Spieler heilt man schneller als normale Menschen. Keith kann das doch bestimmt von selbst heilen.«

Jackson schüttelte den Kopf. »Nicht jeder besitzt eine schnelle Heilung. Ich kenne nur Grave aus Chesterfield, der beinah unverwüstlich ist. Und … nun ja, dich.«

»Es gibt nichts … nichts … Es ist vorbei«, raunte Keith heiser. »Bitte zwingt mich nicht, hier langsam und elendiglich zu verrecken.«

Feather stieß einen Laut aus, der halb nach Schluchzen und halb nach Lachen klang.

»Es ist deine Entscheidung«, sagte Jackson schließlich mit ausdrucksloser Stimme, hinter der ich so viel mehr fühlte, als er durchblicken ließ.

»Ich habe entschieden, und es gibt schlimmere Arten, aus diesem Spiel auszuscheiden«, sagte Keith entschlossen. Sein Blick zuckte zu mir zurück.

»Aber ich muss dich vorher um etwas bitten, Alice Salt. Wenn ich zu Stein werde, möchte ich, dass du meine Stelle als Läufer einnimmst. Du musst Feather beschützen, wenn ich es nicht mehr kann.«

Feather schluchzte erneut auf und vergrub ihr Gesicht an Keiths Schulter. Der lächelte traurig, sein Blick wanderte dabei zu Hawkins.

»Ich weiß, dass ich dir damit die Partnerin wegnehme. Aber Feather braucht jemanden, der sie stützt, wenn ich es nicht mehr kann.«

Hawk presste die Lippen zusammen, sein Blick war schwer und dunkel vor Trauer. Er schluckte, nickte jedoch.

Ich schluckte ebenfalls und krallte meine Finger ins Bettlaken. »Ich weiß nicht, was ich als Läufer tun muss. Ich kann niemals so gut sein wie du«, wandte ich zögerlich ein.

Keith warf mir einen wissenden Blick zu und neigte den Kopf. »Du wirst es lernen. Du wirst ein großartiger Läufer. Ich ... bitte, Alice.«

Stille breitete sich im Raum aus, und als ich aufsah, bemerkte ich, wie Jackson mich anstarrte. Was ich in seinem Blick sah, war ebenso viel Schmerz wie Hoffnung. Der Gedanke, dass Jackson tatsächlich Hoffnungen in mich setzte, stellte etwas Seltsames mit mir an. Vor zwei Wochen hätte ich alles getan, um dieses Schimmern in seinen Augen sterben zu sehen. Doch als ich mich jetzt hilflos umsah, bemerkte ich denselben Ausdruck in allen Augen, und auf einmal wurde mir bewusst, welch große Rolle ich als Slave einnahm. Es ging nicht wirklich darum, ein guter, perfekter Spieler zu sein. Sondern darum, der Hoffnung einen Körper zu geben.

»Wenn du möchtest, dass ich deinen Platz einnehme, dann werde ich das tun«, versprach ich ihm leise.

»Ich möchte es nicht nur, es wäre mir eine Ehre«, erwiderte Keith, und in seiner Stimme klang nicht weniger als absolute Aufrichtigkeit mit. »Wenn du meinen Platz einnimmst, ist es, als würde ein Teil von mir weiterleben. Ich seh doch, wie Hawkins auf dich reagiert. Wenn du im Raum bist, fühlt es sich immer an, als stünde Page neben dir. Durch dich bekomme ich die Chance, doch noch nützlich zu sein.«

Seine Worte brachen mir das Herz. Sprichwörtlich. Heiße Tränen quollen mir aus den Augen, und ich unterdrückte ein Schluchzen. »Ich werd mein Bestes tun«, versprach ich ihm.

Keith stieß ein erleichtertes Seufzen aus. »Danke. Ich danke dir, Alice. Ich bin froh, dass du zu uns gekommen bist.«

»Das sind wir alle«, sagte Isolde und lächelte.

Ich schloss bebend die Augen.

»Ich sag den anderen Bescheid. Sie werden sich alle von dir verabschieden wollen«, durchbrach Jackson die Stille. »In einer Stunde bringen wir dich nach draußen.«

»Danke«, murmelte Keith. Er klang … glücklich! Wie konnte er in dieser Situation nur so zufrieden wirken? So im Reinen mit sich selbst?

Eine Berührung an der Schulter ließ mich aufsehen. Hawkins stand neben mir. In der Hand hielt er eine Tasse Kaffee, die er mir reichte. Ich nahm sie dankbar entgegen, stand steifbeinig auf und folgte ihm und Jackson nach draußen.

Die Tür schlug zu, und Jackson schloss für eine Sekunde völlig erschöpft die Augen. Ich unterdrückte den Drang, ihn zu umarmen. Stattdessen nahm ich einen großen Schluck von meinem Kaffee.

»Hör auf, dir Vorwürfe zu machen«, sagte Hawkins sanft. »Keith kennt das Spiel. Er hat keine Angst vor dem Sterben. Lass ihn so gehen, wie er will, das ist mehr, als viele andere von uns bekommen werden.«

Jackson antwortete nicht. Er nickte nur und ging davon.

Hawkins sah ihm traurig nach, bevor er sich zu mir drehte. »Möchtest du mir helfen, alles herzurichten?«

Ich nickte ebenfalls und folgte ihm nach draußen. Es war nicht viel zu tun. Im Grunde gar nichts, außer dass Hawkins einen Sessel direkt vor den See stellte, weshalb ich vermutete, dass er einfach nur der bedrückten Stimmung hatte entkommen wollen. Ich setzte mich neben ihn ins Gras, und wir verfolgten zusammen den Lauf des Mondes, der silbern auf den Wellen schimmerte. Es roch nach kühlem Tau. Die Bäume rauschten leise.

Zusammen warteten wir, und als der Mond sich langsam Richtung Horizont bewegte, kamen sie alle nach draußen. Die schwarzen Spieler kamen wie die Krähen nach und nach aus dem Anwesen und stellten sich in einem Halbkreis um den Sessel auf. Hawkins stand auf, als Jackson mit Keith auf den Armen nach draußen kam. Ich zog mich ebenfalls zurück. Feather ging neben Jackson her und hielt Keiths Hand so fest umklammert, dass ihre Handknöchel weiß hervortraten. Sie sah aus, als würde sie gleich zusammenbrechen.

Behutsam setzte Jackson Keith auf dem Sessel ab. Keith trug seine Uniform. Er sah geduscht und gekämmt aus und lächelte zu Feather hoch.

»Bereit?«, fragte Jackson ihn mit rauer Stimme.

»Weglaufen kann ich ja nicht mehr«, witzelte Keith schwach.

Jacksons Schultern spannten sich an, als er in Keiths Nacken griff und seine Stirn an dessen lehnte. Die Geste war liebevoll, allem voran aber herzzerreißend verzweifelt.

»Wir werden dich vermissen, Keith.«

»Ich euch auch. Danke, Jackson. Für alles«, raunte Keith. Sein Blick zuckte zur mir. »Danke, Alice Salt.«

Ich wusste nicht, was ich sagen sollte, daher nickte ich nur. Feather weinte stumm. Ihre Tränen tropften von der Wange ins Gras. Jackson wich zurück.

Keith seufzte, hob die Augenlider und schloss sie wieder. »Ich liebe dich, Feather«, murmelte er.

»Ich dich auch«, flüsterte sie zurück.

Jackson presste die Lippen zu einem festen Strich zusammen. Dann holte er einen schmalen, filigranen Dolch hervor.

Es war ein Schnitt in die Handfläche. Nicht mehr. Ein roter Strich wurde sichtbar. Danach floss Blut. Nur wenige Tropfen, die träge hervorkamen. Sie sammelten sich in Keiths Handfläche. Die Zeit schien langsamer zu laufen, als die Tropfen fielen. Sie trafen geräuschlos am Boden auf, und als ein Mondstrahl sich über den See brach und die Nacht in flüsterndes Quecksilber tauchte, saß eine Statue aus schwarzem Marmor auf dem Stuhl. Ein Lächeln lag auf den versteinerten Lippen.

Niemand sagte ein Wort. Jeder trauerte auf seine Weise. Manche weinten, manche starrten nur vor sich hin. Schließlich war es Feather, die aufsah.

»Könntest du bitte seinen Platz übernehmen, Alice?«, fragte sie mich mit dünner Stimme.

Alle Aufmerksamkeit richtete sich auf mich, und ich spürte, wie meine Knie weich wurden. Wieder wurde mir in aller Deutlichkeit bewusst, welche Rolle ich in diesem Spiel wirklich einnahm. Zum ersten Mal verstand ich, warum diese Rolle etwas Besonderes war. Keith hatte das Spielfeld verlassen und dabei eine klaffende Lücke hinterlassen. Ich war mich nicht sicher, ob ich würdig genug war, diese Lücke wieder zu schließen. Trotzdem nickte ich, trat nach vorn und streckte die Hand aus.

Kaum hatten meine Fingerspitzen seine kalte, harte Schulter berührt, wurde mir schwarz vor Augen. Heftiger Schwindel erfasste mich, und ich merkte, wie mir die Knie wegsackten. Vielleicht schrie ich auch, sicher war ich mir nicht.

Das Einzige, was ich hörte, waren das Rauschen des Windes und die Stimme, die mir sanft den inzwischen schon so vertrauten Vers ins Ohr wisperte:

Verdammt sind wir, wie Figuren zu leben,
sechzehn von uns wird es ewiglich geben.
Weder Schwarz noch Weiß bleiben verschont
im endlosen Kampf um Leben und Tod.

Blut für Blut, so muss es sein,
der Läufer steht am Ende allein.
Doch niemals gibt mein Herz mir Ruh,
denn verflucht bin ich und verflucht bist du.

»Alice!« Ich wurde geschüttelt. »Alice!« Die Stimme drang wie durch Watte zu mir, und es fühlte sich wie eine Ewigkeit an, bis ich es schaffte, die Augen aufzuschlagen.

Ich starrte in Jacksons Gesicht hoch. Er hielt mich fest umschlungen und rief immer und immer wieder meinen Namen.

»Ich bin okay, alles gut«, brachte ich krächzend hervor. Auf meinem Handgelenk kribbelte und brannte es, und als ich einen Blick drauf warf, hatte sich das Symbol darauf verändert. Die Spielfigur eines Läufers leuchtete mir entgegen. Keiths Zeichen. *Mein* Zeichen. Ich schauderte. Es fühlte sich an, als wäre ich in eine fremde Haut geschlüpft, obwohl ich immer noch wie ich aussah.

»Kannst du stehen?«, fragte mich Jackson.

Ich nickte, war jedoch dankbar, dass er mir aufhalf. Ein wenig schwindlig sah ich mich um und bemerkte die halb faszinierten, halb erschrockenen Gesichter der schwarzen Spieler, die mich anstarrten.

»Das war heftig, allein beim Zusehen«, sagte Bastion, der mich mit nervösen Wolfsaugen musterte. »Du hast geschrien, als würdest du sterben«, klärte er mich auf, als er meinen verwirrten Blick bemerkte.

»Es tut weh«, stimmte ich zu.

»Es tut mir so leid«, schluchzte Feather neben mir. Sie stand immer noch neben dem versteinerten Keith, doch ihr Blick klebte dabei auf dem Zeichen an meiner Haut.

»Schon gut ...« Ich lächelte sie an und hatte das Bedürfnis, sie in meine Arme zu ziehen und ihr über den Kopf zu streicheln. Irritiert über diesen Gedanken massierte ich mir die Schläfen.

»Wir sollten reingehen, etwas essen und uns ausruhen«, schlug Isolde schließlich vor. »Alice sieht aus, als könnte sie eine Aspirin-Tablette gebrauchen.«

»Aspirin. Tolle Idee«, murmelte ich und stolperte, als Jackson mich unvermittelt losließ.

»Ich hab noch was zu erledigen«, sagte er, ohne mich anzusehen, und verschwand als Erster vom See.

Ich starrte ihm hinterher und fühlte mich ... verlassen.

»Er ruft Keiths Eltern an und hinterlässt ihnen eine Nachricht«, erklärte Isolde, die Jacksons Platz einnahm und mich stützte. Feather schloss sich uns an und klebte an mir, als hätte sie Angst, ich könnte davonlaufen.

»Anrufen? Mit dem Handy?«, fragte ich und hatte wieder einmal das Gefühl, als würde sich mir eine Stricknadel ins Hirn bohren. Ich biss die Zähne zusammen.

»Natürlich. Mit was sonst?«, fragte Isolde irritiert, und mir war, als wühlte sich aus meinem Hirn etwas heraus, während mein Kopf sich mit Nebel füllte. Doch was es auch war – es wollte sich nicht deutlich zeigen.

»Wo ist Jackson hingegangen?«, fragte ich.

Isolde sah mich verblüfft an. »Entweder in sein Zimmer oder in den Fechtsaal. Er geht meistens dorthin, um sich abzureagieren.«

»Danke. Ich … muss ihn noch was fragen«, brachte ich hervor und rannte los, wie von unsichtbaren Fäden gezogen, während eine Stimme in meinem Kopf lachte.

Spielregeln im Überblick 5

WIRD EIN KÖNIG STARK VERLETZT, GILT ER ALS SCHACH GESETZT UND DAS SPIEL PAUSIERT, BIS ER SICH WIEDER ERHOLT HAT.

IN DER SCHACHPHASE VERLIEREN ALLE SPIELER IHRE KRÄFTE.

DAS SPIEL ENDET, SOBALD DAS HERZ EINES KÖNIGS ZU SCHLAGEN AUFHÖRT.

AUS DEM SPIELERHANDBUCH, S. 23

KAPITEL 29

Meine Schritte hallten leise von den Wänden wider. Ich folgte meinem Bauchgefühl und schlug tatsächlich den Weg zum Fechtsaal ein. Das letzte Mal, als ich hier gewesen war, hatte Jackson mich verflucht, und ich spürte, wie sich mir bei der Erinnerung sämtliche Nackenhaare aufstellten. Doch ich blieb nicht stehen, bis ich direkt vor dem Fechtsaal angekommen war, aus dem durch die geschlossene Tür dumpfe Töne zu mir hinausdrangen – rhythmische Schläge, begleitet von angestrengtem Ächzen.

Ich öffnete die Tür und sah Jackson, der auf einen Boxsack eindrosch. Seine Fäuste waren bandagiert, und er trug kein Shirt, sodass ich sehen konnte, wie sich seine Muskeln bei jedem Schlag anspannten. Schweiß rann ihm über den Rücken, und seine Fäuste klatschten unablässig auf das Leder.

Der Sack taumelte und das Material knarrte, während Jackson verbissen seine Aggressionen abarbeitete. Mein Blick wanderte an Jackson entlang, und ich entdeckte die Ausbuchtung eines Handys in der hinteren Tasche der Jeans. Der Anblick zog mich wie magisch an und ich hörte … ich hörte ein Flüstern in meinen Ohren. Ein Raunen, einen Befehl …

Ich blinzelte.

Aber was tat ich hier eigentlich? Warum war das Summen in

meinem Kopf plötzlich so ohrenbetäubend? Und wieso wurde mir so schwindelig?

»Alice?«, fragte eine Stimme. Tief und dunkel.

Ich blinzelte und riss den Kopf hoch.

Wo zum Teufel … wo war ich auf einmal? Ich drehte den Kopf, während ich mich umsah.

Ich lag in meinem Zimmer in St. Burrington? Wann war ich eingeschlafen? Pochende Kopfschmerzen ließen mich mit den Zähnen knirschen. Alles drehte sich, als hätte ich zu viel Alkohol getrunken. Hatte ich?

Ich blickte nach draußen. Es war stockdunkel. Hatte ich geschlafen? Da ich im Bett lag, war es wahrscheinlich. Wie lange?

Mühsam quälte ich mich aus dem Bett und stolperte auf die Toilette, um anschließend die längste Dusche des Jahrhunderts zu nehmen. Während das Wasser mir auf die Schultern prasselte, kratzte ich mich an dem Fluchmal, das pochte und juckte. Ich starrte auf die beschlagene Duschwand und malte einen verwirrten Smiley hinein. In den letzten Wochen war wirklich verdammt viel passiert, aber ich konnte mich nicht erinnern, wann ich das letzte Mal so neben der Spur gewesen war wie jetzt. Je länger ich nachdachte, desto größer wurden meine Kopfschmerzen.

Schließlich gab ich es auf, unter der Dusche nach Erleuchtung zu suchen, und zog mir die schwarze Schuluniform von St. Burrington an. Mein Magen knurrte. Wann hatte ich zuletzt etwas gegessen?

Ich taumelte in den Flur hinaus, ließ den Blick schweifen und sah etwas kleines, flauschig Weißes an mir vorbeiflitzen.

»Curse?«, rief ich verwundert. Die Müdigkeit saß mir immer noch in den Knochen, weshalb ich ein wenig ungeschickt um die nächste Kurve schlitterte und prompt in jemanden hineinstieß.

»Huch, Alice!« Eine schmale Hand packte mich, und Isoldes langes schwarzes Haar füllte mein Blickfeld aus.

»Issy!«, stieß ich erschrocken hervor.

»Alles in Ordnung mit dir, Alice?«, fragte sie sanft lächelnd.

»Nein … ich meine, ja, mir geht's gut. Ich brauch nichts, ich hab nur ein wenig … Hunger«, druckste ich herum.

»Kein Wunder, du hast wieder mal eins von deinen Eineinhalbtagesschläfchen gehalten. Wenn du mich fragst, verlangen dir die Verwandlungen zu viel ab, Alice. Ich hab mir Sorgen um dich gemacht, auch, weil du so plötzlich verschwunden bist. Und Jackson hat seitdem die ganze Zeit diesen seltsamen Gesichtsausdruck. Habt ihr euch gestritten?«

»Nein, ich glaub nicht«, stammelte ich, und Issy grinste schief.

»Schon okay. Geh in die Gemeinschaftsküche. Im Ofen ist noch Kuchen, hol ihn dir, bevor Bastion oder Amber ihn entdecken und vernichten. Ich bin für ein paar Stunden draußen. Jackson hat mir eine SMS geschrieben, dass ich eine Schicht für Hawkins übernehmen solle. Der Arme fühlt sich wohl nicht so gut. Falls du also was brauchst, frag Feather, ja?«

»Ja, sicher, viel Spaß«, murmelte ich und ging runter in die Küche, wo ich auf Bastion, Feather und zwei Schüler stieß, die ich bisher nur selten gesehen hatte. Das fremde Mädchen und der Junge mussten Geschwister sein, denn sie hatten dieselbe braune Haut, dieselben dunklen Haare und dasselbe nette Lächeln. Alle hatten ein Stück Kuchen vor sich. Das heißt, Bastion hatte sich das ganze

Tablett geschnappt, knurrte mich an und zog den Kuchen enger an sich.

»Hallo«, sagte ich und holte mir Orangensaft aus dem Kühlschrank.

»Willst du Kuchen?«, fragte mich das fremde Mädchen und trat Bastion gegens Schienbein. »Gib ihr was ab.«

Bastion knurrte wie ein Wolf.

»Danke«, sagte ich frech, stibitzte mir ein großes Stück und setzte mich auf die Eckbank.

»Hey, das ist Mundraub«, murrte Bastion.

»Du spuckst Krümel«, zog ihn der fremde Junge auf.

»Ich spuck gleich *dich* aus«, brummte Bastion.

»Lüge«, sagte das Mädchen.

Die zwei lachten, und Bastion verdrehte die Augen. »Die beiden Scherzkekse hier sind übrigens Sol und Flora. Geh ihnen besser aus dem Weg, sie nerven«, sagte er.

Sol und Flora grinsten wieder. »Er lügt wieder mal. Er mag uns«, sagte Flora. Die Ausstrahlung der beiden war so fröhlich, dass ich mich zum ersten Mal, seit ich aufgewacht war, entspannte.

»Freut mich. Ich bin Alice«, stellte ich mich vor.

»Ich glaub, jeder hier weiß, wer du bist, Slave«, brummte Bastion.

»Seid ihr Bauernspieler?«, erkundigte ich mich interessiert.

Sie nickten. »Aber keine sehr starken. Jackson hält uns meist vom Spielfeld fern. Wir schieben nur hin und wieder Wache«, erklärte Flora und zwirbelte schüchtern eine ihrer Haarsträhnen zwischen den Fingern.

»Was könnt ihr denn?«

Bastion grunzte und deutete mit seiner Gabel auf Flora. »Sie weiß immer, wann jemand lügt. Lästig, wenn du mich fragst. Und Sol kann …«

»… für sich selbst sprechen. Danke, großer böser Wolf«, warf Sol ein, und als er mich anlächelte, blitzten tiefe Grübchen in seinen Wangen auf. »Ich kann anderen Lügen einflüstern.«

»Wow, das ist …«

»… nervig«, entrüstete sich Bastion.

»… nutzlos«, warfen beide gleichzeitig ein. »Wir sind nutzlos.«

»Das seid ihr nicht. Ihr alle habt Fähigkeiten, die helfen werden, dieses Spiel zu gewinnen«, unterbrach uns eine dunkle Stimme, und als ich aufsah, stellten sich meine Nackenhärchen langsam auf. Jackson stand im Türrahmen, die muskulösen Arme vor der Brust verschränkt, und musterte mich.

»Du kriegst keinen Kuchen. Alice hat schon alles aufgegessen«, grunzte Bastion. Flora warf eine Serviette an Bastions Kopf.

»Alice«, sagte Jackson sanft und ich schauderte. »Kann ich kurz mit dir sprechen?«

»Klar.« Ich hob abwartend eine Augenbraue, doch Jackson räusperte sich nur verlegen.

»Allein?«

Bastion pfiff, und ich stahl ihm noch ein Kuchenstück vom Tablett. »Hey!«, protestierte er.

»Das ist für unseren König«, spöttelte ich und reichte Jackson den Kuchen weiter.

»Danke«, sagte der überrascht.

Ich schmunzelte, und wir verließen zusammen die Küche, während ich Bastion hinter uns herschimpfen hörte.

»Schieß los. Was gibt's?«, fragte ich und schlug den Weg zu meinem Zimmer ein.

Jackson folgte mir, räusperte sich und öffnete den Mund. Doch anstatt dass Worte herauskamen, stopfte er sich den Kuchen in einem einzigen Bissen in den Mund. Er kaute hektisch und wurde unter meinem Blick ein wenig rot. War er verlegen? Warum? Ich war irgendwie überfordert mit diesem … netten Jackson. Wir standen genau vor meinem Zimmer, und ich begann, unruhig von einem Bein aufs andere zu treten.

»Willst du noch einen Kuchen? Wenn du möchtest, kämpf ich mit Bastion drum«, sagte ich lachend.

Jackson wurde noch röter. »Nein, ich … ich wollte mit dir über vorgestern reden«, sagte er leise und sah mich unter seinen dichten Wimpern an. Er schluckte, und ich sah, wie sich dabei sein Kehlkopf bewegte.

»Du meinst, wegen Keith?«, hakte ich verwirrt nach und spürte die gerade erst abgeflauten Kopfschmerzen wieder stärker werden.

»Nein, wegen unseres Kusses. Ich wollte mit dir über den Kuss reden«, sagte Jackson mit rauer Stimme.

»Unseren was?« Entsetzt starrte ich ihn an, während es in meinen Ohren klingelte.

Jacksons Augen begannen sich zu verdunkeln. »Ich will wissen, warum du das getan hast. Ich weiß nicht, was ich denken soll oder … oder hoffen …«

»Jackson. Ich hab keine Ahnung, wovon du sprichst«, sagte ich ehrlich und schreckte zurück, als Jacksons Augen so schwarz wie Löcher wurden.

»Verstehe«, sagte er, und jede Regung verschwand aus seinem

Gesicht. »Wenn du so tun willst, als ob nie was gewesen wär, respektier ich das.«

»Jackson!« Meine linke Hand schnellte nach vorn, und ich hielt ihn am Hemdsärmel zurück. »Ich weiß *wirklich* nicht, wovon du sprichst.«

»Schon gut«, sagte er mit rauer Stimme. »Ich hab verstanden.« Er senkte den Kopf, sodass sein dunkles Haar den Ausdruck in seinen Augen verdeckte. Ohne ein weiteres Wort drehte er sich um und ging einfach davon.

»Jackson«, rief ich ihm hinterher. Doch der schwarze König verschwand um die Ecke und ließ mich verstört zurück.

Was zum Teufel war hier los? Verwirrt und frustriert zog ich mich in mein Zimmer zurück.

»Wir haben ein Problem, Alice. Ein großes.«

»Fuck!« Ich schreckte zusammen, als ich Curse auf meinem Bett sitzen sah. »Curse. Wo warst du?«, fragte ich und ging auf ihn zu.

Der Kater legte die Ohren an. Ich setzte mich zu ihm auf das leise knarrende Bett und begann, ihn beruhigend hinter den Ohren zu streicheln. »Was machst du denn hier? Wo warst du?«

»In Chesterfield. Ich wollte ein Auge auf Vincent haben«, sagte er mit ungewöhnlichem Ernst in der Stimme.

Alarmiert packte ich ihn fester. »Ist was passiert?«

»Ich … bitte lass mich los, Alice.« Er zuckte vor mir zurück, neigte den Kopf, und meine Finger stießen plötzlich auf ein ledernes Halsband.

»Was ist das?«

Er fauchte. »Ich war nicht schnell genug. Es tut mir leid. Ich hab gedöst, und Vincent hat mich erwischt.«

»Hat Vincent dir was angetan?«, fragte ich alarmiert.

»Nicht direkt.«

Ich tastete nach der Tischlampe, und als das Licht anging, blinzelte ich gegen die Helligkeit an. Als die Flecken vor meinen Augen endlich verschwanden, drehte ich das Halsband, an dessen Ende etwas hing. Es sah aus wie eine eingerollte Seite aus einem Notizblock.

»Was ist das?«

»Eine Nachricht. Vincent will, dass ich sie dir bringe.«

Erschrocken sah ich Curse an. »Du kannst mit ihm reden?«

Unruhig schlug er mit dem Schwanz aus. »Nein. Aber er ist der weiße König. Und wenn der weiße König was will, dann bekommt er es auch.« Curse sah mich geplagt an. »Und er will, dass ich dir diese Nachricht bringe.« Noch während er sprach, pfriemelte ich den Zettel aus dem Halsband und rollte ihn aus.

Vincents schön geschwungene Schrift prangte darauf, und jedes Wort trieb mir das Blut aus den Wangen, bis ich das Gefühl in meinen Fingerspitzen verlor.

Heute Nacht wird Chesterfield gewinnen.
Dank Dir, Alice.
- Vince -

»Was heißt das?« Ich sah auf, doch im selben Augenblick klopfte es donnernd an meine Tür.

»Alice!«, rief Hawkins erstickt.

Ich war auf den Füßen und riss die Tür auf, während Curse sich auf meinem Bett zu einer Kugel zusammenrollte. Hawk war leichenblass, er zitterte am ganzen Körper, als stünde er unter Schock, und drückte sich seine Mütze an die Schläfe. Der Stoff sah feucht aus. Hawkins taumelte, und ich schlang ihm die Arme um die Taille.

»Hawkins, blutest du?«, fragte ich entsetzt.

»Nur eine Beule«, keuchte er, »zumindest ist nichts auf den Boden getropft.«

Ich zuckte zusammen. »Wir müssen das verbinden. Sofort! Was ist passiert?«

Er taumelte, weigerte sich jedoch, sich von mir ins Zimmer ziehen zu lassen. Stattdessen krampfte sich seine Hand um meine Schultern. »Issy«, stieß er hervor. »Vincent hat Issy. Wir müssen sie da rausholen.«

»Was?«, kreischte ich und wurde wahrscheinlich so bleich wie Hawkins.

Was hatte Issy gesagt? Jackson hatte ihr eine SMS geschrieben, weil sie Hawkins ablösen solle?

Heute Nacht wird Chesterfield gewinnen. Dank Dir, Alice.

Die plötzlich einsetzenden Kopfschmerzen zwangen mich fast in die Knie. Etwas war hier falsch. Ich spürte, wie Hawkins in meinen Armen plötzlich schwerer wurde. Ich zwang mich, konzentriert zu bleiben, unterdrückte meine Panik und packte den schwarzen Springer fester um die Taille.

»Hawk! Nicht ohnmächtig werden. Hawk! Komm schon!« Ich zerrte ihn auf mein Bett.

Curse sprang auf und huschte zur Tür. »Ich geh nach Chesterfield zurück und versuch herauszufinden, was Vincent vorhat«, versprach er mir.

Ich sagte nichts, sondern nickte nur, wetzte ins Bad, befeuchtete ein Handtuch und presste es Hawk an die Stirn. Zum Glück war es wirklich nur eine gigantische Beule. Aber die sah böse aus.

»Alice? Ist Hawk bei dir? Und war hier gerade eine Katze?«, hörte ich eine Stimme fragen. Bastions bunter Haarschopf tauchte in meiner Tür auf. Er schnüffelte. Als er uns sah, riss er panisch die Augen auf. »Was zum Teufel ist passiert?«

»Erzähl uns alles, Hawk«, befahl ich atemlos.

Hawk stöhnte und sah uns unter geschwollenen Augenlidern an. Er bekam zwei schöne Veilchen. »Issy kam plötzlich und faselte etwas wegen Wachablösung. Und da haben uns die Zwillinge überrascht. Ich bin vom Baum gefallen und hab mir dabei den Kopf angeschlagen«, murmelte er.

»Wann war das?«

»Vor etwa zwanzig Minuten. Issy war ... Sie haben sie mitgenommen.«

»Was zum Teufel ist hier los?«, bellte Bastion uns an.

Ich fuhr zu ihm herum. »Hol Jackson. Sofort! Sag ihm, Chesterfield hat Issy entführt!«

Kapitel 30

»Hier müssen sie sie weggeschleift haben.« Geschmeidig richtete Jackson sich auf.

Ich stand neben ihm und versuchte zu rekonstruieren, was hier vor einer halben Stunde passiert sein musste. Nur wenige Meter von der Waldgrenze entfernt war der Farn platt gedrückt. Die Erde war aufgewühlt, und Kugeln steckten in der runzeligen Rinde einiger Bäume. Jacksons Gesicht war ausdruckslos, nichts verriet seine aufgewühlten Gedanken. Aber die Dunkelheit ballte sich um ihn wie schwarze Flügel.

Das Fluchmal an meinem Arm prickelte, und ich kämpfte mühsam gegen die pochenden, quälenden Kopfschmerzen an.

»Ich versteh immer noch nicht, wie das passieren konnte«, warf Bastion knurrend ein. Seine Augen leuchteten wie goldene Münzen in der Dunkelheit, seine Zähne waren scharf und spitz. »So unvorsichtig ist sie doch sonst nicht. Wieso geht sie einfach in den Wald?«

Jackson antwortete nicht.

»Sie meinte, Jackson habe ihr eine Nachricht geschickt«, gab ich zu bedenken.

»Aber ich hab ihr keine Nachricht geschickt. Allerdings … ich muss auf dem Rückweg vom Bunker im Wald mein Handy verloren haben«, gab er zu und alle scharrten unruhig mit den Füßen. »Ich hab mir nichts dabei gedacht, sondern einfach ein anderes benutzt.«

Ich zischte und hielt mir den Kopf.

»Alles okay, Alice?«, fragte Jackson leise.

»Ja«, murmelte ich, und er wandte sich von mir ab und vermied es, mir in die Augen zu sehen.

»Im Moment ist auch egal, wie es passiert ist, wichtig ist, dass wir sie so schnell wie möglich wieder zurückholen. Noch ist sie am Leben, und wir sollten dafür sorgen, dass das auch so bleibt«, sagte Jackson. Sein Blick wanderte zum Himmel. »Wir haben noch zwei Stunden bis Mitternacht. Danach sind wir am Spielzug und holen uns Issy zurück.«

»In zwei Stunden kann viel passieren«, murmelte nun Amber besorgt. Ihre Katzenaugen huschten über den Waldboden.

Jackson nickte und sah mich an. »Ganz genau. Und darum wird Alice uns helfen.«

Ich nickte, ohne zu zögern. »Was soll ich tun?«

Jackson musterte mich kühl, berechnend. »Du wirst die Seiten wechseln«, ließ er mich schließlich wissen. »Du nimmst wieder Larks Platz ein.«

»Was?« Bastion und Amber fuhren gleichzeitig auf.

Feather warf mir einen traurigen Blick zu. Ich versuchte, beruhigend zu lächeln, und scheiterte kläglich.

»Was für ein beschissener Plan soll das denn bitte sein? Wir haben alles dafür getan, dass Alice auf unserer Seite ist ...«, fuhr Bastion Jackson an, doch der unterbrach ihn mit einem scharfen Blick.

»Alice ist an mich gebunden. Egal auf welcher Seite sie steht.« Sein Blick bohrte sich in meinen, und ich neigte zitternd den Kopf. Er holte tief Luft. »Noch können wir nicht nach Chesterfield hinein. Das wäre das reinste Selbstmordkommando. Aber wir brauchen jemanden, der bis zum Spielwechsel ein wachsames Auge auf Issy hat, ohne dabei aufzufallen. Und Lark konnte nicht nur unsichtbar werden – sie war auch eine weiße Figur, weswegen Vincent es nicht spüren wird, wenn Alice die Spielfeldgrenze überschreitet.«

»Ich soll also unsichtbar werden, mich in Chesterfield einschleichen und aufpassen, dass Issy nichts passiert, bis ihr sie holt«, fasste ich seinen Plan leise zusammen.

Jackson starrte mich an. »Du musst nur aufpassen, dass Vincent dich nicht bemerkt. Wir wissen nicht, wie groß sein Einfluss auf dich noch ist.«

»Ich werd drauf achten«, sagte ich ernst.

Er nickte. »Ihr macht euch bereit und trefft euch in einer Stunde wieder hier.« Die anderen nickten und verschwanden.

Ich blieb mit Jackson allein im Wald zurück. Ein Windzug fuhr durch sein rabenschwarzes Haar und wehte es ihm in die Augen. Er machte sich nicht die Mühe, sie zurückzustreichen, sondern drehte sich wortlos um und verschwand tiefer in den Wald hinein. Ich folgte ihm so leise wie möglich. Jeder Schritt, den er tat, war so selbstsicher, als könnte er sich auch blind zurechtfinden. Vielleicht konnte er das auch. Er war immerhin hier aufgewachsen. Der Wald um ihn herum hatte sein Leben bestimmt.

Es dauerte nicht lang, als sich eine weitere Lichtung auftat. Ein Stück entfernt erkannte ich den umgekippten Baumstamm. Larks Statue stand immer noch reglos daneben. Jackson und ich wechselten einen flüchtigen Blick. Er sagte nichts, nickte nur, und ich verlor keine Zeit.

Meine Finger berührten den kalten Stein, und unwillkürlich hielt ich die Luft an, stellte mich dem Schmerz und der Orientierungslosigkeit, doch beides blieb aus. Ein leichter Windzug zerzauste mir die Haare, und meine Haut begann zu kribbeln, als wäre ich von sehr kaltem in heißes Wasser gesprungen. Auf meinem Handgelenk brannte es kurz, und das Zeichen wechselte Form und Farbe.

Larks Spielfigur einzunehmen, fühlte sich an, als würde ich in einen vertrauten Mantel schlüpfen. Ich trat zurück und sah wieder zu Jackson.

Er kam auf mich zu, musterte mich von oben bis unten. Sein Blick blieb dabei kurz an dem veränderten Zeichen hängen, ehe er meine Schulter drückte. Die Geste wirkte gleichzeitig wie eine Warnung und wie ein tröstender Zuspruch.

»Du weißt, was du zu tun hast. Finde Issy, kümmere dich um sie, und wenn es zum Äußersten kommt …«

»… dann tu ich alles, um sie zu retten«, unterbrach ich ihn. »Ich weiß, was ich tun muss.«

Jackson warf mir einen scharfen Blick zu. »… dann rettest du dich selbst«, korrigierte er mich. »Wenn du sichtbar wirst und sie dich erwischen, dann sag ihnen, dass du aus St. Burrington geflohen und wieder weiß geworden bist.« Seine Hand krampfte sich fester um meine Schulter. »Ich geb dir keinen Befehl, ich zwinge dich zu nichts, Alice. Ich schick dich dort rein und hoffe, dass du dich um Issy kümmerst. Wenn nicht – wenn du lieber auf der Seite von Chesterfield stehen willst –, dann akzeptier ich das. Ob ich diese Nacht überlebe, steht ohnehin in den Sternen, und ich sterbe lieber in dem

Wissen, dass du dich aus freien Stücken für eine Seite entschieden hast, als mit der Schuld, dich dazu gezwungen zu haben. Ich vertrau dir, und ich hoffe, ich mach damit keinen Fehler.« Seine Stimme wurde immer leiser, bis er gänzlich verstummte.

»Ich schulde Issy viel. Ich werde sie dort rausholen. Danach kann ich immer noch überlegen, was ich wirklich will«, sagte ich.

Jackson nickte und ließ mich los, doch dann zögerte er. Mit einem unterdrückten Fluchen zog er mich wieder an sich, schlang die Arme um mich und senkte den Kopf. Dann, plötzlich, lagen seine Lippen auf meinen.

Ich riss die Augen auf und spürte den Druck von Jacksons Lippen, die über meine glitten. Er schmeckte rauchig und süß zugleich und so … vertraut.

Genauso schnell, wie es begonnen hatte, löste er sich wieder von mir. Keuchend lehnte er seine Stirn an meine. »Tut mir leid«, keuchte er.

Ich starrte ihn nur an und hatte das Gefühl, als stünde mein gesamter Körper in Flammen.

Im selben Augenblick knackte es im Unterholz. Jackson und ich erstarrten.

»Ich bin's nur«, sagte Curse und schlich vor uns aus der Dunkelheit.

Erleichtert atmete ich auf, während Jackson den Kater misstrauisch musterte.

»Curse, hast du was rausgefunden?«, fragte ich. »Weißt du, wo Issy ist?«

»Ja. Es geht ihr gut. Noch. Zumindest atmet sie. Vincent und Regina halten sie im Gewächshaus fest«, sagte Curse.

»Was sagt er?«, fragte Jackson.

Ich wiederholte, und Jacksons Haltung wurde noch angespannter.

»Sag ihm, er soll dich begleiten und dir den Weg zeigen.«

»Er …«, äffte Curse ihn nach, »… versteht dich sehr wohl und hatte das ohnehin vor.«

»Er macht es«, sagte ich nur, und Jackson nickte.

»Gut.« Sein Blick bohrte sich in die Augen des Katers. »Pass gut auf sie auf.«

»Immer doch«, sagte Curse, und obwohl Jackson nichts verstanden haben konnte, nickte er.

»Okay, dann mal los«, flüsterte ich und schloss die Augen.

Es dauerte nicht lang. Das Mal an meiner Haut kribbelte, und ich spürte, wie Kälte bis in meine Knochen vordrang, als hätte jemand plötzlich die Klimaanlage aufgedreht. Ich klapperte mit den Zähnen und schlug die Augen auf.

Jackson stand vor mir, doch sein Blick ging durch mich hindurch. »Alice?«, fragte er und sah sich suchend um.

»Ich bin hier.« Ich zwickte ihn, und Jackson warf mir einen bösen Blick zu. »Kannst du mich sehen, Curse?«, wandte ich mich an den Kater.

»Nein. Aber ich rieche dich. Ich weiß, wo du bist.«

»Gut. Dann gehen wir jetzt. Bis in zwei Stunden.«

Jackson nickte knapp, und obwohl er mich nicht sehen konnte, glaubte ich, seinen Blick auf mir zu spüren, als ich zusammen mit Curse im Wald verschwand.

Die Bewegung lockerte meine kalten Muskeln ein wenig auf. Trotzdem merkte ich schon nach wenigen Minuten, dass ich es nicht schaffen würde, auf unbegrenzte Zeit unsichtbar zu bleiben. Bereits jetzt waren meine Zehen eiskalt, und meine Finger fühlten sich steif an. Ich wackelte damit, um die Blutzirkulation anzukurbeln.

Ungesehen huschte ich durch den Wald. Allein ein paar Rehe hoben witternd den Kopf, als ich an ihnen vorbeilief. Schließlich kam Chesterfield in Sicht, die Bäume lichteten sich, und ich hörte ein Knacken direkt über mir.

»Achtung! Es ist Ivory«, warnte mich Curse.

Ich erstarrte und sah einen der Zwillinge. Er war direkt über uns, und ich hatte das Gefühl, als würde er mich anstarren. Es raschelte wieder, ein paar Blätter segelten hinab, und ich kniff die Augen zusammen, als könnte ich mich so noch unsichtbarer machen. Die Kälte in meinen Gliedern nahm zu.

Ich hörte einen Aufprall, und als ich unter meinen Wimpern hervorlinste, stand Ivory direkt vor mir. Sein warmer Atem traf mein Gesicht, und ich zwang mich still zu stehen. Eine Bewegung – und er würde mich hören. Ich wusste ja, wie scharf seine Sinne waren.

Er legte den Kopf schief und hob seine Waffe. Der Finger krümmte sich um den Abzug, als Curse aus dem Gebüsch sprang und ihn ins Bein biss.

»Au! Verfluchter Mistkater!«, schrie Ivory.

Curse fauchte und flitzte davon, Ivory rannte knurrend hinterher. Die beiden verschwanden raschelnd im Unterholz. Scheiße! Ich stieß die Luft aus, wartete, bis sie sich entfernt hatten, und lief los. Es war eigentlich egal, ob mich Ivory jetzt doch noch bemerkte oder nicht. Wichtig war nur, dass ich vom Waldrand wegkam. Ich wusste, wo Isolde war. Ich musste es irgendwie dorthin schaffen und hoffte, dass Curse schneller war als Ivory. Wenn das alles hier vorbei war, würde ich dem Kater einen Jahresvorrat an Thunfisch kaufen.

In meiner Panik rannte ich im Zickzack über den Rasen, doch ich hörte weder einen Schuss, noch gab es sonst ein Zeichen, dass man mich entdeckt hatte. Mit klopfendem Herzen sprintete ich zum Anwesen und presste mich flach gegen die Mauer. Eine Minute lang versuchte ich, einfach nur wieder zu Atem zu kommen, während ich überlegte, wie ich am besten in Chesterfield hineinkam. Im selben Augenblick hörte ich ein Lachen und es wurde ein wenig heller. Ich wandte den Kopf und sah Paisley und ihren Partner herauskommen. Sie spazierten durch den Haupteingang und unterhielten sich amüsiert.

Blitzschnell stieß ich mich von der Mauer ab, huschte an ihnen vorbei und zwängte mich durch die sich langsam schließenden Türen.

Das Glas glitt hinter mir zusammen, und ich stand in der Eingangshalle von Chesterfield. Wie bei meiner Ankunft damals erklang leise klassische Musik und die Gemälde der ehemaligen Spieler von Chesterfield starrten auf mich herab. Obwohl mir das Herz bis zum Hals schlug, konnte ich mir ein triumphierendes Lächeln nicht verkneifen. Ich hatte es geschafft. Ich war drinnen.

»Psst!« Ein Miauen zog meine Aufmerksamkeit auf sich, und ich sah Curse auf der Treppe.

»Oh, Gott sei Dank! Geht's dir gut? Wie hast du mich bemerkt? Was ist mit Ivory?« Ich lief zu dem Kater und drückte erleichtert mein Gesicht in sein Fell.

»Schon gut, schon gut. Ivory ist ein Idiot und jagt Schatten hinterher. Ich hab doch gesagt, dass ich dich riechen kann. Ich weiß immer, wo du bist, Alice.« Er grinste, und ich knuddelte ihn noch ein bisschen fester.

»Was würde ich nur ohne dich machen?«

»Wahrscheinlich Moos ansetzen. Jetzt komm, wir müssen hoch.«

Der Kater zuckte nur mit den Ohren und schlug mit dem Schwanz, wand sich aus meiner Umarmung und begann, die Stufen nach oben zu steigen. Ich folgte ihm. Dabei versuchte ich, so leise wie möglich zu sein, und zuckte bei jedem Geräusch zusammen, das durch das große Anwesen zu mir hinaufhallte. Schließlich war ich oben angekommen und erstarrte.

Vor der Tür zum Dach lag Nixon in seiner Wolfsgestalt.

Abrupt blieb Curse stehen. »Oho«, sagte er.

Ich warf ihm einen bösen Blick zu. Mich roch er, aber einen zweihundert Pfund schweren Köter nicht? »Was machen wir jetzt?«, zischte ich.

»Keine Ahnung. Ein Würstchen werfen?«

»Curse!«

»Was denn? Schleich einfach an ihm vorbei.«

Ich schluckte. Nixon hatte den großen Schädel auf seine Vorderpfoten gebettet und schien zu schlafen. Seine Ohren zuckten dabei jedoch verräterisch, und als ich mich ihm näherte, schlug er plötzlich die Augen auf. Sein Blick fand mich nicht, trotzdem begann er zu knurren. Er schnüffelte, und ich begriff, dass er mich riechen konnte. Mich oder Curse.

»Scheiße!«, sagten Curse und ich gleichzeitig, während der Wolf sich aufzurichten begann. Sein Nackenfell stellte sich auf und er bleckte die Lefzen.

Panisch drehte ich mich um und versuchte zu flüchten, doch der Wolf machte einen einzigen gewaltigen Sprung und erwischte mich am Rücken.

»Alice!«, rief Curse erschrocken.

Ich selbst konnte einen Aufschrei nicht unterdrücken, als mir Nixons Tatzen einen heftigen Stoß versetzten und ich hart ein paar Stufen nach unten fiel. Die Welt drehte sich um mich herum, ich konnte mein eigenes hektisches Atmen hören und spürte die harten Kanten, die sich in meine Rippen drückten. Der Schmerz folgte gleichauf, trotzdem schaffte ich es, mich herumzurollen.

Nixons Fänge schnappten ins Leere. Sein massiger Körper blockierte sämtlichen Platz, deshalb rappelte ich mich auf und versuchte, wieder nach unten zu laufen. Doch Nixons Ohren und Nase zuckten, und im nächsten Moment wurde ich wieder unter zentnerschwerer Muskelmasse und Fell begraben. Diesmal bohrte sich eine Treppenkante genau in meinen Magen und ich würgte Galle nach oben. Mein Kopf pochte.

»Lass sie los! Ich brauch sie noch!«, schrie Curse und sprang zu uns hinunter.

Der Wolf knurrte nur und schnappte nach vorn. Er würde diesen dummen, mutigen Kater in der Luft zerfetzen!

»Nein!«, brüllte ich und warf mich dazwischen.

Der Wolf riss sein Maul auf und schnappte zu. Seine Zähne bohrten sich in meinen Nacken. Mit einer Tatze holte er aus und erwischte den Kater. Ein Fauchen war zu hören, danach gar nichts mehr.

Ich erstarrte. Mit aufgerissenen Augen spürte ich Nixons scharfe Fänge gegen meine wild pochende Halsschlagader drücken. Ein Biss – und mein Genick würde brechen.

Curse lag reglos auf einer Treppenstufe.

»Curse«, flüsterte ich zitternd.

Heißer Speichel lief dem Wolf an den Lefzen herab über meinen Hals. Er knurrte und ruckte mit dem Kopf. Ich wusste, was er von mir wollte, und auch, dass ich keine Wahl hatte: Ich musste nachgeben, wenn ich leben wollte. Also setzte ich mich in Bewegung. Langsam. Vorsichtig. Nixon schleppte mich wie ein Kätzchen im Maul mit. In gekrümmter Stellung versuchte ich, über keine Stufe zu stolpern und mir dabei an seinen scharfen Zähnen die Schlagader aufzuritzen. Die Panik flutete mich, als wäre in mir ein Staudamm gebrochen. Wie hatte ich mich nur so schnell fangen lassen können? Ich war nutzlos, dumm und naiv. Warum hatte mir Jackson eine so wichtige Aufgabe anvertraut? Ich biss mir auf die Lippe, um ein Schluchzen zu unterdrücken. Ich musste aufmerksam bleiben, abwarten, eine Möglichkeit zur Flucht abpassen und dabei möglichst versuchen, Isolde zu helfen.

Nixon dirigierte mich zur Tür. Seine Zähne gruben sich fester in meine Haut. Ächzend und mit zittrigen Fingern öffnete ich die Tür.

Kühle Nachtluft schlug uns entgegen. Wir gingen hinaus, bis zum Glashaus, das hell erleuchtet vor uns lag. Ich war immer noch unsichtbar, das spürte ich. Doch als ich Vincent auf den steinernen Zinnen sitzen sah, ein Bein angezogen, das andere über dem Abgrund baumelnd, geriet meine Konzentration ins Wanken.

Vincent neigte den Kopf und runzelte die Stirn. »Nixon? Was ist los?«

Der Wolf knurrte und ließ mich schlagartig los. Ich stolperte und schlug mir das Knie am Stein an. Als ich aufsah, wusste ich, dass ich die Kontrolle vollends verloren hatte.

Vincent sah mich.

Seine Augen wurden groß, und er stieß einen unterdrückten Fluch aus.

»Alice!« Er starrte mich an, als wäre ich ein Geist. »Was machst du hier?«

»Ich hab sie beim Rumschnüffeln erwischt«, antwortete eine tiefe Stimme, und ich begriff, ohne hinzusehen, dass Nixon sich in einen Menschen zurückverwandelt hatte.

Vincent sah mich immer noch geschockt an und rutschte von den Zinnen. Seine Füße taten keinen Laut, als er am Steinboden aufkam und auf mich zuging, als wäre ich ein verschrecktes Wildtier, das es zu besänftigen galt.

»Alice, was ist mit dir passiert?«, fragte er.

»Ich …«, setzte ich an, schaffte es aber schließlich nur, den Kopf zu schütteln, während ich mir den schmerzenden Nacken rieb.

»Sollen wir sie ausschalten?«, fragte Nixon, was Vincent ruckartig aufsehen ließ. In seinen Augen lag ein kalter Glanz.

»Bitte«, stieß ich hervor und hob zitternd die Hände, »ich bin weggelaufen. Ich bin wieder weiß. Jackson, er …« Mir stockte der Atem, während ich nervös lächelte. »Ich möchte wieder bei dir sein, Vincent«, flüsterte ich, und sein Gesichtsausdruck wurde weich, während er in die Hocke ging und mir eine Haarsträhne aus dem Gesicht strich.

Seine Berührung jagte mir einen kalten Schauer über den Rücken, und ein lautes Summen erfüllte meinen Kopf. Innerlich spannte ich alle Muskeln an und versuchte, das wattige Gefühl zu vertreiben, das Vincent in mir auslöste, während gleichzeitig das Fluchmal schmerzhaft zu brennen begann. Das Summen wurde leiser und verschwand dann fast gänzlich. Vincent schien es nicht zu bemerken.

Er lächelte nur, kalt und schön wie ein Engel.

»Ich hab mir Sorgen um dich gemacht. Ich bin froh, dass du wieder bei mir bist«, murmelte er.

Bebend sah ich zu ihm hoch und wusste nicht, ob ich ihm glauben sollte oder nicht.

»Aber Vince. Sie trägt das Fluchmal von Jackson. Ist dein Einfluss dann noch groß genug, um …«, begann Nixon.

»Hast du nichts zu tun?«, fuhr Vincent ihn an.

»Doch, aber …«

»Warum bist du dann noch hier und nervst mich?«

Ich warf einen ängstlichen Blick zurück und beobachtete, wie Nixon sich knurrend zurückverwandelte. Der Wolf warf mir einen abschätzigen Blick zu, ehe er sich zurückzog und demonstrativ vor der Tür niederließ.

Vincent seufzte genervt, dann kniete er sich neben mich und strich mir sanft eine Haarsträhne aus dem Gesicht.

»Haben sie bemerkt, dass du weggelaufen bist?«, fragte er mich leise.

Ich fröstelte. Mir war immer noch eiskalt, und es schien schlimmer, statt besser zu werden. Mein Kopf arbeitete auf Hochtouren.

»Nein, aber Jackson wird gespürt haben, dass ich die Spielfeldmitte überschritten habe.«

»Keine Sorge. Er wird dir nichts mehr antun«, tröstete mich Vincent und strich mir über den Rücken. »Es ist alles gut, Alice. Das hast du wundervoll gemacht, du bist jetzt in Sicherheit«, murmelte er in meine Haare.

Seine Finger strichen über meinen geschwollenen, zerkratzten Nacken, und ich zuckte zusammen.

Ich gab mir alle Mühe, mich in seiner Umarmung zu entspannen, doch stattdessen kam ich mir ein wenig lächerlich vor. Er behandelte mich, als wäre ich schwach, beinah schon dumm. Ich biss die Zähne zusammen und sah zu Vincent hoch. War er schon immer so gewesen?

»Ist Isolde wirklich bei euch? Geht …«, ich stockte, »… lebt sie noch?«

»Sie ist dort drinnen.« Vincent nickte in Richtung des Glashauses. »Kein Sorge, wir haben sie sediert. Sie kann dir also nicht mehr gefährlich werden.«

Ich schluckte und nickte. »Kann ich sie sehen?«, fragte ich zögerlich.

Vincent starrte mich an. Einen Moment lang glaubte ich, Zweifel in seinen Augen aufblitzen zu sehen. Ich zitterte ein wenig mehr und vergrub mein Gesicht an seiner Schulter.

»Ich hatte solche Angst«, brachte ich erstickt hervor. »Ich will nur sichergehen, dass sie wirklich ungefährlich ist.«

Vincent entspannte sich kaum merklich, während er mir wieder über den Rücken streichelte. »Natürlich. Komm mit. Regina ist auch da und wird sich freuen, dich wiederzusehen.«

Ich schaffte es nicht, meinen ungläubigen Blick zu verstecken. Vincent bemerkte es und zuckte bedauernd mit den Schultern. »Na ja, nicht so sehr wie ich«, schob er hinterher und brachte mich damit beinahe zum Lachen. »Komm.«

Seine blauen Augen leuchteten warm, als er seine Finger zwischen meine schob und mir aufhalf. Ich verzog das Gesicht vor

Schmerz. Bei jedem Atemzug fühlte ich ein Stechen im Brustkorb, das sich bis zur Lunge hochzog. Ich hoffte, dass ich mir keine Rippe gebrochen hatte. Trotzdem versuchte ich, mir das volle Ausmaß meiner Schmerzen nicht ansehen zu lassen, und ließ mich von Vincent ins Glashaus bringen.

Die Tür schlug hinter uns zu, und prompt fühlte ich mich wie ein Vogel im Glaskäfig. Nervös sah ich mich um. Mein Blick huschte über die dichten grünen Pflanzen und blieb schließlich auf dem Plateau hängen.

»Isolde!«, stieß ich hervor.

Sie bewegte sich nicht. Ihre Arme waren auf den Rücken gefesselt und der Mund mit Klebeband zugeklebt. Stattdessen sah Regina über den Rand des Geländers und erstarrte, als sie uns sah.

»Vincent! Was macht die denn hier?«, rief sie zu uns runter.

»Sie ist zurückgekommen.« Vincents Daumen streichelte über meinen Handrücken. »Worüber wir sehr froh sein können«, fügte er mit einem fast schon warmen Unterton hinzu.

»Einen Scheiß können wir!«, fauchte Regina, und ich konnte ihre Schritte auf der Treppe hören. Im nächsten Augenblick bewegte sie sich durch das dschungelartige Dickicht auf uns zu. Ihr langes helles Haar kräuselte sich leicht in der warmen Luftfeuchtigkeit. Sie sah aus wie eine Eiskönigin, die in einem Tropenparadies gestrandet war.

»Es ist bald Mitternacht. Wir haben Isolde und stehen kurz davor, dieses Spiel zu gewinnen. Und ganz zufällig taucht *sie* hier auf?« Ihr scharfer Blick wandte sich Vincent zu. »Wir sollten sie wie Isolde sedieren, dann kommt sie uns zumindest nicht in die Quere.«

Vincent zögerte, ich starrte ihn an und zuckte ungläubig vor ihm zurück. »Das wirst du doch nicht zulassen, oder?«

Sein Ausdruck wurde weicher, doch ich fühlte mich deshalb nicht wohler. Mein Blick huschte erst zum Ausgang, dann zurück zu Isolde.

»Nein, natürlich nicht«, beschwichtigte mich Vincent. »Aber du hast immer noch Jacksons Fluch an dir kleben. Ich kann dich auch nicht unbeaufsichtigt lassen. Es tut mir leid.«

Ehe er zu Ende gesprochen hatte, wirbelte ich herum und rannte prompt in eine breite Brust hinein. Panisch sah ich auf und blickte in Nixons Gesicht, das noch mehr von einem Wolf als von einem Menschen hatte. Er packte mich, und ich schrie vor Schmerz auf, als er mich mit grober Gewalt durch das Dickicht schleifte.

»Hör auf damit!«, fauchte ich ihn an. Ich strampelte mit den Beinen, versuchte mich loszumachen und wühlte dabei nur den torfigen Boden unter mir auf.

»Entspann dich, Alice. Dir wird nichts passieren. Wir stellen dich nur ruhig, bis dieses Spiel vorbei ist. Danach wird alles gut, danach können wir zusammen sein. Das versprech ich dir«, versicherte mir Vincent sanft.

»Wenn du das tust, dann werden wir niemals zusammen sein. Das versprech *ich* dir!«, stieß ich hervor.

Vincent sah mich fast schon genervt an. »Wir werden sehen«, gab er nur zurück.

Er stand neben einem Arbeitstisch, auf dem sich Reagenzgläser und bunte Pflanzen befanden, die einen süßlich vergorenen Geruch absonderten. Mit grober Gewalt drückte mich Nixon zu Boden. Mein Knie knickten zitternd ein, und er zerrte meine Arme hinter den

Rücken und um eine Palme. Ein Reißen war zu hören, als er meine Hände mit Tape umwickelte.

Schwer atmend pustete ich mir eine Haarsträhne aus dem Gesicht und beobachtete mit wild pochendem Herzen, wie Regina ein volles Reagenzglas vom Tisch nahm und die durchsichtige Flüssigkeit prüfend ins künstliche Licht hielt.

»Ich dachte, du bist nicht giftig«, stieß ich hervor.

Regina hob eine Augenbraue und schnalzte mit der Zunge. »Das stimmt.« Sie hob ihre Hand und tunkte den langen Nagel ihres kleinen Fingers in die Flüssigkeit. »Ich bin die erste Königin unseres Geschlechts, die nicht giftig ist«, fuhr sie fort und tauchte Nagel für Nagel ihrer rechten Hand in die Flüssigkeit ein. Sie stellte die Phiole ab und pustete, als ob sie Nagellack trocknen ließe. »Aber das muss ich auch gar nicht sein.« Sie wandte sich um und kam langsam auf mich zu. »Die Pflanzen sind es für mich, und Vincent ist ein ausgesprochen guter Botaniker.« Sie lächelte ihren Cousin an, zwischen dessen Augen eine kleine Falte erschien.

»Mach schnell, Regina. Ich will heute kein weiteres Drama.«

Regina spitzte die Lippen. »Du bist unlustig, weißt du das eigentlich?«

Er warf ihr einen scharfen Blick zu. »Ich habe ein Ziel. Und du ebenfalls.«

Ein leicht gekränkter Ausdruck huschte durch ihre Augen, ehe sie mit den Schultern zuckte und sich wieder mir zuwandte. Langsam beugte sie sich vor, sodass ich ihren kühlen Atem am Ohr fühlte. »Du ahnst ja nicht, wie lange ich auf diesen Moment gewartet habe.«

Ich riss die Augen auf und zuckte zurück, als sie versuchte, mich zu kratzen. Sie verfehlte mich um Haaresbreite, und ich hob die Beine und rammte sie ihr in den ungeschützten Bauch. Regina wurde hart zurückgeworfen und krümmte sich stöhnend zusammen.

»Regina!«, rief Vincent besorgt und versuchte, ihr aufzuhelfen. Die weiße Königin stieß ihn wütend von sich, rappelte sich auf und starrte mich so feindselig an, dass ich zu zittern begann.

»Na schön, dann eben auf die harte Tour. Halt sie fest, Nixon«, befahl sie.

Nixon reagierte sofort, packte mich an den Haaren und riss meinen Kopf so weit nach hinten, dass ich Knochen knirschen hören konnte. Tränen schossen mir in die Augen, und ich spürte, wie er mir Haare ausriss, während ich laut aufschrie. Ich strampelte mit den Beinen und sah aus dem Augenwinkel, wie Regina geschickt auswich und sich über mich beugte. Vor Panik wurde mir schwarz vor Augen, und die Kälte in meinen Gliedern nahm so schlagartig zu, dass mir der Schrei im Hals stecken blieb und ich heftig mit den Zähnen klapperte. Seltsamerweise kam es mir so vor, als würde sich unter mir etwas bewegen. Wie ein Luftzug, der meine Beine umspielte. Das künstliche Flutlicht begann zu flackern, erst langsam, dann immer schneller und … mein Schatten begann sich auszubreiten, wurde größer und größer. Im selben Augenblick wurde das Fluchmal brennend heiß und die beißende Kälte verschwand schlagartig aus meinen Knochen.

Ich bäumte mich auf, und Reginas überraschter Schrei ließ mich die Augen aufreißen. Jackson kauerte schützend vor mir. Noch nie hatte ich ihn so … dunkel erlebt. Schatten sammelten sich wie ein lebendes Gespinst um ihn und kräuselten sich wie Rauch in seinen Haaren. Seine Augen waren pechschwarz, während er Reginas Hals umklammert hielt. Sie zappelte in seinem Griff und schnappte nach Luft wie ein Fisch auf dem Trockenen, während Vincent und Nixon den schwarzen König fassungslos anstarrten.

Dessen Blick schnellte zurück und er verengte die dunklen Augen zu Schlitzen. »Lass den Slave los, oder ich brech eurer Königin das Genick«, sagte er ruhig.

Nixon ließ augenblicklich los. Meine Nackenwirbel knackten, als ich keuchend in mich zusammensackte.

»Jackson«, sagte Vincent süffisant, beinah träge. Hatte ich soeben noch den Schock in seinem Gesicht gesehen, so hatte er seine Emotionen jetzt erstaunlich schnell wieder im Griff. »Ich wusste gar nicht, dass du dich in Schatten verstecken kannst, Black Jack. Netter Partytrick.«

Jackson zuckte mit den Schultern und hielt Regina dabei mit hartem Griff im Schach. »Wär auch langweilig, wenn du alles über mich wüsstest, oder nicht, Vince?«

Schockiert starrte ich Jackson an. Er war also die ganze Zeit bei mir gewesen? Dann war diese Eiseskälte von ihm ausgegangen. Plötzlich wurde mir so einiges klar, und ich erinnerte mich an unsere erste Begegnung unter der Tribüne. Als ihn niemand hatte sehen können und er danach einfach verschwunden war. Jackson war den Schatten so nah, dass er selbst einer werden konnte. Warum hatte er mir das nicht erzählt? Vor Wut biss ich mir so fest in die Innenseite der Wange, dass ich Blut schmeckte. Jackson hatte mich also schon wieder benutzt, nur diesmal nicht, um einen seiner kleinen Spione ungesehen nach Chesterfield zu bringen, sondern sich selbst.

»Würde es dir zufällig etwas ausmachen, meine Königin loszulassen? Ich glaube, sie bekommt langsam keine Luft mehr«, fragte Vincent fast schon freundlich.

Regina röchelte und sah tatsächlich ein wenig blau aus. Jackson zog eine Augenbraue hoch und lockerte den Griff um höchstens einen Millimeter. Regina schnappte gierig nach Luft.

»Ich mach dir einen Vorschlag, Vincent: deine Königin gegen meine.«

Um Vincents Mundwinkel spielte ein feines Lächeln, als er hinter sich griff und aus der Hosentasche einen schmalen, silbernen Dolch hervorholte. Die Schneide glänzte im grellen Licht. »Du stehst auf schlechter Verhandlungsbasis, Jackson. Noch sind wir an der Reihe. Brich Regina so viele Knochen, wie du willst, sie wird es überleben. Ganz im Gegensatz zu Isolde, wenn ich ihre makellos weiße Haut aufschlitze. Du hast deine Karten zu früh ausgespielt. Und wofür? Für *sie?*« Spöttisch sah er zu mir.

Jackson lachte leise. »Zehn Minuten bis Mitternacht. So lange kann ich euch in Schach halten, bis es hier endlich interessant wird.«

»Meinst du?« Vincent neigte den Kopf. »In zehn Minuten kann viel passieren. Selbst wenn du dich aus dieser Situation mit bloßen Fäusten prügelst, kannst du nicht sowohl deine Königin als auch den Slave beschützen. Du wirst dich wohl oder übel für eine entscheiden müssen. Oder es uns allen einfach machen und dich stattdessen selbst opfern. Wär das nicht ein viel heroischeres Ende?«

Ein Schauder erfasste mich, und das Mal an meinem Arm begann wieder zu brennen. Meine Finger zuckten, und ich hatte das Gefühl, als würden sich meine Fesseln kaum merklich lockern. Ich warf einen flüchtigen Blick hinter mich und riss die Augen auf, als eine rote Katze an meinen Fesseln knabberte. Sie war kaum größer als Curse und unglaublich schlank, und als sie mich anstarrte, zuckte ich zusammen. Diesen abfälligen Blick kannte ich. Von Amber. Wann hatte sie sich hier hereingeschlichen? Und vor allem wie? Vincent musste durch Jacksons Auftauchen so abgelenkt gewesen sein, dass er nicht spürte, wie sie die Spielfeldgrenze überquerte.

Mein Kopf fuhr herum, als ich eine Bewegung aus dem Augenwinkel ausmachte. Alle waren so auf Jackson fixiert, dass mich niemand mehr beachtete. Jackson selbst konzentrierte sich dagegen so auf Vincent, dass er Nixon nicht beachtete, der sich von hinten anschlich. Er war wieder vollkommen verwandelt und bleckte die Zähne in einem lautlosen Knurren.

»Jackson! Hinter dir!«, schrie ich.

Im gleichen Augenblick sprang Nixon. Jackson reagierte in letzter Sekunde. Er fuhr herum und hatte keine andere Wahl, als Regina loszulassen, während er hart mit dem Wolf kollidierte. Erde und Dreck flogen auf, und gleich darauf gaben die Fesseln nach. Meine Hände waren frei.

Dankbar fuhr ich herum und konnte beobachten, wie Amber sich zurückverwandelte. Ihr Schatten dehnte sich aus, und flüsternde Rauchschwaden umtanzten ihr Fell, während sich die Knochen reckten und streckten. Ein paar Sekunden später stand sie vor mir und packte mich am Oberarm.

»Komm schon, Alice, ich bring dich hier weg, bevor ...«

Ein entsetzliches Geräusch war zu hören. Es war leise und dabei gleichzeitig erschreckend laut. Ein Geräusch, das ich niemals wieder vergessen würde. Es war der Klang, der entstand, wenn ein scharfer Gegenstand menschliche Haut durchstieß.

Amber riss die Augen auf. Verblüfft sah sie an sich herab. Aus ihrer Brust ragte das spitze Ende eines langen Messers. Sie öffnete den Mund, doch statt Worten kam Blut hervor. Es spritzte zu Boden – und sie erstarrte. Von einer Sekunde auf die andere stand kein atmender Mensch mehr vor mir, sondern nur schwarzer, glänzender Stein.

»Amber!«, rief ich entsetzt.

Ein abfälliges Schnauben war zu hören, und Regina tauchte hinter Amber auf. Dabei schüttelte sie sich die linke Hand aus, an der rotes Blut klebte. Ambers Blut. »Dumme Katze. Hast du wirklich geglaubt, ich hätte dich nicht bemerkt?«

Ich stieß einen erstickten Ton aus, und Reginas Blick schnellte zu mir. Ein feines Lächeln kräuselte ihre Lippen. »Und jetzt zu dir«, sagte sie. Ihr Blick zuckte dabei jedoch kaum merklich nach oben. Ich folgte ihm und sah Vincent nach oben auf das Plateau laufen, während Jackson von Nixon in Schach gehalten wurde. Der Wolf hinkte, und es war deutlich, dass er nicht mehr lang durchhalten würde. Doch das musste er auch gar nicht. All das hier galt nur der Ablenkung, um die wenigen Sekunden zu schinden, die Vincent noch brauchte, um zu Isolde zu gelangen.

Ich sah aus dem Augenwinkel, wie Regina auf mich zukam, und reagierte, ohne nachzudenken. Ich griff nach einer der Phiolen auf dem Tisch vor mir und schüttete ihr das Giftgemisch direkt ins Gesicht. Ich konnte sie schreien hören, ließ mir jedoch keine Zeit, um zu beobachten, wie sie auf die Flüssigkeit reagierte, sondern rannte sofort los.

Noch nie zuvor in meinem Leben war ich so schnell gewesen. Das Grün zog verschwommen an mir vorbei. Meine Fußtritte hallten blechern auf den Metallstufen wider, die ich nach oben hechtete, und gleich darauf stand ich schon auf dem Plateau. Schwer atmend sah ich, dass Vincent Isolde am Haar gepackt hielt und mit dem Dolch auf ihre Halsschlagader zielte. Ein Schnitt, eine weitere Bewegung – und alles wäre vorbei.

»Vincent! Nein!«, brüllte ich und rannte los.

Vincent sah auf. Ein überraschter Ausdruck glitt durch seine Augen, und im nächsten Moment war ich bei ihm und riss ihn von Isolde weg. Es war so wenig Platz, dass wir dabei zusammen über den Tisch fielen, der mitten im Weg stand. Leere Red-Bull-Dosen kullerten über den Boden, und das Klappern von Schachfiguren hallte durch das Glashaus. Vincents Gesichtsausdruck wechselte von erstaunt zu wütend. Das Licht strahlte ihn an. Tiefe Schatten lagen unter seinen Augen, und seine sonst so sanften Wangenknochen stachen so scharf hervor, dass er fast schon abgemagert wirkte.

»Du dumme Schlampe!«, fuhr er mich an und schlug mir seinen Ellbogen gegen die Schläfe. Ein pfeifendes Geräusch klingelte in meinen Ohren, und mir wurde kurz schwarz vor Augen. Orientierungslos schüttelte ich den Kopf und wich dem nächsten Schlag aus.

»Regina hatte recht: Slaves sind unberechenbar. Ich hätte dich töten sollen, als ich noch die Chance dazu hatte«, fuhr er mich an und wiederholte damit beinahe wörtlich, was Jackson vor einer gefühlten Ewigkeit im Wald zu mir gesagt hatte.

»Und ich hätte mich nie in dich verlieben dürfen«, stieß ich hervor, während Vincent mich am Hals packte.

Sein Griff war so fest, dass mir schwarz vor Augen wurde. Ich streckte die Hand aus, um seine wegzudrücken. Unsere weißen Tattoos zeichneten sich wie Narben von der Haut ab.

Ich starrte zu ihm hoch, sah die kalte Entschlossenheit in seinem Blick, und mir wurde bewusst, dass er als König mich jederzeit opfern konnte, wenn er wollte, ich als kleine schwache Bauernfigur jedoch praktisch keine Gegenwehr leisten konnte. Die Angst packte mich so heftig, dass ich das Gefühl hatte, etwas in mir splittern zu hören. Die Panik fachte eine Kraft in mir an, die ich früher für meinen Hass auf Jackson reserviert hatte. Doch in diesem Augenblick galt all mein Hass Vincent. Ein Hass, der so heiß loderte, dass das weiße Zeichen an meiner Hand schmerzhaft zu brennen begann.

Vincents Augen weiteten sich, und für eine Sekunde glaubte ich, das weiße Zeichen auf meiner Haut blutrot aufleuchten zu sehen.

Vincent zuckte zurück. Eine Sekunde. Einen Wimpernschlag. Mehr brauchte ich nicht. Meine Finger tasteten nach einer Waffe, irgendeinem Gegenstand, gleichgültig nach was, Hauptsache, ich konnte mich damit verteidigen.

Ich bekam eine lange, schmale Schachfigur in die Finger. Ohne zu überlegen, holte ich aus und rammte sie in Vincents Richtung.

Sein Schmerzensschrei klang kaum mehr menschlich. Ich schüttelte ihn ab und rannte zu Isolde, die mich benommen anblinzelte.

»Isolde!« Schluchzend und bebend ging ich vor ihr auf die Knie und versuchte ihre Fesseln zu lösen. Sie blinzelte mich desorientiert und verstört an. »Es wird alles gut, wir holen dich hier raus«, versicherte ich ihr und befreite sie von dem Klebeband.

Sie holte tief Luft und stieß krächzend *Vincent!* hervor.

Ich wirbelte herum und sah direkt in sein blutverschmiertes, hassverzerrtes Gesicht. Im nächsten Augenblick holte er aus, und das Messer fuhr auf uns nieder.

Ohne zu zögern, stieß ich Isolde zur Seite. Vincents Schwung ließ uns erneut zusammenprallen, doch anstatt wieder auf dem Boden aufzuschlagen, spürte ich, dass mein Ausfallschritt ins Leere ging.

Wir befanden uns ganz am Rand des Plateaus, das niedrige Geländer drückte mir schmerzhaft in die Oberschenkel. Halt suchend klammerte ich mich ausgerechnet an Vincent fest. Doch es war schon zu spät und der Schwung zu groß. Vincent stieß einen Fluch aus. Seine Augen waren weit aufgerissen, als wir über das Geländer kippten und zusammen in die Tiefe stürzten.

Ich glaubte, jemanden meinen Namen rufen zu hören. Meine Hand umklammerte Vincents, und im nächsten Augenblick schlugen wir auf. Die Erschütterung ging mir durch Mark und Bein. Nur Vincents Körper, der unter mir gelandet war, federte das Ganze ein wenig ab.

In meinen Ohren pfiff es schrill, und ich war beinahe schockiert, immer noch bei Bewusstsein zu sein. Jeder Knochen in meinem Körper schmerzte, während etwas Heißes, Nasses an meiner Haut entlanglief. Ich blinzelte und roch es. Salziges, dickflüssiges Blut. Die Erkenntnis befreite mich so weit aus meinem Schockzustand, dass ich es sogar schaffte, mich aufzurichten. Meine Hände zuckten, und mein Blick klärte sich, sodass ich sehen konnte, worum sich meine Faust gekrampft hielt. Es war der Griff des Dolchs. Und der steckte bis zum Anschlag in Vincents bebender Brust. Ich hatte ... ich hatte den weißen König erstochen. Mit seiner eigenen Waffe.

An meiner Hand prickelte es, ein sanfter Windzug kam auf, und ich glaubte, eine tiefe Stimme über das Rauschen in meinen Ohren hinweg flüstern zu hören:

»Du gehörst mir so lange,
bis das vergossene Herzblut
eines Königs
diesen Fluch bricht.«

Meine Augen weiteten sich und, ohne hinzusehen, wusste ich, dass das Fluchmal verblasste. Mit jedem Blutstropfen von Vincent, der die Erde tränkte, verschwand auch der Fluch von meiner Seele.

Keuchend schnappte ich nach Luft. Das Pfeifen in meinen Ohren wurde lauter, und ich starrte Vincent ins leichenblasse Gesicht. Seine Augen hielten mich fixiert, darin ein verwirrter Blick. Er öffnete den Mund und hustete. Blut sprenkelte meine Wange.

»Du …«, stieß Vincent hervor.

»Ich …«, erwiderte ich schwach.

Wir starrten uns an, Vincents Blick flackerte, und auf einmal stürzte eine Bilderflut über mich herein, die immer zusammenhängender wurde, je mehr Blut Vincent verlor.

Ich stand wieder im Wald, zwischen Jackson und Vincent, hin- und hergerissen wie ein Spielball.

Und ganz plötzlich war alles wieder da.

Wie sich Vincents Mund meinem Ohr näherte und er flüsterte: »Keine Sorge, mein hübscher Slave. Das gehört alles zum Plan. Und du bist ein Teil davon.«

Aber das war nicht alles gewesen. Er hatte noch mehr gesagt, viel mehr.

»Ich möchte, dass du etwas für mich tust. In zwei Tagen wirst du Jacksons Handy stehlen und es zur Spielfeldgrenze bringen. Ich werde dort auf dich warten.«

»Warum …«, setzte ich an, doch da füllte sich mein Verstand bereits mit dichtem, trägem Nebel.

»Stiehl Jacksons Handy«, flüsterte Vincent, und seine Stimme war alles, was ich hörte, alles, was ich fühlte, alles, was ich war.

»Bring es mir. Doch bis dahin vergisst du diesen Befehl. Sag: ›Ja, mein König‹, *wenn du mich verstanden hast.«*

»Ja, mein König.«

»Braver Slave.«

Erst da hatte er zufrieden aufgelacht und mich losgelassen.

Neue Bilderfetzen, die Nacht im Bunker, die Nachricht von Keiths Verletzung und sein Wunsch, aus dem Spiel genommen zu werden. Die Zeremonie, und wie ich danach Jackson im Fechtsaal aufgesucht hatte.

Oh Gott.

Es war alles meine Schuld.

Alles.

Meine.

Schuld.

Ich spürte Vincents Macht so stark in mir wie nie zuvor. Zähneknirschend stemmte ich mich gegen den Befehl, doch ich hatte keine Chance: Ich betrat den Saal und schloss die Tür hinter mir.

Abgehackt und schwer atmend sah Jackson auf. »Alice«, sagte er dumpf.

»Jackson«, flüsterte ich mit bebender Stimme. Ich wollte umdrehen. Umdrehen. Umdrehen! Doch ich tat es nicht. Stattdessen ging ich einen weiteren Schritt auf ihn zu.

»Was willst du hier?«, fragte er mit rauer Stimme. Er klang bei-

nahe, als hätte er geweint. War das möglich? Ich trat näher zu ihm heran und starrte in sein Gesicht. Jacksons Wangen und Wimpern waren nass, doch ob vor Schweiß oder vor Tränen, konnte ich nicht sagen.

»Ich wollte sehen, wie's dir geht«, sagte ich dumpf und hatte das Gefühl, mich selbst aus weiter Ferne zu beobachten.

»Beschissen«, krächzte Jackson und schluckte. »Keith ... ich konnte ihm nicht helfen.« Er zitterte und wich meinem Blick aus. Ein Schweißtropfen rollte ihm den Nacken entlang und landete am Boden. »Wenn du nichts dagegen hast, wär ich jetzt gern allein.«

»Natürlich«, sagte ich, doch meine Füße bewegten sich nicht. Schlimmer noch, ich ging auf ihn zu, so nah, dass Jackson irritiert zurückwich.

»Alice? Was willst du von mir?«, fragte er, und ich wollte ihn panisch anschreien, ihm sagen, dass Vincents Befehl mich bewegte wie eine Marionette.

Jackson hatte mich gewarnt. So oft! Doch ich hatte es nicht wahrhaben wollen.

»Alice?«

Meine Lippen bebten, ich stand so nah vor ihm, dass ich seine Brust an meiner fühlte. »Jackson«, stieß ich hervor. »Ich bin dabei, etwas Schlimmes zu tun. Bitte verzeih mir«, presste ich hervor. Ruckartig schnürte sich meine Kehle zu, als würde mir jemand die Luft abdrücken. Ich musste das Handy an mich nehmen, wenn ich nicht an Vincents Befehl ersticken wollte.

»Alice, was ist lo...«, setzte Jackson an.

»Verzeih mir«, flüsterte ich.

Meine Hände fassten in Jacksons Haar. Fuhren durch die wei-

chen Strähnen und übten leichten Druck auf seinen Nacken aus. Er gab nach, und ein atemloses Keuchen entkam ihm, als ich meine Lippen auf seine legte.

Der schwarze König schmeckte süß und scharf zugleich. Seine Lippen waren so viel weicher, als ich sie mir vorgestellt hatte, und als ich mehr Druck ausübte, durchfuhr meinen ganzen Körper ein Schauder. Der Druck in meiner Brust ließ schlagartig nach, und ich sank in Jacksons Arme, die mich auffingen. Er drückte mich an sich und hielt mich fest, während wir uns küssten. Hungrig, fast schon verzweifelt erkundeten wir einander, und Jackson verschluckte die atemlosen Töne, die ich dabei ausstieß. Ich zitterte. Alles in mir wurde weich und fest zugleich, während ich mich in Jacksons Geschmack verlor. Sein Kuss wurde tiefer, verzweifelt. Meine Finger glitten langsam über seinen Rücken, und während ich mich noch tiefer in Jacksons Arme sinken ließ, zog ich ihm das Handy aus der Tasche und ließ es unbemerkt in meinem Hemdsärmel verschwinden.

Im nächsten Augenblick riss sich Jackson zitternd los und starrte mich fassungslos an. »Was … was war das gerade?« Er sah so herzzerreißend verwirrt aus, dass sich mir ein kleines Schluchzen entrang.

»Ich hab mich geirrt«, sagte ich leise. »Du bist ein guter Mensch, Jackson St. Burrington. Es tut mir so leid.«

»Alice, was …«

Ich ließ ihn nicht ausreden, sondern machte auf den Fersen kehrt und rannte davon.

»Alice!«, rief Jackson mir nach.

Stumme Tränen rannen mir über die Wangen, während ich

schneller, immer schneller lief, weg von Jackson, hinaus aus St. Burrington und hinein in den schwarzen dunklen Wald, das Handy fest umklammert.

Bebend atmete ich den Geruch nach Tannennadeln, Moos und Erde ein. Mein Herz klopfte immer noch schneller als normal, und in meinem Mund lag der Geschmack nach Blut.

Es war totenstill. Kein Vogel sang. Kniehoher Farn streifte meine Beine, während ich den Blick durch die Baumkronen über mir wandern ließ, bis ich den umgestürzten Baumstamm erreichte. Die Spielfeldgrenze.

»Vincent?«, rief ich leise.

Nichts. Nur der Wind fuhr mir durch die Haare. Trotzdem hatte ich das Gefühl, nicht allein zu sein. Ein leises Knacken war zu hören. Meine Ohren zuckten, und ich wandte den Kopf.

»Du hast es geschafft«, erklang eine zufriedene Stimme.

Ich fuhr herum, und vor mir stand Vincent, als wäre er aus dem Nichts erschienen.

»Ich hatte nicht wirklich eine Wahl«, presste ich hervor.

Ein schmales Lächeln breitete sich auf Vincents Lippen aus, und er kam näher. Ich wich zurück und stieß mit dem Rücken gegen den Baum.

Vincent überbrückte die Distanz und blieb so knapp vor mir stehen, dass ich seinen Atem fühlte. War er wirklich hier, oder bildete ich es mir nur ein? Ich wusste es nicht. Ich wusste gar nichts mehr, was Vincent Chesterfield betraf, und diese Erkenntnis ließ mein Herz in hässliche, scharfkantige Scherben zerspringen.

»Wofür brauchst du das Handy?«, quetschte ich hervor.

»Für meinen nächsten Spielzug«, sagte er ruhig. »Du warst

eine wundervolle Spielfigur. Ich muss dir danken.« Er lehnte sich näher heran. Seine Lippen streiften beinah meine, und ich zuckte so heftig zusammen, dass er innehielt. »Hast du Angst vor mir, Alice?«, flüsterte er, und das Summen in meinen Ohren wurde wieder lauter.

»Hör auf! Hör auf damit, du hast versprochen, mich nicht zu manipulieren«, brüllte ich und hieb mit der Faust gegen seine Brust. Doch anstatt eines Aufpralls traf ich auf Luft.

Er war nur eine Projektion. Ich sah wieder nur eine Illusion von Vincent. »Warum?«, schluchzte ich und spürte, wie mir die Tränen über die Wangen liefen. »Warum tust du das? Ich dachte, dass du …«

»… dass ich dich liebe?«, fragte Vincent, und obwohl er nur eine Illusion war, bewegten sich seine hellen Haare in einem sanften Windzug. Ein kaltes, trauriges Lächeln huschte durch seine Augen. »Ich hab dir damals gesagt, dass ich zerbrochen bin. In mir ist nichts, was fühlen kann. Mein Leben besteht einzig und allein aus diesem Spiel. Ich bin der König, du bist meine Spielfigur. Ich hab dich eingesetzt wie jeden anderen auch.«

Ich schluchzte und hatte das Gefühl, als würden die Scherben meines Herzens meine Brust zerfetzen, Stück für Stück.

»Schschscht«, sagte Vincent tröstend. »Wein nicht, Alice. Ich lass dich all das vergessen. Wenn Jackson dich nicht verflucht hätte, würde ich dich hier und jetzt nach Chesterfield zurückholen. Aber wenn du die Spielfeldgrenze übertrittst, würde Jackson das fühlen, und ich kann seine Aufmerksamkeit gerade nicht gebrauchen.«

»Nein«, sagte ich und wich zurück. »Was auch immer du vorhast, ich werd nicht zulassen, dass du …«

»Ach, Alice«, unterbrach mich Vincent lächelnd. »Ich bin so tief in deinem Verstand, dass es vollkommen egal ist, was du zulassen willst und was nicht. Du gehörst mir. Alles an dir. Wenn ich dir etwas befehle, wirst du es tun. Und ich befehle dir … vergiss!«

Nebel füllte meinen Kopf. Vincents Stimme füllte meinen Geist. Nichts außer seiner Stimme existierte mehr.

»Sag: ›Ja, mein König‹, *wenn du mich verstanden hast«, raunte die Stimme.*

»Ja, mein König.«

»Braver Slave.«

Ein letztes Rascheln war zu hören, dann war es wieder still.

Die Erinnerungen rissen abrupt ab, als ich hart von Vincent gestoßen wurde und im Dreck landete. Zu zerschlagen, um mich noch zu bewegen, sah ich, wie Regina sich verzweifelt schreiend über Vincent beugte. Ihre Finger drückten gegen seine Wunde.

Vincent stöhnte und hustete einen letzten Schwall Blut aus. Schließlich lag er totenstill da.

»Nein! Vincent! Nein!«, schluchzte Regina auf und strich sich das weiße Haar zurück, sodass ich den Schaden sehen konnte, den das Gift in ihrem Gesicht hinterlassen hatte. Ihre zuvor makellose Haut war rot und aufgequollen und übersät mit Blasen.

Regina schluchzte und starrte mich an, als hätte sie meinen Blick auf sich gespürt.

»Was hast du nur getan?«, fuhr sie mich an.

Ich öffnete den Mund und schrak zusammen, als ein großer Schatten über mir auftauchte. »Alice!«

»Jackson!«

»Komm schnell.« Starke Arme hoben mich hoch, pressten mich

an eine feste Brust, rissen mich fort von der schluchzenden Regina und dem blutenden Vincent.

Obwohl sie uns hätte aufhalten können, ließ Regina zu, dass wir flohen. Vielleicht fehlte ihr die Kraft, sich zu bewegen, während sie verzweifelt Vincents Namen schrie und seine Blutung zu stoppen versuchte. Mein Herz zog sich zusammen. Im Augenwinkel sah ich neben uns im Dickicht einen versteinerten weißen Wolf sitzen.

»Bastion, hast du Isolde? Dann lauf los!«, brüllte Jackson.

Ich zuckte zusammen und sah Bastion in seiner menschlichen Gestalt mit Isolde auf dem Arm an uns vorbeihechten. Er rannte, als wäre der Teufel hinter ihm her. Vielleicht war er das ja auch. Mein Kopf dröhnte, und ich merkte, wie ich es nicht länger schaffte, die Augen offen zu halten.

»J...Jackson?«, flüsterte ich erstickt. »Ich muss dir etwas sa...«

»Schscht. Alles ist gut, Alice. Ich bring dich nach Hause. In Sicherheit.«

Es fühlte sich an, als würde Jackson mich sanft auf die Stirn küssen. Vielleicht bildete ich mir das aber auch nur ein, denn ich war bereits dabei, wegzudämmern.

Das Letzte, was ich hörte, waren Reginas verzweifelte Schreie, die die Nacht zerrissen.

Kapitel 31

Tod.

Verwüstung.

Ich hörte Schreie.

Der beißende Gestank von Feuer, Asche und Blut stach mir in die Nase. Er schien von überall zu kommen.

Die Tür zum Dienstbotentrakt.

Ich hörte mein Keuchen von den engen Wänden widerhallen, hörte Absätze hektisch über den Holzboden knallen.

Vor mir öffnete sich die Küche, überall Verwüstung. Ein Meer aus zerbrochenen Tellern, das wertvolle Porzellan stach wie Knochensplitter vom Boden hervor, dazwischen die Reste eines Abendessens, das niemand mehr essen würde. Die schwarz-weißen Fliesen waren rutschig vor vergossener Bratensoße. Vor dem Herd lag in Dreck und Scherben eine Dienstmagd. Sie schrie. Ihr gesamter Körper krampfte sich zusammen, während sie ihre rechte Hand umklammert hielt. Sie kratzte sich. Das schabende Geräusch ihrer Nägel auf der eigenen Haut war viel zu laut, und trotzdem war das Symbol, das sich darauf abzuzeichnen begann, klar und deutlich zu erkennen. Das Zeichen eines schwarzen Bauern erschien auf ihrer Haut wie ein hässliches Muttermal.

»Madelyn!«

Ich fuhr herum und drückte das wimmernde kleine Bündel enger an mich. »Charles!«

Mein Geliebter kam auf mich zu. Er war totenbleich. Seine Hand lag auf der Wunde an seinem Bauch gepresst. Ein Schluchzen entfuhr mir, als ich ihn sah.

»Was geschieht hier?«, schrie er und sah entsetzt auf die Magd hinab.

Ein weiteres Schluchzen entkam meinen Lippen. Binnen eines Wimpernschlags war ich bei ihm und drückte das Kleine noch enger an mich. Sein Wimmern wurde lauter.

»Ich dachte, du wärst tot«, flüsterte ich erstickt.

Charles zitterte und vergrub sein Gesicht in meinem Haar. Er atmete viel zu schnell und abgehackt. »Niemals. Ich lasse euch niemals im Stich.«

Ich hob das Kinn, während der Säugling zwischen uns weinte. Sein Kind. Unser Kind. Er hatte Charles' blaue Augen, doch sein Haar war weder schwarz noch weiß, sondern von einem satten Gold. Als hätten sich unsere Farben miteinander vermischt.

»Es tut mir leid. Es tut mir so leid. Ich kann es nicht mehr aufhalten!«

»Was kannst du nicht mehr aufhalten?«, fragte Charles, und im nächsten Augenblick versteifte er sich in meinen Armen. Ich konnte seine Muskeln zucken spüren.

Er stieß einen Schrei aus und hob die Hände. Voller Grauen starrten wir auf seine Finger, aus denen sich scharfe Krallen schoben, wie die von einem Tier.

»Madelyn! Was passiert mit mir?«

»Ich kann es nicht erklären. Es war ein Buch …«

»Was für ein Buch?«

»Ihr müsst euch in Sicherheit bringen, Charles«, keuchte ich anstatt einer Erklärung. Es war keine Zeit für Erklärungen von Dingen, die nicht einmal ich selbst zur Gänze verstand.

Ich drückte meinem Geliebten das winzige Bündel in die Arme. Vorsichtig, um es mit seinen Krallen nicht zu verletzen, drückte er es an sich.

»Lauf!«, zischte ich und stieß ihn aus der Küche hinaus ins Freie. Die Magd war inzwischen verstummt. »Nimm das Kind und geht so weit weg, wie ihr könnt. Ich versuche, den Fluch einzugrenzen. Wenn ihr es bis nach Foxcroft schafft, seid ihr vielleicht in Sicherheit.«

»Madelyn. Was hast du getan?«, fragte Charles.

»Es tut mir leid. Es tut mir leid«, wiederholte ich. Worte, die ich immer und immer wieder sagen würde. »Ich wünschte, ich könnte es ungeschehen machen. Aber das kann ich nicht. Wir brauchen ein Wunder ...«

Ruckartig blieb ich in der Dunkelheit stehen. Es war kalt, so unglaublich kalt, obwohl das gesamte Anwesen zu brennen schien.

Ein Wunder! Ich starrte die beiden wichtigsten Menschen in meinen Leben an und zog sie so fest an mich, wie ich konnte. Unser Kind weinte lauter, während mir Tränen die Wangen herunterliefen. Sie waren heiß und kalt zugleich.

In diesem Leben gab es keine Wunder. Aber das musste nicht bedeuten, dass es in diesem *Fluch* keine geben konnte. Was ich heute getan hatte, entzog sich ohnehin jedem menschlichen Verständnis, jeder Logik. Wenn ich die Regeln der Realität brach, konnte ich die Realität vielleicht auch umschreiben.

»Charles.« Ich zog seinen Kopf zu mir und zwang ihn, mich anzusehen. »Vertraust du mir?«, flüsterte ich.

Charles zitterte, doch sein Blick war klar. Ich sah mich selbst darin, blass wie ein Geist. »Natürlich tue ich das«, flüsterte er.

»Gut.« Ich zitterte und schloss die Augen. »Gut.« Ich befeuchtete meine gesprungenen Lippen und begann leise zu flüstern. Ich hörte meine eigene Stimme wie ein Echo hallen, spürte den Sog in meinem Herzen, spürte den Preis, den ich mit jedem Wort zahlte, das ich aussprach. Jedes Wort nahm mir ein Stück meiner kaum noch vorhandenen Seele. Doch selbst wenn es mich zerstören sollte, das hier war es wert. Dieses Wunder war es wert. Die Worte flogen von meinen Lippen:

SERVUS ELIGAT COLOREM

&

SERVUS ELIGAT FORMAM

&

ARBITRIUM FINIT LUDUM

Der Fluch suchte, und der Fluch fand. Er fand die beiden Menschen an meiner Seite und machte sie zu meinem Wunder. Meinem Geschenk. Meiner Entschuldigung.

Die Tränen tropften mir vom Gesicht.

Das Kind wurde leiser. Es war noch blasser als zuvor.

»Was … ich fühle mich so seltsam. Was hast du getan?«, fragte Charles.

»Uns allen eine Chance auf Erlösung gegeben … vielleicht. Pass auf, dass ihr nicht erkannt werdet, Charles. Ihr seid die Slaves.

Meine zwei Wunder. Figuren, die es nicht geben sollte. Zusammen könnt ihr Unglaubliches erreichen, das weiß ich. Doch bis dahin geht und kommt erst wieder, wenn ich euch ein Zeichen gebe.«

Ich wartete darauf, dass Charles reagierte. Als er sich nicht regte, schob ich ihn auf das Pferd zu, das vor der Tränke angebunden war. Der Rappe schnaubte nervös. Doch Charles war ein geübter Reiter. Ich musste mir um ihn keine Sorgen machen.

Er schwang sich in den Sattel und sah zu mir runter. »Ich komme zurück. Ich liebe dich«, schwor er mir.

»Bleibt zusammen. Beschütz das Kind. Ihr müsst zusammenbleiben. Ich liebe euch beide ... so sehr.« Das Letzte flüsterte ich nur noch, dann gab ich dem Pferd einen Schlag auf den Hinterleib.

Der Rappe bäumte sich auf und wieherte. Charles ritt los. Er ritt und ritt, bis er von der Dunkelheit verschluckt wurde.

Ich starrte ihm hinterher, doch ich war nicht mehr Madelyn St. Burrington, denn die stand plötzlich neben mir. Sie sah mich aus viel zu großen dunklen Augen an, packte meine Hand und drückte so fest zu, dass ich meine Knochen knirschen spürte. Ich schrie auf und zuckte zurück, doch Madelyn zog mich an sich, bis ich ihren eiskalten Atem spürte.

»Verstehst du, was ich dir hier zeige, Alice? Du musst den zweiten Slave finden. Nur zusammen könnte ihr eine Katastrophe verhindern. Verlass das Spielfeld und such ihn! Nur die Slaves gemeinsam können den Fluch noch aufhalten. Verlass das Spielfeld und finde den zweiten Slave. Oder ihr werdet alle sterben.«

Ihre Nägel gruben sich in meinen Arm, und ich fuhr aus dem Schlaf hoch.

Die Augen zu öffnen fühlte sich an, als müsste ich einen Zementblock allein mit den Lidern anheben. Doch etwas pikte mich erneut, diesmal so fest, dass ich mit einem unterdrückten Schmerzensschrei die Augen aufriss und direkt in das Gesicht von Curse blickte, der genauso erschrocken zusammenzuckte wie ich.

Der Nebel in meinem Kopf war so dicht, dass ich zuerst glaubte, im Arztzimmer in Chesterfield zu liegen. Prompt jagte mein Herz vor Angst los.

»Ganz ruhig, Alice. Atme. Weißt du, wo du bist?«, fragte mich Curse.

»Was? Wo?« Ich wandte den Kopf. Die Muskeln in meinem Nacken protestierten, scharfer Schmerz drehte mir den Magen um. Ich würgte. »Wo … wo bin ich?«, presste ich hervor.

»Du bist auf St. Burrington«, sagte Curse. »Und du siehst echt nicht gut aus.«

»Ich fühl mich auch nicht gut.« Tränen füllten meine Augen, als ich Curse ansah.

»Was ist?«

»Ich hab mir solche Sorgen um dich gemacht, als du regungslos auf den Stufen gelegen hast.« Ich schniefte, und Curse begann beruhigend zu schnurren.

»Alles ist gut«, versicherte er mir und leckte mir liebevoll über die Nase.

Ich blinzelte ihn an. »Ist das Spiel … vorbei?«, fragte ich leise und spürte, wie mein Herz schneller schlug. Vor Freude? Angst? Schuld? Ich konnte es nicht sagen.

»Du bist eine weiße Figur, Alice. Du kannst Vincent nicht töten.«

Ruckartig setzte ich mich auf. Meine Knochen knackten, meine Muskeln rebellierten. »Da war so viel Blut. Und das Messer …« Ich stockte und spürte, wie mir wieder schlecht wurde. Oh Gott. Ich hatte Vincent ein Messer in die Brust gerammt.

»Dr. de la Roi hat ihn zusammenflickt, bevor ich zu dir gekommen bin. Damit ist der weiße König vorläufig Schach gesetzt«, erklärte Curse mir sachlich.

»Und Issy?«, stieß ich hervor. »Was ist mit Isolde? Geht es ihr gut?«

Curse schnurrte leise. »Beide Königinnen haben Verletzungen davongetragen, die ihnen wohl noch ganz schönes Schädelbrummen verursachen werden. Ansonsten geht es ihnen gut. Isolde liegt in ihrem Zimmer. Der schwarze König war bis eben noch hier bei dir, dann wollte er kurz nach ihr sehen. Er meinte, ich solle währenddessen auf dich aufpassen.«

»Okay«, flüsterte ich und drehte den Kopf, um Curse mit großen Augen anzusehen. »Das heißt aber auch …«, presste ich hervor, »… dass das Spiel weitergeht, oder?«

»Sobald der weiße König aufwacht«, bestätigte er mir. »Bis dahin …«, sein Blick ruhte auf meinem Handgelenk, »… solltest du dir überlegen, auf welcher Seite du stehen willst, Alice Salt.« Er starrte mich an und ich ihn.

»Ich glaub, ich gehöre zu keiner Seite«, sagte ich langsam.

»Wie meinst du das?«, fragte Curse interessiert.

»Ich hatte diesen seltsamen Traum. Eigentlich waren es mehrere Träume …« Ich stockte und versuchte, meine Gedanken zu ordnen, aber es war, als würde ich durch dicken Schlamm waten. »Verrätst du mir etwas, Curse?«

Seine Ohren zuckten, was ich als Zustimmung wertete.

Tief atmete ich durch und starrte dem Kater in die Augen. »Curse, kann es sein, dass es in diesem Spiel nicht nur einen Slave gibt, sondern zwei?«

Sein Schwanz zuckte. »Wie kommst du auf diesen Gedanken?«, fragte er irritiert.

»Madelyn St. Burrington hat es mir gesagt. Also, im Traum. Sie meinte, ich solle den zweiten Slave finden.« Ich hielt inne, und die Stille zwischen uns hielt so lange an, dass ich beinah erschrak, als Curse antwortete.

»Bisher bist du der erste Slave, der mir begegnet ist. Wenn es einen zweiten gibt, dann weiß ich nicht, wo er sich befindet.«

Ich runzelte die Stirn. Irgendetwas sagte mir, dass er mir was verheimlichte. Ich fühlte es nicht nur, ich *wusste* es.

»Wenn es einen zweiten Slave gibt, muss er sich wie ich außerhalb des Spielfelds befinden. Curse …« Ich sah ihn scharf an. »Die ersten Könige, wer waren sie?«

Curse' Schwanz zuckte immer schneller. Er wirkte geradezu … nervös. »Es gibt keine Aufzeichnungen aus dieser Zeit«, wich er meiner Frage aus.

»Ich weiß, sie sind verschwunden, sobald das erste Spiel begann. Aber du warst doch dabei, oder? Ich dachte die ganze Zeit, die Könige seien Charles und Augustus Chesterfield gewesen. Aber das stimmt nicht, oder? Es kämpft doch immer ein Chesterfield gegen einen St. Burrington. Weißt du, wer sie waren, Curse?«

Der Kater sah mich lang an, und in seine Augen stahl sich ein Ausdruck, den ich nicht benennen konnte. Als würde er alle möglichen Emotionen gleichzeitig fühlen. »Ja«, räumte er schließlich ein, »ich weiß, wer die ersten Könige waren. Die Frage ist nur, ob du es wirklich wissen willst.«

»Ich *muss* es wissen«, erwiderte ich ernst. »Der erste schwarze König war nicht Charles Chesterfield, oder?«

»Nein«, sagte Curse und seufzte. »Der erste schwarze König war Madelyn St. Burringtons Bruder.«

»Silvius«, flüsterte ich und erinnerte mich an das Bild des Jungen mit dem frechen Lächeln. An den jungen Mann, den Isolde für den Vorfahren des Slaves gehalten hatte. Doch er war der erste König gewesen.

»Und wer war der erste weiße König?«, bohrte ich weiter.

»Augustus Chesterfield«, sagte Curse zögerlich.

Scharf sog ich Luft ein. »Was ist dann mit Charles Chesterfield passiert?«

»Er starb. Er wurde von seinem eigenen Bruder ermordet. So begann der Fluch.«

»Und genau das ist der springende Punkt«, fiel ich ihm ins Wort und spürte, wie mir gleichzeitig heiß und kalt wurde, während meine Gedanken immer schneller von einem Punkt zum anderen sprangen. »Ich glaube, Charles Chesterfield ist an jenem Tag gar nicht gestorben. Er wurde stattdessen zum ersten Slave. Und das Kind, das er mit Madelyn gezeugt hat, zum zweiten.«

»Madelyns Kind ist ein Gerücht«, hielt Curse dagegen.

»Ist es nicht«, widersprach ich und sah dem Kater fest in die Augen. »Ich *weiß* es. Die beiden sind die Slaves, und ich stamme von ihnen ab. Fragt sich nur, wo ich den zweiten Slave finden kann.«

»Alice, das ist absolut lächerlich«, fauchte Curse. Er stand auf und schlug gereizt mit dem Schwanz aus. »Das ist alles nur eine vage Theorie, und noch nicht einmal eine gute. Lass die Toten in Ruh. Es ist nicht wichtig.« Er klang so ernst, wie ich ihn noch nie gehört hatte.

»Oh doch, und ob das wichtig ist!«, fauchte ich.

»Warum? Weil du es *geträumt* hast?«

»Ja, verdammt! Und weil ich auch geträumt habe, dass wir alle sterben, wenn ich den zweiten Slave nicht finde!«

Curse zuckte zusammen und musterte mich aus zusammengekniffenen Augen. »Du bist doch verrückt! Du hast dir den Schädel zu fest angeschlagen.«

»Ich bin nicht verrückt«, zischte ich durch die Zähne und setzte mich langsam auf. »Ich dachte, du verstehst mich, Curse. Es ergibt alles einen Sinn. Ich muss hier raus und den zweiten Slave finden!«

»Nein, du musst hierbleiben. Auf dem Spielfeld. *Hier* wirst du gebraucht«, krächzte Curse und starrte mich so aggressiv an, als wollte er mich gleich beißen.

»Unsinn, Curse! Hier bin ich vollkommen nutzlos.« Ich schwang meine Füße über die Bettkante und stand mit wackligen Beinen auf. »Alles, was ich hier tue, endet mit Chaos, Blut und Tod!« Die Erinnerungen an Vincents Befehle kamen wieder hoch, an das, was ich getan hatte.

Ich schluchzte auf.

»Jackson wird niemals zulassen, dass du gehst«, fauchte Curse und stellte sich mir blitzschnell in den Weg.

Ich erstarrte. Er hatte recht. Jackson würde mich nicht gehen lassen. Er würde genauso reagieren wie Curse, wenn nicht schlimmer. Aber ich *musste* gehen. Mein Herz pochte so schnell, dass ich

Blut im Mund schmeckte. Noch nie war ich mir einer Sache so sicher gewesen.

»Dann geh ich eben, ohne es Jackson zu sagen«, entschied ich und trat einen wackligen Schritt nach vorn.

Curse fauchte wieder. »Ich werde verkünden, dass du weggehst, Alice. Wenn es sein muss, schlag ich Alarm.«

Ich verengte die Augen zu Schlitzen und beugte mich zu ihm herab. »Und wie willst du das tun? Jackson ans Bein pissen?«

Er fauchte. »Wenn's sein muss. Denk mal nach. Als du damals abhauen wolltest, wer hat dich auf den Balkon geschickt?«

Ich starrte ihn an. »Du«, flüsterte ich und schluckte. »*Du* hast mir von dem Balkon erzählt, aber dort war …«

»Jackson«, sagte Curse ruhig. »Ich wusste, er würde dich aufhalten. Du darfst das Spielfeld nicht verlassen, Alice.«

»Ich dachte, wir sind ein Team, Curse.«

»Das dachte ich auch«, gab er zurück, und es sah aus, als würde er gleich in Tränen ausbrechen. Aber Katzen konnten ja nicht weinen. »Ich dachte, du würdest uns helfen. Nach dreihundert Jahren hatte ich endlich wieder Hoffnung. Wie oft hab ich dir jetzt schon den Arsch gerettet? Und als Dank läufst du einfach davon und lässt uns im Stich.«

»Ich lass euch nicht im Stich. Ich versuch euch zu retten!«, hielt ich dagegen.

»Dann bleib hier!«

»Nein. Lass mich durch, Curse. Bitte!«

»Nein.«

Wir starrten uns an, und ich begriff, dass er mich nicht vorbeilassen würde, wenn ich nichts tat.

Mit einer schnellen Bewegung schnappte ich mir den Kater. Der fauchte, holte aus, und plötzlich spürte ich einen scharfen Schmerz, als seine Krallen mir die Haut quer über der linken Augenbraue aufschlitzten. Blut tropfte mir die Schläfe hinab. Ich zuckte zusammen.

Curse fauchte und wollte mich erneut kratzen, doch ich warf ihn aufs Bett und wickelte ihn blitzschnell ins Bettlaken.

»Lass mich raus! Alice! Lass mich raus!«, fauchte Curse, während ich das Laken zusammenknotete, so fest ich konnte.

»Tut mir leid, Curse.« Ich spürte erst, dass ich weinte, als sich zu dem Rinnsal an meiner Schläfe klare Tropfen gesellten. »Ich muss das tun. Ich komm zurück. Ich versprech's.«

Ich ließ das Leintuch los und rannte zur Tür, während Curse verzweifelt versuchte, sich zu befreien.

»Nein! Alice, bleib hier! Verlass mich nicht! Bitte verlass mich nicht!«

»Es tut mir so leid«, flüsterte ich erstickt und schlüpfte zur Tür hinaus. Sie war nicht abgesperrt. Jackson vertraute mir. Oder zumindest so was Ähnliches.

Mir war kalt, so unglaublich kalt. Ich hatte unterschätzt, wie geschwächt ich war.

Zumindest schaffte ich es den Gang hinunter, ehe ich strauchelte und überraschend von zwei Armen aufgefangen wurde. Ich sah auf und starrte in sanfte, dunkle Augen.

»Hawkins! Seit … seit wann bist du wach? Geht's dir gut?«, stieß ich hervor.

»Dasselbe könnte ich dich fragen.« Hawks schockierter Gesichtsausdruck verwandelte sich in Fassungslosigkeit. »Hey, weinst du? Und ist das Blut?«

Ich konnte nur den Kopf schütteln, ehe er mich auch schon in eine feste Umarmung zog. Ich kniff die Augen zu. Was sollte ich nur machen? Ich musste an Hawkins vorbei, aber wie?

»Alice?«, widerholte Hawkins sichtlich besorgt, als ich mich langsam von ihm losmachte.

»Ich hab was zu erledigen. Bitte lass mich los«, flüsterte ich, drehte mich um und ging einfach an ihm vorbei. Den Gang entlang, die Treppe herunter, am Gemeinschaftraum vorbei und durch die Halle, bis meine Füße auf Kies auftrafen.

Ich war nicht so schnell, wie ich es gern gewesen wäre, doch Hawkins war so überrumpelt, dass ich es bereits bis zur Waldgrenze geschafft hatte, ehe ich ihn nach mir rufen hörte. Ich ignorierte ihn, holte stattdessen jede verbliebene Kraftreserve aus mir heraus und schlug einen schmalen Pfad rechts von mir ein. Weg von St. Burrington, raus aus dem Wald, aus dem Spielfeld.

Mit jedem Schritt, den ich ging, wurde ich schneller. Hüfthohes Gras schlug mir gegen die Beine. Schon nach wenigen Minuten lichteten sich die Bäume vor mir. Und da war sie: die rote Ziegelsteinmauer, die das gesamte Spielfeld eingrenzte.

Ich trat darauf zu, und als hätte ich schon eine Grenze überschritten, spürte ich ein Kribbeln am ganzen Körper. Der Efeu raschelte leise, und als ich hochsah, bemerkte ich die ersten Fluchweber, die zu mir hinabkrabbelten. Ihre langen Beine und wabernden Körper wippten vor Aufregung.

Ich war dabei, das Spielfeld zu verlassen, und der Fluch versuchte es bereits mit allen Mitteln zu verhindern.

Was mich vor wenigen Wochen noch fast um den Verstand gebracht hatte, rang mir jetzt nur ein müdes Lächeln ab.

Ich griff zwischen die Mauerrillen und zog mich hoch. Im selben Augenblick spürte ich einen festen Griff an meiner Schulter.

»Sag mal, bist du verrückt geworden? Was zum Teufel hast du vor?« Jackson riss mich herum und brüllte mir mitten ins Gesicht. Er drückte mich gegen die Mauer, während die Fluchweber aufgeschreckt von ihm wegkrabbelten.

»Was tust du hier?«, fragte ich atemlos.

Jackson sah müde aus. Abgekämpft. Dunkle Ringe lagen unter seinen Augen, die mehr als je zuvor an zwei schwarze Löcher erinnerten.

»Wie hast du mich gefunden?«, presste ich hervor.

»Hawkins hat mich geholt.« Jacksons Finger gruben sich in meine Arme. »Er meinte, du wärst wach und würdest dich seltsam benehmen. Er hatte offensichtlich recht. Was machst du hier, Alice?«

Zittrig atmete ich durch. Was sollte ich tun? Was sollte ich sagen, damit ich er mich gehen ließ? Schließlich griff ich zum einzigen Mittel, das mir einfiel. Ich musste ihn verletzen. Tief.

»Ich gehe«, ließ ich ihn kalt wissen und sah ihm in die Augen.

Was auch immer er in meinem Blick erkannte, ließ ihn zurückzucken. »Du kannst nicht gehen. Wir brauchen dich. Ohne dich können wir nicht weiterspielen«, sagte er fassungslos und schüttelte mich.

»Das ist mir egal.« Ich streifte seine Hände ab. »Es ist mir egal, was mit euch passiert. Das hier …«, ich deutete um uns, »… ist alles nicht mein Problem. Ich hab die ganzen Lügen und Halbwahrheiten so satt. Ich hasse alles und jeden hier.«

Ich sah, wie Jackson vor mir zurückzuckte, als hätte ich ihn geschlagen. »Es … es ist mir vollkommen egal, was du willst«, sagte er mit rauer Stimme.

Wir wussten beide, dass er log.

Ich trat auf ihn zu und setzte den kalten Blick auf, den ich bei Vincent so oft gesehen hatte. »Du widerst mich an, Jackson St. Burrington. Ich hasse dich! Ich hasse dich dafür, dass ich wegen dir Vincent verletzt hab. Ich hasse dich für jede Beleidigung, für jeden Fluch, der von deinen Lippen gekommen ist. Und allem voran hasse ich dich für die Scham und Erniedrigung, die ich wegen dir durchleiden musste«, sagte ich und spuckte ihm ins Gesicht.

Jackson blinzelte und wischte sich mit dem Finger über die Wange. Ich drehte mich um, doch er packte mich, wollte mich mit Gewalt zurückreißen. Ich schrie auf und stemmte die Füße in den Boden.

»Ich kann dich nicht laufen lassen. Nicht noch einmal. Bitte tu das nicht, Alice. Wir brauchen dich. Du bist das einzig Gute, was in diesem Spiel jemals passiert ist. Du bist das Licht, unsere Hoffnung! Ohne dich sind wir alle verloren. Ohne dich sterben wir.«

Er klang so panisch, dass ich merkte, wie ich schwach wurde. Schuldgefühle und Zweifel kamen bitter wie Galle in mir hoch. Ich erstickte fast daran. Am liebsten hätte ich ihn um Verzeihung gebeten. Den verletzten Ausdruck aus seinem Gesicht gewischt. Ich wollte ihm alles erklären, jedes grausame Wort zurücknehmen. Doch ich wusste, dass er mich dann noch weniger gehen lassen würde.

Wenn ich hier wegwollte – wenn ich uns alle retten wollte –, dann musste ich Jackson sagen, was ich getan hatte. Dass ich das

Unverzeihliche getan hatte. Etwas, was niemals wiedergutzumachen war.

Ich fuhr herum und stieß ihn von mir. »Ich hab Issy verraten!«, schrie ich ihm ins Gesicht. Meine Stimme hallte von der Mauer bis in die Tiefen des schwarzen Waldes wider.

Jackson erstarrte mitten in der Bewegung. »W...was?«, fragte er.

»Ich hab dein Handy gestohlen und es Vincent gebracht. Ich hab euch verraten. Du kannst mir nicht vertrauen, Jackson. Wenn du mich nicht freiwillig gehen lässt, werd ich nach Chesterfield zurückkehren, die Seiten wechseln und jeden töten, der dir wichtig ist. Und mit Isolde fange ich an.«

Jackson sagte nichts mehr. Aber er wurde so blass, dass seine Haut beinah transparent wirkte.

Ich konnte das Schluchzen nicht länger aufhalten. »Lass mich einfach gehen«, flüsterte ich und wischte mir die Tränen von der Wange, ehe ich mich umdrehte und wieder begann, die Mauer hochzuklettern.

Diesmal hielt er mich nicht auf.

Ich biss die Zähne zusammen und stemmte mich hoch. Fluchweber huschten mir über Arme und Beine. Ich schüttelte sie ab, atmete tief durch und sprang.

Hart kam ich auf dem Boden auf, direkt neben dem alten Forstweg, der mich von hier wegbringen würde. Zurück nach Foxcroft. Zurück nach Hause.

»Alice«, hörte ich Jackson auf der anderen Seite der Mauer rufen. »Komm zurück!«

Ich hielt mir die Ohren zu und rannte los.

»Bitte!«

Ich rannte schneller, und obwohl Tränen meine Sicht verschleierten, hielt ich nicht an. Kein einziges Mal.

DANKSAGUNG

So, meine Lieben … jetzt sitze ich hier wieder.

In Schlabberhose und Schlabbershirt, ohne BH (wo ist der BH hin?), ungekämmt und … wann war ich das letzte Mal duschen?

Aber egal, wurscht! Ich sitze hier und schreibe ENDLICH die Danksagung zu *Night of Crowns.*

Ein Buch in die Welt zu setzen ist jedes Mal, als würde ich einen flachen Witz reißen und müsste danach ein Jahr lang warten, ob die Leute lachen … Leute, ich hoffe, Ihr lacht! Oder Ihr starrt das Buch fassungslos an und denkt Euch *WTF! Was soll dieser miese Cliffhanger?* Oder: **Sabber*, ich will auch einen Jackson* … Oder … oder … oder … ach, Hauptsache, Ihr habt es bis zu dieser Danksagung geschafft! Dafür bekommt Ihr von mir schon mal ganz feierlich einen Leser-Orden angesteckt!

So, jetzt ein paar Worte zu *Night of Crowns:*

Dieses Buch hat mich in den Wahnsinn getrieben. Wirklich! Noch nie musste ich ein Buch so oft überarbeiten. Als der grobe Entwurf fertig war, habe ich ihn ganz stolz meiner Testleserin (alias Mama) gezeigt, und das Gespräch lief in etwa so ab:

Ich *schwanzwedelnd*: »Und wie findest du es? Gut?«

Mama *räuspernd*: »Ähm Mausi, du weißt, ich finde alles ganz toll, was du schreibst …«

Ich *heftiger schwanzwedelnd*: »Es war also toll?«

Mama *dumpf*: »Ja, doch, echt … nur … kannst du etwas verändern?«

Ich *Stift zückend*: »Klar, was?«

Mama: »Alles!«

Ja *räusper*, so in etwa lief dieses Gespräch ab, und so fertig ich danach auch war, bin ich inzwischen froh, auf sie gehört zu haben.

Ich habe also die Kaffeemaschine angeworfen, mich im Schlabberlook aufs Sofa geworfen und begonnen, dieses Buch umzuschreiben.

Curse – in der ersten Fassung noch eine stinknormale Katze – ließ ich sprechen, Jackson gab ich nicht nur einen heißen Body, sondern auch einen Charakter, mit dem ich und Alice endlich etwas anfangen konnten, und Vincent wurde ein … wie nannte es meine Lektorin? »… berechnender, gebrochener, düsterer Traum in blond.«

Ich habe das Manuskript praktisch in seine Einzelteile zerlegt und komplett neu zusammengestoppelt.

Auf dem Weg haben mir sehr viele Menschen geholfen.

Allen voran meine Mami, die mir den Wenn-du-das-Buch-so-veröffentlichst-wird's-ein-Flop-Arschtritt verpasst hat.

Meinem Mann, der immer, immer, immer auf mich aufpasst, mich anfeuert, mich liebt und sich unermüdlich um unsere Tochter kümmert, wenn ich es gerade nicht kann.

Meine Lektorinnen Nadja und Sarah.

Nadja, die Alice, Jackson und Vincent sofort haben wollte und mich unermüdlich angefeuert hat, und Sarah, die fluchend Tageszeitentabellen anfertigen musste, weil ich dafür zu faul … äh … dämlich bin.

Meinem Agenten, der nicht nur einmal, sondern bis zu dreimal das ganze Buch korrigiert hat, damit man es überhaupt lesen kann.

Und meinen nächsten Testleserinnen Nena und Marie.

Nena hat mich gerettet, als ich ihr – völlig am Ende mit meinen Nerven – eine Nachricht hinterlassen habe, weil ich KEINE AHNUNG MEHR HATTE, WAS ICH DA EIGENTLICH SCHREIBE!

Sie hat es danach tatsächlich gelesen und … ihre begeisterten Nachrichten habe ich alle abgespeichert. Jeder braucht eine Nena, wenn er verzweifelt ist.

Marie begleitet mich schon von Anfang an, und ich freue mich jedes Mal, wenn ich sehe, wie begeistert sie ist. Trotzdem ist sie immer ehrlich.

Danke euch beiden.

Habe ich was vergessen? Bestimmt, aber mein Popo schläft gerade ein. (Warum sitze ich eigentlich auf dem Boden und nicht auf dem Sofa?)

Ich sollte mir langsam etwas anziehen und meine Kleine vom Kindergarten abholen.

Das wahre Leben ruft, und ich hoffe, ich konnte Eures ein Stückchen spannender, gruseliger, hotter gestalten.

Ich hoffe, wir sehen uns in Teil 2 wieder.

In Liebe, Eure Stella

ERFAHRE,
WIE DAS SPIEL
WEITERGEHT!
STELLA TACK
NIGHT OF CROWNS
KÄMPF UM DEIN HERZ
Ravensburger
BAND 2 VON NIGHT OF CROWNS!
Ravensburger